Rowohlt Verlag GmbH, Kirchenallee 19, 20099 Hamburg

Kontaktadresse nach EU-Produktsicherheitsverordnung:
produktsicherheit@rowohlt.de

ro
ro
ro

Karen Sander arbeitete viele Jahre als Übersetzerin und unterrichtete an der Universität, bevor sie sich ganz dem Schreiben widmete. Sie lebt mit ihrem Mann im Rheinland und hat über die britische Thriller-Autorin Val McDermid promoviert. Im Rowohlt Taschenbuch Verlag erschien bisher «Schwesterlein, komm stirb mit mir», der Auftakt zu der Thriller-Reihe um Kriminalhauptkommissar Georg Stadler und Psychologin Elisabeth Montario.

«Ein clever inszeniertes Katz-und-Maus-Spiel. Sanders Thriller lässt einen frösteln.» BRF 1

«Sander glänzt in ihrem Thrillerdebüt mit überraschenden Wendungen, einem schnörkellosen Stil und einem Ermittlerduo, das Serienreife besitzt.» Rhein-Neckar-Zeitung

Karen Sander

WER NICHT HÖREN WILL, MUSS STERBEN

THRILLER

Rowohlt Taschenbuch Verlag

3. Auflage August 2024

Originalausgabe
Veröffentlicht im Rowohlt Taschenbuch Verlag,
Reinbek bei Hamburg, Oktober 2014

Umschlaggestaltung yellowfarm gmbh, Stefanie Freischem
(Abbildung: Albalta, Hanka Steidle/plainpicture;
Lonely/shutterstock.com; Renee Keith/iStockphoto.com)
Satz DTL Documenta, InDesign
bei CPI books GmbH, Leck
Printed in Germany
ISBN 978-3-499-24355-4

DONNERSTAG, 7. AUGUST, 20:54 UHR

In der Ferne bellte ein Hund. Es klang gedämpft, unwirklich. Jonathan Geissler öffnete die Augen. Grobe Bretter, in den Fugen klebten Lehm und Stroh. Er drehte den Kopf, hielt jedoch mitten in der Bewegung inne, gelähmt von einem heftigen Schmerz hinter seiner Stirn.

Verflucht! Wo bin ich? Wo kommt dieses höllische Schädelbrummen her?

Jonathan schloss die Augen und wartete, bis der Schmerz abebbte. Dann versuchte er es erneut. Nur eine winzige Bewegung. Das Hämmern in seinem Schädel setzte sogleich wieder ein, doch er biss die Zähne zusammen. Als er seinen Oberkörper bewegte, durchflutete ihn eine Welle stechenden Schmerzes, wie tausend Nägel, die sich in sein Fleisch bohrten. Er stöhnte, schaute ungläubig an sich herunter. Er war nackt, vollkommen verdreckt, und seine Haut war mit blauen Flecken und merkwürdigen kleinen Wunden übersät. Als Jonathan seine linke Hand sah, kehrte schlagartig die Erinnerung zurück.

Nein!

Panik überfiel ihn. Hektisch blickte er sich um, ohne auf die Qualen zu achten, die jede Bewegung seinem geschundenen Körper bereitete. Er war noch immer in dem Holzschuppen, lag auf einem Gestell aus Brettern, einer Art selbstgezimmerter Bank. Rechts an der Wand waren Holzscheite akkurat aufgestapelt und verströmten den Duft nach frischgeschlagener Buche. Davor stand ein Korb mit kleineren Stücken Anzündholz. Über einer Werkbank hingen altertümliche Gerätschaften, eine riesige eiserne Zange, ein abgegriffener Hammer, einige Schraubenzieher und eine Rolle rostiger Draht. Auf der Arbeitsfläche stapelten sich vergilbte Zeitungen. Neben der Hakenleiste mit den Werkzeugen ließ ein altes Sprossenfenster spärliches Licht hinein. Die Scheiben waren blind vor Staub, und die tiefstehende Sonne ließ das Netz, das eine Spinne vor dem Fenster gewebt hatte, goldgelb schimmern.

In der Mitte des Schuppens stand ein Eichenbalken, der das marode Dach trug und mit einer rotbraunen Schmiere besudelt war. Ebenso wie der Hauklotz in der Ecke und die Klinge des Beils, das darin steckte.

Jonathans Hände begannen heftig zu zittern, er fror plötzlich, Tränen schossen ihm in die Augen.

Lieber Gott, hol mich hier raus!

Er drehte sich auf die Seite, presste die Knie ans Kinn und schlang die Arme um die angewinkelten Beine. Jede Bewegung löste nahezu unerträgliche Schmerzen aus, doch es tröstete ihn, so zu liegen. Er weinte leise. Draußen war es wieder still, der Hund bellte nicht mehr. Außer seinen eigenen leisen Klagelauten war nichts zu hören.

Plötzlich stockte er. Ungläubig löste er die Arme, streckte die Beine aus. Vorsichtig hob er die rechte Hand. Keine Fesseln! Er bewegte die Beine. Auch sie waren frei. Warum war ihm das nicht sofort aufgefallen? Was war geschehen? Hatte sein Peiniger etwa beschlossen, ihn laufen zu lassen? War er frei?

Jonathans Herz raste. Abrupt setzte er sich auf, ließ den Schmerz verklingen und versuchte, auf die Beine zu kommen. Er brauchte mehrere Versuche. Als er endlich stand, wurde ihm schwindelig. Er stützte sich an dem Balken ab. Vom Anblick seines eigenen Blutes wurde ihm übel, doch er zwang sich, stehen zu bleiben und ruhig ein- und auszuatmen.

Als der Schwindel nachließ, ging er langsam auf die Schuppentür zu. Mit jedem Schritt wuchs seine Kraft. Und seine Zuversicht. Er drückte die Klinke, und zu seiner Überraschung sprang die Tür tatsächlich auf.

So lautlos wie möglich trat Jonathan ins Freie. Der Hof wirkte verlassen. Die Sonne berührte bereits die Baumwipfel am Horizont.

Welcher Tag mochte heute sein? Wie viel Zeit hatte er in dem Schuppen verbracht? In seiner Erinnerung teilte sich die Zeit in Gefangenschaft nicht in Tag und Nacht, sondern in Qual und Erlösung. Er hätte nicht sagen können, ob er Wochen oder lediglich einige Stunden an diesem grauenvollen Ort verbracht hatte.

Jonathan versuchte, sich auf die Gegenwart zu konzentrieren. Er spürte trockenen Lehmboden unter seinen nackten Füßen. Es hatte lange nicht geregnet. Die Erde gierte nach Wasser. Die Luft war warm, kein Wind ging. Die Stille war absolut. Kein Rascheln im Gebüsch, kein Vogelzwitschern, kein entferntes Motorengeräusch. Er blickte nach rechts. Hinter dem Hoftor erstreckte sich ein schmaler Feldweg, nicht viel mehr als eine Fahrspur im verdorrten Gras. Behutsam machte Jonathan einige Schritte.

Etwas knirschte hinter ihm, und er hielt erschrocken inne. Horchte.

Nichts.

Bestimmt hatten ihm seine Sinne einen Streich gespielt. Er durfte sich nicht verrückt machen! Noch wenige Schritte, dann wäre er am Tor.

Plötzlich bimmelte eine Glocke, hell und erschreckend laut zerriss sie die Abendstille. Entsetzt blieb Jonathan stehen. Was war das? Eine Türglocke? Ein Handy?

Jonathan blickte nach unten und entdeckte eine dünne Nylonschnur, die knapp über dem Boden gespannt war. Sein Herzschlag setzte aus.

«Du hast doch nicht etwa geglaubt, dass ich dich einfach so gehen lasse?»

Jonathan begann zu zittern.

Nein! Bitte nicht!

Wieder knirschte es hinter ihm. Die Schritte kamen näher. Er blickte zum Hoftor.

«Denk nicht einmal daran», sagte sein Peiniger. «Du weißt doch, was passiert, wenn du ungehorsam bist.»

FREITAG, 8. AUGUST, 10:23 UHR

Ihr Name ist Elisabeth Montario?» Der Richter fixierte Liz mit seinen wässrig blauen Augen. Die Hakennase, die rote Robe und die Perücke ließen ihn wie eine Figur aus einem Hitchcock-Film wirken. Die ganze Szenerie, der Gerichtssaal mit dem altmodischen Mobiliar, die Bank mit den Geschworenen, der Angeklagte, der mit gleichgültigem Blick die gegenüberliegende Wand anstarrte, all das war Liz so fremd, dass es ihr wie eine Kulisse vorkam. Dennoch war sie sich bewusst, dass dies kein Spiel, sondern bitterer Ernst war.

«Ja», antwortete sie mit fester Stimme.

«Sie wohnen in Burton in Cheshire?»

«Ja.»

«Was machen Sie beruflich, Frau Montario?»

«Ich arbeite als Psychologin in der Forschung an der University of Liverpool.»

Der Richter nickte dem Verteidiger zu, um ihm zu signalisieren, dass er übernehmen durfte. Gerald Faydon erhob sich ächzend. Sein Übergewicht machte ihm sichtlich zu schaffen, auf der Stirn glänzten Schweißperlen, die Robe spannte um seinen Bauch. Doch Liz wusste, dass es ein Fehler wäre, Faydon zu unterschätzen. Unter der weißen Perücke lauerte ein wacher Verstand.

Der Verteidiger räusperte sich. «Frau Montario, können Sie uns kurz erläutern, was genau Ihr Aufgabenbereich an der Universität ist?»

«Ich leite ein Forschungsprojekt, das Botschaften von Verbrechern untersucht. Dazu gehören Bekennerschreiben, aber auch die unterschiedlichsten Formen von Nachrichten, die ein Täter am Tatort hinterlässt. Worte, die er an die Wand schmiert, symbolische Gegenstände, die er zu seinen Opfern legt. Wir arbeiten an einem Katalog von Kriterien, der es der Polizei erleichtern soll, echte Bekennerschreiben von falschen zu unterscheiden und Hinweise korrekt zu deuten.»

«Danke, Frau Montario.» Faydon warf einen Blick in seine Unterlagen, bevor er weitersprach. «In Deutschland haben Sie eine gewisse Berühmtheit erlangt. Erzählen Sie uns, wie es dazu kam.»

Liz schluckte. Sie hatte keine Lust, vor all diesen Leuten ihre Vergangenheit auszubreiten, aber sie verstand, worauf Faydon hinauswollte. Sie war seine wichtigste Zeugin, er musste den Geschworenen demonstrieren, wie gut sie auf ihrem Gebiet war.

Gerade, als Liz zu einer Antwort ansetzen wollte, erhob sich der Staatsanwalt. «My Lord», wandte er sich an den Richter. «Wir sind nicht hier zusammengekommen, um uns die Lebensgeschichte von Frau Montario anzuhören. So spannend sie auch sein mag.»

Der Richter hob die Brauen und blickte zu Faydon. «Das sehe ich genauso.»

Der Verteidiger ließ sich nicht aus dem Konzept bringen. «Frau Montario hat ein Gutachten erstellt, von dem viel für meinen Mandanten abhängt. Ich möchte, dass die Geschworenen die Kompetenz von Frau Montario angemessen einschätzen können.»

«Meinetwegen», lenkte der Richter ein. «Aber fassen Sie sich kurz.»

Derek McGee, der Angeklagte, saß völlig teilnahmslos da, in einem schlechtsitzenden Anzug, das strähnige, zu lange Haar mit Gel zurückgekämmt, und blickte ins Leere. Entweder vertraute er seinem Verteidiger blind, oder es war ihm egal, ob er den Rest seines Lebens im Gefängnis verbringen musste.

Faydon wandte sich wieder an Liz. «Stimmt es, dass Sie in Deutschland zwei Serienmörder überführt haben? Einen davon sogar im Alleingang?»

Liz registrierte beklommen, dass einige Zuhörer sie jetzt anstarrten. «Das kann man so sagen. Ich habe in meiner Doktorarbeit einen Serientäter entlarvt, den die Polizei bis dahin gar nicht suchte, weil sie den Zusammenhang zwischen den Taten nicht erkannt hatte. Und im letzten Herbst –», Liz stockte bei der Erinnerung, «und im letzten Herbst habe ich der Polizei geholfen, einen Mann aufzuspüren, der insgesamt neun Menschen umgebracht hat.»

«Danke, Frau Montario. Lassen Sie uns über das Bekennerschreiben sprechen, das der Angeklagte an die Polizei geschickt hat und in dem er angeblich den Mord gesteht. Sie haben es untersucht. Können Sie uns bitte schildern, was Sie herausgefunden haben?»

Liz schluckte. Jetzt wurde es ernst. Sie war sich darüber im Klaren, dass sie sich mit ihrem Gutachten keine Freunde machen würde. Mehr noch, man würde sie für ihre Aussage hassen. Doch das war manchmal der Preis der Wahrheit.

«Mein Team und ich haben sämtliche Akten zur Ermordung von Eileen Simmons durchgearbeitet», begann sie. «Wir haben den Tathergang rekonstruiert und auf dieser Basis ein Täterprofil erstellt.» Liz vermied es, Carolyn Simmons anzusehen, die Mutter des Opfers, die im Publikum in der ersten Reihe saß. Sie vermied es, irgendjemanden anzusehen, außer den Verteidiger. Eileen Simmons war ein blonder Sonnenschein gewesen, ein lebensfrohes, allseits beliebtes siebenjähriges Mädchen, das im vergangenen Winter missbraucht und ermordet worden war. Die Tat hatte einen Aufschrei des Entsetzens in Großbritannien ausgelöst. Wochenlang geisterte das Foto des Mädchens mit dem breiten Lächeln und den zauberhaften kleinen Grübchen durch die Presse. Als endlich ein Verdächtiger festgenommen wurde, hatte das ganze Land aufgeatmet. Und nun würde Liz diesen Mann mit ihrer Aussage entlasten.

«Und wir haben das Bekennerschreiben analysiert, das einige Wochen nach der Tat bei der Polizei einging und das nachweislich vom Angeklagten verfasst wurde. Auch hierzu haben wir ein Täterprofil erstellt.» Liz holte Luft. «Die beiden Profile sind grundverschieden.»

Ein Raunen ging durch den Gerichtssaal, verebbte jedoch sofort wieder.

«Wer auch immer Eileen Simmons tötete», sprach Liz weiter, «tat dies äußerst –» Liz zögerte. Sie sprach zwar fließend Englisch, doch wenn es auf jedes einzelne Wort ankam, war sie unsicher, hatte sie Angst, durch eine falsche Wendung ein katastrophales Missverständnis auszulösen. «Er tat dies äußerst behutsam, beinahe liebevoll.»

In der ersten Reihe stöhnte jemand. Auch ohne hinzusehen, wusste Liz, dass es Carolyn Simmons war. Die Frau tat ihr leid. Drei Jahre nachdem ihr Mann durch einen Unfall gestorben war, hatte jemand ihr Kind geraubt und ermordet. Nun war Liz im Begriff, den Menschen, dem alle Welt die Verantwortung für diese Tat gab, für unschuldig zu erklären.

«Eileen wurde mit einem Kissen erstickt», fuhr Liz fort, bemüht, sich nicht aus dem Konzept bringen zu lassen. «Ihr Mörder brachte es nicht fertig, ihr bei der Tat in die Augen zu sehen. Danach wurde sie in ein weißes Nachthemd gekleidet und auf eine Decke gebettet. Sogar einen Strauß Maiglöckchen legte der Täter ihr auf die Brust, im Januar schwer zu beschaffende Blumen. Der Verfasser des Bekennerschreibens hingegen hat von Sadismus geprägte Gewaltphantasien. Er besitzt keinerlei Achtung vor anderen Menschen. Sie sind für ihn nur Mittel zur Befriedigung seiner Triebe. Derek McGee hat zweifelsohne eine schwer gestörte Persönlichkeit, doch nach unserem Erkenntnisstand ist er nicht der Mörder von Eileen Simmons.»

«Ist das Ihr definitives Urteil?», hakte der Verteidiger nach.

Liz warf einen Blick auf die Anklagebank, wo Derek McGee noch immer mit ausdruckslosem Gesicht saß. Der Mann war eine tickende Zeitbombe, früher oder später würde er seine Phantasien in die Tat umsetzen, aber es war heute nicht ihre Aufgabe, das zu verhindern. Schon gar nicht mit einem gefälschten Gutachten. Wenn McGee verurteilt würde, würde der wahre Täter nicht länger gesucht werden und vielleicht eines Tages ein weiteres Mädchen töten. Das musste sie verhindern.

«Ja», sagte Liz. «Nach dem derzeitigen Stand und allem, was ich über Täterprofile weiß, hat Derek McGee die kleine Eileen nicht getötet.»

FREITAG, 8. AUGUST, 13:45 UHR

Kriminalhauptkommissar Georg Stadler lehnte sich zurück und verschränkte die Hände hinter dem Kopf. Es fiel ihm schwer, sich auf die Akte zu konzentrieren, die vor ihm auf dem Tisch lag. Seit einigen Monaten hatte er ein kleines Büro ganz für sich allein. Sein Chef, Siegfried Sobotta, Leiter des Kriminalkommissariats 11 im Düsseldorfer Polizeipräsidium, hatte es sich in den Kopf gesetzt, die Abteilung umzustrukturieren. Offizieller Grund war der Neuzugang Florian Schenk, ein junger, engagierter Kollege, der von der Vermisstenstelle zu ihnen gewechselt war. In Wirklichkeit hatte Sobotta frischen Wind ins KK 11 bringen wollen. Nach dem Ripper-Fall im letzten Herbst, bei dem so viel schiefgelaufen war, dass die Ermittlungen beinahe in einer Katastrophe geendet hätten, hatte Sobotta ein Zeichen setzen wollen. Dass er dafür eingespielte Teams auseinanderriss, schien ihn nicht zu stören.

So hatte Stadler im vergangenen Winter seine langjährige Partnerin Birgit Clarenberg gegen ein eigenes Büro getauscht. Einerseits hatte er sich darüber gefreut, einen Raum ganz für sich zu haben. Andererseits war ihm schnell klar geworden, dass er den Austausch mit Birgit vermisste. Er war wohl doch nicht der einsame Wolf, für den er sich immer gehalten hatte.

Auf dem Korridor knallte eine Tür, und Stadler sah auf die Uhr. Kurz vor zwei. Eine gute Zeit, um in die Kantine zu gehen. Freitags war dann fast nichts mehr los. Er schnappte sich seine Brieftasche und sein Handy.

In der Kantine saßen tatsächlich nur noch einige wenige Kollegen aus den verschiedenen Abteilungen. Stadler entschied sich für Erbsensuppe und ein alkoholfreies Bier und suchte sich einen Tisch am Fenster. Er aß schweigend und stellte sich dabei vor, wie sein Feierabend aussehen würde. Vermutlich erwartete ihn das Standardprogramm: erst einige Alt in seiner Stammkneipe in Derendorf und dann ein paar härtere Drinks in einem Club in der Innenstadt oder im Hafen. Die Frauen, die er bei solchen Gelegenheiten kennenlernte, waren meist jünger und hatten ähnlich unkomplizierte Ansichten zu One-Night-Stands wie er. Anders als die Frauen in seinem Alter, die immer gleich an eine Beziehung dachten. Oder sogar an Familiengründung.

Manchmal hatte er das Gefühl, dass er langsam zu alt wurde für solche Abenteuer, doch sie taten ihm gut, ließen ihn den Frust des Polizeialltags vorübergehend vergessen. Und solange die Frauen ihn nicht zu alt fanden, war er es auch nicht. Ganz im Gegenteil: Regelmäßig versicherten sie ihm, dass er eine gewisse Ähnlichkeit mit George Clooney besitze, und der war schließlich auch alterslos attraktiv.

In den letzten Jahren hatte es nur eine einzige Frau geschafft, ihm unter die Haut zu gehen: Liz Montario. Im vergangenen Herbst hatte er sie als psychologische Beraterin zu den Ripper-Morden angefordert, und im Laufe der Ermittlungen wären sie beinahe zusammen draufgegangen. Er hatte sich nicht verliebt, Gott bewahre, aber sie hatte verwirrende Gefühle in ihm ausgelöst. Gefühle, die er längst überwunden glaubte. Deshalb hatte er sich auch nicht mehr bei ihr gemeldet, nachdem sie nach England gegangen war, obwohl er versprochen hatte, sie dort zu besuchen. Er wusste nicht einmal, wo sie nun lebte.

Stadler schreckte aus seinen Überlegungen hoch, als zwei Kollegen von der KTU mit ihren Tabletts auftauchten und ihn fragten, ob sie sich zu ihm setzen dürften. Stadler hatte nichts dagegen. Er kannte die beiden flüchtig, vergaß jedoch immer wieder ihre Namen. Sie waren noch sehr jung, der große Blonde war meistens recht schweigsam, dafür redete sein Freund mit der Nerdbrille umso mehr.

«Na, Georg», fragte er, kaum dass er saß, «wie hast du den Vormittag verbracht? Gemütlich die Zeitung gelesen?»

Seit Stadler ein eigenes Büro hatte, musste er sich ständig Scherze darüber gefallen lassen, wozu er die eigenen vier Wände im Präsidium nutzte. In aller Ruhe die Zeitung zu studieren, während andere hart arbeiteten, war noch einer der harmloseren.

Er zuckte mit den Schultern. «Neidisch?»

«Aber nein, wir haben auch eine Zeitung studiert», erwiderte die Nerdbrille kauend. «Und was für eine!»

Jetzt fiel Stadler auch sein Name wieder ein. Jon Kugeler. Nicht John mit «h», sondern einfach Jon. Die Welt war voller merkwürdiger Namen. Stadler selbst kam aus einem konservativen Elternhaus in Franken. Seine Eltern hatten Wert darauf gelegt, ihrem einzigen Sohn einen gewichtigen Namen zu geben, für den ein entsprechend gewichtiger Heiliger Pate stand. Wie oft hatte sein Großvater ihn an die Heldentaten des heiligen Georg erinnert, wenn er ihm eine Strafpredigt hielt.

Stadler schüttelte die Erinnerung ab. «Ach wirklich? Ich dachte, ihr wärt ständig überarbeitet. Wie kommt es, dass ihr plötzlich Muße für die Tageszeitung habt?»

«Es war keine gewöhnliche Zeitung.» Jon zwinkerte seinem Freund zu. Dann wurde er ernst. «Die Kollegen aus Mönchengladbach haben uns einen Fetzen Zeitung geschickt, den sie im Mund eines Mordopfers gefunden haben. Die Frau wurde wahrscheinlich zunächst vergewaltigt. Und die Zeitung sollte sie wohl daran hindern, um Hilfe zu rufen.»

Stadler horchte auf. Eine ungewöhnliche Methode, um ein Opfer am Schreien zu hindern. So ungewöhnlich, dass seine

Phantasie sofort anfing, Bilder abzuspulen. Überrascht registrierte er einen Stich Neid auf die Kollegen der Nachbarstadt. Er selbst hatte nur Routinefälle auf seinem Schreibtisch liegen. Dann kam ihm ein anderer Gedanke. «Warum beschäftigt ihr euch eigentlich damit? Ist für solche Fälle von außerhalb nicht das LKA zuständig?»

Jon und sein Kollege tauschten einen Blick. «Die Herrschaften sind offenbar völlig überarbeitet», verkündete er spitz.

«Verstehe», sagte Stadler. Er warf einen Blick aus dem Fenster. Bei der Hitze versuchte jeder, sein Arbeitspensum so klein wie möglich zu halten. Die Kollegen vom Landeskriminalamt waren da keine Ausnahme. «Und ihr sollt nun herausfinden, von welcher Zeitung der Fetzen stammt?»

«Genau.» Der Blonde, dessen Name ihm immer noch nicht einfiel, öffnete zum ersten Mal den Mund. «Und das ist gar nicht so einfach. Von dem Opfer war nämlich nicht mehr viel übrig außer den Knochen. Zwischen den Zähnen steckte etwas weiße Masse, die vermutlich mal Papier war. Dass das Stück, das wir untersuchen sollen, nicht ebenfalls längst verrottet war, verdanken wir der Tatsache, dass ein Streifen Klebeband daran befestigt war und es sich zudem zwischen der Kunststoffverankerung der Zahnspange und den Zähnen festgesetzt hatte. Diese beiden Dinge haben die Fäulnisflüssigkeit ferngehalten.» Er steckte sich ein Stück Fischfilet in den Mund und kaute.

Nun wurde es wirklich interessant. «Wie kommen die Kollegen denn darauf, dass das Opfer vergewaltigt wurde, wenn die Leiche bereits skelettiert war?»

Jon Kugeler hob die Hände. «Dazu kann ich nichts sagen. Wir haben nur den Klebestreifen mit dem aufgeweichten Stück Papier gekriegt. Aber warst du nicht früher mal in Gladbach beim KK 12? Frag doch deine alten Kumpel, wenn du mehr wissen willst.»

Stadler schob seinen Teller weg. «Das ist eine Ewigkeit her. Außerdem habe ich selbst genug zu tun.»

«Zocken im Internet, genau.» Kugeler lachte. «Während wir anderen schuften.»

«Hab gerade eine Glückssträhne.» Stadler erhob sich und grinste die Kollegen an. «Ich lade euch demnächst auf meine Yacht ein. Viel Spaß noch mit der Zeitung. Und ein schönes Wochenende.» Er nahm sein Tablett, lieferte es ab und winkte den Kollegen noch einmal, bevor er die Kantine verließ.

Auf dem Weg nach oben traf er die Sekretärin der Dienststelle, die ihm seine Post überreichte. Viel war es nicht. Er setzte sich an seinen Schreibtisch und ging die Briefe durch. Ein Laborbericht, ein Antwortschreiben vom Katasteramt und ein wattierter Umschlag ohne Absender. Stadler zögerte, dann zog er die Schreibtischschublade auf, entnahm einem Karton ein Paar Einweghandschuhe und streifte sie über. Mit seinem Schlüssel ritzte er den Umschlag auf. Fauliger Gestank schlug ihm entgegen, und er zuckte angewidert zurück. Was war das? Ein geschmackloser Scherz seiner Kollegen?

Stadler hielt das Päckchen von sich weg und spähte hinein. Ein länglicher Gegenstand, der in einen Gefrierbeutel eingewickelt war. Mit einer Armbewegung schaffte Stadler Platz auf dem Schreibtisch, schüttete den Umschlag aus – und schnappte nach Luft.

FREITAG, 8. AUGUST, 14:18 UHR

Liz atmete auf, als sie London hinter sich ließ. Mit jedem Kilometer fiel die Last der Ereignisse von ihr ab. Sie freute sich auf ihr Cottage in dem kleinen Dorf an der walisischen Grenze, das wie ein Relikt aus einer längst vergangenen Zeit wirkte. Als sie den Job an der Universität von Liverpool angenommen hatte, war für sie klar gewesen, dass sie möglichst viel Abstand zwischen ihre Arbeit und ihr Privatleben bringen musste. Sie konnte sich nicht den ganzen Tag mit Schwerverbrechern beschäftigen und dann an demselben Ort nach Feierabend versuchen, auf andere Gedanken zu kommen. Sie brauchte den Kontrast. Das Gefühl, dass es noch etwas anderes gab als lärmende, schmutzige Großstädte voller sozialer Probleme und Kriminalität. Deshalb hatte sie das Cottage in Burton gekauft, einem Dorf, das nur eine halbe Stunde von Liverpool entfernt war und doch weit genug weg, um sie in eine andere Welt zu entführen.

Doch heute wollte es ihr nicht gelingen, ihre Arbeit in der Stadt zurückzulassen. Die Szenen vor Gericht ließen sie nicht los. Vor allem aber das, was sich nach der Verhandlung auf der Straße abgespielt hatte. Liz war aus dem Gerichtsgebäude getreten, in Gedanken versunken, war im Kopf noch einmal ihre Aussage durchgegangen. Noch immer hatte sie nicht glauben können, wie einfach sie davongekommen war. Sie hatte fest damit gerechnet, dass der Staatsanwalt ihre Vergangenheit aufrühren und versuchen würde, sie als Gutachterin zu demontieren: Denn der Serienmörder, den sie im vergangenen Herbst gemeinsam mit der Polizei gejagt hatte, war nicht irgendein Fremder gewesen, sondern ihr eigener Bruder. Sie war keine x-beliebige Expertin, sie war die Schwester eines sadistischen

Killers. Aber der Staatsanwalt hatte sich bedeckt gehalten, genau wie Gerald Faydon prophezeit hatte.

«Keine Sorge», hatte der Verteidiger beim Vorgespräch gesagt. «Das Risiko geht er nicht ein. Ihre Geschichte könnte das Mitgefühl der Jury wecken und Sie noch glaubhafter wirken lassen.»

Er hatte recht behalten.

Liz war so sehr mit sich selbst beschäftigt gewesen, dass sie weder die Hitze noch die wartenden Reporter wahrgenommen hatte. Auch Carolyn Simmons bemerkte sie erst, als sie dicht vor ihr stand. Bevor Liz etwas sagen konnte, spuckte ihr die Mutter des toten Mädchens ins Gesicht, und die Kameras der versammelten britischen Presse klickten dazu. Liz war sekundenlang gelähmt gewesen vor Entsetzen. Dann hatte sie mit dem Ärmel ihrer Bluse ihre Wange abgewischt und war davongestürmt.

Die Sonne stand schon tief, als die ersten Häuser von Burton in Sicht kamen. Liz drosselte das Tempo und lenkte den Wagen durch die Hauptstraße des Dorfs. Ihr Cottage lag etwas abseits. Sie parkte in der Einfahrt und stellte den Motor ab. Lähmende Hitze schlug ihr entgegen, als sie aus dem klimatisierten Golf ausstieg, vermischt mit dem Duft nach frisch gemähtem Gras und dem salzigen Geschmack der nahen See. Im Cottage war es kühl. Liz nahm eine Flasche Wasser aus dem Kühlschrank und trank, bis das Brennen in ihrer Kehle nachließ. Dann trat sie durch die Hintertür in den Garten. Ein Blumenmeer breitete sich vor ihr aus. Stockrosen, Schwertlilien, Phlox, Rittersporn und Sonnenblumen. Vom Vorbesitzer gepflanzt und liebevoll gepflegt. Darüber reiften in den Obstbäumen die Früchte. Ein kleines Paradies.

Der Umzug nach England hatte Liz gutgetan. Hier hatte man sie so genommen, wie sie war. Niemand interessierte sich für ihre Vergangenheit. In ihrer neuen Heimat war sie nicht die

Schwester eines Serienkillers, sondern einfach die nette junge Frau, die das Haus von Donald Moore gekauft hatte. Sie hatte sogar eine Freundin gefunden, Judy, eine junge Künstlerin, die in Preston ein Bed & Breakfast betrieb und in jeder freien Minute an ihrer Staffelei saß. Sie malte zauberhafte Aquarelle. Zwei davon hatte sie Liz zum Einzug geschenkt, sie zierten nun die weiß getünchte Wand neben dem Kamin im Wohnzimmer.

Und dann hatte Liz vor einigen Wochen David Carlyle kennengelernt und zum ersten Mal in ihrem Leben eine ganz normale Beziehung mit einem Mann begonnen. David war GP, General Practitioner, ein Hausarzt mit einer Praxis in Chester. Er war offenherzig und fröhlich, geduldig mit seinen Patienten und auch mit ihr, wenn sie mal wieder einen ihrer düsteren Tage hatte. David war fast zu perfekt, um real zu sein, allerdings hatte Liz den Verdacht, dass er sich ungern festlegte. Er liebte seine Freiheit. Das war wohl auch der Grund, warum er geschieden war. Seine Exfrau lebte mit dem kleinen Sohn Sam in London. Sam kam alle zwei Wochen mit dem Zug, um das Wochenende mit seinem Vater zu verbringen. David unternahm viel mit dem Jungen, sie gingen schwimmen, Fußball spielen oder ins Kino, trotzdem hatte Liz ein ungutes Gefühl. Seine Zuwendung hatte etwas Professionelles, als wäre Sam einer seiner Patienten. Aber vielleicht war Liz auch nur eifersüchtig, weil es einen anderen Menschen in Davids Leben gab, der ihm wichtig war.

Liz hörte den Motor eines Wagens, eine Tür wurde zugeknallt, dann Schritte und ein Klopfen. David!

«Ich bin im Garten!», rief sie.

Kurz darauf erschien David im Türrahmen. Er war so groß, dass er den Kopf einziehen musste. Er wirkte nicht wie ein Brite, eher wie ein Skandinavier, blond, blauäugig und durchtrainiert.

«Hallo, meine Süße.» Er nahm Liz in den Arm und küsste sie. «Du hast ja heute für einen schönen Wirbel gesorgt.» Er schwenkte die Abendzeitung, dann strich er ihr über das Haar. «War es sehr schlimm?»

«Ich wusste ja, dass ich mich mit meiner Aussage nicht beliebt machen würde. Aber die Begegnung mit Carolyn Simmons war grauenvoll.» Liz sah David in die Augen. «Was, wenn ich mich irre und McGee doch der Täter ist?»

«Du hast getan, was du für richtig hältst. Nur das zählt.» David küsste sie auf den Kopf.

«Es fühlt sich trotzdem falsch an.»

«Du kannst es nicht immer allen recht machen, Liz. Nicht in deinem Beruf.»

«Ach, David.» Liz lehnte sich an ihn. «Ich wünschte, ich könnte die Dinge so sehen wie du.»

David hielt sie von sich weg. «Was hältst du davon, wenn wir übers Wochenende ans Meer fahren? Es soll so heiß bleiben.»

Liz blinzelte ihn verständnislos an. «Das Meer ist nur zehn Minuten von hier entfernt.»

«Ich meine einen Tapetenwechsel, Liz, Cornwall oder Devon. Die Sonne genießen und nicht an die Arbeit denken. Oder wir fahren für zwei Tage nach Frankreich.»

Liz musste lächeln. Für David war alles so einfach. Er fand immer eine Lösung. Gewissenskonflikte schien er nicht zu kennen.

«Also gut», sagte sie. «Lass uns nach Devon fahren, aber nicht an die Küste. Die Strände sind bestimmt alle überfüllt, es sind ja noch Sommerferien. Ich möchte ins Dartmoor. Ich habe gehört, dass dort fast immer schlechtes Wetter ist. Vielleicht erwischen wir ein paar Regentropfen.»

David grinste. «Meinetwegen. Dann also ins Dartmoor. Du packst, ich buche derweil ein Hotel.»

«Aber du musst doch auch noch packen!»

Wieder grinste er. «Die Tasche steht im Auto. Ich habe alles von langer Hand geplant.»

Liz umarmte ihn. «Danke.» Sie ging zur Hintertür, wo sie sich noch einmal umdrehte. «Und wenn wir zurückkommen, hat sich der Trubel hoffentlich wieder gelegt.»

Davids Miene wurde ernst. «Ich fürchte, das war erst der Anfang, Liz. Falls Derek McGee nächste Woche freigesprochen wird, wirst du den Wölfen zum Fraß vorgeworfen.»

MONTAG, 11. AUGUST, 09:11 UHR

Birgit Clarenberg drehte die Klimaanlage auf die höchste Stufe und hielt ihre Hände in den Luftzug. «Puh, das ist ja unerträglich.»

Ihr Kollege Miguel Rodríguez, der am Steuer saß, grinste. «Da ist mal ein bisschen Sommer in Deutschland, und schon stöhnen alle. Hättest du lieber fünfzehn Grad und Regen?»

Birgit sah ihn an. «Ehrlich? Jetzt gerade in diesem brütend heißen Dienstwagen auf dem Weg zu einer Leiche? Ja, da wäre mir kühler Regen sehr willkommen.»

Miguel schüttelte den Kopf. «Regen an einem Tatort ist die Hölle. Innerhalb von fünf Minuten ist man völlig durchnässt, und alle Spuren sind auf Nimmerwiedersehen weggespült.» Er setzte den Blinker und bog von der Landstraße in eine kleine Ortschaft ab.

Birgit seufzte. «Du bist immer so furchtbar vernünftig.»

«Ach wirklich?» Miguel lachte auf. «Glaub mir, ich kann auch anders.»

Das glaubte Birgit ihm aufs Wort. Doch sie kam nicht mehr dazu, etwas zu erwidern. Miguel parkte vor einer notdürftigen Absperrung aus Flatterband, das zwischen zwei Pkws gespannt war. Zwei Kollegen in Uniform hielten eine Handvoll Schaulustige auf Abstand, sonst war offenbar noch niemand vor Ort.

Birgit stieg aus und blickte sich um. Eine Art Dorfplatz, flankiert von einigen mehr oder weniger hässlichen Häusern, einer Bushaltestelle, einem Zigarettenautomaten und einer mit Graffiti besprühten Bank. Dahinter erstreckten sich Felder, über denen die Hitze flirrte.

Birgit ging auf einen der Streifenbeamten zu. «Clarenberg,

Kripo Düsseldorf. Das ist mein Kollege Rodríguez. Was haben wir hier?»

Der Uniformierte deutete hinter sich. «Anwohner haben vor gut zwanzig Minuten den Toten da gefunden. Wir haben nur einen Blick drauf geworfen und wussten, dass die Sache für uns hier eine Nummer zu groß ist.»

Birgit reckte den Hals. Sie konnte nicht mehr erkennen als einen Telefonmast am Rand des Dorfplatzes, vor dem eine Gestalt reglos am Boden saß. «War der Notarzt schon da?», fragte sie.

«Der braucht keinen Notarzt mehr», erwiderte der Uniformierte. «Das können Sie mir glauben.»

«Ach ja?», fragte Birgit spitz. «Und wer stellt den Totenschein aus? Sie? Sie kennen doch die Vorschriften, oder?»

«Der Rechtsmediziner ist auf dem Weg», verteidigte sich der Beamte.

Birgit warf einen raschen Blick zu Miguel, der stumm die Schultern hob. Sie wünschte, Georg Stadler wäre hier. Sieben Jahre hatte sie an seiner Seite ermittelt, die besten sieben Jahre ihrer Laufbahn, bis Sobotta sie im Winter plötzlich auseinandergerissen hatte. Sie vermisste Stadler. Sie vermisste seine Kompetenz, seine Souveränität, seine Erfahrung. Nicht, dass sie nicht gern mit Miguel zusammenarbeitete. Er war ein zuverlässiger Kollege und zudem ein ausgesprochen attraktiver Mann. Genau das war jedoch auch das Problem. Aus der kleinen Schwärmerei, die Birgit bisher ganz gut im Griff gehabt hatte, war mehr geworden, seit sie sich Tag für Tag im Büro gegenübersaßen. Und das gefiel ihr gar nicht. Sie war keine Frau, nach der die Männer sich umdrehten, eher eine graue Maus. Miguel würde ihre Gefühle niemals erwidern. Damit kam sie klar, sie kannte es nicht anders. Dennoch zog die Zusammenarbeit mit ihm unnötige Komplikationen nach sich: Mit einem

Mal war es ihr nicht mehr egal, was sie morgens anzog, und manchmal legte sie sogar ein wenig Make-up auf.

Miguel fasste sie sanft am Arm und zog sie zur Seite. «Schauen wir uns den Toten mal an», sagte er. «Bevor die Spusi uns nicht mehr in die Nähe lässt.»

«Gute Idee.»

Sie stiegen über die Absperrung und gingen auf den Telefonmast zu. Birgit hatte das Gefühl, dass ihre Riemchensandalen an dem glühenden Asphalt festklebten. Sandalen, enger Rock und luftige weiße Rüschenbluse. Kein Outfit für einen Außeneinsatz, egal bei welchem Wetter, aber was sonst sollte sie bei dieser Hitze anziehen? Zoe, die Praktikantin, die seit einigen Tagen in ihrer Abteilung war, lief in abgeschnittenen Jeans, Tanktop und Flipflops herum. Aber Zoe war auch noch keine dreißig.

Der Tote war jung, vermutlich nicht einmal zwanzig. Er saß nackt in einer Lache aus Blut, ein Seil um seinen Bauch hielt ihn in einer aufrechten Position. Sein ganzer Körper war mit Blutergüssen und punktförmigen rotbraunen Wunden übersät. Striemen an Hand- und Fußgelenken verrieten, dass er über einen längeren Zeitraum gefesselt gewesen sein musste. Der Mann war nicht nur misshandelt, sondern auch verstümmelt worden. Wo die Ohren gewesen waren, klafften blutige Löcher, an der linken Hand fehlte der Zeigefinger.

Blut bedeckte eine Hälfte des Oberkörpers und den Hals, wo eine tiefe Schnittwunde zu sehen war. Vermutlich war der Mann verblutet.

«Was ist hier bloß geschehen?», fragte Birgit leise. Das Brummen eines Motors ließ sie aufblicken. «Die Kollegen von der KTU sind da.»

«Na, dann mal los.» Miguel wandte sich ab. «Ich habe ohnehin mehr als genug gesehen.»

«Dito.» Birgit folgte ihm. Während sie über den glühend heißen Parkplatz stakste, ertappte sie sich erneut bei dem Wunsch, Stadler wäre da.

MONTAG, 11. AUGUST, 11:17 UHR

Georg Stadler scrollte bis zum Ende der Seite und stieß einen unwilligen Laut aus. Wieder nichts. Seit Stunden malträtierte er die Suchmaske von ViCLAS, der internationalen Verbrechensdatenbank, auf der Suche nach Todesfällen in Deutschland, bei denen abgetrennte Finger eine Rolle spielten. Ohne Erfolg. Wenn man von einem einzigen ungelösten Mordfall absah, der allerdings schon Jahre zurücklag. Er kam eher nicht in Betracht. Denn aus welchem Grund sollte ein Täter einen Finger seines Opfers aufbewahren, um ihn Jahre nach der Tat an die Polizei zu schicken?

Kein Ergebnis also. Was allerdings nichts heißen musste. Es gab andere Möglichkeiten, woher der Finger, den er am Freitag per Post erhalten hatte, stammen könnte. Ein Unfall, bei dem jemand verletzt, aber nicht getötet wurde. Ein Toter, der noch gar nicht aufgefunden wurde. Oder er wurde aus einem Leichenschauhaus oder einem Grab geraubt. Viel zu viele Möglichkeiten. Hinzu kam, dass bei ViCLAS nur Fälle eingetragen wurden, bei denen ein Wiederholungstäter am Werk war oder dies zumindest angenommen wurde.

So oder so blieb die Frage, wer ihm den Finger geschickt haben könnte. Der Täter? Aus welchem Grund? Und warum ausgerechnet ihm persönlich und nicht dem KK 11?

Stadler kratzte sich am Kopf. Er hatte am Freitag zuerst mit seinem Chef und dann mit dem Staatsanwalt gesprochen, der ein Verfahren eingeleitet und Stadler mit den Ermittlungen beauftragt hatte.

Sobotta, sein Chef, hatte ihn gebeten, sich erst einmal allein um die Sache zu kümmern. Wie Stadler selbst hatte er den Verdacht, dass es sich um einen dummen Scherz handeln könnte.

Also hatte Stadler den Rest des Freitagnachmittags am Telefon gehangen, nach Unfällen geforscht, bei den Gliedmaßen abgetrennt wurden, und in Krankenhäusern und Beerdigungsinstituten nachgefragt, ob Leichenteile entwendet wurden. Ohne Ergebnis. War es möglich, dass jemand den Finger gefunden hatte, etwa am Straßenrand nach einem Verkehrsunfall, und sich einfach nicht anders zu helfen gewusst hatte, als seinen Fund an die Polizei zu schicken?

Stadler legte die Hand auf den Telefonhörer. Er wollte in der Rechtsmedizin nachfragen, ob der Finger inzwischen untersucht worden war.

Es klingelte lange. «Ja, Schreiner?» Ein junger Arzt, mit dem Stadler bisher wenig zu tun gehabt hatte.

«Georg Stadler hier, KK 11. Ich hatte Ihnen am Freitag einen Finger geschickt.»

«Einen Finger? Davon weiß ich nichts.» Der Mann klang genervt.

«Ich muss dringend wissen, wann und wie er vom Körper abgetrennt wurde und ob die Person noch lebte, als das geschah», erklärte Stadler unbeirrt.

«Ich höre mal nach», sagte Schreiner. «Aber ich kann nichts versprechen. Hier ist die Hölle los. Es könnte ein paar Tage dauern.»

«Ein paar Tage?», fragte Stadler entsetzt.

«Es ist Urlaubszeit», erklärte der Mediziner. «Wir sind unterbesetzt.»

Stadler bedankte sich frustriert und legte auf. Also zurück zu den ungeklärten Todesfällen. Er beugte sich über seine Notizen. Noch einmal studierte er die Informationen zu dem einzigen Fall, den ViCLAS ausgespuckt hatte: dem Mord an einem Jugendlichen, dessen sterbliche Überreste vor rund fünf Jahren in der Nähe von Erkelenz entdeckt wurden. Die Tat wurde nie aufgeklärt. Die Leiche war vollständig skelettiert gewesen. Einige Gliedmaßen fehlten, darunter zwei Finger der linken Hand. Vermutlich Tierfraß. Das galt jedoch nicht für die fehlende rechte Hand. Trotz des schlechten Zustands der Knochen konnte die Rechtsmedizin nachweisen, dass sie nicht von Tieren abgerissen worden war, sondern abgehackt wurde, als das Opfer noch lebte.

MONTAG, 11. AUGUST, 11:28 UHR

Die Tür zu Professor Burntislands Büro stand offen. Liz blieb kurz stehen, betrachtete das Namensschild. *Prof. William H. Burntisland, Head of Department.* Sie hatte keine Ahnung, wofür das ‹H› stand. Hugh? Herbert? Jedenfalls wirkte der Buchstabe enorm wichtig.

Liz zögerte. Was auch immer ihr Vorgesetzter von ihr wollte, sie war sicher, dass es nichts Angenehmes war. Dabei war sie voller Elan aus dem Wochenende heimgekehrt. David und sie hatten zwei wunderbare Tage im Dartmoor verbracht. Zwar hatte es auch dort nicht geregnet, doch immerhin hatten schwere Wolken verheißungsvoll über dem Moor gehangen, und ein kühler Wind hatte sie erfrischt. Sie hatten an einem Bach gepicknickt und Scrabble gespielt. Liz hatte den Liebesroman ausgelesen, in dem sie seit Wochen nicht vorangekommen war, und David hatte seine heißgeliebten Fachzeitschriften durchgeackert. Als es bereits dämmerte, hatten sie sich unter den gleichgültigen Blicken einiger Wildponys leidenschaftlich geliebt. Sie hatten sich nicht im Geringsten darum geschert, wer sie sonst noch dabei beobachten konnte, etwa mit einem Fernglas von einem der Hügel, die im Abendlicht golden leuchteten.

Hier und jetzt, im kühlen Korridor des Institute of Psychology, Health and Society der University of Liverpool, erschien ihr Devon weiter entfernt als der Mond.

Liz seufzte, klopfte an den Türrahmen und trat ein. «Hallo William.»

«Ah, Liz.» Ihr Chef hob den Blick und lächelte sie an. «Machen Sie die Tür zu und setzen Sie sich.»

Das war kein gutes Zeichen. Sie tat wie ihr geheißen und sah ihn erwartungsvoll an.

«Sie haben sich gut geschlagen am Freitag», sagte Burntisland ohne Einleitung.

«Na ja.» Liz rieb nervös die Handflächen gegeneinander. «Die Begegnung mit der Mutter war keine Glanzleistung.»

«Das konnten Sie nicht ahnen», sagte Burntisland, doch seine Augen verrieten, dass er etwas anderes dachte. Sie hätte nach der Aussage sofort verschwinden müssen.

Liz überlegte, was Burntisland von ihr wollte, aber sie wagte es nicht, ihn direkt zu fragen. Eher hätte sie sich die Zunge abgebissen. Sie hatte sich nichts vorzuwerfen. Ihre Aussage war mit dem Team abgestimmt gewesen, sie hatte das Ergebnis der gemeinsamen Analysen vorgetragen, nicht ihre persönlichen Theorien.

«Sie haben sich ziemlich weit aus dem Fenster gelehnt, Liz», sagte Burntisland schließlich.

«Das Resultat unserer Untersuchungen war eindeutig.»

Burntisland legte die Fingerspitzen aneinander. «Auch eindeutige Ergebnisse kann man auf verschiedene Arten darstellen. Sie waren sehr – sehr deutlich. Sehr deutsch, könnte man sagen.»

Liz schluckte hart. «Wenn ich meine Aussage vorsichtiger hätte formulieren sollen, hätten Sie mir das besser vorher gesagt», erwiderte sie mit fester Stimme.

«Missverstehen Sie mich nicht, Liz.» Er sah kurz aus dem Fenster, dann wieder zu ihr. «Ich schätze es, wenn meine Mitarbeiter sich engagieren und vorbehaltlos zu ihren Studien stehen. Deshalb habe ich Sie ja eingestellt. Aber Fingerspitzengefühl ist ebenfalls wichtig.» Er beugte sich vor. «Sie wissen, dass ein Großteil unserer Mittel von privaten Förderern kommt? Unter anderem von Wohltätigkeitsorganisationen? Sie können sich vorstellen, dass diese Spender ungern Geld lockermachen, wenn auch nur der geringste Verdacht besteht, dass damit Studien finanziert werden, die Kindermördern einen Freispruch bescheren.»

Daher wehte also der Wind. Fragte sich nur, ob das hier eine Standpauke war oder das Vorgeplänkel einer Kündigung. «William, ich –»

Burntisland hob abwehrend die Hände. «Sie brauchen sich nicht zu verteidigen, Liz. Sie haben gute Arbeit geleistet. Ich muss aber auch an das Wohl des Instituts denken.» Er senkte den Blick, schob einige Papiere auf dem Schreibtisch hin und her. «Ich habe eine Anfrage von einer großen Tageszeitung bekommen. Ein Interview und eine Reportage über unsere Forschungsprojekte. Eine wichtige Sache. Ich hoffe, Sie haben Verständnis dafür, dass ich in diesem Zusammenhang ein wenig auf Distanz gehe.»

«Auf Distanz zu *mir*?» Liz sah ihn verständnislos an.

«Ich werde betonen, dass jeder wissenschaftlichen Untersuchung ein Interpretationsspielraum innewohnt. Und dass ich im Fall Derek McGee zu einer etwas vorsichtigeren Einschätzung gekommen wäre als Sie.»

Liz erhob sich abrupt. «Ist das alles?»

«Für den Augenblick ja», antwortete Burntisland und stand ebenfalls auf.

Liz erwiderte nichts und reichte ihm wortlos die Hand zum Abschied.

Sie war schon bei der Tür, als er nachschob: «Es wäre gut, wenn Sie sich in der nächsten Zeit in der Öffentlichkeit etwas rarmachen würden. Je weniger man von Ihnen sieht oder hört, desto besser für uns alle.»

MONTAG, 11. AUGUST, 12:47 UHR

Birgit Clarenberg und Miguel Rodríguez warteten schon, als Stadler das Restaurant betrat. Sie saßen an dem üblichen Ecktisch, ein wenig abgeschirmt von den anderen Gästen, und sprachen leise miteinander. Die Art, wie sie die Köpfe zusammensteckten, hatte etwas Vertrautes, das Stadler einen Stich versetzte. Sieben Jahre lang war Birgit seine Partnerin gewesen. Sie hatten sich blind vertraut, waren ein hervorragendes Team gewesen. Es kränkte ihn, dass er so einfach zu ersetzen war.

Stadler signalisierte dem Kellner, dass er ihm ein alkoholfreies Alt bringen sollte, und ging auf den Tisch zu. Seit einigen Monaten trafen sie sich etwa alle zwei Wochen hier zum Mittagessen. Was als konspiratives Treffen während der Ripper-Ermittlungen begonnen hatte, hatte sich zu einem regelmäßigen Austausch entwickelt. Damals war auch Liz Montario dabei gewesen. Inzwischen gab es nichts Konspiratives mehr an ihren Treffen außer der Tatsache, dass sie vor Mithörern auf der Hut sein mussten, wenn sie über Ermittlungsinterna sprachen.

Birgit blickte auf. «Georg, schön dich zu sehen.» Sie erhob sich und hauchte ihm zur Begrüßung einen Kuss auf die Wange.

Miguel drückte ihm die Hand. «Wir haben schon bestellt, wir sind total ausgehungert.» Er lächelte entschuldigend. «Wegen des Toten in Neuss ist für uns das Frühstück ausgefallen.»

«Muss ein ziemlich unangenehmer Anblick gewesen sein.» Stadler setzte sich. «Zu blöd, dass ich mir nicht selbst ein Bild machen konnte. Als man mich informierte, war die Leiche schon abtransportiert. Was habe ich verpasst?»

Birgit und Miguel tauschten einen Blick.

«Leider ist direkt einiges schiefgelaufen», sagte Birgit. «Ich freue mich jedenfalls, dass du die Leitung der Mordkommission übernimmst.»

«Ich mich auch.» Stadler beugte sich vor. «Bis vor einer halben Stunde habe ich übrigens in einem anderen interessanten Fall ermittelt, den ich jetzt leider abgeben muss.» Sein Bier kam, er nahm einen Schluck. «Ich hatte nämlich vor dem Wochenende ganz spezielle Post.» Er berichtete in wenigen Sätzen von dem Finger und seinen Nachforschungen.

Birgit und Miguel sahen sich wieder schweigend an. Doch diesmal lag noch etwas in ihrem Blick, eine Art stummer Wortwechsel.

Stadler beobachtete die beiden fasziniert. Ihm fiel auf, dass Birgit Make-up trug. Sehr dezent, aber dennoch nicht zu übersehen. Es stand ihr gut, genau wie die neue, etwas peppigere Frisur. Sie schien ja regelrecht aufzublühen in seiner Abwesenheit.

«Was ist so spannend?», fragte er schließlich. «Kommt schon, ihr seid doch sonst nicht so verschwiegen.»

Miguel räusperte sich. «Hast du den Finger in die Rechtsmedizin geschickt?», fragte er.

«Natürlich», antwortete Stadler. «Aber es dauert noch ein paar Tage, bis ich die Resultate bekomme. Die haben im Augenblick ziemlich viel zu tun dort.»

«Weißt du, welcher Finger es war?», fragte Birgit.

Stadler sah sie irritiert an. «Welcher Finger?»

«Zeigefinger? Ringfinger? Daumen?»

«Spielt das eine Rolle?»

Birgit beugte sich vor. «Bitte!»

Stadler schloss die Augen und rief sich den Anblick ins Gedächtnis. «Ich bin nicht sicher. Kein Daumen. Auch kein kleiner Finger, würde ich sagen.» Er fixierte sie. «Warum willst du das wissen?»

Birgit griff nach ihrem Wasserglas, trank jedoch nicht. «Der junge Mann in Neuss. Er wurde gefoltert und verstümmelt. Jemand hat ihm die Ohren abgeschnitten. Und einen Finger.»

Stadler glaubte, sich verhört zu haben. «Ist das wahr? Mein Finger gehört zu der Leiche aus Neuss?»

In dem Augenblick kam der Kellner, um Stadlers Bestellung aufzunehmen. Stadler sah ihn zerstreut an, dann orderte er, ohne nachzudenken, eine Salamipizza.

«Das Opfer war um die zwanzig», fuhr Birgit fort. «Könnte das zu deinem Finger passen?»

«Keine Ahnung. Das Ding hat jedenfalls furchtbar gestunken. Ich hatte den Eindruck, dass es schon vor geraumer Zeit vom Körper abgetrennt wurde. Die gräuliche Farbe, die Beschaffenheit der Oberfläche. Irgendwie schmierig.»

Der Kellner brachte eine Spinatpizza für Miguel und Lasagne für Birgit.

Stadler wartete, bis der Mann außer Hörweite war. «Warum sollte jemand sein Opfer foltern und verstümmeln und dann einen Finger abschneiden und an die Polizei schicken? Welchen Sinn sollte das haben?»

Birgit häufte Lasagne auf ihre Gabel. «Was diese Kerle tun, ergibt leider nicht immer einen Sinn.»

«Vielleicht besteht ja gar kein Zusammenhang zwischen dem Finger und dem Toten», sagte Miguel. «Vielleicht war dein Päckchen wirklich nur ein makabrer Scherz.»

Stadler runzelte die Stirn. «Wie wahrscheinlich ist es, dass wir es mit zwei verstümmelten Leichen zu tun haben, zwischen denen es *keinen* Zusammenhang gibt?», fragte er zurück.

«Ein abgeschnittener Finger bedeutet noch nicht, dass es eine verstümmelte Leiche gibt», warf Miguel ein. «Er könnte von einem Arbeitsunfall stammen. Aus einem Krankenhaus. Oder aus der Präparatensammlung der Universität.»

«Und diesen Finger bekommt Georg geschickt, ganz zufällig drei Tage bevor wir auf eine frische Leiche stoßen, der ein Finger fehlt?», fragte Birgit kauend. «An solche Zufälle glaube ich nicht.» Birgit schob ihren Teller von sich weg und fischte ihr Handy aus der Handtasche. «Ich rufe jetzt in der Rechtsmedizin an und mache denen Beine. Die sollen zuallererst den Finger abchecken, überprüfen, ob er zu unserem Toten gehört oder nicht. Dann können wir weiterspekulieren.»

«Besser noch, ich fahre nach dem Essen dort vorbei.» Stadler warf einen ungeduldigen Blick in Richtung Küche.

«Und die Moko-Besprechung?» Birgit legte das Handy auf den Tisch.

«Das macht ihr beide. Dafür braucht ihr mich nicht. Ihr seid ohnehin viel besser im Bilde.» Stadler bemerkte ein leichtes Zucken in Birgits Gesicht. Ärger? Unsicherheit? Vielleicht täuschte er sich, was die Harmonie zwischen ihr und Miguel anging.

«Abgemacht», sagte Miguel. «Ich wette, dass unser Toter und dein Finger zusammengehören.»

«Und wenn nicht?», fragte Stadler.

«Dann heißt das noch lange nicht, dass die beiden Fälle nichts miteinander zu tun haben. Vielleicht war unser junger Mann nicht das erste Opfer.»

MONTAG, 11. AUGUST, 14:04 UHR

Birgit ließ ihren Blick durch das Besprechungszimmer gleiten und betrachtete die Mitglieder der Mordkommission, die Stadler am Vormittag zusammengestellt hatte. Zwei Kollegen aus Neuss, der jüngere wirkte unternehmungslustig, der ältere beleidigt. Vermutlich, weil Stadler durchgesetzt hatte, die Ermittlungen von Düsseldorf aus zu führen. Die übrigen Ermittler waren aus dem Düsseldorfer KK 11. Die einzige andere Frau in der Moko war die Praktikantin Zoe Fischer. Sie trug ihr knapp geschnittenes T-Shirt mit so viel Selbstbewusstsein, dass keiner der Männer wagte, sie anzustarren. Beneidenswert.

Miguel, der bis gerade mit den Kabeln von Laptop und Beamer gekämpft hatte, hielt den Daumen hoch. «Wir können.»

«Okay.» Birgit klopfte mit dem Kuli gegen ihren Kaffeebecher. «Es geht los, Leute. Georg ist in der Rechtsmedizin, er hat mich gebeten, diese erste Besprechung zu leiten. Miguel zeigt euch erst mal ein paar Fotos vom Fundort und vom Opfer.» Sie nickte ihm zu.

Miguel ließ die Bilder in kurzer Abfolge über das Whiteboard laufen und sprach dazu. «Der Tote wurde heute Vormittag in einem Dorf im Kreis Neuss aufgefunden. Wie ihr seht, wurde er gefoltert und verstümmelt. Welche Verletzungen er im Einzelnen erlitten hat, lässt sich noch nicht sagen, da er erst heute im Laufe des Tages obduziert wird. Wir kennen auch noch nicht die genaue Todesursache. Es ist jedoch sehr wahrscheinlich, dass er verblutet ist. Seine Halsschlagader wurde durchtrennt, und zwar irgendwann in der Nacht von gestern auf heute.» Miguel ließ ein weiteres Foto aufleuchten, das eine Vergrößerung des Halses zeigte, wo der tiefe Schnitt klaffte. «Vermutlich wurde der junge Mann vor seinem Tod an diesem

Telefonmast festgebunden, und zwar im Stehen. Das ergibt sich aus Spuren an dem Mast. Er ist dann im Laufe der folgenden Stunden hinuntergerutscht. Kurz vor seinem Tod erhielt er zudem einen Schlag auf den Hinterkopf, möglicherweise mit einem Hammer. Ob er dadurch das Bewusstsein verlor, ist nicht klar. Er könnte also auch infolge des Schlags zu Boden gesunken sein.»

«Tod am Marterpfahl», rief Clemens Suderwich dazwischen, der freundlichere der beiden Neusser Kollegen.

Die anderen grinsten. Damit hat die Mordkommission ihren Namen, dachte Birgit, zumindest inoffiziell: Moko Marterpfahl. Nicht eben pietätvoll, aber passend.

«Die Befragung der Anwohner hat bisher nichts ergeben», fuhr Miguel fort. «Angeblich hat niemand etwas gehört oder gesehen. Und niemand kennt das Opfer.»

«Aber das macht nichts», schaltete Birgit sich ein, denn wir konnten den Toten vor einer halben Stunde identifizieren. Es gab einen Treffer bei den Vermisstenmeldungen. Wir haben die Rechtsmediziner überredet, wenigstens schon mal die Zahndaten, die wir per Eilboten von seinem Zahnarzt bekommen haben, abzugleichen. Unser Mann heißt Jonathan Geissler, ist siebzehn Jahre alt und stammt aus Neuss-Büttgen. Er ist seit dem vergangenen Mittwoch nicht mehr gesehen worden. Seine Eltern haben ihn am Donnerstag als vermisst gemeldet.» Birgit legte ihre rechte Hand auf einen dünnen Hefter. «Zwei Dinge sind mir aufgefallen: Der Kollege vom KK 11 Neuss, der die Anzeige aufgenommen hat, hat handschriftlich etwas ergänzt: ‹Eltern wirken sehr restriktiv, Sohn hat sich möglicherweise abgesetzt.›»

«Restriktiv?», fragte Florian Schenk nach, der junge Kollege, der erst kürzlich ins KK 11 gewechselt hatte.

«Das heißt streng», klärte Suderwich ihn auf.

«Ich weiß», gab Schenk zurück. «Ich wundere mich nur. Der Bursche war siebzehn. Kein Kind mehr.»

«Das führt uns zu der zweiten Besonderheit», sagte Birgit rasch. «Der Kollege von der Vermisstenstelle hat sich an das Jugendamt gewandt und nachgefragt. Dort gab es einen Vorgang, der jedoch schon einige Jahre zurückliegt. Damals wandte sich der Kinderarzt von Jonathan an die Behörden, weil er den Verdacht hatte, der Junge werde misshandelt.»

«Ach du Scheiße», murmelte Zoe Fischer und starrte auf das Foto auf dem Whiteboard. Eine Großaufnahme von Jonathans Verletzungen am Oberkörper samt der Schnittwunde am Hals, an der er vermutlich gestorben war. «Du meinst, das könnten seine Eltern gewesen sein?»

«Das weiß ich nicht», antwortete Birgit leise. «Die Sache damals ist aber im Sande verlaufen. Entweder konnte man den Eltern nichts nachweisen, oder der Arzt hat sich geirrt.»

«Also, ich glaube nicht, dass Eltern ihr Kind auf diese Weise umbringen könnten», sagte Suderwich. «Außerdem lässt sich ein ausgewachsener Kerl von siebzehn Jahren doch nicht mehr von seinen Eltern verprügeln.»

«Wenn er es von Kindheit an nicht anders kannte, hatte er vielleicht nie gelernt, sich dagegen zu wehren», wandte Zoe ein. «Die Autorität der Eltern kann übermächtig sein. Denk an *Psycho*.»

«*Psycho*?», fragte Suderwich zurück. «Meinst du etwa den Hitchcock-Film, Mädchen?»

Zoe setzte sich aufrecht hin. «Genau den meine ich. Die übermächtige Mutter, die ihren Sohn dominiert, sogar noch über ihren Tod hinaus. Und mein Name ist Zoe. Oder Frau Fischer oder meinetwegen auch Kommissaranwärterin Fischer. Aber nicht Mädchen. Mädchen sind acht Jahre alt, haben Zöpfe und spielen mit Barbies.»

Birgit konnte sich ein Grinsen nicht verkneifen. Endlich einmal eine weibliche Verstärkung im Team, die diesen Namen auch verdiente. Sie warf einen Blick zur Seite und sah, dass Miguel ebenfalls schmunzelte.

«Zoe», sagte sie. «Ich möchte, dass du dich um diese alte Anzeige kümmerst. Sprich mit der Sachbearbeiterin vom Jugendamt. Und mit dem Arzt. Guck, ob du etwas in Erfahrung bringen kannst.» Birgit sah zu den Neusser Kollegen. «Ihr beide hört euch bitte in Jonathan Geisslers Umfeld um. Redet mit seinen Freunden. Es sind zwar Ferien, aber seht trotzdem, wen ihr auftreiben könnt, sprecht auch mit den Lehrern. Wir müssen wissen, was Jonathan für ein Mensch war. Hatte er viele Freunde? War er beliebt? Oder war er eher ein Einzelgänger? Hatte er eine Freundin? Wie war das Verhältnis zu den Eltern? Ihr wisst, worauf es ankommt.»

Suderwich nickte, sein Kollege runzelte die Stirn. «Sollen wir uns auch mit der Familie unterhalten?»

«Das erledigt Georg. Der Junge wurde ja eben erst identifiziert. Die Eltern wissen noch gar nicht, dass ihr Sohn tot ist.» Birgit seufzte. Todesnachrichten überbrachte niemand gern. Sie warf Miguel einen Blick zu, der sie aufmunternd anlächelte.

«Bleiben noch die Zeugen», sagte sie. «Florian und Axel, bitte geht die Aussagen durch, versucht, die Leute aufzutreiben, die noch nicht befragt wurden. Und hakt nach. Lasst euch nicht abspeisen. In diesem winzigen Dorf kennt jeder jeden. Da bindet man nicht einfach einen jungen Mann an einen Telefonmast, schlitzt ihm die Kehle auf, und keiner merkt es. Auch nicht mitten in der Nacht. Vielleicht hat ein Hund angeschlagen, oder jemand hat ein Auto gehört. Der Täter ist bestimmt nicht zu Fuß gekommen.»

Sie verteilte die übrigen Aufgaben und blickte in die Runde. «Noch Fragen?»

Florian Schenk hob die Hand. «Für mich hat die Tat etwas Rituelles», sagte er. «Und etwas sehr Abgebrühtes. Als hätte der Täter so etwas nicht zum ersten Mal gemacht.»

Birgit schluckte und sah Miguel an. Sie hatten beschlossen, Stadlers rätselhafte Postsendung erst mal aus der Sache herauszuhalten, bis sie Genaueres wussten.

Miguel nickte ihr kaum merklich zu, bevor er sich an Schenk wandte. «Ich finde, es ist noch zu früh für solche Spekulationen. Sobald wir den Obduktionsbericht der Rechtsmedizin haben und genau wissen, wie Jonathan Geissler gefoltert und getötet wurde, sollten wir diese Details bei ViCLAS eingeben und gucken, was die Datenbank ausspuckt.»

DIENSTAG, 12. AUGUST, 11:03 UHR

Mit einem mulmigen Gefühl im Magen stieg Liz in ihren Golf und schlug die Tür zu. Die letzte Nacht hatte sie bei David in seinem Haus in Chester verbracht, denn nach dem unangenehmen Gespräch mit William Burntisland hatte sie nicht allein sein wollen. David war schon vor zwei Stunden in seine Praxis gefahren, doch Liz hatte sich nicht dazu aufraffen können, ebenfalls aufzubrechen. Sie hatte allein sein wollen, wenn sie erfuhr, zu welchem Urteil die Geschworenen im Prozess gegen Derek McGee gekommen waren. Für ein paar Stunden würden ihre Kollegen an der Uni ohne sie klarkommen. Es stand heute ohnehin nichts Besonderes auf dem Programm. Keine Sitzungen, keine Konferenzen, nur ganz normaler Forschungsalltag, der vor allem aus der Lektüre von Polizeiakten und dem Erstellen von Statistiken bestand.

Am liebsten hätte Liz sich in ein Loch verkrochen, bis der Sturm vorübergezogen war. Doch das war leider unmöglich. Immerhin hatte das Warten nun ein Ende. Soeben hatten die Nachrichten gebracht, was vermutlich für den Rest des Tages die Topmeldung sein würde: Vor zwanzig Minuten war in London das Urteil verkündet worden. Nicht schuldig. Die Geschworenen hatten Derek McGee freigesprochen.

Nach einer Schrecksekunde hatte Liz ihr Handy ausgeschaltet. Heute war sie für niemanden erreichbar. Und sie würde auch nicht nach Liverpool fahren, sondern zu Hause arbeiten.

Sie steckte den Schlüssel ins Zündschloss und blickte auf die Uhr. Kurz nach elf. Die Geschworenen hatten sich erstaunlich schnell geeinigt. Was bedeutete das? Hatte McGees Verteidiger es geschafft, noch weitere überzeugende Entlastungsindizien für seinen Mandanten zusammenzutragen? Oder lag es allein an ihrer Aussage?

Liz startete den Motor. Sie durfte sich nicht verrückt machen. Der Prozess war vorbei, in wenigen Tagen würden andere Nachrichten die Ermordung der kleinen Eileen Simmons und den Freispruch für McGee aus den Schlagzeilen verdrängen, und damit würden auch Liz und ihre Aussage in Vergessenheit geraten. So einfach war das.

Als sie zwanzig Minuten später die Hauptstraße von Burton entlangfuhr, wurde ihr klar, dass sie das öffentliche Interesse weit unterschätzt hatte. Eine Menschentraube hatte sich vor ihrem Haus versammelt, Pkws und Übertragungswagen parkten kreuz und quer, Reporter trampelten durch ihren Vorgarten, stellten schwere Stative in ihrer Einfahrt auf und machten Fotos.

Liz trat auf die Bremse. Noch hatte niemand sie bemerkt. Sie überlegte fieberhaft, ob es eine Möglichkeit gab, ungesehen ins Haus zu kommen. Keine Chance.

Also doch nach Liverpool? Vor dem Institut warteten bestimmt ebenfalls Presseleute. Für einen Moment überkam sie Panik. Gefolgt von einem schlechten Gewissen, weil nun ihre Kollegen die lästigen Fragen der Presse beantworten mussten. Andererseits hatten sie alle gemeinsam an dem Gutachten gearbeitet. Warum sollten die anderen nicht auch dafür geradestehen?

Einer der Journalisten drehte sich um und entdeckte ihren Wagen. Leider war er nicht schwer zu identifizieren, da sie noch immer mit deutschen Kennzeichen herumfuhr. Der Mann rief etwas, und sofort kam Bewegung in die Masse.

Kurz entschlossen gab Liz Gas. Sie musste einem Fotografen ausweichen, der ihr vor das Auto lief, eine Kamera auf die Windschutzscheibe gerichtet, doch schon bald hatte sie die

Meute hinter sich gelassen. Sie fuhr so schnell, wie es auf der schmalen Landstraße möglich war, und blickte dabei immer wieder nervös in den Rückspiegel. Niemand schien ihr zu folgen. Immerhin.

Wenige Minuten später drosselte sie vor Judys Haus in Neston das Tempo. In der Einfahrt parkten zwei Autos, Judy hatte wohl Gäste in ihrem Bed & Breakfast. Liz lenkte den Wagen in eine Seitenstraße. Hinter dem Haus war ein Schuppen mit einem breiten Holztor. Judy schloss ihn nie ab, denn er stand leer. Vor einigen Wochen hatte Judy gescherzt, dass Liz dort ihren Wagen verstecken könne, wenn die Polizei hinter ihr her sei. Damals hatte sie dabei nur an die verbotenen deutschen Kennzeichen gedacht, denn eigentlich hätte Liz ihren Wagen längst ummelden müssen. Jetzt kam ihr die Erinnerung an diesen Scherz sehr gelegen.

Sie sprang aus dem Wagen, ohne den Motor abzustellen, und riss die beiden Torflügel auf. Groß war der Schuppen nicht, doch für einen Golf müsste es reichen. Sie stieg wieder ein und manövrierte das Auto in den Schuppen. Dann stieg sie aus, schloss das Tor und betrat Judys Grundstück durch das Gartentürchen.

Judy war dabei, weiße Laken auf einer zwischen Bäumen gespannten Leine aufzuhängen. Sie trug ein geblümtes Kleid und ein Kopftuch, das sie im Nacken zusammengebunden hatte, und sah aus wie die fleischgewordene Ikone einer Waschmittelwerbung aus den fünfziger Jahren.

«Oh, Liz», rief sie ihr entgegen. «Du siehst furchtbar aus!»

«Danke, sehr charmant.» Liz trat näher und umarmte ihre Freundin.

«Freispruch?», fragte Judy.

Liz nickte.

«Das verlangt nach einem starken Tee. Mit Schuss.» Judy warf das Laken zurück in den Korb, packte Liz energisch am

Arm und schleifte sie über die Veranda in die Küche. Sie drückte Liz auf einen der buntlackierten Holzstühle und machte sich am Wasserkocher zu schaffen.

Unwillkürlich musste Liz lächeln. Judy erinnerte sie in so vielem an ihre Freundin Deborah. Sie war genauso lebensfroh, resolut und unverdrossen. Besaß die Energie, den Lebensmut, der Liz oft fehlte. Vielleicht hatte Liz sie deshalb auf Anhieb gemocht. Judy war nicht Deborah, und sie würde sie nie ersetzen können, aber es war fast so, als könne Liz die tote Freundin in Judys Nähe spüren.

Judy stellte Teebecher, Zucker und Milch auf den Tisch. Aus dem alten Küchenbuffet kramte sie eine Flasche Single Malt hervor und gab in jeden Becher einen kräftigen Schluck.

«Es ist noch nicht einmal Mittag», protestierte Liz schwach.

«Auf nüchternen Magen wirkt das Zeug am besten», stellte Judy fest. «Ist doch wunderbar.»

Sie goss Tee ein und setzte sich Liz gegenüber. Eine Weile nippten sie stumm an ihren Bechern.

«Die Presse ist in meinem Vorgarten», sagte Liz unvermittelt. «Mindestens ein Dutzend Reporter, die in meinen Blumenbeeten herumtrampeln und alles kaputt machen.»

«Ach, du Ärmste.» Judy sah sie mitleidig an.

«Was soll ich nur machen, wenn die sich dort häuslich niederlassen?»

«Keine Sorge, das wird schon.» Judy griff nach ihrer Hand und drückte sie. «Versuch, an etwas anderes zu denken. Ich habe sehr nette Gäste hier. Aus Schweden. Wir wollen heute Abend grillen, weil sie morgen abreisen. Du könntest mir bei den Vorbereitungen helfen. David ist natürlich auch herzlich eingeladen.»

«Ich helfe dir gern. Aber ich bin nicht sicher, ob ich etwas runterbekomme. Mir ist ganz flau im Magen.»

Judy grinste. «Das ist nur der Whisky. Willst du noch einen?»

«Um Himmels willen!»

«Dann noch einen Tee ohne Schuss?»

«Gern.»

Judy sorgte für Nachschub, dann setzte sie sich wieder an den Tisch und erstellte eine Einkaufsliste für den Grillabend. «Herrje», murmelte sie nach einer Weile. «Hast du eine Ahnung, wie viele Würstchen ich für sieben Personen brauche? Oder stehen Skandinavier eher auf Fisch? Soll ich lieber Lachs besorgen?»

Liz hörte die Fragen kaum. Sie starrte in ihren Tee.

«Hey, Liz, habe ich nicht gesagt, du sollst dich nicht verrückt machen?» Judy stemmte in gespieltem Ärger die Hände in die Hüften.

«Leichter gesagt als getan.» Liz seufzte. «Glaubst du, dass es manchmal falsch ist, das Richtige zu tun?»

«Wie bitte?» Judy sah sie verständnislos an.

«Oder richtig, das Falsche zu tun?»

«Liz, lass das Grübeln. Du hast das Richtige getan. Punkt. Die Welt kann dich mal. Heute bleibst du hier, und morgen sieht alles ganz anders aus. Dann interessiert sich kein Mensch mehr für dich. Nichts ist so langweilig wie die Nachrichten von gestern. Wart's ab.»

«Hoffentlich hast du recht.»

«Verlass dich drauf. In ein paar Tagen kennt niemand mehr auch nur deinen Namen.»

Liz nippte an ihrem Tee. «Mag sein. Aber er wird den Menschen wieder einfallen, falls in den nächsten Wochen irgendwo in Großbritannien ein kleines Mädchen verschwindet.»

DIENSTAG, 12. AUGUST, 19:38 UHR

«Lasst mich in Ruhe! Ich bin euch doch sowieso scheißegal!» Kelly knallte die Zimmertür zu und warf sich aufs Bett. Wütend vergrub sie ihr Gesicht im Kopfkissen und versuchte, nicht zu heulen. Was ihr gründlich misslang. Die Tränen schossen nur so aus ihren Augen, verschmierten die Wimperntusche und verteilten sie gleichmäßig auf ihren Wangen. Gleich würde sie wie ein Zombie aussehen. Na und? Interessierte eh niemanden, wie sie aussah. Sie hob den Kopf und horchte. Draußen war alles still. Kein Klopfen, kein Knarren auf dem Flur. Typisch! Als würden ihre Eltern sich die Mühe machen, die Treppe hinaufzukommen, um nach ihr zu sehen! Kelly presste die Lippen zusammen. Sie schaffte es ja nicht einmal, ihren Vater so zu provozieren, dass er ihr eine knallte. Früher hatte er sich wenigstens hin und wieder dazu hinreißen lassen.

Kelly ließ den Kopf sinken und presste ihr Gesicht erneut in das Kissen. So tief, dass sie keine Luft mehr bekam. Sie könnte ersticken, hier und jetzt, ihre Eltern würden ihr vermutlich keine Träne nachweinen. Vielleicht wäre es für alle die beste Lösung. Sie war eh zu nichts nutze, eine lästige, hässliche Missgeburt.

Kelly riss den Kopf hoch und schnappte keuchend nach Luft. Gar nicht so einfach, sich umzubringen. Klar, dass eine Versagerin wie sie nicht einmal das fertigbrachte!

Das Knallen der Haustür ließ sie zusammenzucken. Na wunderbar! Sie heulte sich die Seele aus dem Leib, und Mama und Papa gingen fröhlich zum Essen. Die Einladung war ihren Eltern natürlich wichtiger als ihre Tochter. Klar. *Wenn man ein Geschäft hat, muss man die Beziehungen pflegen. Du hast ja keine Ahnung, wie wichtig das ist.*

Kelly fuhr sich über das nasse Gesicht. Bei Ariane, dem Musterkind, war das selbstverständlich etwas anderes gewesen. Für Ariane hatten ihre Eltern immer Zeit gehabt. Um sie beim Geigenkonzert und bei der Ballettaufführung zu bewundern. Oder dabei, wie sie ein selbstgeschriebenes Gedicht aufsagte. Aber Ariane war nicht mehr da.

Kelly stockte. Sie könnte abhauen, noch heute, und dahin gehen, wo ihre große Schwester war.

Benommen setzte sie sich auf. Mit zitternden Fingern fummelte sie Tabak und Blättchen aus ihrer Hosentasche, drehte sich eine Kippe und zündete sie an. Abhauen. Der Gedanke ließ sie schwindeln. Sie wäre endlich frei. Schluss mit der Schule, das Abi würde sie ohnehin nicht packen. Schluss mit Mamas endlosem Gemecker über ihre gefärbten Haare und ihre abgekauten Fingernägel, Schluss mit Papas Predigten darüber, wie wichtig Fleiß und gute Noten für die Zukunft waren.

Kelly drückte die Kippe auf eine Untertasse. Sie erhob sich und trat vor den Spiegel. Sie hatte keinerlei Ähnlichkeit mit ihrer Schwester. Ariane war der stolze Schwan, sie das hässliche Entlein. Klein, pummelig und mit zu eng stehenden Augen, deren Unansehnlichkeit durch die verschmierte Wimperntusche so richtig betont wurde. Eine Strähne ihrer dünnen blonden Haare hatte sie blau gefärbt, richtig cool kam das aber nicht rüber, denn der Farbton war irgendwie danebengeraten. Nase, Ohren und Augenbrauen waren gepierct, die Nase rund um die Löcher mal wieder entzündet, sodass sie aussah wie ein Kleinkind mit Schnupfen. Erst heute Morgen hatte einer der Nachbarjungen sie als fette Rotznase beschimpft – immer noch besser als Schwabbelkloß oder Hängebauchschwein.

Kellys Blick wanderte zum Schrank. Obenauf lag der Rucksack vom letzten Wanderurlaub. Papa hatte sie auf die Berge gescheucht, um sie ‹auf Trab zu bringen›, wie er es nannte.

Schon am ersten Tag hatte sie sich Blasen gelaufen, von dem Muskelkater ganz zu schweigen. Jeden Abend hatte sie sich in den Schlaf geweint, und das alles für nichts: Sie hatte nicht ein Gramm abgenommen.

Der Rucksack war schnell gepackt. In Mamas Nachttisch fand Kelly noch etwas Bargeld, im Keller eine Maglite. Sie überlegte kurz, ob sie eine Nachricht hinterlassen sollte, ließ es aber. Sollten sich ihre Eltern doch Gedanken machen. Das wäre eine ganz neue Erfahrung für sie.

Als Kelly vor das Haus trat, schlug ihr die Hitze des Spätsommerabends entgegen. Sie blickte sich um. Keine Menschenseele zu sehen. Der Himmel war nicht mehr blau, ein Schleier hatte sich vor die tiefstehende Sonne gelegt, und am Horizont ballten sich dunkle Wolken.

DIENSTAG, 12. AUGUST, 19:52 UHR

Stadler schaltete die Schreibtischlampe ein. Draußen war es plötzlich dunkel geworden. Ein Grollen verhieß Gewitter und Abkühlung. Hoffentlich.

Es klopfte, er wandte sich vom Fenster ab. Birgit und Miguel zwängten sich in sein kleines Büro.

«Du wolltest uns sprechen?» Birgit setzte sich, nahm eine Mappe vom Tisch und fächelte sich damit Luft zu. «Scheißhitze.»

Miguel lehnte sich an die Fensterbank und verschränkte die Arme. Ihm schien die schwüle Luft nichts auszumachen.

Stadler blätterte in seinen Notizen. «Gerade hat die Rechtsmedizin angerufen. Noch sind nicht alle Tests beendet, aber es gibt bereits Ergebnisse. Der Finger, der mir geschickt wurde, ist ein Zeigefinger. Er stammt vermutlich von einem jungen Mann, etwa im Alter von Jonathan Geissler. Er wurde vom Körper abgetrennt, als die Person noch lebte, und er war längere Zeit tiefgefroren. Wie lang, lässt sich leider nicht feststellen.»

Birgit hörte auf zu wedeln, doch sie sagte nichts.

«Das Blut in dem Finger ist Blutgruppe A. Jonathan Geissler hat Blutgruppe 0.»

«Mist!» Miguel schüttelte den Kopf. «Wäre ja auch zu schön gewesen.»

«Was heißt das jetzt für uns?», fragte Birgit. «Ich glaube nicht an einen makabren Scherz.»

«Ich auch nicht», pflichtete Miguel ihr bei. «Wenn jemand Georg hätte ärgern wollen, hätte er ihm einen Stinkefinger geschickt.»

«Sehr witzig.» Birgit funkelte ihn an.

Miguel hob die Hände. «Sorry.»

Stadler verkniff sich ein Grinsen. «Ich habe bei ViCLAS nachgesehen. Dort ist nur ein Fall verzeichnet, der in Frage kommt. Vor ziemlich genau fünf Jahren wurde in der Nähe von Erkelenz eine fast völlig skelettierte Leiche entdeckt. Die Todesursache war nicht mehr zu klären. Es gab Spuren von Tierfraß, einige Knochen wurden nie gefunden. Die rechte Hand war jedoch nicht von Tieren abgerissen worden, an den Unterarmknochen gab es eindeutige Werkzeugspuren. An der linken Hand fehlten zudem zwei Finger. Wie diese vom Körper abgetrennt wurden, war nicht mehr festzustellen.»

«Wurde das Opfer identifiziert?», fragte Miguel.

«Nein. Aber es handelt sich ebenfalls um einen männlichen Jugendlichen. Zwischen vierzehn und sechzehn Jahre alt.»

«Oje.» Birgit zog ein Taschentuch hervor und wischte sich über die Stirn. Im selben Augenblick blitzte es draußen. Der Donner folgte wenige Sekunden später.

Miguel löste sich von der Fensterbank. «Hat jemand was dagegen, wenn ich das Fenster aufmache? Da kommt bestimmt gleich ein angenehm frischer Wind auf.» Er warf Birgit einen mitfühlenden Blick zu, bevor er sich am Griff zu schaffen machte.

Stadler runzelte die Stirn. Irgendwas lief zwischen den beiden. Die Spannung war mit Händen zu greifen. Aber das Einzige, auf das er mit seiner beschränkten Phantasie kam, konnte unmöglich zutreffen. Birgit Clarenberg und Miguel Rodríguez ein heimliches Paar? Die graue Maus und der attraktive Südländer? Nie im Leben.

Ein weiterer Blitz riss Stadler aus seinen Gedanken. «Es gibt allerdings ein Problem mit diesem Fall: Die Leiche wurde zwar vor fünf Jahren entdeckt, aber die Liegezeit betrug ebenfalls mehrere Jahre. Die Rechtsmediziner datieren den Todeszeitpunkt grob auf um die Jahrtausendwende.»

Miguel nickte langsam. «Ziemlich unwahrscheinlich, dass jemand nach so langer Zeit einen Finger des Opfers verschickt.»

«Es sei denn, es gibt einen aktuellen Anlass», warf Birgit ein.

Draußen setzte Regen ein, erst vereinzelte Tropfen, dann pladderte es los. Erneut zuckte ein Blitz über den Himmel, diesmal unmittelbar gefolgt von einem Donner. Eine Windbö blies Regentropfen ins Zimmer und wirbelte die Papiere auf Stadlers Schreibtisch durcheinander. Rasch schloss Miguel das Fenster.

«Wir sollten uns mit Spekulationen vorerst zurückhalten», nahm Stadler den Faden wieder auf, nachdem er die Unterlagen notdürftig geordnet hatte. «Ich habe die Akten zu dem Fall angefordert. Es wurden Knochen- und Gewebeproben genommen, die ich in die Rechtsmedizin schicken lasse. In ein paar Tagen wissen wir mehr.» Er sah erst Miguel und dann Birgit an. «Es gibt etwas, das wichtiger ist als dieser Finger.»

«Ach ja?» Birgit sah wacher aus. Die frische Luft hatte ihr offenbar gutgetan.

«Bei der Obduktion wurde Zeitungspapier im Rachen von Jonathan Geissler gefunden.»

«Um das Opfer ruhigzustellen?», fragte Birgit.

«Möglich. Aber darauf wollte ich nicht hinaus.» Er machte eine bedeutungsvolle Pause. «Kürzlich wurden in einem Waldstück bei Mönchengladbach die Gebeine einer jungen Frau gefunden. Die Tote lag schon länger dort, etwa zwei Jahre. Auch sie hatte Überreste von Zeitungspapier im Mund. Ein Stück war nicht vollständig verwittert, weil es sich zwischen Zahnspange und Zähnen verfangen hatte.»

«Du meinst, die Fälle hängen zusammen?», fragte Miguel skeptisch. «Nur wegen der Zeitung? Ist das nicht ein bisschen dünn? Ich meine, erst eine Frau und zwei Jahre später ein junger Mann – das sind doch zwei völlig verschiedene Opfertypen.»

«Es wäre nicht das erste Mal, dass ein Täter sowohl Männer

als auch Frauen umbringt.» Birgit hob die Stimme, um das Gewitter zu übertönen. «Ich nehme an, es gibt weitere Parallelen. Stimmt's?»

Stadler lächelte. Birgit kannte ihn gut. «Gibt es. Ich habe vorhin mit dem MK-Leiter in Mönchengladbach telefoniert. Er wollte erst nicht so richtig damit herausrücken, doch als ihm klarwurde, dass wir vielleicht einen ähnlich gelagerten Fall haben, wurde er richtig gesprächig. Die Kollegen dort tappen nämlich zurzeit noch völlig im Dunkeln.»

«Und? Wir sind ganz Ohr.» Miguel rückte vom Fenster weg und setzte sich neben Birgit.

«Die Frau hatte eine Verletzung am Hinterkopf, die ihr vermutlich mit einem Hammer beigebracht wurde. In den Augenhöhlen fanden sich Werkzeugspuren, so als hätte ihr jemand mit viel Gewalt die Augen ausgestochen. Außerdem fehlte dem Skelett ein Finger.»

DIENSTAG, 12. AUGUST, 20:13 UHR

Wieder krachte es. Kelly rollte sich enger zusammen. Inzwischen zitterte sie am ganzen Leib. Angst, Kälte und Frust trieben ihr wieder und wieder die Tränen in die Augen. Weit war sie nicht gekommen. Von den Lichtern, die sie in der Ferne sah, musste eins die grässlich spießige Laterne sein, die Papa im Garten installiert hatte.

Kelly verzog das Gesicht. Sie war über den Feldweg in Richtung Kläranlage gelaufen. Nach wenigen Minuten hatte sie in der Ferne Frau Herrmanns mit ihrem kläffenden Terrier erspäht und sich schnell nach rechts in den Wald geschlagen. Im Unterholz hatte sie gewartet, bis die Luft wieder rein war, dann war sie auf den Weg zurückgekehrt. Ihr Plan war gewesen, bis zur Autobahnanschlussstelle Rheydt zu laufen und jemanden zu finden, der sie im Wagen mitnahm. Die Richtung war erst einmal egal. Hauptsache weg.

Kelly war noch nie per Anhalter gefahren. Der Gedanke, zu einem Fremden ins Auto zu steigen, bereitete ihr Unbehagen, aber sie hatte keine Wahl. Sie wollte nicht ihr ganzes Geld für ein Zugticket verpulvern.

Als sie wenig später den Bahnübergang erreichte, fielen die ersten Tropfen. Kurz entschlossen folgte sie den Schienen für die wenigen hundert Meter bis zur Schnellstraße. Die Bahnlinie verlief unter der Straße her, die Unterführung versprach Schutz vor dem Gewitter. Als Kelly die Brücke erreichte, war sie bereits völlig durchnässt. Sie kauerte sich zwischen das Unkraut in die äußerste Ecke, fummelte das Handtuch, das sie im letzten Augenblick eingesteckt hatte, aus dem Rucksack und rieb sich Gesicht und Haare trocken. Ein Zug kam vorbei und machte einen Höllenlärm. Kelly hielt sich die Ohren zu, bis alle

Waggons vorbei waren. Blitz und Donner folgten nun dicht aufeinander. Verdammt! Hatte sich sogar das Wetter gegen sie verschworen? Wie sollte sie in dieser Sintflut jemanden finden, der sie mitnahm? Inzwischen war sie nicht nur nass, sondern total verdreckt. Wer wollte sich schon mit einer gammeligen Pennerin das Auto einsauen? Wieder schossen Kelly Tränen in die Augen. Sie sehnte sich nach ihrem Zimmer, nach ihrem weichen Bett.

Rasch schüttelte sie den Gedanken ab und zog ihr iPhone aus der Hosentasche. Sie widerstand der Versuchung, ihren Status auf Facebook zu posten, obwohl der Drang, ein paar tröstende Worte von ihrer Freundin Vanessa zu lesen, riesengroß war. Stattdessen stopfte sie sich Kopfhörer in die Ohren und ließ Musik laufen. Sie drehte sich eine Zigarette und nahm einen tiefen Zug. Langsam kam sie zur Ruhe. Sie schloss die Augen, dachte an Ariane, rief sich ihr Gesicht ins Gedächtnis. «Ich komme, Schwesterherz», murmelte sie. «Ich bin auf dem Weg zu dir.»

DIENSTAG, 12. AUGUST, 23:45 UHR

Birgit stieg aus dem Wagen und knallte die Tür zu. Für einen Augenblick blieb sie stehen und genoss den kühlen Windzug auf ihrer Haut. Das Gewitter war längst weitergezogen, der Regen hatte aufgehört. Die schwarzen Wolken waren von der Dunkelheit der Nacht abgelöst worden. Das Team hatte noch einmal getagt, nachdem Stadler im Eilverfahren durchgesetzt hatte, dass der Mord in Mönchengladbach und der in Neuss nun von einer einzigen großen Mordkommission bearbeitet wurden. Erstaunlich, wenn man bedachte, wie unterschiedlich die Taten waren. Doch die wenigen Gemeinsamkeiten waren so frappierend, dass alle Beteiligten schnell zu dem Schluss gekommen waren, dass es einen Zusammenhang geben musste.

Stadler hatte die Besprechung genutzt, um den Kollegen von dem Päckchen mit dem Finger und dem alten Fall in Erkelenz zu berichten. Bei dem Finger waren sich alle einig gewesen, dass er etwas mit den Morden zu tun haben musste. Was den alten Fall betraf, gingen die Meinungen auseinander. Sie hatten beschlossen, sich erst wieder damit zu beschäftigen, wenn die Akte aus Erkelenz vorlag.

Birgit ging auf ihr Haus zu. Zu dieser späten Stunde brannte nur noch in wenigen Fenstern Licht. Die Siedlung lag weit außerhalb der Stadt, bis auf vereinzelte Autos auf der nahen Landstraße war kaum etwas zu hören.

Jonathan Geissler ging ihr nicht aus dem Kopf. Seine Familie gehörte einer Freikirche an, war sehr religiös, die Eltern entsprechend streng. Die Befragung von Freunden und Nachbarn hatte ergeben, dass körperliche Züchtigung bei den Geisslers zur Erziehung gehörte, wohl aber nicht in dem Maße, dass die Anzeige des Arztes vor einigen Jahren Folgen gehabt hätte. Der

Mediziner selbst hatte gegenüber Zoe zugegeben, dass er keine Verletzungen gefunden habe, die seine Vermutung eindeutig stützten. Allerdings gab es viele Formen der Misshandlung. Auch solche, die keine sichtbaren Spuren hinterließen.

Jonathan war das jüngste von drei Geschwistern gewesen und hatte, anders als seine Schwestern, immer wieder aufbegehrt. Trotzdem war er in der Schule ein Außenseiter geblieben, wurde regelmäßig gehänselt. Birgit fröstelte. Rasch trat sie in den Aufzug. Katharina Wagner, das Mädchen aus Mönchengladbach, war zwanzig gewesen, als sie starb, also drei Jahre älter als Jonathan. Noch wussten sie nicht viel über sie. Hatte sie eine ähnlich unglückliche Kindheit gehabt wie Jonathan?

Birgit schloss die Wohnungstür auf. Sie warf ihre Handtasche auf das Sofa, zog sich aus und duschte ausgiebig. Während das warme Wasser über ihren Körper lief, dachte sie an Miguel. Heute hatte er sich ihr gegenüber merkwürdig verhalten, ständig gewechselt zwischen subtiler Provokation und besonderer Aufmerksamkeit. Hatte er gemerkt, was sie für ihn empfand? Wollte er sie testen? Oder mit ihr spielen?

Birgit drehte das Wasser ab und stieg aus der Dusche. Sie trocknete sich nicht ab, um das erfrischende Gefühl auf ihrer Haut länger auszukosten. Auch wenn es draußen merklich abgekühlt war, steckte ihr die Hitze noch in den Gliedern. Sie goss sich ein Glas Wein ein und trat ans Fenster. Inzwischen war nirgendwo in der Siedlung mehr Licht zu sehen. Auch die Straßenlaternen waren aus.

Plötzlich bemerkte Birgit ein kurzes Aufblitzen. Irritiert runzelte sie die Stirn und studierte die Fensterfront auf der anderen Straßenseite. Genau ihr gegenüber bewegte sich eine Gardine. Noch einmal blitzte etwas auf. Erst dann wurde Birgit bewusst, dass sie noch immer nackt war.

MITTWOCH, 13. AUGUST, 00:14 UHR

Kai-Uwe Seltz wandte sich vom Fenster ab. Er trat ans Bett und begutachtete ein letztes Mal den Inhalt des kleinen Koffers, der neben der Fototasche auf der Decke lag. Auf den sorgfältig gebügelten und gefalteten Hemden, der Unterwäsche und dem Rasierzeug lagen die Utensilien, die er brauchte. Hatte er auch nichts vergessen? Handschellen, Seile, Klebeband, Messer …

Beim Anblick der blitzenden Klinge lief ihm ein wohliger Schauer über den Rücken. Beim letzten Mal war nicht alles so gelaufen, wie er es sich vorgestellt hatte. Doch diesmal war er besser vorbereitet. Es würde perfekt werden.

In der Küche polterte es. Dagmar. Wie jeden Abend ging sie erst ins Bett, wenn es überall blitzte und blinkte. Sie hatte ihn mit Fragen zu seiner Geschäftsreise gelöchert wie nie zuvor. Ahnte sie etwas? Was für ein absurder Gedanke! Dagmar machte sich keine Vorstellung von seinem Leben. In all den Jahren hatte sie ihn nie gefragt, wie genau er sein Geld verdiente. Er war Fotograf, hatte früher mal bei einer Agentur gearbeitet, doch inzwischen war er Freiberufler, reiste herum und knipste für Privatleute und Firmen auf Feiern und Veranstaltungen. Das zumindest glaubte sie. Details hatte sie nie wissen wollen. Dagmar lebte in ihrer eigenen kleinen Welt. In einem Universum aus Putzeimer, Staubsauger und Möbelpolitur.

«Kai-Uwe?», rief sie wie aufs Stichwort aus der Küche.

Er schnitt eine Grimasse, strich ein letztes Mal sanft über die Messerschneide und klappte den Koffer zu. «Ich komme, mein Schatz!»

Dagmar stand an der Spüle. Sie trug eine geblümte Schürze über ihrer Jeans und hielt einen schweren Steinguttopf in der

Hand. «Das Ding muss zurück in den Schrank. Ins obere Fach. Ich reiche nicht bis da rauf.»

«Kein Problem, ich mach das.» Während er sich reckte, um den Topf an seinen Platz zu bugsieren, stellte er sich vor, wie es wäre, das schwere Ding auf Dagmars Kopf fallen zu lassen. Einfach so. Plumps. Er malte sich aus, wie die Haut aufplatzen, wie das Blut gegen die weißen Schranktüren spritzen und alles einsauen würde. Wie Dagmar leise aufstöhnen, dann röchelnd in sich zusammensinken würde.

Es war nur ein Aufblitzen, ein kurzes Bild. Doch er wusste, dass es ihn von nun an nicht mehr loslassen würde.

MITTWOCH, 13. AUGUST, 07:00 UHR

Der Wecker riss Liz aus dem Tiefschlaf. Benommen schlug sie ihn aus. Sie richtete sich auf und schaute aus dem Fenster. Graue Wolken hingen über den Bäumen in ihrem Garten.

Liz stieg aus dem Bett und ging ins Bad. Nachdem sie geduscht und sich angezogen hatte, kochte sie sich einen Tee und nahm den Becher mit zur Hintertür. Kühler Wind empfing sie, als sie in den Garten trat. Wind, der das Salz des Meeres in sich trug. Ob das schon das Ende des Sommers war?

Gestern war Liz nach der Grillparty bei Judy doch noch nach Hause zurückgekehrt. David war bis zu ihrem Cottage in seinem Wagen hinter ihr hergefahren, und erst als er sicher gewesen war, dass nicht irgendwo ein besonders hartnäckiger Reporter lauerte, hatte er sich auf den Weg nach Chester gemacht. Der Abend war tatsächlich sehr lustig gewesen, und einige Stunden hatte Liz weder an Derek McGee noch an Eileen Simmons gedacht. Erst allein in ihrem Haus war ihr die Last der Verantwortung, die sie mit ihrer Aussage auf sich genommen hatte, wieder mit aller Macht bewusst geworden. Sie hatte noch lange wach gelegen, bevor die Müdigkeit sie übermannte.

Auf der Türschwelle trank Liz langsam ihren Tee, ließ die Gedanken kommen, auch die, die wehtaten. Judy hatte ihr dazu geraten, und es half tatsächlich. In den ersten Wochen in England hatte sie sich in die Arbeit gestürzt, hatte jeden Tag bis weit nach Dienstschluss in der Uni Fragebögen und Ermittlungsakten ausgewertet und Statistiken erstellt. Und wenn sie nach Hause kam in ihr kleines Refugium auf dem Land, hatte sie Umzugskartons ausgepackt, Fensterrahmen gestrichen oder den Rasen gemäht. Bis sie vor Erschöpfung kaum noch die Augen offen halten konnte. In dieser Zeit hatte sie vier Kilo abgenommen, und die Ringe unter ihren Augen waren dunkler und dunkler geworden.

Dann lernte sie auf einem Bauernmarkt Judy kennen, die dort ihre Aquarelle verkaufte. Die beiden Frauen waren sich auf Anhieb sympathisch gewesen, und schon beim zweiten Treffen zu Tee und Scones erzählte Liz ihrer neuen Freundin, weshalb sie aus Deutschland fortgegangen war. Es fiel ihr leichter, über ihre kaputte Kindheit und über die schrecklichen Ereignisse des vergangenen Jahres auf Englisch zu reden statt in ihrer Muttersprache, fast so, als spräche sie über das Leben einer fremden Person.

Judy reagierte nicht halb so entsetzt, wie Liz erwartet hatte. Dass Liz die Schwester eines Serienmörders war, kommentierte sie lakonisch mit den Worten: «Meine Familie ist auch ziemlich irre.» Doch dann wurde sie ernst. «Du darfst nicht länger vor deiner Vergangenheit davonlaufen», sagte sie und rührte dabei heftig in ihrem Tee. «Sie ist Teil deines Lebens. So wie deine Familie ein Teil von dir ist. Deine Mutter, dein Vater, ja selbst dein Bruder, sie gehören zu dir. Wenn du sie aus deinen Gedanken aussperrst, sperrst du einen Teil von dir selbst aus. Und gehst daran kaputt.»

Natürlich wusste Liz all diese Dinge, schließlich hatte sie Psychologie studiert. Das machte es jedoch nicht leichter, danach zu handeln. «Aber was hilft es, wenn ich ständig über mein verkorkstes Leben nachdenke?», hatte sie trotzig eingewandt.

«Du sollst nicht in einem fort grübeln, aber du musst diesen Dingen Raum in deinem Leben geben. Wenn du bestimmte Erinnerungen oder Gedanken unterdrückst, gibst du ihnen viel zu viel Macht über dich.»

Widerwillig hatte Liz ihrer neuen Freundin zugestimmt, mehr noch, sie hatte sich Judys Rat zu Herzen genommen, und nun ließ sie manchmal die Erinnerungen kommen. Für einige Augenblicke zumindest. So lang, wie sie es aushielt. An diesem Morgen stand sie fast eine Viertelstunde auf der Schwelle, ließ ihren Blick über die Stauden und Büsche schweifen und dachte an den Garten des kleinen Häuschens in Duisburg, wo sie aufgewachsen war.

Als sie den leeren Teebecher auf der Spüle abstellte, ergriff eine seltsame Unruhe von ihr Besitz, obwohl sie sich ausnahmsweise nur an schöne Dinge erinnert hatte. Vielleicht war es die Angst, das schützende Haus zu verlassen. Mit einem Kribbeln im Magen stieg sie in ihre Stiefel.

Bevor sie aus der Tür trat, spähte sie vorsichtig aus dem Fenster. Keine fremden Wagen, keine Reporter. Niemand. Gestern noch hatte sie im Mittelpunkt des öffentlichen Interesses gestanden, schon heute bestimmten andere Nachrichten den Tag. Sicherlich war es noch nicht ausgestanden, aber dass die Reporter nicht schon morgens vor ihrer Tür lauerten, deutete sie als gutes Zeichen.

Erleichtert griff Liz nach ihrer Handtasche. Sie hasste den Teil ihrer Arbeit, der sie ins Rampenlicht katapultierte. Neugierige Fragen, Mikrophone und blitzende Kameras stießen sie zurück in ihre Kindheit, ließen sie wieder zu dem hilflosen Mädchen werden, das von einem Tag auf den anderen berühmt wurde, weil sein Bruder ein Killer war. Jeder wollte sie sehen, jeder ein Bild von ihr schießen, sie war ein Freak, die kleine Schwester eines Monsters.

Gerade als sie das Haus verlassen wollte, klingelte das Telefon. Sie zögerte. Schließlich siegte die Neugier, und sie hob ab.

«Liz? Liz Montario?» Eine Männerstimme.

«Ja. Wer ist da?»

«Wunderbar, Liz, dass ich dich erreiche. Ich bin ein großer Fan von dir.» Die Stimme klang freundlich, aber zwischen den

Worten schwang etwas anderes mit, etwas Drohendes, Besitzergreifendes, das Liz schaudern ließ.

«Ich möchte dich zu mir einladen, Liz. Es ist schon alles vorbereitet», säuselte die Stimme.

Liz schluckte. *Leg auf!* Wider jede Vernunft presste sie weiterhin das Telefon ans Ohr.

In völlig verändertem Tonfall stieß der Fremde hervor: «Komm zu mir, und dann mache ich genau das mit dir, was Derek McGee mit der kleinen Eileen gemacht hat.»

MITTWOCH, 13. AUGUST, 13:46 UHR

Birgit riss hektisch einige Papiertücher aus dem Spender und trocknete sich die Hände ab. Was Miguel wohl von ihr dachte? Im Laufe des Vormittags war sie mindestens fünfmal auf der Toilette gewesen. Der Schreck gestern Nacht war ihr auf die Blase geschlagen. Das, oder sie hatte sich erkältet, weil sie sich nach dem Duschen nicht abgetrocknet hatte.

Heute Morgen war ihr die Angst vom Vorabend lächerlich vorgekommen. Sie hatte eine Lichtreflexion in einem der gegenüberliegenden Fenster gesehen und völlig hysterisch darauf reagiert. So kannte sie sich gar nicht.

Um die Sache endgültig abzuhaken, hatte sie durch das Teleobjektiv ihres Fotoapparats hinübergeschaut. Was sie gesehen hatte, hatte sie jedoch alles andere als beruhigt. Die Gardinen waren zugezogen, sodass sie von dem Raum dahinter nichts sehen konnte. Dafür erkannte sie umso deutlicher den Gegenstand auf der Fensterbank: ein Fernglas.

Dieses Schwein! Bevor sie ins Präsidium aufgebrochen war, hatte Birgit sich die Klingelschilder angesehen, doch es war unmöglich zu sagen, welcher Name zu welcher Wohnung gehörte. Einen Namen unauffällig durch das System laufen zu lassen, um zu überprüfen, ob zu der Person etwas vorlag, ging so gerade noch. Aber zehn Namen? Keinesfalls.

Birgit trat auf den Korridor und eilte auf die Treppe zu. Auf dem Parkplatz wartete Miguel. «Alles in Ordnung?»

«Natürlich. Warum denn nicht?», fuhr sie ihn gereizt an.

Er hob die Hände. «Ich ziehe die Frage zurück.»

Sie stiegen ein. Miguel startete den Wagen. Sie wollten nach Mönchengladbach, um mit der Mutter von Katharina Wagner zu sprechen.

«Meine Reaktion eben war blöd», sagte Birgit nach einer Weile. «Ich hatte heute keinen so guten Start in den Tag. Tut mir leid, dass du das ausbaden musst.»

«Kein Problem. Möchtest du darüber reden?»

Birgit zögerte. Sie hätte lieber Stadler davon erzählt, doch der war auf dem Weg zum Flughafen, um einen geheimnisvollen Experten aus Großbritannien abzuholen. Jemanden, der angeblich ein Genie war, wenn es darum ging, Botschaften von Straftätern zu entschlüsseln. Schließlich berichtete sie zögernd von dem Spanner.

«Dieses Schwein», stieß Miguel hervor. «Soll ich dem Kerl einen Besuch abstatten?»

«Was willst du ihm denn sagen?»

«Das überlass mal mir.»

Birgit musste lächeln. Die Vorstellung, dass Miguel einen anderen Mann zusammenstauchte, der ihr zu nahe getreten war, hatte etwas Reizvolles. «Er würde alles abstreiten.»

«Und dich in Ruhe lassen.»

«Ich überleg's mir.»

Kurz darauf hielten sie vor einem alten Mehrfamilienhaus, von dem der Putz abbröckelte.

«Nicht sehr einladend», sagte Miguel und blickte an der Fassade hoch.

Sie klingelten bei *Wagner* und stiegen die steile Treppe hinauf in den zweiten Stock. Eine Frau mit streng zurückgekämmten, von grauen Strähnen durchzogenen Haaren empfing sie an der Tür. Sie trug einen knielangen grauen Rock und eine schwarze Bluse. Aus dem Inneren der Wohnung strömte der Gestank nach kaltem Rauch ins Treppenhaus.

«Sie sind von der Polizei?», fragte sie.

«Mein Name ist Birgit Clarenberg, das ist mein Kollege Miguel Rodríguez.»

Die Frau nickte. «Es waren ja schon Kollegen von Ihnen da», sagte sie. «Letzte Woche, meine ich. Nicht vor zwei Jahren, als Katharina – als sie verschwand. Da war niemand hier.»

«Wir müssen leider noch einmal mit Ihnen sprechen», erklärte Birgit. «Das verstehen Sie sicherlich.»

Frau Wagner hob die Schultern. «Meinetwegen.» Sie führte sie ins Wohnzimmer, das so stark nach Zigarettenqualm roch, dass Birgit unwillkürlich durch den Mund atmete. Sie warf Miguel einen Blick zu. Er zog die Brauen hoch.

«Ich habe Katharina allein großgezogen», erzählte Frau Wagner ungefragt, als sie auf der grünen Couchgarnitur saßen, und steckte sich eine Zigarette an. «Mein Mann starb, als die Kleine gerade zwei war. Leicht war das nicht. Katharina war ein sehr stilles, ängstliches Mädchen. Sie war viel zu Hause, hat wenig mit anderen Kindern gespielt.»

«Sie lebte noch hier bei Ihnen, als sie verschwand?», fragte Miguel und wedelte unauffällig den Qualm weg, den Frau Wagner ihm mitten ins Gesicht blies.

«Sie hat ja noch kein eigenes Geld verdient, hatte gerade ihre Ausbildung beendet, als Floristin. Leider hatte sie nicht so gute Noten. Prüfungsangst, Sie verstehen?» Sie zog an ihrer Zigarette. «Trotzdem hatte Katharina eine Stelle in Aussicht. Allerdings brauchte sie dafür den Führerschein. Und sie war schon zweimal durch die Prüfung gefallen.»

Birgit warf Miguel einen Blick zu. Er schien das Gleiche zu denken wie sie. Eine junge Frau, die Angst vor dem Leben gehabt hatte. Und nicht genug Zeit, um zu entdecken, wie wunderbar es sein konnte.

MITTWOCH, 13. AUGUST, 14:24 UHR

Kelly schob ihre dreckigen Klamotten mit dem Fuß unter das Waschbecken. Ihre Mutter würde einen Tobsuchtsanfall kriegen, wenn sie das Chaos entdeckte, aber das war ihr scheißegal. Nackt stand sie vor dem Badezimmerspiegel. Trotz der Speckfalten waren die Narben auf ihrem Bauch gut zu erkennen. Die älteren glänzten silbrig, die frischeren waren tiefrot. Kelly griff nach der Nagelschere, zögerte.

Gestern Abend hatte sie sich frustriert und durchgefroren wieder auf den Heimweg gemacht. Eine Totalversagerin. Sogar zu blöd zum Abhauen. Vom Rasen hinter dem Haus hatte sie ihre Eltern im Wohnzimmer gesehen, wie sie auf dem Sofa saßen und irgendwas im Fernsehen glotzten. Keine Spur von Sorge um ihre Tochter. Sie wussten vermutlich nicht einmal, dass Kelly nicht in ihrem Zimmer war. Oder sie wussten es, und es war ihnen gleich. In dem Augenblick hatte Kelly beschlossen, dass sie dafür bezahlen würden.

Sie hatte sich im Schuppen verkrochen, sich aus den Sitzpolstern der Gartenstühle ein Lager gebaut und dort die Nacht verbracht. Am nächsten Morgen hatte sie gewartet, bis die beiden aus dem Haus waren, bis sie in ihrem Wagen zu ihrem megaschicken Autohaus mit den megawichtigen Kunden davongebraust waren.

Dann war sie über den Rasen ums Haus gerannt und hatte die Tür aufgeschlossen. Ihr war noch nie so kalt gewesen, selbst im tiefsten Winter nicht. Sie war ins Bad hinaufgestiegen, hatte sich ausgezogen und unter die heiße Dusche gestellt, bis ihre Haut knallrot war. Doch warm war ihr noch immer nicht.

Kelly setzte die Schere an, drückte die Spitze in die Haut und zog. Sie stöhnte leise vor Schmerz, presste die Lippen zusammen, zog weiter. Als der Schnitt etwa so lang war wie ihr Zeigefinger, setzte sie die Schere ab. Blut lief über ihren Bauch, tropfte auf den weißen Teppich. Sonst achtete sie peinlich genau darauf, keine Spuren zu hinterlassen, aber auch das war ihr heute egal. Sie legte die Schere weg, genoss noch einen Moment lang das Gefühl der Erleichterung, so als würde mit dem abfließenden Blut der Druck aus ihrem Inneren weichen. Dann presste sie ein Handtuch auf die Wunde und wartete, bis die Blutung gestoppt war. Sie klebte ein Pflaster auf den Schnitt, um sich nicht das T-Shirt einzusauen, und zog sich an.

Plötzlich knurrte ihr Magen. Seit gestern Mittag hatte sie nichts mehr gegessen. Sie lief hinunter in die Küche, nahm Brot aus dem Schrank, beschmierte ein paar Scheiben dick mit Nutella und sprühte zum Schluss Sahne aus der Dose darauf. Genussvoll verdrückte sie die Brote, leerte dazu eine Dose Cola. Danach fühlte sie sich schon viel besser.

Sie sah auf ihr iPhone. Vanessa hatte versucht, sie zu erreichen. Zögernd verharrte ihr Finger über dem Rückrufsymbol. Vanessa hatte es gut. Ihre Eltern waren cool. Sie machten kein großes Getue um Noten und erlaubten fast alles. Aber nicht, weil Vanessa ihnen egal war. Ganz im Gegenteil. Vanessa und ihre Mutter waren richtige Freundinnen, gingen zusammen shoppen und so. Kelly konnte sich nicht vorstellen, mit ihrer Mutter shoppen zu gehen. Dann müsste sie sich nur ständig anhören, was sie alles nicht anziehen konnte, weil es nuttig wirkte oder weil sie dafür zu dick war.

Kelly stopfte das iPhone in die Tasche. Vanessa würde sie nicht verstehen.

Als Kelly diesmal vor die Haustür trat, hatte sie daran gedacht, eine Jacke mitzunehmen. Und Proviant. Schließlich konnte es ein paar Tage dauern, bis sie sich zu Ariane durchgeschlagen hatte. Und Geld wollte sie nur im Notfall ausgeben.

Sie schlug den gleichen Weg ein wie am Tag zuvor. Sie passierte die gleichen Häuser, das kleine Waldstück, den Bahnübergang. Doch heute fühlte es sich anders an. Gestern war sie voller Wut davongestürmt. Die Wut war längst verraucht. Hatte etwas anderem Platz gemacht.

MITTWOCH, 13. AUGUST, 14:55 UHR

Georg Stadler betrat die Ankunftshalle des Flughafens und sah sich suchend um. Die Praktikantin hatte ganze Arbeit geleistet. Erst vor wenigen Stunden hatte er sie damit beauftragt, den britischen Experten zu kontaktieren, um sie in dem Fall zu beraten. Und nun war er hier, um ihn abzuholen. Die Ereignisse hatten sich geradezu überschlagen. Gestern Abend hatte er einen Mitarbeiter der Operativen Fallanalyse beim LKA angerufen, ihm den Fall in wenigen Sätzen geschildert und um die Hilfe der OFA gebeten. Der Kollege hatte ihn auf kommende Woche vertröstet, da das Team gerade an einem wichtigen Fall arbeite und keine Kapazitäten frei habe. Stadler hatte zögernd eingewilligt. Es war ihm nichts anderes übriggeblieben.

Heute Morgen hieß es dann aus der KTU, man habe auf der Zeitung in Jonathans Rachen mit schwarzer Wachsmalkreide geschriebene Zeichen gefunden. Die Kriminaltechniker hatten sich daraufhin den Zeitungsfetzen aus Katharina Wagners Mund nochmals vorgenommen und auch dort minimale Kreidespuren entdeckt. Noch hatten sie jedoch keinerlei Text rekonstruieren können. Dennoch war dieses Resultat ein wichtiger Durchbruch. Die Wahrscheinlichkeit, dass sie es in beiden Fällen mit dem gleichen Täter zu tun hatten, war dadurch enorm gestiegen. Sie suchten also nach einem Serienmörder.

Stadler hatte daraufhin beim LKA Druck gemacht.

«Dann wende dich doch an Burntisland und sein Team», hatte der Kollege erwidert.

«Burntisland? Wer ist das?»

«Ein Professor aus Großbritannien, der zu Botschaften von Serientätern forscht. Wir haben schon öfter mit seinem Team zusammengearbeitet. Die sind wirklich gut.»

«Was nützt mir ein englischer Forscher bei deutschen Texten?»

«Es geht doch nicht nur um den Inhalt der Botschaften», hatte der LKA-Mann dagegengehalten. «Viel wichtiger sind der Ort, an dem sie platziert wurden, das Material, sämtliche äußeren Umstände. Diese Forschungsgruppe hat es echt drauf. Vertrau mir!»

Stadler hatte sich zähneknirschend die Kontaktdaten geben lassen, ohne große Hoffnung, dass sich daraus etwas ergeben würde. Und nun, keine fünf Stunden später, stand er hier am Flughafen und wartete auf einen von Burntislands Mitarbeitern. Die Glastür schob sich auf, und die ersten Passagiere traten in die Halle. Stadler stockte der Atem. Liz! Liz Montario!

Er brauchte nur einen Moment, um zu begreifen. Sie war die Expertin aus Großbritannien! Wusste Zoe, dass sie sich kannten? Hatte sie ihm absichtlich nichts gesagt? Oder hatte sie keine Ahnung?

Stadler schwirrte der Kopf. Liz sah umwerfend aus. Sie hatte die roten Haare zu einem Knoten hochgesteckt, aus dem sich einige Strähnen gelöst hatten. Zu einem hellgrün gemusterten Sommerkleid mit farblich abgestimmter Strickjacke trug sie braune Lederstiefel. Sie hatte eine Handtasche unter den Arm geklemmt und zog einen kleinen silbernen Koffer hinter sich her.

Jetzt entdeckte sie ihn. Ein Lächeln breitete sich auf ihrem Gesicht aus. Dicht vor ihm blieb sie stehen. «Hi, Georg. Du siehst geschockt aus. Hat dir niemand gesagt, wen du vom Flughafen abholen sollst?»

Auf diese kurze Distanz erkannte Stadler, dass die Sorgenfalten auf ihrer Stirn noch tiefer geworden waren. Außerdem hatte sie dunkle Ringe unter den Augen. «Ich bin nicht geschockt, eher freudig überrascht.» Er zögerte, dann trat er vor, umarmte sie und drückte ihr einen Kuss auf die Wange. Er ließ sie los und nahm ihr den Koffer ab. «Schön, dich wiederzusehen.»

Auf dem Weg zum Auto tauschten sie nur ein paar Floskeln aus. Als sie saßen und Stadler den Wagen auf die Autobahn lenkte, wagte er die erste persönliche Frage. «Wie geht es dir? Hast du dich in England gut eingelebt?»

«Ich fühle mich sehr wohl dort.» Sie lächelte, doch da war noch etwas anderes.

«Keine Probleme mit dem Linksverkehr oder fettigen Pommes mit Essig?», hakte er schmunzelnd nach.

«Damit nicht. Nein.»

«Womit dann?»

Liz schüttelte den Kopf. «Ich hatte vergessen, wie hartnäckig du bist. Lad mich zum Essen ein. Ich bin völlig ausgehungert. Im Flugzeug gab es nur ein weiches Brötchen.»

Stadler grinste. «Immer zu Diensten. Hast du einen besonderen Wunsch?»

Sie überließ ihm die Wahl, und er entschied sich für ein japanisches Restaurant in der Innenstadt, in das er seine Dates ausführte, wenn er sie beeindrucken wollte. Während sie auf ihr Essen warteten, erzählte sie ausführlich von ihrem Cottage, von ihrer Arbeit an der Universität und von dem Gerichtsprozess, der sie mal wieder ins Rampenlicht katapultiert hatte.

«Heute Morgen hat mich irgendein Spinner am Telefon bedroht», erklärte sie. «Als mein Chef mir dann mitteilte, dass die Düsseldorfer Kripo unser Team um Hilfe gebeten hat, kam mir das wie ein Geschenk des Himmels vor. David wird vermutlich nicht begeistert sein. Er weiß noch gar nichts von meinem Trip in die alte Heimat.»

«David?»

Sie lächelte. «Ich habe jemanden kennengelernt. Einen Arzt.»

Die Worte versetzten Stadler einen unerwarteten Stich. «Das freut mich für dich», brachte er mühsam hervor.

«Und wie ist es dir so ergangen?»

«Da gibt es nicht viel Neues. Ich habe jetzt ein eigenes Büro und langweile mich zu Tode.»

Liz lachte auf. «Was ist mit Birgit?»

«Sie ist seit einigen Monaten Miguels Partnerin. Ich glaube, die beiden kommen ziemlich gut miteinander zurecht.»

«Das kann ich mir vorstellen. Miguel ist ein netter Kerl.»

«Ach? Ich etwa nicht?»

Liz legte den Kopf schief. «Die ehrliche oder die höfliche Antwort?» Bevor er etwas erwidern konnte, winkte sie ab. «Genug geplaudert. Jetzt möchte ich über den Fall reden. Die Infos zu dem Mord in Neuss, die ihr meinem Chef gefaxt habt, habe ich im Flugzeug durchgesehen, aber über den anderen Mord weiß ich so gut wie nichts.»

«Mir geht es da nicht anders.»

Sie zog die Brauen hoch.

«Na ja, ein paar Details weiß ich schon. Also: Das Opfer heißt Katharina Wagner, wurde zwanzig Jahre alt, wohnte noch bei der Mutter. Der Vater starb, als sie ein Kind war. Die Mutter hat sie vor zwei Jahren vermisst gemeldet. Das heißt, sie hat es versucht. Katharina war ja volljährig, da müssen schon besondere Umstände vorliegen, damit der Sache nachgegangen wird. Es wurde nicht nach ihr gesucht, weil keinerlei Hinweise auf ein Verbrechen vorlagen. Ihre Gebeine wurden letzte Woche im Hardter Wald gefunden, einige Kilometer westlich von Mönchengladbach. Ganz in der Nähe befindet sich der ehemalige Militärstützpunkt Rheindahlen. Identifiziert wurde sie am vergangenen Freitag. Wie bei Jonathan Geissler wurde auch bei ihr ein Stück Zeitung mit Wachsmalkreidespuren im Mund gefunden. Es gibt Hinweise auf Verstümmelung. Fest steht, dass sie einen Schlag auf den Hinterkopf erhalten hat, der jedoch nicht zwangsläufig die Todesursache ist. Der Täter hat ihr zudem die Augen ausgestochen und einen Finger abgetrennt.»

«Wie furchtbar.» Liz starrte nachdenklich aus dem Fenster. «Einem Opfer wurden die Augen ausgestochen, dem anderen die Ohren abgeschnitten. Zudem wurde beiden ein Finger abgetrennt. War es bei ihr auch der Zeigefinger?»

«Nein, der Mittelfinger.»

Liz nickte.

Das Essen kam, und eine Weile sprachen sie nicht. Liz schien wirklich ausgehungert zu sein, ihr Teller war leer, noch bevor Stadler richtig angefangen hatte. Sie bestellte eine weitere Cola, nippte daran und fragte: «Gibt es sonst noch etwas, das du mir über den Fall erzählen willst?»

«Allerdings. Es gibt noch ein weiteres Rätsel, vielleicht einen weiteren Fall.»

«Noch ein Opfer?» Liz sah ihn überrascht an.

«Vielleicht. Aber das ist noch nicht offiziell.» Stadler nahm einen Schluck von seinem alkoholfreien Bier. Ein echtes Alt wäre ihm lieber gewesen, aber um die Tageszeit mit einer Fahne herumzulaufen, konnte er sich nicht erlauben. «Mir wurde letzte Woche anonym ein Finger zugeschickt.»

«Von einem der Opfer?»

«Definitiv nicht. Es handelt sich um den Zeigefinger eines jungen Mannes, doch er stammt nicht von Jonathan Geissler. Ich habe natürlich gleich nach ungelösten Fällen mit fehlenden Fingern gesucht, aber nur einen gefunden. Und auch der erscheint mir wenig passend. Ich glaube eher, dass der Tote zu meinem Finger noch nicht gefunden wurde.»

«Was macht dich so sicher, dass der Finger von einem Toten stammt?»

«Gar nichts. Laut Rechtsmedizin wurde er definitiv von einem lebenden Körper abgetrennt. Was denkst du?»

«Ich würde mir zu diesem Zeitpunkt alle Optionen offenhalten.»

«Sehr umsichtig», brummte Stadler. «Ich habe jedenfalls die Akten zu diesem alten Fall angefordert. Dann sehen wir schnell, ob es Übereinstimmungen mit unseren beiden Morden gibt.»

«Was ist mit den Zeitungsresten, die im Mund der Opfer gefunden wurden?», fragte Liz. «Konnten die Zeichen darauf schon lesbar gemacht werden?»

«Bei Katharina Wagner sieht es nicht gut aus. Das Stück Papier ist viel zu klein und in sehr schlechtem Zustand. Da existieren nur winzige Spuren von dem Schreibmaterial. Ich fürchte, das reicht nicht einmal für einen einzigen Buchstaben.»

«Und bei Jonathan Geissler?»

Stadler presste die Lippen zusammen. Die Worte, die der Kollege von der KTU ihm heute Morgen per SMS geschickt hatte, hatten ihn eiskalt erwischt. Hatten längst verdrängte Erinnerungen in ihm wachgerufen. An eine enge Wäschekammer, den Gestank nach Mottenkugeln und verzweifelte Versuche, die Tränen herunterzuschlucken.

«Wer nicht hören will, muss fühlen», antwortete er mit belegter Stimme.

MITTWOCH, 13. AUGUST, 15:38 UHR

Klaus Hackenbroich musterte das Paar, das ihm gegenübersaß. Versuchte einzuschätzen, mit was für Menschen er es zu tun hatte. In Jahrzehnten Polizeidienst war ihm das zur zweiten Haut geworden. Der Mann trug einen billigen Anzug, das stark ergraute, nach rechts gescheitelte Haar bedeckte seinen Kopf nur notdürftig. Er fühlte sich sichtlich unwohl. Seine Frau wirkte deutlich resoluter. Sie war schlank und sehnig, ihre ungeschminkten Lippen waren zu einem schmalen Strich zusammengepresst, doch ihre Augen verrieten, dass es in ihrem Inneren brodelte. Hackenbroich hätte gewettet, dass sie in der Beziehung den Ton angab.

Susanne und Gerd Ronsdorff, so hatten die beiden sich vorgestellt. Als sie ihm mitgeteilt hatten, dass sie ihren Sohn vermisst melden wollten, hatte ihn das sofort in Alarmbereitschaft versetzt. Doch einige wenige Fragen hatten genügt, um klarzustellen, dass hier kein Notfall vorlag. Der Sohn war volljährig und nicht zum ersten Mal abgetaucht. Hackenbroich würde nicht einmal eine Anzeige aufnehmen. Aber das bedeutete nicht, dass er sich nicht in Ruhe anhörte, was das Ehepaar zu sagen hatte. Manchmal ergab sich aus den Details doch noch ein anderes Bild.

«Wann haben Sie Ihren Sohn denn zum letzten Mal gesehen?», setzte er die Befragung fort.

«Vergangene Woche», antwortete Susanne Ronsdorff. «Da war er kurz zu Hause.»

Hackenbroich horchte auf. «Er war kurz zu Hause? Das heißt, er wohnt gar nicht mehr bei Ihnen?»

«Doch. Er wohnt bei uns. Er ist nur öfter mal über Nacht weg.»

«Auch mehrere Nächte hintereinander?»

«Manchmal.» Sie zuckte mit den Schultern. «Wir versuchen, ihn nicht einzuengen. Sie müssen wissen, er hatte es nicht leicht. Er –»

«Er ist nicht unser Sohn», unterbrach ihr Mann sie. «Nicht unser leiblicher Sohn. Er ist ein Pflegekind. Er war zwölf, als er zu uns kam.»

Hackenbroich nickte verständnisvoll. «Was ist mit seinen leiblichen Eltern?»

«Die sind beide tot.» Susanne Ronsdorff hatte wieder das Wort ergriffen. Sie war ganz offensichtlich verärgert über die Unterbrechung ihres Mannes. «Er ruft an, wissen Sie? Oder er ruft zurück, wenn ich ihm auf die Mailbox spreche. Immer. Er weiß, dass wir uns Sorgen machen.»

«Und diesmal hat er noch nicht zurückgerufen?»

«Seit Montagabend nicht.»

«Das sind erst zwei Tage.»

«Ich weiß, dass etwas nicht in Ordnung ist», beharrte Susanne Ronsdorff. «Es muss etwas passiert sein.»

«Ihr Sohn ist vierundzwanzig.»

«Lian. Er heißt Lian. Bitte, Sie müssen mir glauben. Ich spüre, dass er unsere Hilfe braucht.»

Gerd Ronsdorff warf Hackenbroich einen entschuldigenden Blick zu. «Der Junge hat ein paar dumme Sachen gemacht», erklärte er. «Es könnte sein, dass er sich in Schwierigkeiten gebracht hat.»

«Was für dumme Sachen?», fragte Hackenbroich mit plötzlichem Interesse.

«Er hat eine kurze Haftstrafe abgesessen», sagte Susanne Ronsdorff. «Jugendsünden. Das ist längst abgehakt. Er hat sogar eine Stelle. Am ersten September fängt er an.»

Hackenbroich konnte sich inzwischen ein ziemlich deutliches Bild davon machen, wie und warum Lian Ronsdorff untergetaucht war. Es würde ihn nicht wundern, wenn die Kollegen den Jungen früher oder später aufgreifen würden. Auf frischer Tat ertappt beim Autoknacken. Beim Ladendiebstahl. Beim Verticken von Drogen. Oder bei was auch immer Susanne Ronsdorff mit Jugendsünden meinte.

Er erhob sich. «Es tut mir leid, aber im Augenblick kann ich Ihnen nicht weiterhelfen. Ich bin mir sicher, dass Ihr Sohn sich bald bei Ihnen melden wird. Wenn Sie in einer Woche noch immer nichts von ihm gehört haben, können Sie gern noch einmal vorbeischauen.»

Er sah ihnen hinterher, wie sie das Polizeipräsidium verließen. Gerd Ronsdorff versuchte Haltung zu bewahren, doch seine Frau machte kein Hehl daraus, was sie von der Polizei dachte. Sie redete pausenlos auf ihren Mann ein, der mit jedem Wort kleiner zu werden schien. Wenn sie ihren Sohn genauso behandelte, war es nicht verwunderlich, dass der sich so selten wie möglich zu Hause sehen ließ.

MITTWOCH, 13. AUGUST, 16:14 UHR

Diesmal würde es klappen. Kelly spürte es. Der Wagen würde anhalten, ganz bestimmt. Sie warf die Kippe auf den Boden und winkte. Hoffentlich saß nicht wieder so ein unheimlicher Typ hinter dem Steuer! Eben hatte ein verdreckter Kastenwagen von irgendeiner Werkstatt neben ihr gebremst. Der Fahrer hatte sie so merkwürdig angesehen, dass es ihr kalt den Rücken hinuntergelaufen war. Obwohl sie schon seit Ewigkeiten an der Autobahnauffahrt stand und endlich wegwollte, hatte sie dem Typen erzählt, dass sie auf ihren Freund warte. Um keinen Preis der Welt wäre sie bei dem ins Auto gestiegen! Was der für stechende Augen hatte! Und die Hände! Richtig gruselig.

Der Wagen hielt tatsächlich. Ein älteres Ehepaar. Die Frau kurbelte das Fenster herunter und lächelte freundlich. Der Mann beugte sich von der Fahrerseite hinüber. «Können wir Ihnen helfen, junge Frau?»

«Ich suche eine Mitfahrgelegenheit. Ich bin auf dem Weg zu meiner Schwester.»

«Das ist aber nicht ganz ungefährlich, so ganz allein», sagte der Mann und blickte sie streng an.

«Ich weiß.» Kelly spielte die Kleinlaute. «Eigentlich wollte meine Freundin mitkommen, aber sie ist im letzten Moment abgesprungen. Ich will trotzdem fahren. Meine Schwester wartet doch auf mich!»

Die Frau lächelte verständnisvoll. «Wir wollen nach Eindhoven. Nützt Ihnen das was?»

«Eindhoven ist prima. Genau die richtige Richtung. Das passt.» Kelly strahlte, obwohl sie nicht die geringste Ahnung hatte, wo Eindhoven lag. Egal. Hauptsache erst mal weg von hier. Bevor am Ende ihre Eltern vorbeifuhren und sie aufgabelten. Das wäre die totale Katastrophe.

Die Frau blickte ihren Mann auffordernd an. Der nickte resigniert. «Meinetwegen. Aber den Rucksack müssen Sie mit auf den Rücksitz nehmen. Der Kofferraum ist voll. Und bei uns im Auto wird nicht geraucht.»

Dankbar kroch Kelly auf den Rücksitz. Die Frau versuchte, sie in ein Gespräch zu verwickeln, wollte wissen, wo ihre Schwester wohne und was sie dort mache, doch Kelly gab nur einsilbig Auskunft. In der vergangenen Nacht hatte sie kaum ein Auge zubekommen, das machte sich nun bemerkbar. Nach wenigen Kilometern schlief sie tief und fest.

DONNERSTAG, 14. AUGUST, 12:33 UHR

Liz schlug die Wagentür zu, verstaute den Schlüssel in der Handtasche und sah sich um. Kein anderes Auto war auf dem Wanderparkplatz abgestellt, was vermutlich an der Tageszeit lag. Morgens und abends traf man hier bestimmt auf Jogger und Hundehalter. Doch jetzt stand Stadlers Mustang einsam und allein unter den Bäumen. Hoffentlich brachte das keinen Gelegenheitsdieb auf dumme Ideen! Liz war ohnehin nicht ganz wohl dabei, mit Stadlers heißgeliebtem Statussymbol unterwegs zu sein, doch er hatte darauf bestanden. Sie wollte sich die beiden Fundorte ansehen, ein Gefühl für die Umgebung bekommen, für das Umfeld, in dem der Täter die Leichen abgelegt hatte. Und da Stadler auf dem Präsidium beschäftigt war, hatte sie sich allein auf den Weg gemacht. Das war ihr auch lieber, so hatte sie mehr Ruhe, konnte sich besser auf ihre Aufgabe konzentrieren.

Nachdem Stadler erfolglos versucht hatte, einen Dienstwagen für sie zu organisieren, hatte er ihr den Schlüssel für den Mustang in die Hand gedrückt. Die ersten Kilometer in dem fremden Wagen hatte Liz sich unwohl gefühlt, doch schon bald fing das Fahren an, ihr Spaß zu machen. Während sie auf der linken Spur Gas gab, stellte sie sich vor, wie viel besser es sich anfühlen würde, einer Horde Presseleute entgegenzutreten, wenn man aus einem solchen Wagen ausstieg statt aus einem sechs Jahre alten Golf.

Den Fundort in Neuss hatte sie als Erstes begutachtet. Auch wenn es heute wolkig war und nieselte, hatte sie sich gut vorstellen können, wie der karge Dorfplatz in der Gluthitze am Montag gewirkt haben musste. Fast wie in einem Western.

Nun wollte Liz den Ort sehen, an dem Katharina Wagners

Gebeine letzte Woche gefunden worden waren. Liz faltete die Karte auseinander und orientierte sich. Sie musste dem Weg in Richtung Norden folgen und dann ein kurzes Stück quer durch das Unterholz laufen.

Im Wald war der Nieselregen kaum zu spüren, trotzdem fror Liz. Sie war viel zu dünn angezogen, hatte noch nicht verinnerlicht, dass die Hitzewelle vorbei war.

Es dauerte nicht lang, bis sie zwischen den Bäumen das rotweiße Absperrband erkannte. Eine flache Grube zeigte an, wo Katharina gelegen hatte. Der Mörder hatte den Leichnam nicht richtig eingegraben, sondern in eine Vertiefung gelegt und mit Laub und Zweigen bedeckt. Der Wechsel der Jahreszeiten hatte diese natürliche Decke wachsen lassen, bis Forstarbeiter vor zehn Tagen auf das Grab gestoßen waren.

Liz hob den Blick und sah sich um. Erstaunlich, dass es so lange gedauert hatte, bis Katharina gefunden wurde. Die einzige Erklärung dafür war wohl, dass die Stelle sich in einem Teil des Waldes befand, der nicht ganz so engmaschig mit Wegen durchzogen war.

Erneut betrachtete Liz die Mulde. Das Wurzelwerk einer dünnen Birke durchzog das Erdreich, alle anderen Bäume standen deutlich weiter weg. Erinnerungen an den Fundort in Neuss überlagerten das Bild. Liz trat näher, strich mit den Fingern über die helle Rinde. Verdammt! Wie nannte sich die Mordkommission inoffiziell? Moko Marterpfahl. Das passte. Und zwar viel besser, als sie gedacht hätte.

Liz betrachtete den Birkenstamm aus verschiedenen Blickwinkeln. Je länger sie darüber nachdachte, desto überzeugter war sie, dass der Täter Katharina an diesen Stamm gefesselt hatte. So wie er Jonathan an den Mast gebunden hatte. Doch aus welchem Grund?

Eine Eingebung durchfuhr sie: Die Opfer wurden angebunden, als sie noch lebten! Nur so ergab es einen Sinn. Wozu sollte der Täter sich die Arbeit machen, die leblosen Körper irgendwo festzubinden? Nein, er band sie lebend an den Marterpfahl. Es hatte eine symbolische Bedeutung, der sich die Opfer bewusst sein sollten. Doch warum einmal tief im Wald und beim nächsten Mal mitten auf einem Dorfplatz? War der Täter leichtsinnig geworden? Oder ärgerte es ihn, dass man sein erstes Opfer erst nach so langer Zeit gefunden hatte? Wollte er diesmal sichergehen, dass seine Inszenierung rechtzeitig gefunden wurde? War es überhaupt eine Inszenierung?

So viele Fragen und kaum Antworten. Wenn sie zurück in Düsseldorf war, würde sie sich hinsetzen und versuchen, den Ablauf der Taten Schritt für Schritt zu rekonstruieren.

Blieb noch das Rätsel um Stadlers Päckchen. Sollte sie den einzelnen Finger in die Analyse der Tathergänge einbeziehen? Handelte es sich um denselben Täter? Falls ja, hatte er das Päckchen am gleichen Tag abgeschickt, an dem er Jonathan Geissler entführte. Dann besaß diese Handlung einen hohen Stellenwert, war vielleicht sogar der Schlüssel zur Persönlichkeit des Mörders.

Liz zuckte zusammen, als es hinter ihr knackte. Erschrocken fuhr sie herum. Nichts. Nervös blickte sie in alle Richtungen. *Bestimmt nur ein Vogel.*

Sie versuchte, sich wieder auf den Fundort zu konzentrieren, sich den Ablauf der Tat vorzustellen. Sie sah das nackte junge Mädchen an den Stamm der Birke gefesselt, der Körper bereits von Folter gezeichnet. Sah den Täter, der ihr die Zeitungsseite mit der handgeschriebenen Drohung darauf vor das Gesicht hielt, das Blatt Papier zusammenknüllte und ihr gewaltsam in den Mund stopfte. Welcher Spruch es bei ihr gewesen sein mochte?

Wieder ein Knacken. Scheiße! Ihr Herz begann zu rasen. Sie

hasste das Klischee vom Täter, der zurück an den Ort des Verbrechens kam. Aber solche Fälle gab es. Vielleicht wollte er sich vergewissern, dass die Polizei die Leiche wirklich gefunden hatte. Bestimmt hatte er davon in der Zeitung gelesen. Natürlich! Er musste sich mit eigenen Augen überzeugen. Aber warum ausgerechnet heute?

Liz zog den Reißverschluss ihrer Handtasche auf und tastete nach dem Handy. Nichts!

Ruhig! Bleib ruhig!

Noch einmal tastete sie alles ab, ohne den Wald um sie herum aus den Augen zu lassen.

Plötzlich fiel ihr ein, wo das Telefon war. Es lag auf dem Beifahrersitz. Bevor sie ausgestiegen war, hatte sie mit David telefoniert. Wider Erwarten war er nicht im Geringsten sauer, dass sie Hals über Kopf nach Deutschland geflogen war, sondern hielt es für eine gute Idee.

«So gewinnst du ein wenig Abstand. Blickst nicht ständig hinter dich, ob irgendwo ein Journalist auf der Lauer liegt. Außerdem kannst du deine Freunde besuchen. Ich freue mich für dich!»

Liz klärte ihn nicht darüber auf, dass es keine Freunde gab, die sie besuchen könnte. «In ein paar Tagen bin ich wieder da.»

«Genieß die Zeit. Wenn du zurückkommst, wartet dieser unternehmungslustige Kerl auf dich, der dich jedes Wochenende zum Pub-Quiz und auf Trödelmärkte schleift.»

«Ich kann es kaum erwarten.»

Beschwingt hatte Liz das Handy auf den Sitz gelegt. Mit David hatte sie wirklich einen Glücksgriff getan.

Jetzt ärgerte sie sich über ihre Leichtfertigkeit.

Wieder hörte sie ein Geräusch, diesmal klang es eindeutig nach Schritten, als liefe jemand durch trockenes Laub. Panisch rannte Liz los, zurück auf den Weg und auf den Parkplatz zu.

Sie drehte sich nicht um, und in ihrer Phantasie verfolgte sie der Unbekannte, kam näher und näher.

Endlich erreichte sie atemlos den Parkplatz. Der Mustang stand noch dort. Erleichtert stürzte sie auf die Fahrertür zu. Als sie den Schlüssel mit zitternden Fingern aus der Tasche kramte, sprang in der Nähe ein Motor an. Sie fuhr herum. Kein Auto zu sehen. Doch sie hörte deutlich, wie das Geräusch sich langsam entfernte.

DONNERSTAG, 14. AUGUST, 17:40 UHR

Es hatte aufgehört zu regnen. Zumindest für den Augenblick. Kai-Uwe Seltz trommelte mit den Fingern auf das Lenkrad. Gestern hatte alles wie am Schnürchen geklappt. Er hatte einige richtig gute Fotos geschossen. Spießige und harmlose Fotos zwar, aber saubere, gut bezahlte Arbeit. Er verdiente sein Geld mit Aktfotos von Paaren, mal mehr, mal weniger in Aktion. Oft war er nicht sicher, ob seine Modelle wirklich ein Paar waren und ob die Mädchen immer so genau wussten, was da gerade mit ihnen geschah, aber das war nicht sein Bier. Er war nur der Fotograf. Und mit dieser Arbeit verdiente er genug, um sein kostspieliges Hobby zu finanzieren. Was wollte er mehr?

Heute Vormittag hatte er einen weiteren potenziellen Kunden getroffen und mit ihm über mögliche Locations gesprochen, und jetzt war er endlich auf dem Weg in sein Refugium. Er konnte es kaum erwarten.

Ein Schild zeigte an, dass in tausend Metern ein Rastplatz kommen würde. Kai-Uwe Seltz warf einen kurzen Blick auf die Tankanzeige und setzte den Blinker. Er hatte zwar noch genug Sprit, doch manchmal ergab es sich, dass er vor Ort noch ein bisschen herumkurven musste.

Das Mädchen fiel ihm sofort auf, als er an die Zapfsäule fuhr. Sie saß etwas abseits auf dem Bordstein, rauchte eine Selbstgedrehte. Eine Dose Bier stand zwischen ihren Füßen. Sie trug Turnschuhe, eine verdreckte Jeans und eine teuer aussehende Jacke. Eine Strähne ihrer blonden Haare war blau gefärbt, Nase und Brauen gepierct. Er beobachtete sie aus den Augenwinkeln, während er den Tank auffüllte. Ihre ganze Körperhaltung, die Art, wie sie jeden Blickkontakt mit anderen mied, zeigte ihm, wie unsicher sie war. Sie war von zu Hause abgehauen, kein Zweifel.

Er überlegte. Sie war nicht sein Typ. Zu dick und nicht besonders hübsch. Aber sie war jung. Und verfügbar.

Er ging in den Laden und bezahlte. Dann parkte er seinen Wagen ein wenig abseits hinter einem Busch. Es musste ja niemand sehen, wie die Kleine bei ihm einstieg. Noch eine Weile wartete er. Vielleicht war sie doch nicht allein, vielleicht hockte ihr Typ auf dem Klo. Doch als sich nach zehn Minuten noch immer nichts getan hatte, stieg er aus und schlenderte auf sie zu.

«Hoi, gans alleen?», fragte er.

«Verpiss dich, Alter!»

Kai-Uwe grinste. «Schön, dass wir die gleiche Sprache sprechen.»

Sie schaute demonstrativ in eine andere Richtung.

«Schon gut, ich lass dich in Ruhe. Ich wollte nur fragen, ob ich dich irgendwohin mitnehmen kann. Aber wenn du nicht willst ...»

Sie blickte auf, sah ihn schweigend an.

«Ich bin Richtung Amsterdam unterwegs», sagte er. Die meisten jungen Leute, die auf dieser Autobahn per Anhalter unterwegs waren, wollten nach Amsterdam.

Sie senkte den Blick. Er sah, wie es in ihr arbeitete. Sie brauchte nur noch einen winzigen Schubs, einen ganz kleinen Köder, um anzubeißen. «Du müsstest dich allerdings schnell entscheiden. Meine Frau und meine beiden Töchter warten zu Hause. Ich habe versprochen, zum Abendessen daheim zu sein.»

Es funktionierte. Sie warf ihre Kippe weg. «Ich will aber nicht nach Amsterdam.»

«Wohin denn?»

«Asperen. Bei Leerdam.»

«Das liegt doch quasi auf dem Weg.»

Sie zögerte noch immer.

«Du willst also nicht mitfahren? Kein Problem. Ich muss los.» Er wandte sich ab, ging ein paar Schritte.

«Hey, warte!»

Er unterdrückte ein Grinsen, als er sich umdrehte. «Na, mach schon, beeil dich!»

Im Wagen fragte er sie: «Wie heißt du?»

«Kelly. Und du?»

«Mark.» So hieß sein ehemaliger Chef in der Agentur. Ein echtes Arschloch.

«Danke, dass du mich mitnimmst, Mark.»

«Gerne.» Er startete den Wagen, vergewisserte sich, dass niemand zu ihnen herübersah, und gab Gas.

DONNERSTAG, 14. AUGUST, 19:24 UHR

Es war wie eine Reise in die Vergangenheit. Zu viert saßen sie in der Pizzeria, in der sie im vergangenen Herbst während des Ripper-Falls heimlich Pläne geschmiedet hatten. Der Ort weckte gemischte Gefühle in Liz, doch die guten überwogen. Hier war sie mit Menschen zusammen, die sie kannten, denen sie nicht erklären musste, warum bestimmte Wörter oder Bilder ihr den Schweiß auf die Stirn trieben, warum sie manchmal nachts nicht schlafen konnte, sondern ruhelos durch das Haus wanderte.

Die Mordkommission war inzwischen auf über dreißig Beamte aufgestockt worden. Natürlich trafen sich die Mitglieder regelmäßig, um sich über Ermittlungsergebnisse auf dem Laufenden zu halten, doch Stadler hatte diese kleine Runde angeregt, weil sie so in aller Ruhe Theorien austauschen konnten. Und weil sie vier ein eingespieltes Team waren.

Liz kam das sehr entgegen. So konnte sie ihre ersten Ideen zum Fall im kleinen Kreis austesten, musste sie nicht direkt der Meute zum Fraß vorwerfen. Obwohl sie im vergangenen Jahr gut mit der Mordkommission zusammengearbeitet hatte, gab es viele Polizisten, die sie als Fremdkörper betrachteten, schlimmer noch, als Gegnerin, die es zu bekämpfen galt. Schließlich hatte sie in ihrer Dissertation eine Mordserie aufgeklärt, die von den zuständigen Dienststellen gar nicht als Serie erkannt worden war. Damit hatte sie sich eine Menge Feinde gemacht.

Birgit lächelte sie an. «Es ist so schön, dich wiederzusehen, Liz.»

«Ich freue mich auch, hier zu sein.»

«Wirklich?» Miguel ließ seinen Blick durchs Restaurant schweifen. «Nicht zu viele unangenehme Erinnerungen?»

«Nicht an diesen Ort.»

Eine junge Frau nahm ihre Bestellungen auf. Stadler bestellte eine Pizza Calzone, Miguel eine Meeresfrüchtepizza, Liz und Birgit wählten Salat.

«Georg hat uns von dem Prozess in London erzählt», sagte Birgit, als die Bedienung außer Hörweite war. «Das muss wirklich sehr unangenehm für dich gewesen sein.»

«Nicht der Prozess selbst», korrigierte Liz. «Aber das Spießrutenlaufen danach. Ich hoffe nur, dass ich mich nicht geirrt habe.»

«Das ist die Ungewissheit, mit der wir alle leben müssen», antwortete Birgit. «Sie ist Teil unseres Berufs.»

Einen Moment lang herrschte Schweigen. Liz stellte sich vor, wie jeder am Tisch an sein eigenes persönliches Desaster dachte.

«So», sagte Stadler schließlich bemüht locker und rieb sich die Hände. «Lasst uns über den Fall sprechen. Wir sind schließlich nicht zu unserem Vergnügen hier.»

«Gute Idee.» Liz lächelte ihn dankbar an.

«Vielleicht sollte Liz anfangen», schlug Miguel vor. «Du warst heute an den Fundorten, stimmt's?»

Unwillkürlich fuhr Liz zusammen.

«Alles okay?», fragte Stadler besorgt.

«Ich hatte ein unangenehmes Erlebnis im Hardter Wald», gab sie zu.

«Was ist passiert?»

«Ich stand vor der Grube, als ich plötzlich ein Knacken hörte. Jemand war ganz in der Nähe.»

Stadler sah sie mit gerunzelter Stirn an. «Hast du die Person gesehen?»

Sie schüttelte den Kopf. «Ich bin panisch zurück zum Parkplatz gerannt, ohne mich umzusehen. Ich habe nur ein Auto gehört, das weggefahren ist.» Sie sah die anderen an. «Bitte überbewertet das nicht. Die Sache war völlig harmlos. Total bescheuert.»

Die Bedienung brachte die Getränke. Die anderen schauten nachdenklich drein, während die Gläser auf dem Tisch abgestellt wurden.

«Hattest du überhaupt Zeit, dir den Fundort in Ruhe anzusehen?», fragte Miguel, als sie wieder allein waren.

«Den Tatort», verbesserte Liz ihn, erleichtert, dass er das Thema wechselte. «Ich bin mir sicher, dass sowohl Jonathan Geissler als auch Katharina Wagner dort getötet wurden, wo man sie fand.»

Stadler beugte sich vor. «Wirklich? Dass Geissler auf diesem Dorfplatz starb, steht inzwischen fest. Er ist an der Schnittverletzung verblutet. Zuvor bekam er einen Schlag mit einem schweren Gegenstand in den Nacken. Der Form des Hämatoms nach könnte es ein Hammer gewesen sein. Aber bei Katharina Wagner lässt sich das nicht mehr feststellen, zumindest nicht aus rechtsmedizinischer Sicht.»

«Ich nehme an, dass es bei Katharina ähnlich abgelaufen ist», erklärte Liz. «Der Täter musste seine beiden Opfer außer Gefecht setzen, um sie in Ruhe anbinden zu können.»

«Katharina auch?», fragte Birgit. «Ich dachte, die Leiche wäre verscharrt worden?»

«Da ist eine junge Birke. Direkt neben der Grube, in der sie gefunden wurde. Ich bin mir sicher, dass sie dort angebunden war und erst nach ihrem Tod losgemacht wurde.»

«Shit», murmelte Miguel.

«Die Opfer sollten am Marterpfahl sterben», sagte Stadler nachdenklich.

«Genau.» Liz nahm einen Schluck von ihrem Wein. «Das muss irgendeine Bedeutung für den Täter haben. Ich könnte mir vorstellen, dass Katharina ursprünglich auch in dieser Position gefunden werden sollte. Aber das hat nicht funktioniert. Stellt euch folgendes Szenario vor: Der Täter lässt die Leiche an die Birke gebunden zurück. Doch niemand entdeckt sie. Es ist Sommer, die Temperaturen sind hoch. Unter solchen Bedingungen verwest eine Leiche im Wald häufig innerhalb weniger Tage. Ich habe extra noch mal in der Rechtsmedizin nachgefragt. Es kommt vor, dass schon nach ein bis zwei Wochen so gut wie kein Gewebe mehr übrig ist. Einige Zeit nach der Tat kehrt der Täter an den Tatort zurück, um nachzuschauen, ob sein Opfer wirklich noch nicht gefunden wurde. Zu seinem Entsetzen findet er nur noch Knochen vor. Und natürlich haben sie sich aus den Fesseln gelöst, Katharina steht nicht mehr am Marterpfahl, ihre sterblichen Überreste liegen am Boden. Er hat keinerlei Chance, seine Inszenierung zu retten. Also bedeckt er die Knochen mit Laub und ist vielleicht sogar im Nachhinein ganz froh, dass er so glimpflich davongekommen ist.»

«Und danach hat er zwei Jahre gewartet, um sich ein neues Opfer zu suchen?», fragte Birgit.

«Möglich. Ich denke, die Tat war ein Ventil. Danach war erst einmal Ruhe. Bis letzte Woche die Knochen gefunden wurden. Das hat alles wieder aufgewühlt.»

«Du meinst, Jonathan Geissler musste sterben, weil Katharinas Gebeine entdeckt wurden?» Stadler blätterte in der Mappe, die er mitgebracht hatte. «Wagners sterbliche Überreste wurden am vergangenen Montag gefunden. Also war das Dienstag in der Presse. Geissler wurde Donnerstag vermisst gemeldet. Könnte passen.»

Das Essen kam. Liz spießte ein paar Blätter Salat auf ihre Gabel und schob sie in den Mund. «Die Handschrift des Täters zeichnet sich durch eine Reihe symbolischer Handlungen aus», sagte sie, nachdem sie den Bissen heruntergeschluckt hatte.

«Das Anbinden, das Abschneiden von Extremitäten, die Zeitung im Rachen. Und nicht zuletzt der Spruch auf der Zeitung ‹Wer nicht hören will, muss fühlen›.»

«Klingt fast so, als würde er seine Taten unter ein Motto stellen.» Miguel schnitt ein Stück von seiner Pizza ab. «Ziemlich makaber, wenn ihr mich fragt.»

«Ich denke, dass dieses Motto, wenn wir es mal so nennen wollen, sehr viel mit seiner Person zu tun hat. Es ist nicht einfach nur eine abstrakte Idee.»

«Meinst du, dass ihm mit dem Satz ‹Wer nicht hören will, muss fühlen› in seiner Kindheit häufig gedroht wurde?», fragte Birgit.

«Welchem Kind denn nicht?», blaffte Stadler. «Das macht einen doch nicht zum Mörder!»

Liz sah ihn überrascht an.

Birgit ließ sich nicht aus dem Konzept bringen. «Der Täter bestraft also seine Opfer, so wie er selbst früher bestraft wurde. Könnten es Personen sein, mit denen er eine Rechnung offen hat?»

«Dann hätten die beiden Opfer den Täter gekannt», sagte Miguel. «Gibt es denn eine Verbindung zwischen Katharina Wagner und Jonathan Geissler? Sind sich die beiden schon mal irgendwo begegnet, hatten sie gemeinsame Freunde?»

Stadler schüttelte den Kopf. «Darauf deutet nichts hin. Bisher haben wir keinerlei Verbindung finden können. Die beiden waren ja nicht einmal im gleichen Alter. Katharina wäre heute zweiundzwanzig, Jonathan war siebzehn. Sie wohnten nicht in der gleichen Stadt, gingen nicht auf die gleiche Schule. Ich glaube nicht, dass die beiden etwas miteinander zu tun hatten.»

«Aber der Täter hat beide gekannt», wandte Birgit ein. «Fragt sich nur, was sie ihm angetan haben, dass er sich so grausam dafür gerächt hat.»

«Ich glaube nicht, dass es um persönliche Rache geht», sagte Liz. «Die Opfer wurden vermutlich willkürlich ausgewählt, weil sie in das Schema des Täters passten. Er wollte etwas an ihnen demonstrieren. Eine symbolische Bestrafung. Deswegen die abgeschnittenen Ohren. Jonathan Geissler wollte nicht hören, deshalb musste er fühlen.»

«Wie furchtbar», murmelte Birgit.

«Und Katharina Wagner konnte nicht sehen?», fragte Miguel skeptisch. «Ist das nicht ein bisschen platt?»

«Schade, dass auf ihrem Zeitungsfetzen nichts mehr zu lesen war», sagte Liz. «Hat jemand eine Idee? Etwas mit Augen?»

«Auge um Auge, Zahn um Zahn», schlug Miguel vor.

«Aus den Augen, aus dem Sinn.» Birgit.

«Da gibt es doch unzählige Sprüche», fuhr Stadler dazwischen. «Das bringt uns nicht weiter.»

Liz bemerkte, dass er seine Pizza kaum angerührt hatte. Irgendetwas beschäftigte ihn. Sie wechselte das Thema. «Was ist mit den Zeitungen selbst? Bei Geissler habe ich gelesen, dass es eine ältere Ausgabe der *Rheinischen Post* war. Weiß man schon, wie alt?»

«Der Teil mit dem Datum fehlt leider», antwortete Miguel. «Wir haben uns an die Redaktion gewandt. Die überprüfen anhand der noch lesbaren Artikel das Archiv. Könnte noch ein paar Tage dauern.»

«Was für Artikel sind das?», hakte Liz nach.

«Regionalnachrichten.»

«Und bei Katharina Wagner?»

Miguel winkte ab. «Soviel ich weiß, ist bei ihr nicht einmal die Zeitung identifiziert.»

«Vielleicht spielt die Ausgabe ja auch gar keine Rolle», meinte Birgit. «Sondern nur der Spruch, den der Täter darauf gekritzelt hat.»

Liz schüttelte den Kopf. «Die Inszenierung der Tat ist so ausgefeilt, dass es mich wundern würde, wenn der Täter einfach zur nächstbesten Schreibunterlage gegriffen hätte. Dann hätte er doch auch einfach ein Stück unbeschriebenes Papier nehmen können. Oder ein Blatt aus einem Notizblock. Die Zeitung muss eine Bedeutung haben.»

«Okay, das leuchtet ein.» Birgit griff nach dem Salz und würzte ihren Salat nach.

«Und wie passt der Tote aus Erkelenz in dieses Szenario?», wollte Miguel wissen.

«Welchen Toten meinst du?» Liz sah ihn überrascht an.

«Ich habe dir doch erzählt, dass es einen ungeklärten Fall gibt, der theoretisch in die Serie passt», sagte Stadler.

«Aber du hast gesagt, dass er vermutlich nicht dazugehört.»

«Und ich habe meine Meinung nicht geändert.» Stadler klang ungeduldig. «Die Tat liegt über zehn Jahre zurück. Dem Opfer wurde eine Hand abgehackt. Die sterblichen Überreste wurden nie identifiziert. Mehr wissen wir noch nicht.»

«Und zwei Finger fehlten», ergänzte Birgit.

«Die könnten auch von Tieren verschleppt worden sein.» Stadler hob die Schultern. «Ich weiß es doch auch nicht. Offiziell ermittelt die Mordkommission nur in zwei Fällen. Mehr können wir erst sagen, wenn wir die Akte kennen.»

«Wo liegt Erkelenz?», fragte Liz.

«Südwestlich von Mönchengladbach», antwortete Stadler. «Ich weiß, worauf du hinauswillst. Wenn man einen Kreis um die beiden anderen Fundorte ziehen würde, wäre dieser darin eingeschlossen. Was das angeht, würde dieser Mord in die Serie passen.»

«Aber er wurde vor über zehn Jahren verübt», sagte Liz nachdenklich.

«Kannst du uns noch irgendetwas über den Täter sagen, Liz?» Miguel sah sie erwartungsvoll an.

«Gib mir ein bisschen Zeit!»

«Haben wir denn Zeit?», fragte Stadler.

Liz legte ihre Gabel weg. «Ich bin mir nicht sicher. Wenn es stimmt, dass der Täter alle drei Morde begangen hat, haben sich die Abstände zwischen den Taten drastisch verkürzt. Außerdem wissen wir noch immer nicht, von wem der Finger stammt, der dir geschickt wurde. Wenn er zu einem vierten Opfer gehört, das irgendwann in der Zwischenzeit starb und noch nicht gefunden wurde, könnte der Abstand zwischen den letzten beiden Morden noch viel kürzer sein, als wir im Augenblick annehmen. Dann hält die beruhigende Wirkung der jüngsten Tat vermutlich nicht lange an, und der Täter braucht schon sehr bald den nächsten Kick.»

DONNERSTAG, 14. AUGUST, 20:23 UHR

Kai-Uwe Seltz stopfte den Slip in die Mülltüte und hielt schwer atmend inne. Gar nicht so leicht, die Kleine auszuziehen, während sie schlaff dalag wie ein Kartoffelsack. Er betrachtete den weißen Körper, malte sich aus, wie es sein würde, wenn die weiche, pralle Haut aufplatzen und das Blut herausspritzen würde. Allein die Vorstellung erregte ihn so sehr, dass ihm der Schweiß ausbrach.

Plötzlich stockte er und beugte sich vor, um besser zu sehen. Ein blutgetränktes Pflaster schmückte den Bauch dicht neben dem Nabel. Rechts und links davon zogen sich unzählige schmale Linien über die Haut, manche silbrig, manche tiefrot. Die Kleine war eine Ritzerin!

Der Anblick der alten Schnittwunden machte ihn erst richtig scharf. Er konnte es kaum abwarten, bis sie endlich aufwachte. Hoffentlich hatte er das Beruhigungsmittel nicht überdosiert!

Kai-Uwe zuckte zusammen, als sein Handy Laut gab. Einen Moment lang spielte er mit dem Gedanken, nicht ranzugehen, doch dann siegte die Vernunft. Vielleicht war es ein Kunde, und er konnte es sich nicht leisten, auf einen lukrativen Auftrag zu verzichten. Zudem verschlang sein kleines Hobby viel Geld, die Miete für den Lagerraum, die Fahrtkosten, die Materialien …

«Seltz.»

«Hallo, Herr Seltz, ich hoffe, ich störe Sie nicht?»

Doch, tun Sie. Schlimmer. Sie stören nicht nur, Sie stellen auch noch blöde Fragen. «Natürlich nicht. Wie kann ich Ihnen helfen?»

«Sie sind mir als besonders diskret empfohlen worden. Trifft das zu?»

«Diskretion ist die Grundlage meines Geschäfts, Herr ...»

«Kein Name am Telefon.»

«Wie Sie wünschen. Der Kunde ist König. Also, worum geht es?»

«Haben Sie an den nächsten fünf Abenden etwas vor? Heute mitgerechnet.»

«Ich bin in Amsterdam.»

«Sie haben doch sicherlich ein schnelles Auto. Es wären fünf Riesen für Sie drin. Plus Spesen natürlich.»

Kai-Uwe schluckte und warf einen bedauernden Blick auf die noch immer bewusstlose Kelly. «Sie haben Glück. Ich habe gerade einen Auftrag beendet.»

FREITAG, 15. AUGUST, 07:27 UHR

Georg Stadler warf sich die Tabletten in den Mund und spülte sie mit Wasser runter. Er fühlte sich scheußlich. Sein Schädel hämmerte, weil er am Abend zuvor zu viel gesoffen hatte. Außerdem fehlte ihm mindestens eine Stunde in seiner Erinnerung. Er wusste noch, wie er nach Hause gekommen war und eine Flasche Alt geöffnet hatte, obwohl er längst genug hatte. Allerdings hatte er nicht die geringste Ahnung, wann und wie er sich von seinen Kollegen verabschiedet hatte. Die vier leeren Flaschen auf der Spüle zeigten zudem, dass es nicht bei einem Bier geblieben war. Doch auch daran erinnerte er sich nicht.

Oder hatte er nicht allein getrunken? Erschrocken warf er einen Blick ins Wohnzimmer. Das Sofa war leer. Erleichtert trat er zurück in die Küche und ließ einen starken Espresso durch die Maschine laufen. Er trank das brühend heiße Getränk in hastigen Schlucken. Er wusste, was ihn so sehr aus der Bahn geworfen hatte.

Wer nicht hören will, muss fühlen.

Es machte ihn wütend, dass dieser Spruch, dass sein Großvater noch immer solche Macht über ihn hatte, obwohl er seit Jahrzehnten kalt in seinem Grab lag.

Stadler knallte die Tasse auf die Arbeitsplatte. Er wollte nicht darüber nachdenken. Die Vergangenheit war vorbei. Kein Grund, auch nur eine Sekunde an sie zu verschwenden.

Zwanzig Minuten später lenkte er den Mustang auf den Parkplatz des Präsidiums. Der Portier am Empfang winkte ihn heran.

«In der Wache wartet ein Ehepaar auf dich. Die haben ausdrücklich nach dir verlangt, wollen mit niemand anderem sprechen.»

«In welcher Angelegenheit?»

«Da darfst du mich nicht fragen, Georg.»

Stadler betrat die Wache. Ein Mann und eine Frau saßen auf der Wartebank. Er sah resigniert aus, sie resolut. Vage kamen die beiden ihm bekannt vor, doch er konnte ihre Gesichter nicht einordnen. Er warf dem Kollegen hinter der Theke einen fragenden Blick zu. Der zuckte mit den Schultern.

Die Frau stand auf. «Herr Stadler, da sind Sie ja.»

Er räusperte sich, hoffte, dass die Frau seine Fahne nicht roch. «Ich fürchte, Sie müssen mir auf die Sprünge helfen.»

«Es ist schon einige Jahre her. Sie waren damals sehr gut zu uns.» Sie lächelte, wurde aber sofort wieder ernst. «Mein Name ist Susanne Ronsdorff. Das ist mein Mann Gerd.» Sie deutete auf ihren Begleiter, der ebenfalls aufgestanden war. «Wir sind uns schon einmal begegnet. Auf dem Präsidium in Mönchengladbach. Als unser Sohn Lian in Schwierigkeiten war. Sie haben uns sehr geholfen.»

Stadler hatte keine Ahnung, wovon die Frau sprach. Lian Ronsdorff? Der Name sagte ihm nichts. Das musste ewig her sein. Am Anfang seiner Karriere hatte er eine Zeitlang beim KK 12 in Mönchengladbach gearbeitet. Doch er hatte schon vor über zehn Jahren nach Düsseldorf gewechselt.

«Könnten wir vielleicht irgendwo in Ruhe sprechen?», fragte die Frau.

Stadler wandte sich an seinen Kollegen, der ihn und die Ronsdorffs durch eine Glastür eintreten ließ und sie in einen kleinen Raum führte.

«Was kann ich für Sie tun?», fragte Stadler, kaum dass der Kollege fort war. Er hatte vor, die beiden schnellstmöglich an die zuständige Abteilung zu verweisen.

«Unser Sohn ist verschwunden.»

«Lian?» Noch immer hatte Stadler kein Bild vor Augen.

«Sie erinnern sich an ihn?»

«Ehrlich gesagt, nein. Wie alt ist Ihr Sohn?»

«Vierundzwanzig.»

Stadler öffnete den Mund.

Die Frau wedelte mit den Händen, bevor er etwas sagen konnte. «Er ist kein Kind mehr, ich weiß. Ihr Kollege hat mir das alles schon erklärt.»

«Mein Kollege?»

«Auf dem Präsidium in Gladbach. Dort nimmt uns niemand ernst. Aber Lian würde nicht einfach so abhauen. Sie kennen ihn doch, Herr Stadler. Sie wissen, dass er im Grunde seines Herzens ein guter Junge ist. Dass er es nicht leicht hatte, weil er ohne Mutter aufgewachsen ist. Und dann starb auch noch sein Vater. Der arme kleine Kerl! Bei uns hat er zum ersten Mal eine heile Familie erlebt. Deshalb würde er uns niemals so hängenlassen.»

Plötzlich erinnerte sich Stadler. Nicht Ronsdorff. Kendrick. Lian Kendrick. Ein einsamer, unglücklicher Zwölfjähriger, der nach dem Tod seines Vaters auf die schiefe Bahn geraten war, sich die falschen Freunde gesucht hatte, weil er den Halt verloren hatte. Stadler hatte sich dafür eingesetzt, dass er nicht allzu hart bestraft wurde, weil er die Hoffnung hatte, der Junge würde bei den Pflegeeltern wieder ins Gleichgewicht kommen.

«Wie ist es Lian in den letzten Jahren ergangen?», fragte er.

Susanne Ronsdorff senkte den Blick.

Ihr Mann ergriff zum ersten Mal das Wort. «Hat die halbe Zeit im Jugendknast verbracht. Aber er ist seit fast drei Jahren sauber. Hat einen Job. Dreht keine krummen Dinger mehr.»

Stadler nickte langsam. «Und seit wann ist er verschwunden?»

«Seit Montag», sagte Susanne Ronsdorff leise. «Ich weiß, das sind erst vier Tage. Aber ich kenne meinen Jungen. Ich bin mir sicher, dass etwas nicht stimmt.» Sie holte ein Foto aus der Handtasche und hielt es Stadler hin.

Der junge Mann auf dem Bild hatte die gleichen großen Augen wie der Zwölfjährige aus Stadlers Erinnerung. Er wirkte jünger als vierundzwanzig, eher wie siebzehn. «Ist das ein aktuelles Foto?»

«Das haben wir im Frühjahr machen lassen.»

Stadler dachte nach. Seine Kollegen und er suchten nach einem sadistisch veranlagten Täter, der junge Menschen zu Tode quälte und der in dem Gebiet um Neuss und Mönchengladbach operierte. Niemand konnte ausschließen, dass dieser Täter nicht bereits ein weiteres Opfer in seine Gewalt gebracht hatte. Weit hergeholt vielleicht, aber nicht undenkbar. Was konnte es also schaden, sich den Fall näher anzusehen? Zwei Kollegen rauszuschicken, um Lians Tagesablauf vor seinem Verschwinden zu rekonstruieren?

Ihm war bewusst, dass er der Idee weniger zugeneigt gewesen wäre, wenn der vermisste Junge irgendein Fremder gewesen wäre. Aber Lian Kendricks Schicksal war Stadler nicht gleichgültig. Es mochte daran liegen, dass auch er früh seine Eltern verloren hatte. Dass er genau wusste, wie schrecklich es sich anfühlte, wenn man plötzlich glaubte, ganz allein auf der Welt zu sein, und am liebsten sterben würde.

SAMSTAG, 16. AUGUST, 15:16 UHR

Liz schloss den Schnellhefter, erhob sich und gähnte. Vor ihren Augen flimmerte es. Sie ging zum Fenster und ließ frische Luft in das Hotelzimmer. Sie sehnte sich nach ihrem Cottage. Nach Spaziergängen am Meer. Nach David.

Sie griff nach dem Handy, doch bevor sie die Kurzwahltaste drücken konnte, klingelte es.

«David! Ich wollte dich gerade anrufen.»

«Das habe ich gespürt. Wie geht es dir, Liebes? Was macht die alte Heimat?»

«Es geht mir gut. Aber ich bin todmüde. Ich lese seit heute Morgen in den Akten, mir schwirrt der Kopf.»

«Mach eine Pause. Geh ein bisschen raus. Gibt es in Düsseldorf einen Ort, an dem man gut spazieren gehen kann?»

«Früher bin ich gern am Rhein entlanggelaufen. Wasser wirkt beruhigend auf mich.»

«Na also, dann –» Ein Schrei ließ David abbrechen, gefolgt von einem Poltern. «Hey, Sam! Geht das auch ein bisschen leiser?»

«Sam ist bei dir?»

«Ja. Und er ist total aufgedreht. Er hat nach dir gefragt. Ich glaube, er mag dich.»

«Wie schön! Grüß ihn von mir.» Liz unterdrückte ein Seufzen. «Ich wünschte, ich wäre bei euch!»

«Dann fang diesen Killer und komm zurück!»

«Ach, David, wenn das so einfach wäre!» Liz trat ans Fenster und blickte hinunter auf die Straße. «Der Fall ist ziemlich komplex. Falls es überhaupt ein einziger Fall ist. Die Polizei nimmt an, dass beide Morde von einem Täter verübt wurden, und das sehe ich genauso. Aber es gibt einen dritten, älteren Fall, der dazugehören könnte. Falls das stimmt, könnte es weitere Opfer geben, die noch nicht gefunden wurden.»

«Und es könnten Menschen in Gefahr sein.»

«Ja.»

«Was der Täter tut, liegt nicht in deiner Verantwortung, Liz. Du machst deinen Job, und du machst ihn gut. Mehr kannst du nicht tun.»

Liz wusste, dass er nicht nur den Fall in Deutschland meinte. «Wenn ich einen Fehler mache, könnten andere das mit ihrem Leben bezahlen, David. Vor dieser Verantwortung kann ich mich nicht drücken.»

«Das geht mir genauso, Liz. Wenn ich als Arzt einen Fehler mache, kann das ebenfalls schlimme Folgen haben. Du musst akzeptieren, dass das passieren kann. Dass es Teil deiner Arbeit ist. Aber nicht dein Leben bestimmen darf. Sonst machst du dich kaputt.»

«Vielleicht bin ich nicht die Richtige für diesen Job.»

«Oh doch, das bist du. Lass dir nichts anderes einreden.» Wieder kreischte Sam im Hintergrund.

«Mein Gott, was macht dein Sohn denn da?»

«Er spielt ein Computerspiel. Wahrscheinlich kämpft er gerade mit einem Außerirdischen.»

«Bist du sicher, dass er alt genug dafür ist?»

«Nein.» David lachte leise. «Aber wir gehen gleich raus. Es bläst ein kräftiger Wind. Wir lassen am Strand von Hoylake einen Drachen steigen.»

«Ihr Glückspilze! Ich wünsche euch viel Spaß!»

«Halt die Ohren steif, Liz. Und lass den Killer nicht zu nah an dich heran!»

Liz wusste, dass David es nicht wörtlich meinte, doch sie musste an die Begegnung im Wald denken. Der Unbekannte hatte seinen Wagen nicht auf dem Parkplatz, sondern auf der schmalen Zufahrtsstraße abgestellt, sodass sie ihn nicht sehen konnte. Aus welchem Grund sollte ein harmloser Spaziergänger das tun?

SAMSTAG, 16. AUGUST, 22:23 UHR

Verrätst du mir deinen Namen?» Stadler musste sich konzentrieren, um nicht zu nuscheln.

«Tatjana.»

«Tatjana», wiederholte er. «Klingt wunderschön. Passt zu dir.» Oh Gott, war das abgedroschen! Er sollte sich verabschieden, nach Hause gehen und seinen Rausch ausschlafen. Bevor es zu spät war.

Aber Tatjana wirkte nicht abgeschreckt. «Freut mich, dass dir mein Name gefällt», hauchte sie. «Georg ist auch schön.»

Sie beugte sich vor, legte eine Hand auf seinen Oberschenkel. Sie war Ende zwanzig, schätzte er, doch das dick aufgetragene Make-up und die üppige Oberweite ließen sie älter aussehen. Eigentlich war sie nicht sein Typ. Ihre ganze Erscheinung, das aufwendig frisierte, brünette Haar, die langen schwarzen Fingernägel und die hochhackigen Schuhe strahlten etwas Billiges aus, das normalerweise einen Fluchtimpuls bei ihm auslöste. Aber an einem Tag wie diesem war er nicht wählerisch.

«Ich glaube, ich sollte nach Hause gehen», murmelte er trotzdem.

«Gute Idee», säuselte sie. «Lädst du mich auf einen Kaffee ein?»

«Ich weiß nicht, ob ich noch in der Lage bin, Kaffee zu kochen», brummte er.

«Oh, da helfe ich gern», sagte sie, zwinkerte und ließ ihre Hand weiter hochgleiten.

«Scheiße», murmelte er.

«Wusste ich doch, dass da noch was geht.»

Wenig später taumelten sie auf die Straße. Ein Taxi hielt genau vor der Bar, Stadler hatte keine Ahnung, ob er oder seine

Begleitung eins gerufen hatte oder ob es ein glücklicher Zufall war.

Sie half ihm beim Aufschließen und dann aus den Klamotten, mehr bekam er nicht mit.

SONNTAG, 17. AUGUST, 05:53 UHR

Das rote Licht machte sie wahnsinnig. Es blinkte und blinkte. Kelly konnte in der dunklen Ecke nichts erkennen, doch sie war sicher, dass es eine Kamera sein musste. Dieses Schwein filmte sie in ihrem Gefängnis. Kelly spuckte in Richtung des roten Lichtes.

Sie schloss die Augen, um nicht mehr hinsehen zu müssen. Doch schon im nächsten Augenblick riss sie sie wieder auf, weil sie glaubte, ein Geräusch gehört zu haben. Entsetzt starrte sie zur Tür. Das Herz hämmerte in ihrer Brust, ihre Finger verkrampften sich. Doch nichts rührte sich.

Ihre Angst schlug in Wut um. Wie war sie nur in diese beschissene Lage geraten? Wo war sie überhaupt? Was hatte der Kerl mit ihr angestellt? Oder schlimmer: Was wollte er mit ihr anstellen? Und wer, verdammt, war er überhaupt?

Ein Freak, so viel stand fest. Nur ein Freak besaß einen Raum wie diesen. Es gab keine Fenster, nur nackte Betonwände. Eine verstaubte Glühbirne, die an einem langen Stück Kabel von der Decke hing, tauchte die Mitte des Raums in Licht, leuchtete die Ecken jedoch nicht aus. An einer Wand stand ein Bett, ein Metallgestell mit Lattenrost, aber ohne Matratze und Decken. Darüber hing ein Spiegel an der Decke. An der Wand hinter dem Bett waren Haken in verschiedenen Höhen angebracht. Fette Haken, an denen man ein halbes Schwein aufhängen könnte. Oder ein entführtes Mädchen.

Kelly biss sich auf die Unterlippe und schaute rasch weg. Ihr gegenüber stand ein Metallregal, das mit allerlei technischen Geräten vollgestopft war. Computer, DVD-Player und jede Menge anderes Zeug. Irgendwo dazwischen musste die Kamera versteckt sein. Nur das rote Licht verriet sie.

Kelly spähte angestrengt in die Richtung und suchte das Regal ab. Jetzt erkannte sie, dass die Kamera über ein Kabel an einen Laptop angeschlossen war. Es fühlte sich an, als würde sie dem Kerl direkt in die Augen schauen. Kelly senkte den Blick.

Ihre Hände steckten in Handschellen, die an einer Eisenkette festgemacht waren. Die Kette war um einen Deckenträger aus Beton gelegt. Zwischen dem Deckenträger und dem Regal gähnte ein Loch im Boden, das mit einem rostigen Gitter abgedeckt war. Dunkle Flecken sprenkelten den Beton rund um den Abfluss.

Kelly fröstelte. Kein Wunder. Der Kerl hatte sie nackt ausgezogen. So ein Schwein! Bestimmt hatte er sie angegrapscht, als sie bewusstlos gewesen war. Unwillkürlich strich sie mit den Händen über ihre bloße Haut, als könne sie so seine Fingerspuren abwischen. Immerhin war sie unverletzt. Aber warum erinnerte sie sich an nichts? Er musste sie betäubt haben.

Kelly stöhnte. Verflucht, sie saß in der Scheiße! Wie war sie nur in diese beschissene Lage geraten? Sie zerrte an den Handschellen, doch brennender Schmerz an den Handgelenken ließ sie rasch wieder innehalten.

Ein Erinnerungsfetzen tauchte aus dem Dunkel ihres Gedächtnisses auf: der Mann an der Raststätte, der zu seiner Frau und zu seinen Töchtern wollte. Mark. So hatte er sich vorgestellt. Was war geschehen, nachdem sie in seinen Wagen gestiegen war? Sie versuchte, sich an sein Gesicht zu erinnern. Vergeblich.

Kelly presste die Lippen zusammen, um nicht zu weinen. Sie wünschte und fürchtete zugleich, dass der Mann zurückkehrte. Hatte er überhaupt vor, wiederzukommen? Oder wollte er sie hier bei lebendigem Leib verrotten lassen?

Immerhin hatte er ihr Proviant zurückgelassen, fünf Flaschen Wasser und ein paar Schokoriegel. Ihre Hände waren vor dem Körper gefesselt, und die Kette ließ ihr so viel Bewegungsfreiheit, dass sie sich etwas im Raum bewegen konnte. Ein Eimer stand ebenfalls in Reichweite. Bisher hatte sie ihn noch nicht benutzt, obwohl sie dringend musste. Das könnte dem Schwein so passen, dass sie sich auf den Eimer hockte und er sie dabei beobachtete!

SONNTAG 17. AUGUST, 09:14 UHR

Stadler erwachte mit schlimmeren Kopfschmerzen als zwei Tage zuvor. Einige Sekunden lang gab er sich dem Hämmern hin, das seinen Schädel zu spalten schien, dann fiel ihm schlagartig Tatjana wieder ein. Erschrocken fuhr er hoch. Doch niemand lag neben ihm.

Er presste die Finger gegen die Schläfen, um den Schmerz zu lindern, der sich durch die plötzliche Bewegung ins Unermessliche gesteigert hatte. Sobald er das Gefühl hatte, es wagen zu können, kroch er aus dem Bett und wankte ins Bad. Auch hier keine Tatjana. Dafür eine große Packung Kopfschmerztabletten. Er schluckte zwei mit etwas Wasser und ließ sich auf dem Rand der Badewanne nieder. Während er darauf wartete, dass das Hämmern abebbte, lauschte er. In der Wohnung war alles still. Gab es Tatjana überhaupt? Oder hatte er die letzte Nacht nur geträumt?

Er erhob sich und taumelte zurück ins Schlafzimmer. Seine Klamotten lagen überall auf dem Boden verstreut. Er schlug die Decke zurück, am Fußende klemmte ein benutztes Kondom zwischen Bettgestell und Matratze. Kein Traum also.

Normalerweise war er derjenige, der die Frauen irgendwann sanft aus seiner Wohnung hinauskomplimentierte. Er hatte eine Strategie entwickelt, sie vor dem Frühstück loszuwerden, ohne ihnen das Gefühl zu vermitteln, zurückgewiesen zu werden.

Zumindest glaubte er, dass es funktionierte. Jedenfalls hatte ihm noch nie eine dieser Frauen eine Szene gemacht. Aber es war auch noch nie eine verschwunden, ohne sich zu verabschieden. War es so furchtbar gewesen? Er versuchte, sich zu erinnern, aber da war nichts.

Die Kopfschmerzen ließen langsam nach. Stadler suchte die ganze Wohnung nach einer Nachricht ab, doch er fand nicht die geringste Spur von Tatjana. Außer ein paar mit Lippenstift beschmierten Papiertüchern im Badezimmerabfall.

Er machte Kaffee und setzte sich an den Küchentisch. Während er an dem heißen Getränk nippte, vermied er es, darüber nachzudenken, warum er Tatjana überhaupt mit zu sich nach Hause genommen hatte.

Er würde gründlich duschen und die Sache vergessen. Auf dem Weg ins Bad hielt er inne. Hatte er nicht seinen iPod auf dem Wohnzimmertisch abgelegt? Er war nicht dort, wo er liegen sollte. Und auch sonst nirgendwo.

Alarmiert durchsuchte Stadler die ganze Wohnung. Nach einer halben Stunde war er ziemlich sicher, dass Tatjana nur drei Gegenstände hatte mitgehen lassen: den iPod, das Tablet und seine Armbanduhr.

Er hatte verdammtes Schwein gehabt. Das Bose-Soundsystem, der Computer und diverse andere kostspielige elektronische Spielzeuge waren ihr wohl zu unhandlich gewesen. Und aus irgendeinem Grund hatte sie weder seine Brieftasche noch sein Handy angerührt. Oder sie hatte die Brieftasche durchgesehen, seinen Dienstausweis entdeckt und sich schnell verpisst.

MONTAG, 18. AUGUST, 13:03 UHR

Der Besprechungsraum glich einem Bienenstock. Polizisten saßen und standen in Grüppchen zusammen und redeten durcheinander. Erst als Georg Stadler mit Liz im Schlepptau den Raum betrat, senkte sich der Geräuschpegel und machte neugierigen Blicken Platz.

Liz grüßte die Beamten mit einem Lächeln. Einige Gesichter kannte sie noch von den Ermittlungen im letzten Herbst.

Stadler erhob die Stimme. «So, Kollegen. Ich mache es kurz, denn wir haben ein strammes Programm. Das hier ist Dr. Elisabeth Montario. Einige von euch haben bereits mit ihr zusammengearbeitet. Frau Montario leitet ein Forschungsprojekt zu Täterbotschaften an der Universität von Liverpool. Ich habe sie als Expertin hinzugezogen. Sie wird anfangen und uns ein paar erste Einschätzungen in Bezug auf unseren Täter geben.» Er nickte ihr zu.

Liz trat vor. «Hallo allerseits. Auch ich werde versuchen, mich kurz zu fassen. Alles, was ich jetzt sage, gilt vorläufig. Zum Täter: Er ist Ende zwanzig, Anfang dreißig. Keinesfalls mehr als zehn Jahre älter als seine Opfer, denn er identifiziert sich auf spezielle Art mit ihnen. Sobald geklärt ist, ob und wie der dritte, oder besser gesagt, der erste Mord bei Erkelenz ins Bild passt, kann ich das Alter noch besser abschätzen. Er ist ein Einzelgänger. Er verfügt über einen Ort, an dem er seine Opfer festhalten kann, einen Ort, an dem niemand ihre Schreie hört, an dem niemand sich daran stört, dass die Fensterläden Tag und Nacht geschlossen sind, die Tür verrammelt, was auch immer. Das kann ein Keller sein oder ein leerstehendes Gebäude in einem Industriegebiet. Ein einsam gelegenes Haus auf dem Land. Eine Jagdhütte. Es gibt jede Menge mögliche Verstecke.

Außerdem hat er ein Auto. Keinen Kleinwagen. Sondern ein großes Auto. Einen Kombi, einen Lieferwagen, irgendein Modell mit einer nicht einsehbaren Transportfläche.»

Liz holte Luft. Alle Augen waren auf sie gerichtet. Sie bemühte sich, nicht nach Misstrauen in den Blicken der Ermittler zu suchen, nach verächtlichem Grinsen oder offener Abneigung. Auch unabhängig von ihrer besonderen Vorgeschichte gab es noch immer viele Polizisten, die einem psychologischen Ermittlungsansatz wenig Begeisterung entgegenbrachten.

Sie blickte kurz auf ihre Notizen, bevor sie weitersprach. «Nun zu den Opfern: Ich halte es für möglich, dass der Täter es auf Versager abgesehen hat.»

Das löste endlich eine Reaktion aus. Gemurmel erhob sich. Einige Beamte schüttelten ungläubig den Kopf.

«Bitte lasst Liz ausreden», sagte Stadler. «Danach könnt ihr Fragen stellen.»

«Katharina Wagner und Jonathan Geissler waren, zumindest in der Wahrnehmung ihrer Eltern, Problemkinder», erklärte Liz. «Sie haben nicht so funktioniert, wie ihre Eltern es wollten. Jonathan hat gegen die Strenge in seinem Elternhaus aufbegehrt. Und Katharina war zum zweiten Mal durch die Fahrprüfung gefallen, von der ihr Job abhing. Beide waren eine Enttäuschung für ihre Eltern. Beide mussten sich als Versager fühlen. Beide standen unter enormem Druck. Zudem waren sie Einzelgänger, hatten keine Freunde. Hatten niemanden, dem sie sich anvertrauen konnten.»

Liz fing einen Blick von Stadler auf. Er hielt die Lippen fest zusammengepresst, sein Blick war merkwürdig starr. Sie konzentrierte sich schnell wieder auf ihren Vortrag. «Ich glaube, dass jemand es genau auf diesen Opfertyp abgesehen hat. Weil solche Menschen etwas in ihm auslösen. Vielleicht weil er sich selbst als Versager fühlt. Oder von seiner Umwelt so wahrgenommen wird. Was er den Opfern antut, ist die Bestrafung für ihr Versagen. Es ist körperliche Züchtigung. Deshalb ist das Töten für ihn sekundär. Es geht ihm nicht darum, seine Opfer umzubringen, er will sie ihre Unzulänglichkeit spüren lassen. Indem er sie leiden lässt.»

«Aber wieso ausgerechnet diese beiden?», rief einer der Ermittler dazwischen.

«Ich weiß nicht, wie der Täter seine Opfer gefunden hat», antwortete Liz. «Er könnte das Internet benutzt haben, um sich gezielt das Vertrauen von verzweifelten jungen Menschen zu erschleichen. Er könnte aber auch zufällig auf sie gestoßen sein. Vielleicht arbeitet er sogar in einer Position, die ihn mit labilen Jugendlichen in Kontakt bringt. Ich bin mir nicht sicher, wie bald er sich ein neues Opfer sucht. Doch ich schlage vor, alle eingehenden Vermisstenmeldungen von Jugendlichen genauestens zu prüfen und besonders darauf zu achten, ob die vermissten jungen Menschen dem Opfertyp unseres Täters entsprechen könnten.»

«Und wenn wir auf einen vermissten Jugendlichen stoßen, der ins Profil passt, ist es dann nicht schon zu spät?», fragte Zoe mit verschränkten Armen. «Sollten wir diesen Kerl nicht besser erwischen, bevor er sich ein neues Opfer sucht?»

MONTAG, 18. AUGUST, 15:38 UHR

Das Mädchen trug eine Schuluniform, war aber höchstens sechs Jahre alt. Blond, zart und zerbrechlich. Geflochtene Zöpfe, die bis zu den Schultern reichten. Ein Muttermal auf der linken Wange.

Bis zur Straßenecke wurde sie von einer Freundin und deren Mutter begleitet, dann winkte sie und bog ab. Mutterseelenallein setzte sie ihren Weg fort. Er führte durch ein Wohngebiet mit kleinen Doppelhaushälften aus den 1930er Jahren mit geschwungenen Erkern und schmutzig grauen Fassaden. Ein junger Mann mit einem Collie passierte die Kleine und verschwand durch ein Gartentor. Danach lag die Straße verlassen da. Verlassen bis auf das blonde Mädchen mit der blauweißen Uniform. Sie hatte einen federnden Gang. Ihr Rock schwang bei jedem Schritt hin und her, ließ das nackte, weiße Fleisch der Schenkel verheißungsvoll aufblitzen.

Was für ein Leichtsinn! Welche Mutter ließ ihr kleines Mädchen allein nach Hause laufen, welche Mutter lieferte ihr Kind den vielfältigen Gefahren der Großstadt schutzlos aus? Vor allem jetzt, wo Derek McGee wieder auf freiem Fuß war? Und ausgerechnet in dem Stadtteil, in dem die kleine Eileen Simmons ermordet worden war?

Er setzte sich langsam in Bewegung, folgte dem Mädchen im Abstand von einigen Metern. An der Kreuzung wandte sie sich nach links. Er beschleunigte seine Schritte und sah, dass an der nächsten Ecke eine ältere Frau wartete. Sie winkte dem Mädchen zu und rief: «Keira!»

«Hallo, Granny!» Das Mädchen winkte zurück und rannte auf die Frau zu. Die Oma wartete also eine Ecke weiter. Das ergab dreihundert unbeaufsichtigte Meter. Dreihundert Meter außerhalb von Großmutters Blickfeld. Genug Zeit, um die Kleine anzusprechen und in den Wagen zu locken. Vor allem, wenn man ihren Namen kannte.

«Danke, Granny!», murmelte er und wandte sich ab.

MONTAG, 18. AUGUST, 15:46 UHR

Sollen wir mit den Zeitungen anfangen? Ich habe Kopien gemacht. Wir könnten die Seiten jeder für sich durchgehen und nachher die Ergebnisse abgleichen», schlug Birgit vor.

Während sie im Besprechungsraum den Stand der Ermittlungen diskutiert hatten, waren die Zeitungsseiten aus dem Archiv der *Rheinischen Post* gefaxt worden. Sogar den winzigen Fetzen aus Katharinas Mund hatte man zuordnen können.

Und aus Heinsberg, wo sich das zuständige Kriminalkommissariat befand, waren zudem endlich die Unterlagen zu dem fünf Jahre alten Fall aus Erkelenz eingetroffen. Mehr als ein Dutzend Aktenordner gefüllt mit Zeugenaussagen, Spuren und Gutachten.

Stadler hatte sich verdrückt, um eine andere Sache zu klären, aber Liz, Birgit und Miguel saßen zusammen, um die Papierberge durchzuarbeiten.

«Klingt nach einem guten Plan», stimmte Miguel zu. Er griff nach einer der Kopien. «Mensch, die ist ja uralt.»

Birgit sah auf das Datum. Die Zeitungsseiten waren beide aus dem Sommer 1998, die eine vom dreiundzwanzigsten Juni, die andere vom sechsten Juli. «Tatsächlich. Das erhöht die Wahrscheinlichkeit, dass etwas auf diesen Seiten für den Täter eine spezielle Bedeutung hat.»

«Und auch die, dass der Fall aus Erkelenz dazugehört», ergänzte Liz. «Denn der liegt ähnlich lang zurück.»

In der nächsten halben Stunde hörte man nichts als das Rascheln von Papier. Birgit machte sich einige Notizen, doch sie fand nichts wirklich Sensationelles.

«Also, ich bin durch», verkündete sie schließlich.

«Ich auch», sagte Liz. «Aber es hat an keiner Stelle klick gemacht. Wie ist es bei euch?»

«Nada», sagte Miguel.

«Also, ich habe mir drei Sachen notiert.» Birgit blickte auf ihre Stichpunkte. «Da ist ein Artikel über die Ergreifung einer Bande jugendlicher Autoknacker. Ich dachte, unser Täter könnte vielleicht darunter sein.»

«Der ist mir auch aufgefallen», sagte Miguel. «Aber auf der anderen Zeitungsseite war nichts, was dazu passte.»

«Wir sollten die Namen auf jeden Fall überprüfen», schlug Liz vor. «Theoretisch käme ein Mitglied dieser Bande als das nicht identifizierte Opfer des Mordes bei Erkelenz in Frage.»

«An die Möglichkeit habe ich gar nicht gedacht», gab Birgit zu. Sie schrieb sich auf, dass sie sich die Namen der Jugendlichen besorgen wollte. «Ansonsten ist mir nur ein nicht aufgeklärter Überfall ins Auge gefallen, der aber inzwischen längst geklärt sein kann. Und dieser Badeunfall mit der Schlagzeile ‹Tragisches Ende einer Klassenfahrt›. Weil die betroffenen Jugendlichen im richtigen Alter sind. Aber zu beiden Vorfällen stand jeweils nur in einer der beiden Zeitungsausgaben ein Artikel.»

«Vielleicht sind es ja doch zufällig gewählte Seiten.» Miguel legte seine Kopien zurück in die Mappe.

«Das glaube ich nach wie vor nicht», widersprach Liz. «Wenn es sich um Ausgaben handeln würde, die um den Zeitpunkt der Tat herum erschienen sind, könnte ich mir das vorstellen, aber die beiden Zeitungen sind sechzehn Jahre alt. Das muss etwas bedeuten.»

«Gut», sagte Birgit, ein wenig entmutigt. «Lassen wir das mal so stehen und wenden uns dem dickeren Papierberg zu.»

«Ich kann es kaum erwarten.» Miguel gähnte und warf einen Blick in seine Kaffeetasse. «Ich sorge mal für Nachschub.»

Sie teilten die vierzehn Ordner des Falls aus Erkelenz unter sich auf und suchten nach Parallelen zu den beiden aktuellen Morden. Wieder verfielen sie für lange Zeit in Schweigen.

«Ich muss jetzt mal was Praktisches machen, sonst kriege ich einen Koller», verkündete Birgit, als die Wörter begannen, vor ihren Augen zu tanzen. «Wo wurde diese Leiche eigentlich genau gefunden?»

«Am Rand eines Ackers bei Venrath», antwortete Miguel. «Das ist ein Dorf im Nordosten von Erkelenz.»

Birgit nahm einen Edding und trat an die Karte, die an der Wand hing. Sie suchte eine Weile, deutete dann auf einen Punkt. «Hier etwa?»

Miguel gesellte sich zu ihr. «Ein Stück weiter links. Hier, an diesem Feldweg.»

Birgit kreiste die Stelle ein. Miguel stand so dicht neben ihr, dass sie sein Aftershave riechen konnte. Ihr Nacken prickelte. Schnell trat sie zurück, fixierte mit den Augen die Karte. Die beiden anderen Fundstellen waren bereits markiert.

«Wenn man die drei Orte verbindet, entsteht ein fast gleichschenkliges Dreieck mit dem Süden von Mönchengladbach in der Mitte.»

«Und du meinst, unser Mörder kommt aus dem Gebiet?», fragte Miguel skeptisch.

Birgit warf Liz einen hilfesuchenden Blick zu.

«Die Wahrscheinlichkeit ist ziemlich groß, dass sich der Ankerpunkt des Täters, also sein Wohnort, dort befindet», bestätigte die Psychologin. «Allerdings nur unter der Voraussetzung, dass alle drei Taten zusammengehören.» Sie trat ebenfalls vor die Karte. «Studien zufolge ist allerdings der Kontaktort stets viel näher am Ankerpunkt des Täters als der Fundort der Leiche.»

«Mit Kontaktort meinst du den Ort, wo der Täter dem Opfer begegnet ist?», fragte Birgit.

«Genau. Leider kennen wir den nicht.» Sie betrachtete die Karte. «Es gibt jedoch noch eine weitere Möglichkeit. Das erste Tötungsdelikt erfolgt oft spontaner und weniger geplant als spätere Taten. Und näher am vertrauten Umfeld. Wenn also dieser alte Fall dazugehört, dann wäre es denkbar, dass der Fundort bei Erkelenz näher am Ankerpunkt unseres Täters liegt als die beiden anderen. Zumindest näher an dem Ort, an dem er damals wohnte.»

«Schon merkwürdig, dass der Täter zweimal das Glück hatte, dass seine Tat erst Jahre später entdeckt wurde», sagte Birgit.

«Das könnte der Grund sein, weshalb er diesmal einen öffentlichen Platz als Tatort wählte.» Liz setzte sich wieder auf ihren Stuhl. «Er möchte der Welt etwas mitteilen. Die abgetrennten Gliedmaßen, die Botschaft im Rachen der Opfer. Es ist ihm wichtig, dass irgendwer diese Zeichen deutet und versteht.»

«Aber noch haben wir keinerlei Anhaltspunkte dafür gefunden, dass dieser mehr als zehn Jahre zurückliegende Mord in unser Muster passt.» Miguel ging zurück an den Schreibtisch und beugte sich über den Aktenordner.

«Vielleicht doch», sagte Liz.

«Wirklich?» Birgit sah sie erwartungsvoll an. Das wäre ein echter Durchbruch.

«Ich lese gerade den Obduktionsbericht. Die Todesursache ließ sich nicht mehr feststellen, aber es gab eine auffällige Fraktur am Hinterkopf. Hervorgerufen von einem schweren Gegenstand, der aus einem etwa zwei mal zwei Zentimeter großen Quadrat bestand.»

«Ein Hammer!», rief Miguel. «Er hat einen Schlag auf den Hinterkopf bekommen, genau wie Jonathan Geissler und Katharina Wagner.»

«Zusammen mit den fehlenden Fingern haben wir also zwei starke Indizien dafür, dass der unbekannte Tote zu der Serie gehört.» Nachdenklich schob Birgit sich eine Haarsträhne hinter das Ohr. Endlich hatte sie das Gefühl, ein Ende des Knotens in der Hand zu halten, von dem aus sich der Fall entwirren ließ.

«Drei Indizien, wenn man die abgetrennte Hand mitrechnet», verbesserte Liz. «In allen drei Fällen wurde neben den Fingern jeweils noch eine andere Verstümmelung vorgenommen.»

«Genau. Das müssen wir Georg sagen.» Birgit sah Liz an. «Wo steckt er überhaupt? Er hatte es so eilig nach der Besprechung.»

«Keine Ahnung. Ich dachte, ihr wüsstet vielleicht mehr.»

«Leider nicht», sagte Birgit. «Er liebt seine Alleingänge.»

«Oh ja, ich weiß.» Liz lächelte schief.

«Wie wäre es, wenn wir die Fakten auflisten und vergleichen würden?», schlug Miguel vor.

Birgit meinte, eine Spur Ärger in seiner Stimme auszumachen. «Gute Idee», antwortete sie rasch.

Sie stellten ein Whiteboard auf und notierten alle Informationen über die beiden neueren Morde.

Strommast. Birke.

Abgetrennte Ohren. Ausgestochene Augen.

Hämatome und Verbrennungen durch Zigaretten.

Fesselspuren.

Abgehackter linker Zeigefinger. Abgehackter linker Mittelfinger.

Eine Zeitungsseite vom 23. Juni 1998 mit einer handgeschriebenen Botschaft im Rachen. Der Rest einer Zeitungsseite vom 6. Juli 1998 mit Spuren einer handschriftlichen Botschaft im Mund.

Ein Schlag mit einem Hammer auf den Hinterkopf.

Todesursache: Verbluten durch Schnitt in die Halsschlagader.

Keine Todesursache mehr nachweisbar.

Dann ergänzten sie, was sie zu dem alten Fall in Erkelenz in der Akte fanden, und trugen es in eine dritte Spalte neben die beiden anderen ein.

Abgetrennte rechte Hand.

Ein gebrochenes Schlüsselbein.

Zwei fehlende Finger (Zeigefinger und Mittelfinger) an der linken Hand (Tierfraß?).

Ein Schlag auf den Hinterkopf.

Todesursache und eventuelle weitere Verletzungen nicht mehr nachweisbar.

Eine Weile betrachteten sie nachdenklich die Notizen. Birgit dachte an das, was Liz bei der Besprechung über das Opferprofil gesagt hatte. Alle drei waren sehr jung gewesen. Der Tote in Erkelenz war nie identifiziert worden, sein Alter wurde auf vierzehn oder fünfzehn geschätzt.

«Es gibt einige Parallelen zwischen den drei Fällen», sagte sie. «Aber die Opfer sind sehr unterschiedlich. Was Alter und Geschlecht angeht, meine ich.»

«Ich nehme an, er ist mutiger geworden.» Liz tippte auf das Whiteboard. «Oder, besser gesagt, risikofreudiger. Das erste Opfer war ein vierzehnjähriger Jugendlicher. Laut Autopsiebericht war er einen Meter dreiundsechzig groß, also vermutlich leicht zu überwältigen. Danach wählte der Täter eine Frau. Und nun, beim dritten Mal, hat er sich an einen kräftigen jungen Mann gewagt.»

«Es ist ihm also egal, ob es ein Mann oder eine Frau ist?», fragte Miguel.

«Vermutlich. Ebenso wie das Alter. Bis zu einer gewissen Grenze natürlich.» Liz betrachtete nachdenklich die Tafel.

«Hauptsache, sie sind Verlierer.» Miguel spielte mit seinem Kuli herum.

Birgit warf ihm einen Blick zu. «Aber nur nach seiner ganz persönlichen Definition.»

«Beziehungsweise der ihrer Eltern.» Miguel warf den Stift auf den Tisch. «Sowohl Katharinas Mutter als auch Jonathans Eltern waren enttäuscht von ihren Kindern. Ich finde –»

Das Telefon unterbrach ihn. Er nahm ab. Lauschte. Runzelte die Stirn.

«Und?», fragte Birgit ungeduldig, als er aufgelegt hatte.

«Das war die KTU. Sie haben das Stück Klebeband von der Zeitung aus Katharinas Rachen nochmals untersucht und zwei Wörter entziffern können. Offenbar hat der Täter den Stift so tief in das Papier gedrückt, dass Furchen in der Klebefolie zurückgeblieben sind, die sie sichtbar machen konnten.»

«Welche zwei Wörter?», fragte Liz.

«‹Gott› und ‹sie›.» Miguel sah von Liz zu Birgit. «Könnt ihr damit was anfangen? Irgendwas, das mit ausgestochenen Augen zu tun haben könnte? Ich bin Spanier, ich kenne mich mit deutschen Redensarten nicht so aus.»

Birgit nickte und rieb sich über die Oberarme. Ihr war plötzlich kalt. «Der liebe Gott sieht alles.»

MONTAG, 18. AUGUST, 16:28 UHR

Lian Kendrick», sagte Dietmar Bossel gedehnt. «Ein trauriger Fall. Ohne Mutter aufgewachsen, dann stirbt auch noch der Vater durch einen Unfall. Als der Junge in die Pflegefamilie kam, war er völlig verstört. Da war es vermutlich schon zu spät.»

«Zu spät für was?» Stadler zückte seinen Notizblock. Er hatte kurzfristig einen Termin mit Lians Bewährungshelfer vereinbart. Lian Kendrick stand unter Führungsaufsicht, seit er vor drei Jahren aus der Haft entlassen worden war. Bevor Stadler die Pferde scheumachte und nach Lian fahnden ließ, womöglich sogar Druck machte, weil der junge Mann ebenfalls ein Opfer des Mörders sein könnte, der Katharina Wagner und Jonathan Geissler zu Tode gefoltert hatte, wollte er mit einer weiteren Person sprechen, die ihn kannte. Eltern hatten oft ein verzerrtes Bild von ihren Kindern.

«Zu spät, weil der Junge bereits auf die schiefe Bahn geraten war. Kleinere Diebstähle. Handtaschenraub. Damals war er zwölf.»

«Das ist mir bekannt. Ich war für den Fall zuständig.»

Der Bewährungshelfer hob die buschigen Brauen. «Dann kennen Sie den Jungen ja.»

«Das ist viele Jahre her. Ich bin inzwischen bei der Kripo in Düsseldorf. Soweit ich weiß, ist es nicht bei Diebstahl geblieben. Lian Kendrick hat insgesamt fünf Jahre Jugendstrafe abgesessen. Was für ein Mensch ist er heute? Seine Pflegemutter sagt, er würde niemals tagelang fortbleiben, ohne sich bei ihr zu melden.»

Bossel nickte. «Ja, das würde zu Lian passen. Er ist im Grunde seines Herzens ein anständiger Junge. Ein typischer Mitläufer. Er hat sich benutzen lassen, weil er unbedingt irgendwo dazugehören wollte.»

«Und seit er entlassen wurde?»

Der Bewährungshelfer hob die Schultern. «Meines Wissens ist er sauber. Er erfüllt alle Auflagen, hat noch keinen Termin mit mir versäumt.»

«Was ist mit seinem Arbeitsplatz? Seine Mutter hat erzählt, er hätte einen Job?»

«Ab September. In einem Getränkemarkt. Die Pflegeeltern kennen wohl den Inhaber, haben das arrangiert.»

Stadler war der zweifelnde Unterton nicht entgangen. «Sie glauben nicht, dass diese Arbeit das Richtige für Lian ist?»

«So würde ich das nicht ausdrücken. Wissen Sie, Lian ist sehr labil. Verunsichert durch den doppelten Verlust, erst die Mutter, dann der Vater. Er will immer alles richtig machen, aber er kriegt es nicht hin. Und wenn etwas misslingt, fällt er in ein tiefes Loch. Dann fühlt er sich als totaler Versager.»

Das Wort Versager ließ alle Alarmglocken bei Stadler klingeln. «Und Sie glauben, er könnte dem Job nicht gewachsen sein und scheitern?»

«Ich fürchte, er könnte sich den kleinsten Fehler zu sehr zu Herzen nehmen, ihn als Bestätigung seines negativen Selbstbildes interpretieren und alles schmeißen.»

«Aber irgendeine Arbeit muss er doch machen.»

Bossel lehnte sich zurück. «Der Junge ist schwer traumatisiert. Er braucht erst einmal eine Therapie. Sonst wird er immer wieder scheitern.» Er dachte kurz nach. «Er wird vermisst, sagen Sie? Der arme Bursche. Ich könnte mir vorstellen, dass er aus Angst vor der neuen Herausforderung untergetaucht ist.»

Stadlers Handy vibrierte. Er zog es aus der Hosentasche und blickte auf das Display. Drei Anrufe in Abwesenheit. Er erhob sich. «Ich muss los.»

Als er bei seinem Wagen angekommen war, blickte er noch einmal zu Bossels Bürofenster hoch. Die innere Unruhe, die er durch das Gespräch mit dem Bewährungshelfer eigentlich hatte vertreiben wollen, hatte sich noch verstärkt. Auch wenn es kaum Fakten gab, die darauf hinwiesen, sagte ihm sein Instinkt, dass Lian nicht freiwillig verschwunden war.

DIENSTAG, 19. AUGUST, 14:10 UHR

Es goss in Strömen. Die Scheibenwischer des Mustang arbeiteten auf Hochtouren. Liz blickte zu Georg, der konzentriert durch die Windschutzscheibe starrte.

«Was war eigentlich gestern los?», fragte sie so beiläufig wie möglich. «Warum bist du einfach abgehauen?»

Er wandte den Blick nicht von der Straße ab. «Ich bin nach Mönchengladbach gefahren. Zum Bewährungshelfer eines Jungen namens Lian Kendrick. Die Eltern wollten ihn vor ein paar Tagen vermisst melden, aber da er volljährig ist, wurde der Sache nicht nachgegangen. Außerdem ist Lian Kendrick vorbestraft. Er hätte genug Gründe, sich nicht so häufig zu Hause blicken zu lassen. Und jedes Recht dazu.»

«Aber?»

«Ich kenne Lian von früher. Und ich hatte das Gefühl, dass er vielleicht in das Opferprofil passen könnte.»

Liz spürte Ärger in sich aufsteigen. «Warum hast du mich nicht mitgenommen? Dann hätte ich mir selbst ein Bild machen können.»

«Das war doch nur eine ganz vage Vermutung.» Stadler mied noch immer Blickkontakt. «Ich leite die Ermittlungen. Ich kann ganz gut selbst beurteilen, was von Belang ist und was nicht.»

Liz verkniff sich die Antwort, die ihr auf der Zunge lag. Wenn sie ihn nicht vollends in die Defensive treiben wollte, musste sie behutsamer vorgehen. «Und? Wie ist dein Eindruck? Ist dieser Lian gefährdet?»

«Ich bin mir nicht sicher. Aber ich habe darum gebeten, nach ihm Ausschau zu halten. Mehr ist nicht möglich, weil wir nicht wissen, wo der Junge zuletzt gesehen wurde. Immerhin haben alle Streifenwagenbesatzungen in NRW ein Foto samt Beschreibung bekommen.» Er setzte den Blinker und nahm die Ausfahrt. «Ich hoffe, ich täusche mich, und er taucht bald wieder auf.»

«Das hoffe ich auch.»

Es regnete unvermindert, als sie den Feldweg in der Nähe des Dorfes Venrath erreichten, wo vor fünf Jahren der unbekannte Tote gefunden worden war. Der Ort besaß nichts von der ländlichen Idylle, die Liz erwartet hatte. Er lag am Rand des Braunkohlegebietes Garzweiler, einem gigantischen Krater, der sich unaufhaltsam durch die Landschaft fräste. Am Horizont blies ein Kraftwerk von monströsen Ausmaßen Qualm in den Himmel.

Ein Opel älteren Baujahres wartete an der Fundstelle. Als Stadler den Motor abstellte, öffnete sich die Wagentür, und ein hagerer grauhaariger Mann stieg aus. Er spannte einen Schirm auf und kam auf sie zu.

Liz und Stadler gingen ihm entgegen. Liz hatte ebenfalls einen Schirm dabei, aber Stadler lehnte es ab, sich zu ihr ins Trockene zu gesellen.

«So ein Sauwetter», sagte der Mann zur Begrüßung. Er streckte die Hand aus. «Dominik van Werth. KK 1 Heinsberg.»

«Georg Stadler. Das ist unsere psychologische Expertin Dr. Elisabeth Montario.»

Van Werth schüttelte ihr die Hand. «Ich habe schon von Ihnen gehört. Schön, Sie kennenzulernen.»

«Wo ist die Fundstelle?», fragte Stadler, der offensichtlich keine Lust auf Smalltalk hatte. Bei dem Wetter nicht verwunderlich.

«Hier drüben.» Van Werth ging voran auf ein Gestrüpp zu, das am Wegesrand wucherte. Weißdorn und Haselnuss, soweit Liz erkennen konnte. Kein Mast. Kein Baum. Kein Marterpfahl.

Van Werth watete durch den Schlamm um die Büsche herum. «Der Tote lag hier. Auf dem Feld wird Getreide angebaut. Mal Weizen, mal Roggen. Genau weiß ich es nicht.»

«Auch schon, als der Mord geschah?», fragte Liz. Sie musste die Stimme erheben, um sich im prasselnden Regen verständlich zu machen.

«Vermutlich. Früher war das hier allerdings Weideland. Bis der Milchhof zugemacht hat. Das ist aber schon Jahre her.»

Liz horchte auf. Weideland bedeutete Zaunpfähle. «Also war das Gelände eingezäunt?»

«Nehme ich an. Gesehen habe ich es nie. Ich war zum ersten Mal hier, als vor fünf Jahren der Tote entdeckt wurde. Er ist wohl durch das regelmäßige Umpflügen immer mehr mit Erde zugeschüttet worden. Bis das Forstamt sich die Sträucher am Wegesrand vorgenommen und zurückgeschnitten hat.»

«Bestimmt kein Ort für einen geplanten Mord», vermeldete Stadler in Liz' Rücken. «Wenn sich ein Spaziergänger oder ein Auto nähert, wird man sofort gesehen.»

«Wir haben trotzdem keinen Zeugen gefunden», sagte van Werth. «War schon zu lange her.»

Sie wateten zurück auf den Weg. Liz blickte sich um. Nichts als Felder. Am Horizont in die eine Richtung die Silhouetten einiger Gebäude, die zu Venrath gehörten, rechts davon eine endlose Kette von Fahrzeugen, die über die Autobahn rasten, und in die andere Richtung das Kraftwerk. «Vielleicht ist niemandem etwas aufgefallen, weil es nichts Auffälliges zu sehen gab. Weil der Mörder kein Fremder war.»

«Ein guter Gedanke.» Stadler wandte sich an seinen Kollegen. «Habt ihr eigentlich eine Isotopenanalyse vornehmen lassen, um festzustellen, woher der Tote stammte?»

Van Werth blieb abrupt stehen. «Ihr habt doch die Akten gekriegt, steht das da nicht drin?»

«Ich hatte noch keine Gelegenheit, reinzugucken.»

«Wir sind hier zwar auf dem Land, aber wir sind keine Hinterwäldler. Wir haben eine Gesichtsrekonstruktion in Auftrag gegeben, wir haben anhand der Knochen das Alter zum Todeszeitpunkt bestimmt, und natürlich haben wir auch eine Isotopenanalyse durchführen lassen: Das Opfer war vierzehn bis fünfzehn Jahre alt, stammte vermutlich aus Südosteuropa und hatte die letzten zwei Jahre seines Lebens in den Niederlanden gelebt, irgendwo sehr nah am Meer. Die Ernährung war recht einseitig. So gut wie kein Fleisch, auch keine Milchprodukte. Der Junge war also wahrscheinlich sehr arm. Das würde erklären, warum ihn niemand vermisst meldete.»

Stadler warf Liz einen vielsagenden Blick zu, dann wandte er sich an van Werth. «Danke, Kollege.»

«Kein Problem.»

«Die einseitige Ernährung könnte auch auf Gefangenschaft hindeuten. Gab es sonst Hinweise in diese Richtung?», fragte Liz.

«Nichts Eindeutiges, soweit ich mich erinnere. Der Schlüsselbeinbruch war perimortal, wurde ihm also unmittelbar vor seinem Tod beigebracht.» Van Werth seufzte. «Der einzige ungeklärte Fall meiner Laufbahn. Ich würde mich freuen, wenn ihr auf eine neue Spur stoßen würdet.»

«Also, ich habe genug gesehen.» Stadler rieb sich mit der Hand das regennasse Gesicht. «Lasst uns ins Trockene fahren, und da weiterreden.»

Sie kehrten zu den Autos zurück.

Während sie langsam hinter van Werth den Feldweg entlangfuhren, fragte Liz: «Haben die anderen erzählt, dass auf der Zeitungsseite in Katharina Wagners Rachen vermutlich auch ein Spruch stand?»

«Ja, weiß ich», brummte Stadler. «*Der liebe Gott sieht alles.* Der Kerl ist wirklich ein Scherzkeks.»

«Ich finde das nicht witzig», sagte Liz genervt. Stadlers Stimmungsschwankungen strapazierten ihre Geduld.

«Ich auch nicht.» Er schien noch etwas sagen zu wollen, es sich dann aber anders zu überlegen.

Liz rieb sich fröstelnd über die feuchten Hosenbeine. «Mal angenommen, dieser Fall gehört zu der Serie. Dann müsste es auch einen passenden Spruch geben. Das Opfer hier hatte eine abgehackte Hand. Birgit, Miguel und ich haben uns den Kopf zerbrochen, aber dazu ist uns nichts eingefallen.»

«Oh, da weiß ich was Schönes», antwortete Stadler grimmig. «Einer der Lieblingssprüche meines Großvaters: *Das Händchen, das Vater und Mutter schlägt, das wird im Himmel abgesägt.*»

Liz starrte ihn entgeistert an. «Das hast du dir gerade ausgedacht, oder?»

«Leider nicht.» Stadler schüttelte den Kopf. «Glaub mir, ich hatte als Junge eine Scheißangst, in den Himmel zu kommen.»

DIENSTAG, 19. AUGUST, 15:32 UHR

Es sah nach Regen aus, doch noch war es trocken. Dem Himmel sei Dank! Bei Regen würde Granny vermutlich mit einem großen Schirm direkt bei der Schule warten. Aber so marschierte die kleine Keira wieder mit ihrer Freundin bis zur ersten Kreuzung, verabschiedete sich und verschwand allein um die Straßenecke.

Jetzt hieß es schnell handeln! Er gab Gas und setzte den Blinker. Zügig überholte er das Mädchen und blieb einige Meter weiter die Straße hinunter stehen. Er blickte verstohlen in alle Richtungen. Niemand zu sehen.

Am liebsten wäre er ausgestiegen, das half dabei, Vertrauen zu gewinnen, doch die Gefahr, dass einer der Anwohner später sein Gesicht beschreiben konnte, war zu groß.

Er wartete, bis er das Mädchen im Seitenspiegel sah, dann ließ er die Scheibe herunter. «Keira!»

Sie blieb stehen, blickte verunsichert zu dem Wagen.

«Weißt du etwa nicht, wer ich bin?»

Sie schüttelte den Kopf.

«Ich bin der Tom.» Tom war ein Allerweltsname, die Wahrscheinlichkeit, dass es im Bekanntenkreis von Keiras Eltern einen Tom gab, war ziemlich groß.

Ihr Gesicht hellte sich auf. «Der Kollege vom Papa?»

Besser konnte es gar nicht laufen! «Genau der. Dein Papa hat mich gebeten, dich abzuholen. Deine Oma hat sich den Fuß verstaucht und musste zu Hause bleiben.»

Keira wirkte noch immer unsicher. «Aber ich darf nicht zu Fremden ins Auto steigen.»

«Ich bin doch kein Fremder, Keira! Ich hab ein Handy im Auto, wenn du magst, rufen wir deinen Papa an.»

«Ich weiß aber die Nummer nicht.»

Er lächelte, obgleich es ihm schwerfiel, ruhig zu bleiben. Im Rückspiegel sah er einen Wagen näher kommen. Wenn Keira nicht in den nächsten zehn Sekunden einstieg, musste er abbrechen. «Was glaubst du wohl, was in meinem Handy gespeichert ist?»

«Papas Nummer?» Sie kam näher.

«Komm schon, steig ein! Es fängt gleich an zu regnen.»

DIENSTAG, 19. AUGUST, 16:32 UHR

Der verdammte Regen ließ nicht nach. Als wäre er nicht auch so schon schlecht gelaunt. Stadler warf einen Blick zur Seite. Liz hielt den Karton umklammert, als würde er einen Schatz bergen. Dabei enthielt er nur die Kleidungsüberreste und Gegenstände, die die Kripo Heinsberg vor fünf Jahren bei der unbekannten Leiche gefunden hatte.

Die letzten Besitztümer eines toten jungen Menschen. Vielleicht doch ein Schatz. Unwillkürlich seufzte er. Und bereute es sofort.

Liz sah ihn an. «Was ist los?»

«Beschissenes Wetter und ein noch beschissenerer Fall. Das ist los.»

«Das meine ich nicht.»

Stadler war froh, dass er sich gerade auf die Autobahnauffahrt konzentrieren musste. Das Letzte, wonach ihm der Sinn stand, war irgendwelches Psychogequatsche. Nicht über seinen Seelenzustand jedenfalls. Liz war nicht seine Therapeutin, das hätte ihm gerade noch gefehlt. Sie sollte sich um den Täter kümmern.

Er konsultierte demonstrativ zuerst den Rück- und dann den rechten Seitenspiegel, bevor er die Spur wechselte. Hinter dem Mustang klebte ein verschmutzter Geländewagen. Der Fahrer trug trotz des Regens eine Sonnenbrille. Gehörte vermutlich zum coolen Outfit.

Doch so einfach ließ Liz sich nicht aus dem Konzept bringen. «Der Junge, Lian. Was ist mit ihm? Warum ist er dir so wichtig?»

«Wie kommst du darauf?», fuhr er sie an.

«Dein Gesichtsausdruck, als du mir vorhin davon erzählt hast.»

«Was ist so ungewöhnlich daran? Natürlich mache ich mir Sorgen, das ist doch normal. Ich wusste nicht, dass du mich für so herzlos hältst.» Er setzte den Blinker und scherte aus, um zu überholen, obwohl er ohnehin schon viel zu schnell für das Wetter fuhr. Der Sonnenbrillenmann tat es ihm gleich.

«Nein», widersprach Liz. «Das ist nicht normal. Normal wäre gewesen, wenn du den Fall vor den anderen erwähnt und einen aus dem Team zu dem Bewährungshelfer geschickt hättest. Aber du bist selbst hingefahren. Ohne einem von uns Bescheid zu geben. Ich kenne dich, du bist ein Profi. Du hast Mitgefühl, und das ist wichtig in deinem Job. Aber Mitleid ist eine Katastrophe.»

«Ach, und du willst in meinem Gesicht den Unterschied zwischen Mitgefühl und Mitleid gelesen haben?» Allmählich wurde er richtig wütend. «Bitte heb dir deine Analysen für den Täter auf. Dafür wirst du bezahlt.»

Sie zuckte zusammen, schwieg eine Weile.

«Tut mir leid», sagte er leise.

«Du solltest darüber reden. Es muss ja nicht mit mir sein. Das war nur ein Angebot.»

Stadler ging vom Gas und fuhr sich mit der Hand über die Stirn. «Ich war in den letzten Tagen etwas neben der Spur. Aber ich habe das im Griff.»

Sie antwortete nicht.

«Ja, du hast recht, das Schicksal dieses Jungen geht mir irgendwie nah. Er hatte es echt schwer. Seine Mutter starb, als er noch ganz klein war. Mit zwölf verlor er auch noch seinen Vater. Das hat den Jungen total aus der Bahn geworfen, auch wenn die Pflegeeltern sich ehrlich bemüht haben, ihm Halt zu geben.»

«Solche Schicksale gibt es viele.»

«Und deshalb darf es einen nicht berühren?» Warum hatte

er bloß eingelenkt? Um sie zu besänftigen? Wohl eher, um sich selbst zu beruhigen.

Sie fuhren durch den Tunnel und auf die Auffahrt zur Kniebrücke. Wenn man auf diesem Weg nach Düsseldorf kam, wurde man mit einer der schönsten Ansichten der Stadt belohnt. Rechts die futuristischen Neubauten des Hafens, links die Altstadt. Ein Anblick, der Stadler normalerweise froh stimmte. Zufrieden mit seinem Leben. Doch heute funktionierte es nicht.

Die Altstadt kam ihm spießig und mickrig vor, der Hafen protzig und abweisend. Eines der weniger prominenten Bauwerke, eine alte Fabrik, sollte demnächst gesprengt werden, ein Plan, der für Wirbel sorgte und zu einer Protestbewegung für den Erhalt des Bauwerks geführt hatte. Bisher hatte er diesen Aufstand für albern gehalten, für einen Sturm im Wasserglas, wo es doch viel wichtigere Dinge gab, um die es sich zu kämpfen lohnte. Doch heute fühlte er sich auf eine seltsame Art mit den Protestlern solidarisch.

Als sie wenige Minuten später vor dem Präsidium parkten, fragte Liz: «Für wen steht der Junge?»

«Wie bitte?»

«Lian. Wer ist er für dich?»

«Du gibst nie auf, oder?»

«Das weißt du doch. Also: Wer ist Lian für dich? Welchen kleinen Jungen meinst du in Wirklichkeit?»

«Ich verstehe deine Frage nicht. Lian steht für sich selbst. Ich habe seinen Fall bearbeitet, als er zum ersten Mal mit dem Gesetz in Konflikt geriet. Schon möglich, dass ich mich deshalb verantwortlich fühle.»

«Nein, das glaube ich nicht.»

Stadler zog den Zündschlüssel. «Dein Problem.»

«Ich bin davon überzeugt, dass du in Wirklichkeit um einen

ganz anderen kleinen Jungen trauerst, einen Jungen, dem du nicht mehr helfen kannst. Aber Lian kannst du noch helfen. Hoffst du zumindest.»

«Ach ja? Wenn man dich so reden hört, könnte man meinen, du seist Psychologin.»

Wider Erwarten lächelte Liz. «Ja, ich weiß, den Eindruck erwecke ich oft.»

Er grinste.

«Ich glaube, der kleine Junge, den du in Wirklichkeit meinst, hat auch sehr früh seine Eltern verloren. Er fühlte sich einsam und ungeliebt. Vielleicht gab es auch in seinem Leben einen Moment, in dem er beinahe auf die schiefe Bahn geraten wäre.»

Stadler presste die Lippen zusammen.

«Bevor er sich entschied, Polizist zu werden. Diese Entscheidung hat ihn gerettet.»

Stadler kämpfte gegen das Brennen in seinen Augen. «Warum fragst du, wenn du schon alles weißt?», stieß er hervor und schob die Wagentür auf. «Genug gequatscht. Wir haben drei Morde aufzuklären.»

Sie liefen durch den Regen. Liz drückte die Kiste gegen ihren Bauch, Stadler hielt den Schirm über ihren Kopf. Kurz vor dem überdachten Eingangsbereich des Präsidiums sah Stadler aus den Augenwinkeln einen Wagen vom Straßenrand wegfahren. Er hätte schwören können, dass es der verschmutzte Geländewagen war.

Im Paternoster überkam ihn der Wunsch, etwas richtigzustellen. «Ich habe nicht einfach meine Eltern verloren. Ich bin vom Paradies in die Hölle gestoßen worden. Meine Mutter war der gütigste Mensch der Welt. Sie hat mir Geschichten vorgelesen und mich getröstet, wenn ich traurig war. Und mein Vater hat mir im Garten ein Baumhaus gebaut und jeden Samstag mit mir Fußball gespielt. Beide starben bei einem Unfall, da war ich gerade sieben. Danach übernahm mein Großvater das Regiment. Der hielt nicht viel von Gutenachtgeschichten, Fußball oder Baumhäusern. Dafür konnte er mit dem Gürtel umgehen.»

DIENSTAG, 19. AUGUST, 17:20 UHR

Liz lehnte sich im Stuhl zurück und musterte die Gegenstände, die in säuberlich beschrifteten Plastikbeuteln vor ihr ausgebreitet lagen. Blauer Baumwollstoff, vermutlich Überreste einer Jeans, ein verrosteter Reißverschluss, ein Druckknopf. Ein vermoderter Sportschuh, rot-blau gemustert. Weiße Baumwollfetzen, Reste von Tennissocken. Ein verrosteter Wohnungsschlüssel, niederländisches Fabrikat. Ein Stück von einer roten Plastikkarte, Herkunft unbekannt. Ein Stück Leder, möglicherweise von einem Uhrenarmband. Ein Fahrradventil.

Nichts Überraschendes. Bis auf das Fahrradventil vielleicht. War der Junge mit dem Rad unterwegs gewesen, als er auf seinen Mörder traf? Hatte er das Ventil in der Hosentasche gehabt? Oder war es nur ein Zufallsfund, der mit dem Mord nichts zu tun hatte?

Liz stand auf und trat ans Fenster. Sie hatte Stadlers Büro für sich allein. Nach seinem unerwarteten Bekenntnis hatte er sie hineingelassen und sich verdrückt. Ihr war es recht. So konnte sie in Ruhe den Inhalt des Kartons begutachten.

Sie würde Stadler im Auge behalten müssen. Der Fall wühlte ihn auf. Seine Vergangenheit war seine Privatsache, aber wenn ihn Gefühle übermannten, wenn er deshalb womöglich falsche Entscheidungen fällte, ging sie das sehr wohl etwas an.

Liz kehrte zurück zum Schreibtisch. Vielleicht sollte sie mit Birgit reden. Vielleicht sollte sie – verdammt! Ein Gedanke durchzuckte sie.

Hektisch blätterte sie in dem Aktenstapel, bis sie den richtigen Ordner gefunden hatte. Eine Liste der Spuren und Substanzen, die an Jonathan Geisslers Körper gefunden wurden. Blut, Urin, Erde – und Schmieröl.

Ein Fahrradventil und Schmieröl. Eine Garage? Eine Werkstatt?

Liz schlug die Akte zu. Zu wenig. Und nicht ihre Baustelle. Sie war dafür zuständig, zu ermitteln, mit was für einer Art Täter sie es zu tun hatten. Die Auswertung solcher Spuren war Sache der Ermittler.

Es klopfte. Birgit stürmte ins Zimmer. «Oh, hi, Liz. Georg nicht da?»

«Ich glaube, er wollte zum Staatsanwalt.» Liz zögerte. Das wäre eine gute Gelegenheit, um mit Birgit zu reden. Andererseits war das Gespräch zwischen ihr und Stadler vertraulich gewesen. Es kam ihr falsch vor, Birgit von seiner Kindheit zu erzählen, egal wie vage, ohne ihn vorher zu fragen.

«Du siehst so aus, als hättest du etwas auf dem Herzen», sagte Birgit. «Was ist los?»

«Leider nichts.» Liz deutete auf die Gegenstände vor sich. «Das sind die Sachen von dem unbekannten Toten. Aber bis auf ein Fahrradventil, das vermutlich nur zufällig dort lag, ist nichts Interessantes dabei.»

«Dafür habe ich Neuigkeiten. Deshalb bin ich hier.»

«Und?»

«Der Finger, den Georg geschickt bekommen hat. Die Untersuchungen sind abgeschlossen. Er stammt definitiv von keinem der drei Opfer.»

«Der *drei* Opfer?»

«Genau. Die DNA stimmt weder mit Jonathan Geissler noch mit Katharina Wagner, noch mit dem Toten aus Erkelenz überein.»

Liz stützte den Kopf auf die Hände. «Scheiße», murmelte sie.

Birgit setzte sich zu ihr. «Okay. Wie viele Möglichkeiten haben wir?»

«Mindestens drei», antwortete Liz.

«Und zwar?»

«Erstens: Der Finger hat gar nichts mit den Morden zu tun. Ein verrückter Zufall.»

«Okay», sagte Birgit. «Möglich, aber meiner Ansicht nach nicht sehr wahrscheinlich. Zweitens?»

«Das Päckchen ist zwar vom Täter, aber der Finger stammt nicht von einem Mordopfer. Er hat der Polizei irgendeinen beliebigen Finger geschickt. Um seine Macht zu demonstrieren. Oder um die Ermittlungen zu sabotieren. Oder aus einem anderen Grund, den wir nicht kennen.»

«Wo hätte er den Finger her?»

«Keine Ahnung. Beerdigungsinstitut? Leichenschauhaus?»

«Hm.» Birgit zog einen Block zu sich heran und notierte sich etwas. «Eine Leiche kommt aber nicht in Frage, denn der Finger wurde von einem lebenden Körper abgetrennt. Blieben ein Unfall oder eine Amputation im Krankenhaus. Was ist mit Möglichkeit Nummer drei?»

«Es gibt ein weiteres Opfer, das noch nicht gefunden wurde.» Liz stockte. «Das vielleicht sogar noch lebt!»

«Was ist mit diesem Lian Kendrick?» Birgit riss das Blatt vom Block.

«Nein, der wird erst seit letzte Woche Montag vermisst. Das Päckchen mit dem Finger kam aber schon am Freitag davor.»

Birgit knetete ihre Unterlippe. «Stimmt. Außerdem war Jonathan Geissler zu dem Zeitpunkt in der Gewalt des Mörders. Unwahrscheinlich, dass er zwei junge Männer auf einmal entführt hat.»

«Und wenn doch?»

«Dann erleidet vielleicht gerade irgendwo ein junger Mensch Höllenqualen.»

DIENSTAG, 19. AUGUST, 23:54 UHR

Es war kurz vor Mitternacht, als Birgit den Wagen vor ihrer Haustür abstellte. In der Wohnsiedlung war es geisterhaft still. Ein leichter Wind ging. Sie fröstelte.

Birgit gähnte. Es war viel später geworden, als sie beabsichtigt hatte. Nach dem Gespräch mit Liz hatte sie sich noch einmal den rechtsmedizinischen Untersuchungsbericht zu dem nicht identifizierten Finger vorgenommen, und dabei war ihr aufgefallen, dass der Abdruck nicht mit der Datenbank abgeglichen worden war. Anscheinend war er sogar gar nicht abgenommen worden, obwohl das zur Routine gehörte. Sie hatte in der KTU nachgefragt, aber die hatten auch nichts. Also hatte sie nach Feierabend dem Rechtsmediziner hinterhertelefoniert, der den Finger untersucht hatte. Als sie ihn endlich erwischt hatte, hatte er ihr mitgeteilt, dass die Haut schon zu sehr verwest war, um einen Abdruck nehmen zu können.

«Der Finger war vierundzwanzig Stunden oder länger mit der Post unterwegs», hatte der Arzt erklärt. «Und das bei den Temperaturen, die vorletzte Woche herrschten. Da können Sie zugucken, wie das Gewebe sich zersetzt.»

Birgit hatte danach die Mitglieder der Jugendbande überprüft, von der in einem der Zeitungsartikel die Rede gewesen war. Einer war mittlerweile tot, der andere saß in Süddeutschland im Gefängnis, und der dritte war inzwischen Familienvater und ein geachtetes Mitglied der Gesellschaft. Diese Spur führte also nicht weiter. Es sei denn, es hätte ein viertes Bandenmitglied gegeben, dessen Identität nie bekannt geworden war. Birgit hatte kurz mit dem Gedanken gespielt, den Familienvater dazu zu befragen, sich dann aber dagegen entschieden. Sie glaubte nicht, dass diese alte Geschichte etwas mit ihrem Fall zu tun hatte. Der Bericht über die Ergreifung der Bande war nur einer von vielen Artikeln in dem Zeitungsausschnitt gewesen.

Wenn die Seiten nicht zufällig gewählt waren, musste es nicht nur eine Verbindung zum jeweiligen Opfer, sondern auch zwischen beiden Ausschnitten geben. Doch sie hatte beim besten Willen nichts finden können.

Birgit schüttelte die Gedanken ab. Sie musste den Kopf freibekommen, damit sie wenigstens ein paar Stunden Schlaf fand. Gerade als sie den Schlüssel in die Haustür steckte, gingen die Straßenlaternen aus. Mitternacht. Birgit stieß die Tür auf und tastete nach dem Schalter für die Treppenhausbeleuchtung. Nichts. *Scheiße!*

Sie stolperte auf den Aufzug zu. Nichts rührte sich, als sie auf den Knopf drückte. Eine Panikwelle überrollte sie. Im vergangenen Jahr hatte sie in einem anderen Haus auf einen Aufzug gewartet, der nicht kommen wollte, und eine ermordete Frau darin gefunden. Der Anblick hatte sich unwiderruflich in ihr Gedächtnis eingebrannt.

Sie zwang sich, ruhig zu atmen. Bestimmt ein ganz gewöhnlicher Stromausfall. Selten, aber nicht völlig unmöglich. Sie fischte ihr Handy aus der Handtasche und beleuchtete damit die Treppe. Während sie in den zweiten Stock stieg, gewann der Ärger überhand. Kein Strom bedeutet keine heiße Dusche. Und auf die hatte sie sich gefreut.

Ein Geräusch aus dem Kellergeschoss ließ sie zusammenzucken. Da war jemand! Mitten in der Nacht in einem unbeleuchteten Keller! Sie tastete nach der Dienstwaffe und horchte. Alles blieb still.

Plötzlich knackte es. Das Licht sprang an, der Aufzug setzte sich lautstark in Bewegung. Erleichtert lachte Birgit auf und stieg die letzten Stufen zu ihrer Wohnung hoch.

Nachdem sie geduscht und sich ein Handtuch umgeschlungen hatte, suchte sie die gegenüberliegende Fassade nach dem Fenster ab, in dem sie vor ein paar Tagen den Spanner entdeckt hatte. Es war dunkel, die Vorhänge waren zugezogen. Aber das Fernglas stand nach wie vor auf der Fensterbank.

MITTWOCH, 20. AUGUST, 06:52 UHR

Liz erwachte vom Klingeln des Handys. Sie blickte auf das Display und registrierte zwei Dinge. David rief an, und es war erst kurz vor sieben. Das bedeutete, dass es in England noch keine sechs Uhr war.

Schlagartig hellwach, meldete sie sich. «Hi, David. Alles okay?»

«Morgen, Liebes.»

Seine warme, aufgeräumte Stimme beruhigte sie augenblicklich.

«Guten Morgen. Wie schön, von dir geweckt zu werden. Daran könnte ich mich gewöhnen.»

«Und das ist nur die Telefonvariante», antwortete er. «Live ist es noch viel besser.»

«Ich weiß.» Liz setzte sich lächelnd auf.

«Wie läuft es bei euch? Konntest du den Täter schon dingfest machen?»

«Noch nicht. Der Fall ist ziemlich komplex. Und es steht zu befürchten, dass er bereits das nächste Opfer in seiner Gewalt hat.»

«Wie schrecklich!»

«Es ist immer ein Wettlauf mit der Zeit.» Liz erhob sich aus dem Bett und ging im Hotelzimmer hin und her. «Wir haben sehr viele Spuren.»

«Ist das nicht gut?»

«Je mehr Hinweise, desto schwerer ist es, zu entscheiden, welche wichtig sind. In diesem Fall haben wir verschiedene Foltermethoden, Verstümmelungen, dazu noch eine äußerst symbolkräftige Form der Leichenablage und obendrein eine Art Nachricht im Rachen der Toten. Natürlich ergibt nur alles zusammen das vollständige Bild. Aber ich muss abwägen, ob es dem Täter vor allem um das Quälen der Opfer geht, um das Töten oder sogar um den Wettbewerb mit der Polizei. Das ist entscheidend für das Profil.»

«Verstehe.»

«Ich glaube, dass er die Opfer für Versager hält und sie bestrafen möchte. Die Folter steht im Vordergrund. Der Rest ist ebenfalls wichtig, aber eher Beiwerk. Aber ich kann mich natürlich täuschen.»

«Eine ganz schöne Verantwortung, die da auf dir lastet», sagte David leise. Seine Stimme hatte sich verändert, klang mit einem Mal gepresst.

Liz' Herz schlug schneller. «Da ist doch etwas, was du mir nicht sagst, David. Was ist los?»

«Ich wollte, dass du es von mir erfährst, nicht aus den Medien.»

«Was?», fragte Liz alarmiert.

«Es ist wieder ein Mädchen verschwunden. Gleiches Alter. Gleicher Typ. Wieder im Südosten von London. Nur etwa eine Meile von dem Ort entfernt, wo Eileen Simmons' Leiche gefunden wurde.»

MITTWOCH, 20. AUGUST, 11:47 UHR

Georg Stadler parkte den Mustang in zweiter Reihe und stieg aus. Bevor er das Hotel betrat, versuchte er es noch mal auf ihrem Handy. Wieso meldete sich Liz nicht? Es war fast Mittag. Konnte es sein, dass sie eigenmächtig Nachforschungen anstellte, ohne ihm Bescheid zu sagen?

Möglich wäre es. Nun, er würde es herausfinden. An der Rezeption ließ er sich die Zimmernummer geben. Er klopfte an die Tür. Keine Reaktion. Er klopfte lauter. Noch immer nichts, doch er hörte ein Knarren im Zimmer.

Verdammt! Was sollte der Blödsinn? Er hämmerte mit der Faust gegen die Tür. «Liz! Ich bin es, Georg. Bitte mach auf!»

«Ich bin krank.»

Auch das noch! «Kann ich trotzdem reinkommen? Es gibt einiges zu besprechen.» In dem Zimmer rührte sich noch immer nichts. «Liz, bitte!»

«Ich kann nicht.»

«Dann trete ich die Tür ein.»

Das wirkte. Liz sah schrecklich aus. Sie hatte rotgeweinte Augen, ihr Haar stand wirr vom Kopf ab.

«Du lieber Himmel! Was ist denn los?»

«Er hat schon wieder ein Mädchen entführt», flüsterte sie.

Er brauchte eine Sekunde, um zu begreifen, was sie meinte. «Ach du Scheiße!» Er zog die Tür zu und nahm sie in den Arm. Hielt sie fest, während sie leise weinte.

Schließlich beruhigte sie sich und machte sich los. «Ich war mir so sicher, dass er nicht Eileens Mörder ist.»

«Und jetzt bist du es nicht mehr?»

Sie zog ein Papiertuch aus einer Box und putzte sich die Nase. «Es ist völlig egal, was ich denke. Alle Welt wird glauben, dass es meine Schuld ist, dass dieses Mädchen entführt wurde. Und vielleicht ist es das auch.»

Stadler setzte sich aufs Bett. «Schuld ist nur der Mensch, der das Mädchen entführt hat. Niemand sonst.»

Sie ließ sich neben ihm nieder. «Ich weiß nicht, ob ich das noch mal durchstehe. Diesen Medienzirkus. Dieses Misstrauen. Diesen Hass.»

«Bleib einfach hier.»

Sie sah ihn an.

«Ich meine es ernst. Wir können dich hier gut gebrauchen.»

«Weglaufen ist keine Lösung.»

«Manchmal schon.»

Sie zog die Augenbrauen hoch. «Ach ja? Sprichst du aus Erfahrung?»

«Allerdings. Und wenn du dich jetzt anziehst, mit mir aufs Präsidium fährst und mir hilfst, den Mörder zu finden, erzähle ich dir mehr.» Er schluckte. Jetzt gab es kein Zurück mehr. Sie würde erst Ruhe geben, wenn er sein Versprechen eingelöst hatte.

«Na, wenn das kein Anreiz ist.» Sie lächelte, wurde aber sofort wieder ernst. «Erst die Geschichte, dann komme ich mit.»

«Versprochen?»

«Ehrenwort.»

«Ich habe vor vielen Jahren einem Freund bei einer Sache geholfen, die nicht ganz sauber war», begann er zögernd. «Er wollte in das Haus eines Mannes einbrechen, der ihm angeblich Geld schuldete. Wir sind also hingefahren, mein Freund ist durch die Terrassentür rein, ich sollte im Wagen warten und die Augen offen halten. Plötzlich war überall Polizei, das Haus umstellt. Ich habe kurz überlegt, dann bin ich aus dem Wagen gestiegen und einfach weggegangen. Mein Freund kam in den Knast, ich wurde Polizist. Vermutlich hält er mich immer noch für einen Verräter. In gewisser Weise stimmt das auch. Aber viel wichtiger ist, dass ich mich selbst damit gerettet habe. Wenn ich damals nicht weggelaufen wäre, würde ich jetzt nicht hier sitzen.»

«Ich bin froh, dass du weggelaufen bist.»

«Ich auch.»

Liz beugte sich vor, küsste ihn auf den Wange. «Danke, dass du mir das erzählt hast.»

Er sah ihr hinterher, als sie im Bad verschwand, und versuchte, sein flatterndes Herz zu ignorieren.

MITTWOCH, 20. AUGUST, 12:30 UHR

Fast alle Kanäle brachten die Nachricht. *Wieder ein Mädchen verschwunden. Ist die kleine Keira in der Gewalt des Mörders von Eileen Simmons? Haben Polizei und Justiz versagt, als sie Derek McGee laufen ließen?*

Er öffnete eine weitere Dose Bier, nahm einen tiefen Schluck und fuhr sich mit dem Handrücken über den Mund. Dann schnüffelte er an seinen Fingern. Er hatte sie nicht gewaschen. Absichtlich. Sie rochen noch nach ihr. Der Duft wurde schwächer und schwächer, aber er war da. Und er machte ihn sofort wieder geil.

Schnell griff er nach der Fernbedienung und schaltete auf den nächsten Kanal. Ein verzweifeltes Elternpaar blickte ihm von der Mattscheibe entgegen. Die Mutter war blond, hatte die Haare zu einem Pferdeschwanz zusammengebunden und presste ein Taschentuch vor das Gesicht. Der Vater hatte kurzgeschorene Haare, trug einen Anzug und wirkte gefasst. Er verlas eine Erklärung. Appellierte an den Entführer, das Mädchen freizulassen.

Zu spät.

Er schaltete den Fernseher aus und blickte auf die Uhr. Seine Schicht begann erst in zwei Stunden. Aber zu Hause hielt er es nicht mehr aus. Eine Spazierfahrt, das war jetzt genau das Richtige. Ein bisschen in der Gegend herumkurven. Nur nicht in der Nähe des Waldes vorbeifahren. Auf gar keinen Fall. Das wäre viel zu gefährlich. So dumm war er nicht.

Sie würden sie bald finden. Sehr bald. Die Lichtung war bei Hundehaltern beliebt. Vielleicht schnupperte gerade jetzt, in diesem Augenblick, ein Terrier an der kleinen Keira. Nein, besser nicht. Der Hund würde sie vielleicht ablecken. Beschmutzen. An ihr herumzerren. Sie sollte heil bleiben. So gefunden werden, wie er sie zurückgelassen hatte. Als wunderschöner weißer Engel, als Dornröschen, das hundert Jahre schlief.

MITTWOCH, 20. AUGUST, 12:43 UHR

Während der Fahrt ins Präsidium sprachen sie nicht. Erst kurz vor dem Ziel brach Stadler das Schweigen. «Ich möchte, dass du dich sofort zurückziehst, wenn wir ankommen, und an dem Profil arbeitest. Ich will diesen Kerl kriegen.»

«Mach ich.» Liz zögerte. «Ach, Georg?»

«Ja?» Er lenkte den Wagen auf den Parkplatz.

«Bitte kein Wort zu irgendwem wegen meiner kleinen Szene vorhin.»

Er sah sie an. Grinste. «Was für eine Szene?»

Birgit fing sie im Foyer ab. Sie hatte leicht gerötete Wangen. «Da bist du ja, Georg! Wir haben dich schon gesucht. Warum gehst du nicht ans Handy?»

«Was gibt es denn?»

«Du hast wieder Post bekommen.»

Stadler pfiff durch die Zähne. «Wieder ein anonymer Brief?»

«Genau. Diesmal hat die Poststelle nicht gepennt und den Umschlag sofort an die KTU weitergeleitet.»

«Was war drin?», fragte Liz.

«Ein Finger. Genau wie beim letzten Mal.»

Liz' Gedanken überschlugen sich. Der Fall wurde immer rätselhafter. «Und der Umschlag war an Georg adressiert? Nicht an die Mordkommission oder so?»

«Er war gerichtet an ‹KHK Georg Stadler, KK 11, Polizeipräsidium Düsseldorf, Jürgensplatz 5–7, 40219 Düsseldorf›.»

«Sehr korrekt.» Liz kniff nachdenklich die Augen zusammen. «Könnte ich eine Kopie des Umschlags bekommen? Vom ersten auch?»

«Klar», sagte Stadler. «Birgit, kümmerst du dich darum?»

«Mach ich. Hast du eine Idee, Liz?»

«Ist noch nicht spruchreif.» Sie hob die Hände. «Und auch nicht besonders großartig, also macht euch keine Hoffnungen.»

«Okay», sagte Stadler an Liz gewandt. «Du beschäftigst dich, wie besprochen, mit dem Täterprofil. Ich denke, wir können nun mit großer Sicherheit davon ausgehen, dass die Päckchen vom Täter sind. Du kannst sie also einbeziehen. Ich sage dir Bescheid, sobald es Neuigkeiten von der KTU gibt. Setz dich in mein Büro, da hast du Ruhe.» Er drückte ihr einen Schlüssel in die Hand. Dann sah er auf die Uhr. «Zehn Minuten bis zur Teambesprechung. Gerade noch Zeit, um Sobotta auf den neuesten Stand zu bringen.»

Liz sah den beiden nach, als sie im Paternoster verschwanden. Sie war froh, dass Stadler sie genötigt hatte, das Hotelzimmer zu verlassen. In den nächsten Stunden würde sie ausreichend beschäftigt sein, sodass sie keine Gelegenheit haben würde, an das entführte Mädchen und Derek McGee zu denken.

DONNERSTAG, 21. AUGUST, 03:43 UHR

Das Wasser und die Schokoriegel waren längst aufgebraucht. Auch den Eimer hatte sie mehrfach benutzt. Irgendwann war es ihr egal gewesen, ob er ihr beim Pinkeln zusah.

Er war nicht wiedergekommen. Kelly hatte versucht, die Zeit festzuhalten, aber ohne Tageslicht war sie schnell durcheinandergeraten. Eine Weile hatte sie sich erfolgreich eingeredet, dass sie erst seit wenigen Stunden in ihrem Gefängnis hockte, doch inzwischen funktionierte auch das nicht mehr. Es mussten mehrere Tage vergangen sein.

Sie fror und schwitzte gleichzeitig. Jede Faser ihres Körpers schmerzte. Zwar ließ ihr die Kette genug Bewegungsfreiheit, um sich abwechselnd zu setzen oder zu legen, aber inzwischen gab es keine Position mehr, die nicht wehtat. Der Betonboden war feucht, kalt und hart. Das Bett außer Reichweite. Ohne Matratze wäre es vermutlich kaum bequemer als der nackte Boden, aber in Kellys Phantasie war es weich und warm. Ihr Magen knurrte, und ihre Zunge fühlte sich so dick an, dass sie glaubte, daran ersticken zu müssen.

Kelly lehnte sich gegen den Pfeiler. Sie wollte nicht sterben. Nicht so. Nicht in diesem Loch, in dem es nach Blut, Pisse und Moder stank.

Plötzlich kam ihr ein Gedanke. Die Kamera! Was, wenn dieser Wichser ihr Martyrium ins Internet gestellt hatte? Was, wenn sie gerade Hauptdarstellerin in einem Snuff-Video war? Und Millionen von Menschen sahen live dabei zu, wie sie langsam zugrunde ging. Schlossen Wetten darauf ab, wie lange sie noch durchhielt.

Sie kniff die Augen zusammen, die mit einem Mal heftig brannten. Aber es gelang ihr nicht, die Tränen zurückzuhalten.

Sie rollte sich auf dem Boden zusammen und weinte lautlos, bis die Erschöpfung sie übermannte.

DONNERSTAG, 21. AUGUST, 13:53 UHR

Also gut, was haben wir?», fragte Stadler.

Sie saßen zu viert bei ihrem Stammitaliener auf der Lorettostraße und hielten Kriegsrat ab. Gegessen hatten sie schon, nun stand dampfender Kaffee vor ihnen auf dem Tisch. Eine Stunde zuvor war eine weitere Vermisstenmeldung eingegangen, die in das Raster passte, das Liz erstellt hatte: jünger als fünfundzwanzig, wenig beliebt bei Gleichaltrigen, schwieriges Verhältnis zu den Eltern, häufig allein, durch Misserfolge frustriert, wohnhaft in der Nähe der bisherigen Fundorte. Stadler hatte Florian Schenk und die Praktikantin zu den Eltern geschickt, um sie zu befragen, obwohl er lieber zwei erfahrene Ermittler damit beauftragt hätte. Doch alle anderen Mitglieder der Moko waren unterwegs gewesen, und auf Birgit und Miguel wollte er bei der kleinen Besprechung nicht verzichten.

«Eine vermisste Schülerin», beantwortete Birgit seine Frage. «Kelly Novak. Siebzehn Jahre alt. Als die Eltern sie vermisst meldeten, konnten sie nicht einmal genau sagen, wann sie ihre Tochter zuletzt gesehen haben. Muss vor etwa einer Woche gewesen sein.»

«Vor einer Woche?», fragte Miguel entsetzt. «Was sind denn das für Eltern?»

Birgit zuckte mit den Schultern. «Das Ehepaar ist beruflich sehr eingespannt. Sie haben ein Autohaus in Mönchengladbach. Und es sind ja noch Schulferien, sie haben angenommen, dass Kelly mit Freundinnen unterwegs ist.»

«Ich denke, sie hat keine Freundinnen?», hakte Miguel nach. «Das ist doch ein Grund, weshalb die Anzeige an uns weitergeleitet wurde.»

«In der Meldung ist von einer Freundin die Rede, mit der sie hin und wieder etwas unternommen hat. Doch die hat Kelly angeblich seit Tagen nicht gesehen.»

«Was ist mit dem Handy?», fragte Liz.

«Ausgeschaltet», sagte Birgit. «Eine Ortung war nicht möglich.»

«Vielleicht ist sie abgehauen», mutmaßte Miguel. «Da sich ihre Eltern so wenig für sie interessieren, wollte sie herausfinden, wie lange es dauert, bis sie sie vermissen.» Er sah Liz fragend an.

«Schon möglich», antwortete Liz vorsichtig. «Solange wir fast nichts über das Mädchen wissen, sind jede Menge Szenarien denkbar.» Sie rührte nachdenklich in ihrem Kaffee. «Hat Kelly Geschwister?»

Birgit blätterte in der dünnen Akte. «Hier steht nichts davon.»

«Jedenfalls wohnt sie in dem Gebiet, in dem die drei anderen Jugendlichen getötet wurden», sagte Stadler.

«Und keiner der Nachbarn hat gesehen, wie sie das Haus verlassen hat?», fragte Miguel.

«Das wissen wir noch nicht. Dazu müssten wir erst einmal den Zeitpunkt eingrenzen, an dem sie verschwunden ist.» Birgit nahm einen Schluck Kaffee. «Vielleicht wissen Florian und Zoe mehr, wenn sie nachher zurückkommen.»

«Mich beschäftigt etwas ganz anderes.» Stadler fixierte Liz. Sie sah nicht so aus, als hätte sie viel geschlafen. Kein Wunder. Er hätte ihr gern geholfen, aber er wusste nicht, wie.

«Was denn?» Liz sah ihn auffordernd an.

Hatte er gerade laut gedacht?

«Hey Stadler, was beschäftigt dich so sehr, dass du nicht einmal Worte findest, es auszudrücken?», hakte sie nach.

Er grinste erleichtert. «Wir haben zwei verschwundene Jugendliche, die theoretisch dem Opferprofil entsprechen. Natürlich müssen wir allen Spuren nachgehen. Aber wie legen wir die Prioritäten fest?»

«Gute Frage», kommentierte Miguel.

«Und verdammt schwer zu beantworten», ergänzte Liz.

«Versuch es», forderte Stadler sie auf.

«Ich weiß fast nichts über dieses Mädchen. Es wäre reine Spekulation.»

«Was sagt dein Instinkt?»

Liz zögerte sichtlich. «Wenn ich ehrlich bin, glaube ich, dass weder Kelly noch Lian von unserem Mörder entführt wurden.»

«Warum nicht?», fragte Birgit.

«Weil wir sie dann längst gefunden hätten. Lian Kendrick ist vor zehn Tagen zum letzten Mal gesehen worden, und auch diese Kelly scheint seit ungefähr einer Woche verschwunden zu sein. Jonathan Geissler wurde am Donnerstag entführt und am Montagmorgen gefunden. Also nach vier Tagen.»

«Der Täter könnte sich diesmal mehr Zeit lassen. Oder ist das ausgeschlossen?» Birgit schien noch nicht überzeugt.

«Ich habe mich gestern ausführlich mit dem Tatablauf beschäftigt. Der Täter bindet seine Opfer an einen Pfahl und quält sie. Er schlägt sie, drückt Zigaretten auf ihnen aus. Wenn ihm das nicht mehr genug ist, beginnt er das Tötungsritual. Er trennt einen Finger ab. Dann folgt eine Amputation, die er symbolisch mit dem Erziehungsspruch in Verbindung bringt. Eine Hand, die Augen, die Ohren. Das alles tut er vermutlich in seinem Versteck. Jonathan Geissler hat noch einige Stunden gelebt, nachdem ihm die Ohren abgeschnitten worden waren, die Wunden hatten schon begonnen sich zu schließen. Der Täter bringt die Opfer also erst zu dem Ort, an dem sie gefunden werden, wenn er sie töten will. Das tut er, indem er ihnen erst mit einem Hammer auf den Hinterkopf schlägt und ihnen dann die Kehle aufschlitzt. Ich glaube –»

«Halt!» Miguel hob die Hand.

«Was denn?» Liz sah ihn irritiert an.

«Könntest du das Letzte noch einmal wiederholen?»

«Er tötet die Opfer, indem er ihnen mit einem Hammer auf den Hinterkopf schlägt und ihnen dann die Kehle aufschlitzt.»

«Nicht die Kehle, er schlitzt die Halsschlagader auf», verbesserte Miguel. «Zum Ausbluten! Dass mir das nicht sofort aufgefallen ist!»

«Was meinst du?» Birgit beugte sich vor.

Im gleichen Augenblick begriff Stadler. Er schloss kurz die Augen, unterdrückte ein Stöhnen und verdrängte die Erinnerungen an die beinahe menschlichen Angstschreie, an den Anblick von blutigem weißem Fell.

«So schlachtet man bei uns Kaninchen», sagte Miguel. «Ein Schlag in den Nacken, mit einem Eisenrohr, einem Hammer oder einfach mit der Handkante. Und dann ein seitlicher Schnitt in den Hals, um das Tier ausbluten zu lassen.»

Keiner sagte etwas. Der Kellner kam, sah die vier betroffenen Gesichter und drehte wieder ab.

«Er schlachtet sie», sagte Birgit leise. «Wie passt das in dein Profil, Liz?»

«Ich gehe davon aus, dass er viel Gewalt erlebt hat. Einiges von dem, was er den Opfern antut, hat er vermutlich selbst durchmachen müssen. Die Prügel mit Sicherheit, vielleicht auch das Anbinden, die Verbrennungen oder sogar das Zum-Schweigen-Bringen mit Zeitungspapier. Vielleicht wurde er gezwungen, beim Schlachten zu helfen, und das hat ihn zusätzlich traumatisiert. Das wäre zumindest meine spontane Idee.»

«Dann könntest du jetzt noch einmal darauf zurückkommen, warum du keine unserer vermissten Personen für gefährdet hältst.» Stadler merkte, wie harsch er klang, und wappnete sich für einen Gegenangriff.

Doch der blieb aus. «Sie mögen gefährdet sein, aber sie sind nicht in der Gewalt des Mörders», antwortete Liz ruhig. «Und zwar, weil zu viel Zeit vergangen ist. Wenn sich die Zeitspanne verändert, in der ein Täter seine Tat verübt, dann verkürzt sie sich normalerweise. Ein Serienmörder nimmt sich selten zunehmend mehr Zeit für seine Taten, sondern eher weniger, weil er mehr Routine bekommt, weil die Abläufe besser eingespielt sind.»

«Du meinst, wenn er Lian Kendrick oder Kelly Novak entführt hätte, wären sie längst tot», fasste Birgit zusammen.

«Und wir hätten sie mit Sicherheit gefunden. Denn er will, dass sie gefunden werden. Das war bei den ersten Taten womöglich anders, aber inzwischen will er die Aufmerksamkeit. Deshalb auch die Päckchen mit den Fingern.»

«Aber das könnte doch auch –» Stadler zuckte erschrocken zusammen, als sein Handy klingelte. Er fischte es aus der Hosentasche. «Ja? Was gibt es?»

Ein Kollege aus der Wache meldete sich. «Der Vater eines gewissen Lian Kendrick hat gerade hier angerufen. Er hat mich gebeten, dir sofort Bescheid zu sagen. Du wüsstest, worum es geht.»

Stadler presste das Telefon ans Ohr. «Was hat er gesagt?»

«Der Sohn hat sich gemeldet. Es geht ihm gut, er wohnt bei Freunden. Kannst du mit dieser Information etwas anfangen?»

«Allerdings. Danke dir.» Benommen unterbrach Stadler die Verbindung. Zu seiner Überraschung spürte er fast so etwas wie Enttäuschung.

«Was ist los?», fragte Birgit. «Du guckst, als hätte jemand deinen heißgeliebten Mustang zu Schrott gefahren.»

«Ganz im Gegenteil», zwang er sich zu sagen. «Es gibt gute Nachrichten: Lian Kendrick ist gesund und munter. Er hat zu Hause angerufen.»

«Und die Eltern sind sich sicher, dass er es war?», fragte Liz.

«Offenbar ja.»

«Dieses Früchtchen hat uns ganz schön Zeit und Energie gekostet», sagte Miguel ärgerlich.

«Hauptsache, es geht ihm gut.» Birgit griff nach ihrer Kaffeetasse, warf einen Blick hinein und setzte sie wieder ab. «Bleibt nur noch Kelly Novak. Was machen wir mit ihr?»

DONNERSTAG, 21. AUGUST, 23:26 UHR

Fuck.» Fabian zog den Reißverschluss seines Kapuzenshirts zu, schob die Hände in die Hosentaschen und setzte sich in Bewegung.

Vor ihm verschmolzen die Rücklichter des Fiesta langsam mit der Dunkelheit. Seine Kumpel wollten noch zu einer Party bei einem der dämlichen Typen, mit denen Marie manchmal herumhing. Er konnte diese Hohlköpfe nicht leiden. Außerdem hatte er keinen Bock mehr auf Party. Ihm dröhnte der Kopf.

Keine Party bedeutete leider auch, dass er nach Hause laufen musste. Eigentlich hatte er darauf spekuliert, sich an Marco zu hängen, der direkt bei ihm um die Ecke wohnte, aber der war irgendwann plötzlich weg gewesen. Bis nach Hause waren es fast fünf Kilometer. Ein Bus fuhr um diese Zeit nicht mehr.

Fabian passierte die verlassene Haltestelle und bog auf die Landstraße. War zwar ein kleiner Umweg, aber zumindest bestand hier die Hoffnung, eine Mitfahrgelegenheit zu finden. Allerdings war weit und breit kein Auto zu sehen.

Schon nach ein paar Minuten hatte er die Schnauze voll und bereute, nicht noch mit auf die Party gegangen zu sein. Es war total dunkel, er hatte keine Kippen mehr, und das Hämmern in seinem Kopf wurde immer schlimmer.

Ein Wagen rauschte vorbei, der Fahrer drosselte nicht einmal das Tempo. Als Fabian ihm auswich, stolperte er und verknackste sich den Fuß. Jetzt musste er auch noch humpeln.

Es dauerte eine halbe Ewigkeit, bis sich wieder ein Fahrzeug von hinten näherte. Fabian machte gar nicht erst den Versuch, es anzuhalten. Erst als der Wagen langsamer wurde, reagierte er und winkte dem Fahrer. Der Wagen stoppte neben ihm, Fabian trat an die Beifahrertür.

Die Scheibe wurde heruntergelassen. «Willste ein Stück mitfahren?»

Fabian beugte sich vor. Der Fahrer wirkte jung. Allerdings war von seinem Gesicht nur wenig zu sehen, weil er ein dunkles Cap trug. Zudem hatte er Arbeitshandschuhe an. Ein bisschen affig vielleicht, aber nicht weiter ungewöhnlich. Schließlich war der hintere Teil des Wagens mit Werkzeugen und Ersatzteilen vollgestopft.

«Ich muss nach Münchrath», sagte Fabian.

«Da komme ich vorbei», sagte der Mann. «Steig ein.»

Erleichtert zog Fabian die Tür auf und kletterte auf den Sitz. Da hatte er ja echt Schwein gehabt.

FREITAG, 22. AUGUST, 09:53 UHR

Ein Lkw scherte auf ihre Spur aus, Liz trat auf die Bremse. Idiot! Sie ließ sich zurückfallen, wartete, bis das schwere Fahrzeug sich wieder rechts eingeordnet hatte. Dann zog sie vorbei. Sie hätte schwören können, dass der Fahrer sich absichtlich vor sie gesetzt hatte, um sie auszubremsen. Er hatte den fetten Mustang im Seitenspiegel entdeckt und sich einen Spaß daraus gemacht, rasch vor ihm auszuscheren. Was für ein Schwachkopf.

Minuten später erreichte sie die Ausfahrt. Das Navi dirigierte sie von einer übergeordneten Landstraße auf eine kleinere, die kaum breiter als ein Feldweg war. Hinter ihr fuhr ein verschmutzter Geländewagen. Ein Einheimischer vermutlich, der für die schmalen Straßen und Feldwege besser gerüstet war als sie mit Stadlers Angeberkarre. Es ging an Wohngebieten und vereinzelten Häusern vorbei, dann musste sie noch einmal links abbiegen.

Liz sah sich um. Kelly wohnte ähnlich ländlich wie sie selbst in England, trotzdem hätte der Unterschied nicht größer sein können. Die Häuser hier waren neu und modern und alle sehr unterschiedlich. Dagegen fühlte man sich in Burton wie in einer Zeitkapsel. Die Cottages, die sich entlang der Hauptstraße aufreihten, könnten die Kulisse zu einem Jane-Austen-Film bilden.

Ein Stich von Heimweh durchzuckte Liz, rasch griff sie nach ihrer Handtasche. In dem Augenblick klingelte ihr Handy. Judy. Als hätte ihre Freundin geahnt, dass sie mit ihren Gedanken ganz in ihrer Nähe war.

«Hi, Judy, wie schön, dass du anrufst.»

«Hallo, Liz. Geht es dir gut?»

«Grundsätzlich schon. Ich arbeite hier an einem sehr kniffligen Fall, das lenkt mich von dem verschwundenen Mädchen ab. Ich glaube, es ist gut, dass ich gerade in Deutschland bin.»

«Ja, das sehe ich auch so.»

Wie am Tag zuvor bei David hatte Liz das Gefühl, dass ihre Freundin mit irgendetwas nicht herausrückte. «Gibt es neue Hiobsbotschaften? Wurde das Mädchen etwa gefunden? Du kannst es mir ruhig sagen, ich erfahre es ohnehin früher oder später. Im Augenblick passt es gerade gut. Ich sitze im Wagen vor dem Elternhaus eines anderen verschwundenen Mädchens. Was auch immer du mir erzählst, es kann mich nur motivieren.» Liz war sich nicht sicher, ob der letzte Satz der Wahrheit entsprach, aber sie wünschte es sich.

«Nein», antwortete Judy. «Die kleine Keira wurde noch nicht gefunden. Aber es ist etwas anderes passiert.»

«Was denn? Zum Teufel, raus damit!»

«Dein Haus ...»

Ein heißer Schreck durchfuhr Liz. «Was ist mit meinem Haus, Judy?»

«Irgendwer hat es mit Farbe vollgeschmiert. Mit roter Farbe.»

«Oh Scheiße. Schlimm?» Liz spürte Tränen in den Augen brennen. Sie liebte ihr kleines Cottage. Aber das war nicht der einzige Grund. Jemand hatte ihr Grundstück betreten, war in ihren persönlichen Raum eingedrungen, um ihn zu besudeln.

«Wie man's nimmt. Teile der Fassade sind verdreckt, ein Fenster ist auch betroffen, glaube ich. Soll ich es wegmachen lassen?»

Liz überlegte. «Ich sollte Anzeige erstatten.»

«Die Polizei war schon hier. Der alte Mann, der nebenan wohnt, hat sie gerufen.»

«Gut zu wissen, dass nicht jeder in England mich hasst.»

«Niemand hasst dich, Liz. Es gibt nur ein paar Idioten, die ein Ventil für ihren Frust suchen. Wart's ab, wenn sich herausstellt, wer tatsächlich für den Mord an Eileen und vielleicht auch für das Verschwinden von Keira verantwortlich ist, kriegt die Polizei ihr Fett weg. Weil sie sich zu früh auf den Falschen eingeschossen hat.»

Judy schien nicht in Erwägung zu ziehen, dass Liz sich getäuscht haben könnte. Liz war ihr dankbar für das Vertrauen. «Könntest du das Geschmiere wegmachen lassen?»

«Klar. Und dein Nachbar hat jetzt einen neuen Job. Als Aufpasser. Er hat den Sessel, in dem er immer sitzt, so gedreht, dass er deine Einfahrt im Auge hat. Richtig rührend, der alte Kerl.»

Liz lächelte. «Ich danke euch. Ihr seid toll.»

«Wir möchten doch, dass du wiederkommst, Liz. Wir würden dich sehr vermissen, wenn du beschließen würdest, in Deutschland zu bleiben.»

Nach dem Gespräch blieb Liz eine Weile im Wagen sitzen. Trotz der schlechten Nachricht fühlte sie sich so gut wie seit langem nicht mehr. Sie hatte Freunde in ihrer neuen Heimat. Menschen, die sich auf ihre Rückkehr freuten.

Schließlich gab sie sich einen Ruck und stieg aus. Ein junges Mädchen war verschwunden, und sie musste herausfinden, ob sie ausgerissen war oder Opfer eines Serientäters geworden sein könnte. Zoe und Florian hatten zwar am Vortag eine Menge über Kelly Novak in Erfahrung gebracht, doch sie hatten nicht die Fragen gestellt, auf die Liz eine Antwort brauchte. Sie glaubte zwar nicht, dass Kelly in der Gewalt des Mörders war, aber sie wollte auf Nummer sicher gehen. In einem Fall wie diesem war alles möglich. Auch dass der Täter die Spielregeln änderte. Zumal sie diese Regeln noch längst nicht vollständig durchblickte.

Liz schlug die Wagentür zu, schloss ab und marschierte

durch den Vorgarten. Als sie noch einmal zurückblickte, fiel ihr auf, dass der Geländewagen nur zwei Häuser weiter am Straßenrand geparkt hatte.

FREITAG, 22. AUGUST, 10:06 UHR

Birgit Clarenberg lehnte sich zurück und versuchte, sich zu entspannen. Sie hatte sich spontan auf dem Beifahrersitz niedergelassen, weil sie nicht wollte, dass Miguel und van Werth sich vorn in Männergesprächen vertieften, von denen sie hinten nur die Hälfte mitbekam. Das war zu einem Zeitpunkt gewesen, als sie noch nichts über den Fahrstil des Kollegen wusste. Nun wünschte sie sich, sie hätte anders entschieden. Auf der Rückbank hätte sie einfach die Augen schließen und in Gedanken an einen einsamen Strand reisen, sich auf das Rauschen der Wellen und das Prickeln des Windes auf ihrer Haut konzentrieren können.

Miguel wirkte ebenfalls nicht sonderlich entspannt. Seine Strategie bestand darin, van Werth in ein Gespräch zu verwickeln, doch das machte es nur schlimmer. Der Kollege schaffte es, gestenreich von seiner Arbeit zu erzählen und dabei riskante Überholmanöver durchzuziehen.

Eine Weile versuchte Birgit, sich auf die Schlagzeilen der Tageszeitung zu konzentrieren, die sie im letzten Moment eingesteckt hatte. Der Mord an Jonathan Geissler spielte zum Glück keine Rolle mehr, es gab keine neuen Entwicklungen, zumindest offiziell nicht, also gab es auch nichts zu berichten. Aufmacher des Tages war die bevorstehende Sprengung des Fabrikgebäudes im Düsseldorfer Hafen. Sie war nun beschlossene Sache und sollte am ersten September um sieben Uhr morgens stattfinden. Birgit las den Artikel, bis sie merkte, dass ihr übel wurde, und sie die Zeitung weglegen musste.

Als sie die niederländische Grenze passierten und van Werth gezwungen war, sich wenigstens halbwegs an das Tempolimit zu halten, atmete sie erleichtert auf.

Sie waren unterwegs nach Amsterdam. Das niederländische Fernsehen hatte in *Opsporing Verzocht*, einer Sendung über ungelöste Kriminalfälle, nochmals einen kurzen Beitrag über den Leichenfund bei Erkelenz gebracht. Es handelte sich um eine Wiederholung, und niemand hatte sich große Hoffnung gemacht, dass im Anschluss neue Hinweise eingehen würden. Doch man hatte es wenigstens versuchen wollen, schließlich hatte die Isotopenanalyse ergeben, dass das Opfer sich vor seinem Tod einige Zeit in den Niederlanden aufgehalten hatte. Tatsächlich hatte eine Frau angerufen, die glaubte, das Opfer zu kennen.

Als sie endlich bei Amsterdam von der Autobahn abfuhren, war Birgit schweißgebadet. Dominik van Werth brachte es fertig, dass sich hundertdreißig Stundenkilometer anfühlten wie zweihundertdreißig. Mit zittrigen Beinen stieg sie wenige Minuten später aus dem Wagen und blickte sich enttäuscht um. Keine Grachten, keine romantischen Altbauten, stattdessen Hochhausblöcke und Graffiti.

Die Zeugin wohnte in einem umgebauten Lagerhaus, das etwas weniger trostlos wirkte als die übrigen Gebäude. Auf ihr Klingeln öffnete eine junge Frau mit Rastalocken und einem halben Dutzend Piercings in Nase, Mund und Augenbrauen.

«Hallo, ich bin Sanne», stellte sie sich in fast akzentfreiem Deutsch vor.

Die Wohnung bestand aus einem einzigen Raum mit einer riesigen Fensterfront. Überall standen Bilder auf dem Boden, gegen Wände, Stühle und Kisten gelehnt. Ein halbfertiges Werk wartete auf einer Staffelei darauf, vollendet zu werden.

«Sie sind Künstlerin?», fragte Birgit. Sie kam sich plötzlich sehr spießig vor mit ihrem engen Jeansrock und der gestreiften Bluse. Dabei hatte sie sich für den Ausflug mit Miguel extra hübsch angezogen. Trotz aller gegenteiligen Vorsätze. Sein zwar kurzer, dennoch unübersehbar anerkennender Blick auf ihre schlanken Beine war es allemal wert gewesen.

«Ich studiere Kunst», antwortete Sanne. «Und manchmal verkaufe ich auch etwas. Gefallen Ihnen meine Bilder?»

Birgit sah sich um. Sie hatte keine Ahnung von Kunst, und alles, was nicht gegenständlich war, überforderte sie. Sie mochte Bilder, auf denen sie etwas erkennen konnte. Eine Landschaft. Einen Garten. Menschen. Sannes Bilder waren abstrakt, doch sie berührten sie, wenn auch auf eine düstere Weise. «Sie sind schön», sagte sie. «Aber sie machen mich melancholisch.»

Sanne lächelte.

Dominik van Werth räusperte sich. «Vielleicht sollten wir zur Sache kommen. Sie haben gestern *Opsporing Verzocht* geschaut und können etwas zur Sache sagen?»

Sanne sah Birgit mit hochgezogenen Brauen an, dann drehte sie sich zu van Werth um. «Normalerweise gucke ich kein Fernsehen. Aber gestern Abend war ich bei meinen Eltern. Da habe ich zufällig den Bericht gesehen. Ich kannte vor etwa zehn Jahren einen Jungen, der von einem Tag auf den anderen plötzlich verschwand. Er könnte Ihr Opfer sein.»

«Das müssen Sie uns erklären.»

«Nach der Schule habe ich eine Weile für eine Organisation gearbeitet, die sich um Flüchtlinge und Asylbewerber kümmert. Ich habe den Menschen bei Behördengängen geholfen, bin mit ihnen zum Arzt gegangen, habe Formulare für sie ausgefüllt. Dabei habe ich ihn kennengelernt.»

Birgit korrigierte im Kopf das Alter, auf das sie die junge Frau geschätzt hatte, um einige Jahre nach oben, von Mitte zwanzig auf Anfang dreißig. Die flippige Kleidung und das jugendliche Auftreten der Künstlerin hatten sie in die Irre geführt. «Er war ein Asylbewerber?»

«Aus Mazedonien geflohen, als der Krieg dorthin schwappte», erklärte Sanne. «Mit seiner Familie. Als die abgeschoben werden sollte, sagte er, dass er auf keinen Fall in seine Heimat zurückkehren würde. Er sprach davon, dass er sich nach Deutschland durchschlagen und dort Asyl beantragen wolle.»

«Das geht nicht, wenn er in den Niederlanden bereits abgelehnt wurde», kommentierte van Werth.

Sanne warf ihm einen amüsierten Blick zu. «Ich schätze, das war ihm egal. Dann wäre er eben untergetaucht. Er wollte auf keinen Fall zurück. Mehr weiß ich nicht.»

«Wie kommen Sie darauf, dass er unser Opfer sein könnte?», fragte Miguel.

«Nun, diese Gesichtsrekonstruktion, die in dem Bericht gezeigt wurde. Das Bild hat mich sofort an ihn erinnert. Natürlich bin ich nicht hundertprozentig sicher. Dafür ist es zu lange her. Aber er könnte es sein. Außerdem war er nicht dabei, als die Familie abgeholt wurde. Auch das Alter würde passen. Er war fünfzehn. Stammte aus einem südosteuropäischen Land. Und er war ziemlich mager. Unterernährt. Das waren doch die Merkmale des unbekannten Toten, oder?»

«Stimmt.» Van Werth nickte. «Wann genau verschwand er?»

«Darüber habe ich mir auch schon den Kopf zerbrochen. Ich bin mir nicht sicher. Es ist etwa zehn Jahre her. Vielleicht auch schon elf oder zwölf. Aber genau kann ich es nicht sagen. Die Behörden müssten wissen, wann der Asylantrag der Familie abgelehnt wurde.»

Miguel zückte sein Smartphone. «Wie hieß der Junge?»

«Tomislav. Den Nachnamen weiß ich nicht mehr. Ich glaube, er begann mit M.»

«Tomislav M.», wiederholte Miguel und notierte den Namen in sein Telefon. «Nicht eben viel. Fraglich, ob uns das weiterhilft.»

FREITAG, 22. AUGUST, 11:26 UHR

Liz hatte noch nie erlebt, dass Menschen so viel von sich selbst sprachen, während sie eigentlich über eine dritte Person redeten. Im Fall von Kellys Eltern erschien ihr das besonders absurd. Ihre Tochter war verschwunden, und die beiden wiederholten ständig, wie wichtig ihr Geschäft war, wie viel Energie sie in das Autohaus gesteckt hatten, wie selten sie sich einen Urlaub leisten konnten.

Natürlich waren das alles auch Entschuldigungsversuche. Die beiden hatten das Verschwinden ihrer Tochter erst nach einer Woche bemerkt, das war bestimmt auch für sie ein Schock gewesen.

«Wie verbringt Kelly normalerweise ihre Freizeit?», unterbrach Liz ihren Redefluss.

Die Eltern sahen sich an.

«Na ja, sie hat Sachen mit ihren Freundinnen gemacht», sagte Frau Novak.

«Was für Sachen?»

«Was Mädchen in dem Alter halt so machen.»

Liz bemühte sich, freundlich zu bleiben. «Entschuldigen Sie bitte, ich kenne mich da nicht so aus. Was machen denn Mädchen in Kellys Alter so?»

«Wahrscheinlich die gleichen Sachen, die wir früher auch gemacht haben, oder?» Frau Novak wirkte verunsichert. Kein Wunder. Sie hatte nicht die geringste Ahnung, was ihre Tochter den lieben langen Tag trieb.

Liz zog ihren Block hervor. «Wie heißen denn Kellys Freundinnen?»

«Das haben doch Ihre Kollegen gestern schon gefragt», stieß der Vater hervor. «Ich verstehe sowieso nicht, warum heute schon wieder einer von Ihnen hier ist. Sollten Sie nicht besser nach unserer Tochter suchen?»

Liz verzichtete darauf, Herrn Novak erneut zu erklären, dass sie nicht ‹eine von denen› war. Sie hatte am Anfang des Gesprächs darauf hingewiesen, in welcher Funktion sie für die Polizei tätig war. Das musste genügen. «Ich habe hier nur eine Vanessa stehen. Ist das richtig? Hat Kelly keine weiteren Freundinnen?»

«Natürlich hat sie nicht nur eine Freundin», stieß Frau Novak hervor. «Aber wir kennen die Namen nicht so genau. Da fragen Sie besser Vanessa. Die kann Ihnen sicherlich weiterhelfen.» Sie warf ihrem Mann einen vorwurfsvollen Blick zu, bevor sie weitersprach. «Es tut uns sehr leid, dass wir nicht mehr sagen können. Aber Sie wissen ja, wie junge Mädchen in dem Alter sind. Die Letzten, die irgendwas erfahren, sind die eigenen Eltern. Und außerdem sind ja noch Sommerferien. Da achten wir nicht so genau darauf, wann Kelly abends nach Hause kommt.»

«In der Schulzeit ist das anders?»

«Allerdings!» Der Vater wollte noch mehr sagen, doch die Mutter fuhr dazwischen.

«Kelly hängt im Augenblick etwas durch. Sie hat nur mit Ach und Krach die Versetzung geschafft. Wenn sie das Abitur meistern will, muss sie sich anstrengen.»

Liz bemühte sich um einen verständnisvollen Gesichtsausdruck. «Gar nicht so einfach, die Kinder groß zu bekommen.»

Etwas zuckte in Frau Novaks Gesicht. Es war nur eine winzige Bewegung, kaum zu sehen.

«Könnte es sein», fuhr Liz fort, «dass Kelly sich manchmal als Versagerin fühlt, weil sie nicht so gut in der Schule ist?»

«Ich glaube, das ist ihr scheißegal.» Herr Novak verzog das Gesicht. «Wir bieten ihr alles, was sich ein Kind nur wünschen kann, und sie tritt es mit Füßen.»

Liz rief sich das Foto ins Gedächtnis, dass Zoe und Florian am Vortag mitgebracht hatten. Es zeigte einen übergewichtigen Teenager mit dunkel geschminkten Augen und einer blau gefärbten Haarsträhne, die ihr an mehreren Stellen gepiercte s Gesicht zur Hälfte verbarg. Die fein herausgeputzten, adrett gekleideten Eltern machten nicht den Eindruck, als wäre Kelly die Tochter, die sie sich erträumt hatten. Vermutlich hatten sie sich ein hübsches blondes Mädchen gewünscht, das Ballettstunden nahm und regelmäßig Klassenbeste war.

«Aus unseren Kindern wird nicht immer das, was wir uns wünschen», griff Liz den Punkt von eben auf. «Dabei stecken wir so viel Liebe und Energie in sie hinein.»

Wieder das Zucken. «Manchmal wird etwas aus ihnen, manchmal nicht», sagte Frau Novak leise. «Woran es liegt, weiß der Himmel. Obwohl man sie gleich behandelt, kommt nicht das Gleiche dabei heraus.»

Obwohl man sie gleich behandelt? Liz horchte auf. Die Eltern hatten doch behauptet, dass Kelly keine Geschwister habe. Sie beschloss, den Sprung ins kalte Wasser zu wagen. «Kelly ist ganz anders als ihre Schwester. Meinen Sie das?»

Der Vater zog hörbar Luft ein. In den Augen der Mutter schimmerten Tränen. «Ariane war ein wundervolles Mädchen.»

Bingo! «Was ist passiert?»

«Muss das jetzt sein?», fuhr Herr Novak dazwischen. «Das hat doch nichts mit Kellys Verschwinden zu tun.»

Liz sah ihn an. «Sind Sie da sicher?»

Er presste die Lippen zusammen und drehte den Kopf weg.

Liz wandte sich wieder an die Mutter. «Was ist mit Ariane passiert, Frau Novak?»

«Sie war ein Wunschkind. Unser Sonnenschein. Hübsch, klug, beliebt. Alle mochten sie. Eigentlich wollten wir nur dieses eine Kind. Ariane war zwölf, als ihre Schwester geboren wurde. Kelly war ein Unfall.» Sie lächelte verlegen. «Zwei Jahre später ist es passiert. Auf einer Klassenfahrt in die Niederlande. Die Kinder waren an einem Badesee. Einer der Jungen war ein wenig geistig zurückgeblieben. Er hätte eigentlich auf eine Sonderschule gemusst. Ich weiß auch nicht, warum er in Arianes Klasse war. Gesamtschule. Man muss einiges in Kauf nehmen, wenn die Kinder über Mittag versorgt sein müssen.» Frau Novak fuhr sich mit den Fingern durch das Gesicht.

Zuerst fürchtete Liz, sie müsse sie sanft zum Weiterreden animieren, aber das war nicht nötig. Im Gegenteil, die Frau schien froh zu sein, jemandem von ihrer Tochter erzählen zu können.

«Jorek – so hieß der Junge –, Jorek ging ins Wasser, obwohl er nicht schwimmen konnte. Ariane hat versucht, ihn zu retten. Dabei ist sie ertrunken. Genau weiß niemand, was geschehen ist. Außer Jorek gab es keinen Zeugen, und aus dem war nicht viel herauszubekommen. Er hat immer nur ihren Namen gerufen und auf das Wasser gezeigt.» Wieder fuhr sie mit den Händen über ihr Gesicht. «Arianes Leiche wurde nie gefunden. Meine Tochter liegt noch immer auf dem Grund dieses Sees.»

SAMSTAG, 23. AUGUST, 09:42 UHR

Und, wie geht es dir, Liz?», fragte Stadler, als das Frühstück kam. Sie saßen in einem Café in der Altstadt, er hatte Liz eingeladen. Immerhin war Wochenende, auch wenn das für die Arbeit der Moko Marterpfahl kaum einen Unterschied machte. «Gibt es Neuigkeiten aus England?»

Liz strich Butter auf ihr Croissant. «Derek McGee ist gestern Abend verhaftet worden.»

«Das ist der Mann, den du für unschuldig hältst?»

«Na ja. Unschuldig ist ein großes Wort.» Sie biss ab und kaute.

«Möchtest du mir erklären, was du damit meinst?»

Sie hörte auf zu kauen und sah ihn an. «Hast du einen Ratgeber für Gesprächsführung gelesen?»

«Ich bin Polizist. Das gehört zu meiner Ausbildung.»

«War mir bisher noch nicht aufgefallen.» Sie grinste, um die Schärfe ihrer Aussage abzumildern.

Aber ihre Worte verletzten ihn trotzdem. «Bin ich so ein Trampel in deinen Augen?»

Sie sah ihn lange an. «Nein. Überhaupt nicht. Ich habe nur versucht, vom Thema abzulenken.»

Er sagte nichts, häufte Speck und Rührei auf seine Gabel.

«Also gut, du hast gewonnen.» Sie legte ihr Croissant auf den Teller. «Als ich heute Morgen im Internet von der Verhaftung gelesen hatte, war das ein Schock. Aber nicht so schlimm, wie ich dachte. Ich kann sowieso nichts anderes tun als abwarten, was als Nächstes passiert. Das ist der Unterschied zu unserem Fall. Hier kann ich sehr wohl etwas tun.»

Stadler versuchte, an ihrem Gesicht abzulesen, wie aufrichtig sie war, aber sie beugte sich wieder über ihren Teller. Er beschloss, sie in Ruhe zu lassen. «Lian Kendrick hat sich übrigens gestern Abend noch, wie verlangt, auf dem Präsidium in Mönchengladbach gemeldet.»

«Er ist also aus der Geschichte raus?»

«Absolut.» Stadler nahm einen Schluck Kaffee, um das komische Gefühl loszuwerden. Wieso bloß war er so besessen von dem Jungen? Stimmte Liz' Einschätzung, und Lian erinnerte ihn an ihn selbst? «Er hat sich ausgewiesen, ausgesagt, wo er in den vergangenen Tagen war, und sich dafür entschuldigt, dass er für so viel Aufsehen gesorgt hat.»

«Was für ein Musterknabe», sagte Liz trocken.

«Er konnte ja nicht ahnen, was er mit seinem Verschwinden auslöst. Er ist schließlich erwachsen und kann so viel Zeit bei Freunden verbringen, wie er will.» Stadler ärgerte sich, dass er den Jungen verteidigte, doch er konnte nicht anders.

Liz stopfte das letzte Stück Croissant in den Mund und kaute. Als sie es heruntergeschluckt hatte, fragte sie: «Also konzentrieren wir uns auf Kelly Novak?»

«Ich weiß, dass du Zweifel wegen der zeitlichen Abläufe hast. Geht mir genauso. Aber davon mal abgesehen: Passt sie deiner Ansicht nach ins Opferprofil?»

«Absolut. Sie wuchs im Schatten ihrer perfekten großen Schwester auf. Einer toten Schwester, die keine Fehler mehr machen kann. Und mit der sie sich nicht auseinandersetzen kann. Sie fühlt sich als Versagerin. Als Enttäuschung für ihre Eltern. Ja, nach dem, was wir bisher über die Opfer wissen, könnte sie passen.»

«Aber?», fragte er kauend.

Sie lächelte. «Auch unabhängig von dem Zeitproblem fügt sie sich für mich nicht ins Bild. Obwohl theoretisch alles passt. Ich sehe im Fall Kelly Novak eher ein Familiendrama.»

«Du meinst, die Eltern haben etwas mit Kellys Verschwinden zu tun?» Er ließ die Gabel sinken. An diese Möglichkeit hatte er überhaupt nicht gedacht.

«Nein, aber ich fürchte, das Mädchen ist akut suizidgefährdet.»

«Wieso das?»

«Abgesehen von der schlimmen Familiengeschichte?» Liz zögerte. «Die Mutter hat gestern in einem Nebensatz etwas erwähnt, das mich stutzig gemacht hat. Im Badezimmer lag ein blutiges Handtuch auf dem Boden. Keine größere Menge, nur ein paar Flecken. War offenbar nicht das erste Mal. Frau Novak sagte etwas von ‹Frauenangelegenheiten›. Doch das glaube ich nicht. Ich vermute, dass Kelly sich selbst verletzt.»

«Das klingt nicht gut. Aber als Ritzerin ist sie doch nicht automatisch eine Selbstmordkandidatin, oder?»

«Nicht allein wegen des Ritzens. Aber ihr Verschwinden ist ein schlechtes Signal. Außerdem muss es einen Streit mit den Eltern gegeben haben. Sie wollten nicht richtig raus mit der Sprache, aber irgendetwas war da. Wir haben also die Persönlichkeitsstruktur und einen konkreten Anlass.»

«Verstehe.» Sie mussten das Mädchen finden. Sie war in Gefahr. So oder so. «Mal angenommen, Kelly will sich wirklich das Leben nehmen: Hast du irgendeine Idee, wie sie es tun würde?»

Liz kräuselte die Stirn. «Ich schätze, sie würde es so einrichten, dass ihre Eltern nicht einfach zur Tagesordnung übergehen können. Dass sie hinschauen, sich mit ihrer ungeliebten Tochter beschäftigen müssen.»

«Irgendetwas Spektakuläres?»

«Vielleicht.»

«Damit sie aus dem Schatten ihrer Schwester heraustritt. Leuchtet ein.» Ihm kam eine Idee. An Liz' Gesichtsausdruck sah er, dass ihre Gedanken den gleichen Weg eingeschlagen hatten. «Der See in Holland, in dem Ariane ertrunken ist!»

Liz beugte sich über ihre Handtasche und wühlte darin herum. «Ich habe mir den Namen aufgeschrieben. Wie blöd! Die Notizen sind in deinem Büro im Präsidium.»

«Darum kümmern wir uns, sobald wir wieder dort sind. Dann alarmiere ich die Kollegen in den Niederlanden. Die sollen sich dort mal umsehen.» Ihm fiel etwas ein. «Es gibt übrigens noch etwas Seltsames. Die Eltern haben heute Morgen angerufen. Irgendwer hat bei ihnen im Schuppen übernachtet. Die Gartenstuhlauflagen waren auf dem Boden ausgebreitet.»

«Wann?»

«Wissen sie nicht. Der Vater konnte sich nur noch erinnern, dass er am vergangenen Montag zum letzten Mal dort war, als er den Rasenmäher untergestellt hat.»

«Merkwürdig.»

«Mal angenommen, Kelly ist doch in die Hände des Mörders geraten», spekulierte Stadler. «Könnte es sein, dass er Kelly beobachtet hat, bevor er sie entführte? Wir wissen ja noch immer nicht genau, wie er die Opfer auswählt.»

Liz schüttelte den Kopf. «Das kann ich mir nicht vorstellen. Aus welchem Grund sollte er dieses Risiko eingehen? Außerdem ist er kein Spanner. Ihm geht es um etwas anderes. Ich glaube eher, dass Kelly dort geschlafen hat.»

«Um zu sehen, wie ihre Eltern reagieren, wenn sie merken, dass sie abgehauen ist?»

«Möglich.»

«Aber sie haben gar nichts gemerkt.» Stadler schob die Reste seines Rühreis auf dem Teller zusammen. Es war inzwischen kalt. «Muss ein Scheißgefühl gewesen sein.»

Sie schwiegen.

«Gibt es denn keine neuen Anhaltspunkte? Keine weiteren Spuren?», fragte Liz nach einer Weile. «Was ist mit den beiden Fingern?»

«Wir wissen mittlerweile, dass sie von ein und derselben Person stammen. Und dass sie zu keinem der bekannten Opfer gehören. Und auch nicht zu Kelly Novak, die DNA ist männlich.»

«Und außerdem war sie noch zu Hause, als du das erste Päckchen bekamst.»

«Stimmt.» Stadler stocherte in seinem Ei herum, legte die Gabel wieder weg. Er hatte das Gefühl, dass die Ermittlungen sich im Kreis drehten.

«Immerhin kennen wir vielleicht bald die Identität des unbekannten Opfers», unterbrach Liz seine Grübeleien.

«Warten wir es ab.» Bis die Behörden in den Niederlanden diesen Tomislav identifiziert hatten, würde es noch Tage dauern. Und ob er ihr Toter war, stand in den Sternen. Stadler wollte sich nicht zu früh freuen.

«Manchmal ist das erste Opfer der Schlüssel zum Täter.»

Liz klang, als wolle sie ihn aufmuntern. Dabei sollte es eigentlich umgekehrt sein. Er hatte sie eingeladen, damit sie nicht bei einem einsamen Hotelfrühstück über ihren Problemen in England brütete.

«Ja, manchmal», wiederholte er wenig überzeugt.

«Was für Ermittlungsansätze gibt es noch?», fragte Liz. «Die KTU wird doch wohl mehr gefunden haben. Der Tatort in Neuss muss voller Spuren gewesen sein.»

«Genau das ist das Problem. Auf einem öffentlichen Platz gibt es Hunderte von Spuren. Schuhabdrücke, Reifenspuren, Zigarettenkippen, Kaugummis, Bananenschalen, Coladosen und jede Menge anderen Müll. Unmöglich zu sagen, welche davon in Zusammenhang mit der Tat stehen. Und die Fremd-DNA, die wir am Körper des Opfers sichergestellt haben, war zu verunreinigt. Damit können wir nichts anfangen.»

«Also haben wir gar nichts?»

«Zumindest nichts, das uns weiterbringt, solange wir keinen Verdächtigen haben.» Er schob seinen Teller weg. Ihm war endgültig der Appetit vergangen. «Bis auf eine merkwürdige Kleinigkeit.»

«Wusste ich es doch!» Ihre grünen Augen blitzten auf.

Stadlers Herz setzte aus. Aber nur einen Schlag. Er räusperte sich. «Am Rand des Parkplatzes wurde neben all dem anderen Müll eine Jeansjacke gefunden. Den Besitzer haben wir ermittelt, ein alter Mann aus dem Dorf, der sie dort am Tag zuvor verloren hat. Interessant ist, was die KTU an der Jacke sichergestellt hat: Spuren von Urin.»

«Von einem Hund?»

«Eben nicht. Er stammt von einem Menschen.»

«Und da der Mann die Jacke erst am Tag zuvor verloren hat, könnte …»

«Könnte die Spur im Zusammenhang mit der Tat stehen. Es könnte aber auch irgendein harmloser Besoffener gewesen sein, der seine Blase geleert hat.»

Liz sah nachdenklich aus dem Fenster, wo die Sonne auf den Marktplatz schien. «Es ist normal, dass ein Opfer sich aus Angst einnässt. Vielleicht stand Jonathan dicht bei der Jacke, als der Täter etwas sagte oder tat, das diese Reaktion in ihm auslöste.»

«Ja, möglich. Allerdings lag die Jacke im Gras neben dem Platz, nicht direkt auf dem Asphalt. Ich wüsste nicht, was der Täter an dieser Stelle mit dem Opfer gewollt haben könnte.»

Liz nickte langsam, ohne den Blick vom Fenster abzuwenden. Im Profil wirkte sie reifer als von vorn, wohl weil die Sommersprossen so kaum zu sehen waren. «Vielleicht stammt der Urin auch vom Täter. Es könnte sein, dass er dabei zugesehen hat, wie sein Opfer starb. Oder dass er noch eine Weile am Tatort verblieben ist, als es schon tot war.»

«Falls der Urin vom Opfer stammt, wissen wir das bald. Ich habe eine DNA-Analyse angeordnet.»

Stadlers Telefon klingelte, ein Kollege von der Wache. «Wir haben hier einen jungen Mann, der behauptet, er sei von Jonathan Geisslers Mörder im Wagen mitgenommen worden.»

SAMSTAG, 23. AUGUST, 10:17 UHR

Kai-Uwe Seltz wartete, bis die Haustür ins Schloss fiel. Endlich! Dagmar hatte Ewigkeiten gebraucht, sich fertig zu machen. Ein größerer Einkauf in der Stadt. Generalstabsmäßig geplant. Das bescherte ihm einige Stunden Ruhe.

Eigentlich müsste er dringend nach Amsterdam fahren. Die Kleine hielt sich zwar ganz gut in ihrem Gefängnis, aber sie hatte nichts mehr zu trinken. Sie durfte ihm nicht einfach so wegsterben. Er hatte noch etwas mit ihr vor. Seine Lenden prickelten bei dem Gedanken an ihren fetten, weißen Körper. Nie hätte er gedacht, dass ihn ein Pummelchen mehr antörnen würde als die Bohnenstangen, die er normalerweise auf dem Strich abgriff, um sie in sein geheimes Fotostudio zu entführen. Vielleicht war es aber auch der Kick, weil Kelly keine Professionelle war, sondern ein gewöhnliches Mädchen. Womöglich sogar noch Jungfrau. Dafür würde er nachher ein Entsorgungsproblem haben. Die Nutten setzte er einfach irgendwo am Straßenrand ab. Sie zeigten ihn nicht an, sie waren es gewöhnt, wie Dreck behandelt zu werden. Für Kelly musste er sich etwas anderes einfallen lassen.

Zu blöd, dass ihm diese Session dazwischengekommen war. Aber bei dem Honorar hatte er zuschlagen müssen. Fünf Abendtermine in der Luxusvilla des Kunden. Fünf Tausender plus Spesen. Dafür musste alles andere zurückstehen.

Kai-Uwe fuhr den Rechner hoch, startete das Programm und loggte sich in den Laptop ein, der in dem Lagerhaus in Amsterdam stand. Kelly schlief. Zumindest hoffte er das. Ihr Kopf hing schlaff auf der Brust, sie rührte sich nicht.

Er blickte auf die Uhr. Er musste erst heute Abend wieder bei dem Kunden sein. Genug Zeit für einen schnellen Trip nach

Amsterdam. Er würde sich nicht lange aufhalten. Nur kurz nach dem Rechten sehen, der Kleinen was zu essen und frisches Wasser hinstellen.

Er fuhr den Rechner herunter und griff nach seiner Brieftasche. Gerade als er das Haus verließ, bogen drei Wagen hintereinander in zügigem Tempo in die Sackgasse. Der Anblick lenkte ihn so sehr ab, dass er beinahe über einen Kinderwagen stolperte. Er entschuldigte sich und hastete zu seinem Auto, beobachtete dabei aber die drei Neuankömmlinge aus den Augenwinkeln.

Acht Männer stiegen aus. Nun war Kai-Uwe sicher, dass es Bullen sein mussten. Interessant. Wer in dieser spießigen Vorstadtsiedlung bekam da ungebetenen Besuch? Die Männer liefen auf das Haus zu, das er gerade verlassen hatte. Zwei rannten um die Ecke und verschwanden auf der Rückseite, die anderen musterten die Klingelschilder im Eingangsbereich.

Erst in dem Augenblick begriff er. Shit! So unauffällig wie möglich schloss er seinen Wagen auf und stieg ein. Er schwitzte, seine Finger zitterten, als er den Schlüssel ins Zündschloss steckte.

Gerade als er den Motor starten wollte, klopfte jemand ans Seitenfenster.

Kai-Uwe zögerte, dann ließ er die Scheibe herunter. «Ja?»

«Herr Seltz?»

Eine Hitzewelle durchflutete ihn. Er könnte Gas geben und versuchen abzuhauen. Aber im Rückspiegel sah er, dass die anderen Männer sich so platziert hatten, dass er nicht weit kommen würde. «Was gibt es denn?»

«Kriminalpolizei. Würden Sie bitte aussteigen?»

Er kämpfte seine Panik nieder, überlegte fieberhaft. Es musste mit einem Kunden zu tun haben. Einem von denen, die ein verdächtig junges Mädchen zur Fotosession mitgebracht hatten. Er ließ sich immer unterschreiben, dass beide Partner volljährig waren und die Bilder freiwillig machten. Aber ob ihm das im Zweifelsfall half, wusste er nicht.

Als er ausgestiegen war, sagte der Polizist: «Ich muss Sie bitten, mit aufs Präsidium zu kommen. Wir haben einige Fragen an Sie.»

Wie würde ein unschuldiger Mann auf eine solche Bitte reagieren? Kai-Uwe räusperte sich. «Sie haben Fragen an mich? In welcher Angelegenheit denn?»

«Sie sind angezeigt worden. Es geht um Kinderpornographie. Wir müssen Sie auch bitten, uns Ihren Computer zu übergeben.»

Verdammt! Die Fotos waren eine Sache. Aber auf seinem Rechner waren auch die Protokolldateien, mit denen sich nachverfolgen ließ, dass er über das Internet einen zweiten Rechner steuerte.

SAMSTAG, 23. AUGUST, 10:33 UHR

Fabian Hesse war sechzehn Jahre alt, sah aber jünger aus. Er war klein für sein Alter, machte den Eindruck, als würde er noch lieber auf Bäume klettern, statt auf Partys abzuhängen. Mit wippendem Fuß saß er im Wartebereich, als Liz und Stadler die Wache betraten. Seine Finger hüpften in schwindelerregendem Tempo über den Touchscreen seines Smartphones.

«Hallo», sagte Stadler und trat auf den Jungen zu. «Ich bin Georg Stadler. Das ist Elisabeth Montario. Entschuldige bitte, dass du so lange warten musstest. Wir dürfen doch ‹du› sagen, oder?»

«Kein Problem.» Der Junge stopfte das Telefon in seine Hosentasche.

Sie gingen hinauf in Stadlers Büro. Liz setzte sich neben Fabian, während Stadler ihm gegenüber Platz nahm.

«Ich weiß, dass du meinem Kollegen schon alles erzählt hast», begann Stadler. «Aber ich muss dich bitten, es uns noch einmal zu wiederholen. In Ordnung?»

«Wenn's sein muss.»

«Okay, fangen wir an: Du bist per Anhalter gefahren. Wann war das?»

«Vorgestern Abend. Ziemlich spät. Irgendwann nach elf.»

«Du warst auf dem Heimweg?»

«Von einer Party, ja.»

«So spät? Die Ferien sind doch zu Ende, oder?»

«Ja, aber in der ersten Woche läuft noch nicht viel.»

«Und für deine Eltern ist das in Ordnung?», fragte Liz.

«Meine Mutter ist Nachtschwester im Krankenhaus. Die kriegt nicht mit, wann ich nach Hause komme. Mein Vater wohnt nicht bei uns.»

«Verstehe.»

«Du warst also auf dem Heimweg», setzte Stadler erneut an. «Und dann?»

«Ich wollte eigentlich mit einem Freund fahren. Der hatte sich den Wagen seines Vaters ausgeliehen. Aber der war plötzlich weg. Also musste ich zu Fuß gehen.»

«Welche Strecke?»

«Von Hoisten nach Münchrath. Sind ein paar Kilometer. Eigentlich kein Problem. Aber ich habe mir den Fuß umgeknickt. Und dann hat dieser Wagen gehalten. Irgendein Minibus oder Van oder so.»

«Farbe?»

«Keine Ahnung. Hell.»

«Weiß? Silber?»

«Kann sein. Jedenfalls war er voller Werkzeug.»

«Was für Werkzeug?»

«Alles Mögliche. Ich habe nicht so genau hingesehen.»

«An irgendwas wirst du dich doch erinnern.» Stadler klang ungeduldig. «War das Werkzeug eher für einen Elektriker, einen Installateur oder vielleicht einen Maler?»

«Also Farbeimer habe ich nicht gesehen.»

Stadler brummte etwas. «Gut. Wie sah der Mann aus?»

«Jünger als Sie. Vielleicht so dreißig. Aber genau kann ich es nicht sagen. Er trug ein Cap. Und Handschuhe. Das kam mir gleich komisch vor. Ich meine, wer trägt denn zum Autofahren Arbeitshandschuhe?» Er zog sein Handy hervor, warf einen Blick darauf und steckte es wieder weg. «Und dann hat er lauter so komische Fragen gestellt. Warum ich so spät noch allein unterwegs wär. Ob ich von zu Hause abgehauen wär. Ob ich keine Angst hätte, weil doch ganz in der Nähe dieser Junge umgebracht worden ist. Diese Fragerei schien ihn anzutörnen. Richtig aufdringlich ist er geworden.»

«Was meinst du mit aufdringlich?»

«Na ja, er hat halt nicht lockergelassen.»

«Hat er dich bedroht?»

«Nicht direkt. Aber er wollte wissen, wo genau ich wohne, damit er mich bis vor die Tür fahren kann. Habe ich ihm aber nicht gesagt. Und er hat gefragt, ob meine Eltern zu Hause auf mich warten. Als es mir zu komisch wurde, habe ich ihn aufgefordert, mich sofort aussteigen zu lassen, aber er ist einfach weitergefahren. Hat gemeint, er könnte mich hier nicht rauslassen, das wäre zu gefährlich. Er würde mich mit zu sich nehmen, um auf mich aufzupassen, weil meine Eltern das ja offenbar nicht auf die Reihe kriegen würden.»

«Wie hast du es geschafft, aus dem Wagen zu kommen?»

Der Junge grinste stolz. «Ich habe die Handbremse gezogen. Da hat er mich ganz blöd angeglotzt. Ich bin aus dem Wagen raus und weggerannt, so schnell ich konnte.»

«Er ist dir nicht gefolgt?»

«Über die Felder? Nee.»

Stadler sah den Jungen scharf an. «Warum bist du so sicher, dass er dir etwas antun wollte?»

«Der Typ war nicht normal. Das war ein Psycho. So wie der von dem ermordeten Jungen geredet hat. Völlig krank.»

Liz beugte sich interessiert vor. «Kanntest du den Jungen, der getötet wurde?»

«Den Jonathan? Nicht direkt. Ein Freund von mir ist auf der gleichen Schule. Der kannte ihn.»

Nachdem Fabian Hesse die Aussage unterschrieben und ihnen auf einer Karte gezeigt hatte, an welcher Stelle er in den Wagen gestiegen war und welche Route er bei seiner Flucht über die Felder genommen hatte, ließen sie ihn gehen.

Stadler lehnte sich im Stuhl zurück. «Und? Was meinst du?»

Liz zögerte. «Schwer zu sagen. Ich glaube, dass er uns die

Wahrheit erzählt hat. Er ist vorgestern Nacht von jemandem mitgenommen worden, der ihm unheimlich war. Fragt sich nur, ob er auf die Fragen des Fahrers hysterisch reagiert hat oder ob der Mann wirklich merkwürdig war.»

«Oder beides.»

«Jedenfalls hat er mich auf eine gute Idee gebracht. Jugendliche per Anhalter mitzunehmen ist eine hervorragende Methode, an sie heranzukommen und zugleich auszutesten, ob sie als Opfer in Frage kommen. Der Mörder kann sie auf der Fahrt in ein Gespräch verwickeln. Dann weiß er schnell, ob sie zu Hause Probleme haben, vielleicht sogar abgehauen sind.»

«Aber warum hat er den Jungen entkommen lassen?»

«Möglicherweise passte er nicht. Fabian ist klein und schwach, aber ziemlich selbstbewusst. Außerdem scheint er einen großen Freundeskreis zu haben.»

«Also gut. Ich lasse eine Liste mit Firmen und Handwerksbetrieben aus der Gegend zusammenstellen und sie von ein paar Teams abklappern. Das können die Kollegen aus Neuss erledigen, die kennen sich dort ohnehin besser aus. Wenn sie auf irgendwelche Ungereimtheiten stoßen, haken wir nach. Mehr können wir nicht tun.»

SAMSTAG, 23. AUGUST, 11:12 UHR

Der Raum sah nicht aus wie die Vernehmungszimmer, die er aus dem Fernsehen kannte. Keine verspiegelte Scheibe an der Wand, durch die er beobachtet wurde. Keine Kamera unter der Decke. Kein blankpolierter Stahltisch. Eher ein gewöhnliches, etwas in die Jahre gekommenes Büro. Auf dem Tisch stand ein Aufnahmegerät. Kein Hightech-Teil, sondern ein älteres Modell. Den Kaffee hatte man ihm nicht in einem Pappbecher gereicht, vor ihm stand ein Keramikpott mit dem Aufdruck: *Ich arbeite grundsätzlich nur vor Feierabend.* Spießiger ging es nicht. Kai-Uwe war enttäuscht.

Der Beamte, der ihn im Auto abgefangen hatte, und ein älterer Kollege saßen ihm gegenüber. Sie hatten mit einigen unverfänglichen Fragen begonnen, zu seiner Wohnung, seiner Frau, seinem Auto. Vielleicht wollten sie ihn in Sicherheit wiegen, vielleicht herausfinden, wie er sich gab, wenn er die Wahrheit sprach, damit sie nachher einfacher feststellen konnten, wenn er log.

Schließlich holte der Ältere, dessen Namen er sich nicht gemerkt hatte, zum ersten Schlag aus. «Sie sind hier, weil die Eltern eines minderjährigen Mädchens Sie angezeigt haben. Sie hätten Nacktfotos von ihr geschossen. Mehr noch, offenbar wurden nicht nur Fotos gemacht.»

«Ich fotografiere keine Minderjährigen. Ich lasse mir immer bestätigen, dass alle Beteiligten volljährig sind.»

«Lassen Sie sich den Ausweis zeigen?»

Er zuckte mit den Schultern. «Manchmal haben sie keinen dabei. Aber sie müssen eine Erklärung unterschreiben. Der Ausweis könnte ja auch gefälscht sein. Woher soll ich das wissen?»

«Was genau passiert in Ihrem Studio?», fragte der Jüngere. Er hieß Starck.

«Ich mache Aktfotos von Paaren. Eine ganz normale Dienstleistung. Sie glauben ja gar nicht, wie viele Anfragen ich habe.»

«Doch, das glauben wir. Wir wissen es sogar. Wir haben Ihr Studio durchsucht.»

Kai-Uwe unterdrückte einen Fluch. Egal, was an ihm klebenblieb, das war auf jeden Fall geschäftsschädigend. Wer ließ schon solche Fotos machen, wenn nachher die Gefahr bestand, dass die Bullen sie einkassierten und als Wichsvorlage benutzten? «Und das durften Sie, nur weil diese Eltern mich denunziert haben?»

«Wir haben die Fotos. Das Mädchen ist noch keine vierzehn. Und das muss auch Ihnen klar gewesen sein.» Starck öffnete eine Mappe und breitete ein paar Abzüge vor ihm aus.

Kai-Uwe erinnerte sich an den Termin. Die Kleine war völlig weggetreten gewesen. Und der Fettsack, der sich als ihr Verlobter ausgab, hatte darauf bestanden, dass man sein Gesicht auf den Fotos nicht erkennen konnte. Er wandte den Blick ab. Natürlich hatte er gewusst, was da lief. Aber ging es ihn was an? Er war nur der Fotograf. Er machte das weiß Gott nicht, weil es ihn aufgeilte. Nein. Ihn machten ganz andere Dinge heiß. Dinge, die er niemals in seinem offiziellen Studio tun würde. Amsterdam. Scheiße! Hatten sie Kelly schon auf seinem Rechner gefunden?

«Was sagen Sie dazu, Herr Seltz?» Starck tippte auf die Fotos.

Nein, sie wussten noch nichts von Kelly. Sonst würden sie sich nicht mit der kleinen Schlampe aufhalten. Die war schließlich längst wieder sicher bei Mama und Papa. «Ja», sagte er gedehnt. «Mir kam sie auch ziemlich jung vor. Aber sie hat behauptet, sie sei achtzehn. Und sie hat auch das Formular unterschrieben. Das haben Sie doch sicherlich bei den Unterlagen in meinem Studio gefunden.»

«Herr Seltz, wir werden jedes einzelne Mädchen auf jedem Bild identifizieren und feststellen, wie viele Minderjährige Sie missbraucht haben.»

«Missbraucht? Ich habe nur Fotos gemacht!»

«Sie wandern für Jahre in den Knast, so viel steht fest», fuhr Starck ungerührt fort. «Aber Sie können das Gericht milde stimmen, wenn Sie kooperieren.»

«Ach ja?»

«Verraten Sie uns, wer der Mann auf den Fotos ist.»

Der Typ hatte ein Vermögen dafür bezahlt, dass Kai-Uwe die Klappe hielt. Warum er die Bilder nicht einfach in einem anonymen Hotelzimmer mit Selbstauslöser geschossen hatte ohne unnötige Zeugen, war ihm schleierhaft. Vielleicht war der Zuschauer hinter dem Kameraauge ja Teil seiner sexuellen Phantasie. Jedenfalls hatte der Mann viel zu verlieren.

«Und was springt für mich dabei heraus?», fragte Kai-Uwe. Er würde sein Wissen und seinen Ruf nicht billig verkaufen, so viel stand fest.

Und sobald er hier raus war, würde er Kelly verschwinden lassen. Und zwar auf Nimmerwiedersehen. Das kleine Miststück würde ihm nicht seine Zukunft versauen.

SAMSTAG, 23. AUGUST, 19:12 UHR

«Das gibt es doch nicht!» Birgit kippte ihre Handtasche auf dem Schreibtisch aus. Sie war frustriert und müde. Sie wollte nach Hause. Und jetzt war auch noch ihr Schlüssel weg.

«Was ist los?» Miguel stand bereits in der Tür. Sie hatten sich den ganzen Samstag mit dem Durchforsten von Aussagen und Berichten um die Ohren geschlagen.

«Ich finde meinen Schlüssel nicht.»

«Den Autoschlüssel?»

«Den ganzen Schlüsselbund. Scheiße! Ich verstehe das nicht!»

Miguel kam zurück an den Schreibtisch.

Hastig stopfte Birgit ihre Habseligkeiten zurück in die Handtasche. Der Schlüsselbund war nicht darunter, dafür eine Reihe von Gegenständen, die ihr peinlich waren. Eine angebrochene Tüte Kaubonbons, ein kleines mit Strasssteinen geschmücktes Herz, das eine Freundin ihr geschenkt hatte, bevor sie in die USA ausgewandert war, ein Zettel, den Miguel ihr vor Wochen auf den Schreibtisch gelegt hatte. *Wo steckst du, ich brauche dich.* Sie hatte es nicht übers Herz gebracht, das Stück Papier wegzuwerfen, obwohl der Kontext völlig banal war.

«Kannst du dich erinnern, wann du ihn zuletzt benutzt hast?» Miguel, der Vernünftige.

Sie setzte sich auf ihren Stuhl und ließ den Tag Revue passieren. Hatte sie ihre Wohnung abgeschlossen? Ja. Außerdem war sie mit dem Auto zur Arbeit gefahren. Da hatte sie also den Schlüssel noch. Und danach? Nichts. «Ich glaube, ich habe ihn heute Morgen, als ich hergekommen bin, zuletzt benutzt.»

«Vielleicht steckt er noch im Zündschloss?»

Oh Gott, wäre das dämlich.

Sie gingen zusammen zum Parkplatz. Ihr Auto war noch da. Von ihrem Schlüsselbund war nichts zu sehen. Weder im Zündschloss noch in der Tür. Schreckensszenarien spukten durch Birgits Kopf. Sie hatte den Schlüssel stecken lassen, und irgendwer hatte ihn geklaut. Irgendwer, der jetzt Zugang zu ihrem Büro hatte. Und zu ihrer Wohnung. Der Spanner. Wohl kaum. Der war ihr bestimmt nicht zum Präsidium gefolgt. Es sei denn, er wäre nicht nur ein Spanner, sondern auch ein Stalker.

Miguel, der sich gebückt hatte, um unter dem Wagen nachzusehen, fragte: «Jackentasche oder Hosentasche kommen nicht in Frage?»

Birgit deutet ohne Worte auf ihren engen Rock und die dünne Strickjacke, die sie dazu trug.

«Eher nicht», murmelte er. «Hast du einen Zweitschlüssel? Für deine Wohnung, meine ich. Dann würde ich dich nach Hause fahren, und wir könnten morgen noch einmal in Ruhe das Büro absuchen.»

«Meine Nachbarin hat einen Schlüssel.» Sie kam sich so blöd vor.

Sie redeten nicht viel auf der Fahrt an den Stadtrand. Sie hatten den ganzen Tag miteinander gesprochen, sich auf Ungereimtheiten in Aussagen aufmerksam gemacht oder auf Details im rechtsmedizinischen Gutachten.

«Ich warte noch, bis du drin bist», sagte Miguel, als sie vor dem Haus hielten.

Irgendwie hatte sie zugleich gehofft und befürchtet, dass er noch auf ein Bier mit hochkommen würde. «Danke fürs Bringen.» Sie warf einen Blick hinauf zu dem Fenster des Spanners. Doch es war zu hell draußen, als dass sie hätte erkennen können, was hinter der Scheibe vor sich ging.

«Alles okay?»

«Da oben wohnt der Typ, der gern Gebrauch von seinem Fernglas macht. Ich bin mir noch nicht sicher, wie ich ihn einschätzen soll.»

Er nickte nachdenklich. «Bist du deshalb so in Panik wegen des Schlüssels?»

Sie hatte nicht geglaubt, dass sie den Eindruck von Panik vermittelt hatte. Sie senkte den Kopf. «Es macht mich nervös, das stimmt.»

«Okay.» Er stieg aus. «Ich begleite dich nach oben.»

Erleichtert folgte sie ihm zur Haustür. Die Nachbarin musterte Miguel anerkennend von oben bis unten, bevor sie den Ersatzschlüssel herausrückte.

Sie durchsuchten jeden Winkel, alles war an seinem Platz, niemand versteckte sich im Schrank.

«Entschuldige bitte, dass ich dir mit meiner Schusseligkeit den Feierabend versaut habe», sagte Birgit. «Kann ich dir noch was anbieten? Kaffee? Bier?»

«Nein, danke. Ich fahre jetzt nach Hause. Schließ hinter mir ab.» Er ging zur Tür. «Ich stehe morgen früh um sieben mit dem Wagen unten. In Ordnung?»

«Das musst du nicht.»

«Ich weiß.»

«Danke.»

Eine Minute später war er weg. Sie beobachtete, wie er einen Blick zu dem Fenster mit dem Fernglas warf, bevor er einstieg.

Benommen ließ sie sich auf dem Sofa nieder. *Dumme Kuh. Dumme, alberne Kuh. Ein Mann wie Miguel würde sich niemals für dich interessieren. Hast du mal in den Spiegel geschaut?*

Sie sprang auf, lief in die Küche und öffnete eine Weinflasche. Mit dem Glas in der Hand trat sie erneut ans Fenster. Gegenüber war alles ruhig. Selbst der Spanner hatte offenbar das Interesse an ihr verloren. Früher, wenn sie sich gewünscht hatte, wie eine Prinzessin auszusehen, hatte ihre Mutter sie mit der Geschichte vom hässlichen Entlein getröstet, das zum schönen Schwan wurde. Aus ihr war nie ein schöner Schwan geworden.

Sie prostete dem einsamen Fernglas zu und nahm einen großen Schluck. Sie würde erst ins Bett gehen, wenn sie zu besoffen für irgendwelche sentimentalen Gedanken war.

SAMSTAG, 23. AUGUST, 22:44 UHR

Ey, Scheiße, ich hab 'ne Laufmasche!», kreischte Jenny.

«Ist doch total egal. Sieht eh keiner im Dunkeln», gab Manu zurück. «Außerdem glotzen dir sowieso nur alle auf die Titten.»

«Neidisch, oder was?», fauchte Jenny zurück.

«Mensch, Mädels, was ist denn jetzt?», fragte Lisa dazwischen. «Soll ich meinen Vater nun anrufen, oder nicht?»

«Mann, ruf doch deinen Papi an, wenn du unbedingt willst.» Manu nahm einen Schluck aus der Flasche Bacardi Breezer, die sie mit nach draußen genommen hatte.

«Wir haben versprochen, dass wir uns abholen lassen», erinnerte Lisa sie.

«Klar, kein Thema.» Manu wankte auf Pia zu und reichte ihr die Flasche. «Willst du?»

Pia schüttelte den Kopf. Ihr war kotzübel.

«Was guckste denn so blöd?», fuhr Manu sie an.

«Lass mich in Ruhe.» Pia wandte sich ab. Sie wollte nur, dass Lisa endlich ihren Vater anrief. Sie wollte nach Hause. Die Party war ein einziges Desaster gewesen. Erst hatten Jenny und Manu sie die ganze Zeit wegen ihrer Frisur gehänselt, und dann hatte Timo stundenlang mit dieser Zicke vom Gymnasium rumgeknutscht. Deshalb hatte sie viel zu viel gesoffen.

«Ah, ich weiß schon. Du bist eifersüchtig, weil dein Timo fremdgeht», stichelte Manu.

«Halt die Fresse!»

«Aber, aber.» Manu zündete sich eine Zigarette an.

Lisa war ein paar Schritte zur Seite getaumelt und tippte auf ihrem Smartphone herum. Hoffentlich war sie nicht zu blau zum Telefonieren.

«Weiß du, was, Piaherzchen, für Timo bist du einfach ein bisschen zu brav.»

«Ach ja? Zufällig weiß ich, dass nicht alle Jungs auf Schlampen stehen, die für jeden die Beine breit machen.»

Manu kniff die Augen zusammen. «Was willst du damit sagen?»

«Sie hat es nicht so gemeint», sagte Jenny beschwichtigend.

«Ach, und wie hat sie es gemeint?», kreischte Manu.

«Haltet doch mal die Fresse, man versteht ja sein eigenes Wort nicht», lallte Lisa. Sie nuschelte etwas ins Telefon.

Manu kam drohend auf Pia zu. «Wie war das mit der Schlampe? Wer hat sich denn von diesem Penner flachlegen lassen?»

Pia zuckte zusammen. Tränen schossen ihr in die Augen. Warum hatte sie den anderen von ihrem Erlebnis in den Ferien erzählt? Sie hätte die Klappe halten sollen. «Ich bin keine Schlampe», zischte sie. «Lass mich endlich in Ruhe.»

«Soll ich Timo erzählen, von wem du dich so alles vögeln lässt?»

«Du bist eine Scheißfreundin, weißt du das?», rief Pia schluchzend.

«Ach, ich bin eine Scheißfreundin? Habt ihr das gehört?» Sie blickte Beifall heischend um sich. «Sie nennt mich eine Schlampe, aber ich bin eine Scheißfreundin.»

«Du hast Manu eine Schlampe genannt?», fragte Lisa, die das Gespräch mit ihrem Vater beendet hatte. «Das ist echt gemein.»

«Wisst ihr, was? Ihr könnt mich alle mal, ich haue ab», rief Pia. Alkohol, Wut und Enttäuschung brodelten in ihr. «Ich gehe jetzt nach Hause.»

«Mensch, warte doch, mein Vater kommt gleich.»

«Der kann mich auch mal!» Pia wandte sich ab. Solche

Scheißfreundinnen brauchte sie echt nicht. Sie brauchte niemanden.

«Ja, hau nur ab, du beleidigte Kuh. Morgen kommst du eh wieder angerannt!», rief Manu ihr hinterher.

Pia hörte noch, wie Jenny sagte: «Wir können sie doch nicht einfach so gehen lassen.» Doch keine der drei machte Anstalten, sie aufzuhalten.

Sie lief in Richtung Kreuzung. Je näher sie der Landstraße kam, desto dunkler wurde es. Bald hatte sie die letzten Häuser hinter sich gelassen. Ihr wurde mulmig. Sie würde mindestens eine halbe Stunde bis nach Hause brauchen. In den blöden Stöckelschuhen vermutlich länger. Aber sie wollte keinesfalls umkehren. Diesen Triumph würde sie Manu nicht gönnen.

Die Nacht war alles andere als still. Im Gebüsch am Straßenrand raschelte es, ein Vogel schrie, ein Hund bellte. In der Ferne rauschte die Autobahn. Bald hatten sich ihre Augen an die Dunkelheit gewöhnt. Pia lief so schnell, wie es ihre Schuhe erlaubten. Allerdings drückten die Riemchen schon bald unangenehm. Als sie es gar nicht mehr aushielt, zog sie die Schuhe aus und lief barfuß weiter. Der Asphalt war kühl und kitzelte unter den Sohlen.

Pia begann, ihr kleines Abenteuer zu genießen. Bei jedem Schritt schwang sie die Sandalen mit den hohen Absätzen hin und her. Sogar die Übelkeit ließ allmählich nach. Sollten die drei Ziegen sich doch von Lisas Papa heimkutschieren lassen, sie hatte das nicht nötig. Sie war schließlich kein Baby mehr.

Bei jedem Auto, das vorbeikam, sprang Pia in den Straßengraben und versteckte sich. Auf keinen Fall wollte sie von Lisas Vater aufgesammelt werden. Viele Autos passierten sie ohnehin nicht. Genau genommen nur zwei. Dann blieb es lange ruhig. Bis auf die Nachtgeräusche.

Irgendwann war Pia nicht mehr sicher, ob sie nicht falsch

abgebogen war. Die Straße kam ihr mit einem Mal fremd vor. Oder lag das nur an der Nacht, die alles anders aussehen ließ? Unsicher ging sie weiter. Die Sandalen schwang sie schon lange nicht mehr. Schwer hingen sie an ihrer rechten Hand.

Wieder näherte sich ein Wagen. Diesmal sprang Pia nicht in den Graben. Ja, sie wünschte sich fast, es wäre Lisas Vater und er würde sie zwingen, einzusteigen.

Das Auto hielt tatsächlich. Irgendein Geländewagen. Der Fahrer war kaum zu erkennen. Pia wartete, während die Scheibe herunterfuhr. Ihr Herz klopfte wild. Es war mitten in der Nacht, sie war allein, und ihre Eltern hatten ihr eingebläut, niemals, unter keinen Umständen, zu einem fremden Menschen ins Auto zu steigen.

«Kann ich dich vielleicht mitnehmen? Du siehst müde aus.»

Der Fahrer war nun besser zu sehen. Er sah jung aus, hatte kurze, zerzaust gestylte Haare und trug ein schwarzes T-Shirt. Bestimmt kam er auch von einer Party.

«Nicht nötig, ich bin gleich zu Hause», log sie.

«Ist gefährlich, nachts allein herumzuspazieren», sagte der Fremde.

«Ich habe keine Angst.»

«Okay. Wie du willst.» Die Scheibe fuhr hoch.

Pia zögerte, dann trat sie vor und klopfte an das Glas.

Die Scheibe senkte sich wieder. «Na, willst du doch mitkommen?»

Sie nickte.

«Steig ein.»

«Danke.»

Kaum saß sie, griff er in ein Fach neben der Fahrertür und reichte ihr eine Colaflasche. «Auch einen Schluck?»

Sie zögerte, dann griff sie zu. Sie hatte wahnsinnigen Durst.

Vom Laufen. Vom Alkohol. Obwohl die Cola total abgestanden schmeckte, trank sie die halbe Flasche in einem Zug.

Der junge Mann grinste. «Das nenne ich mal Durst.» Er sah gut aus. Viel besser als Timo.

Sie lächelte verlegen. «Ich muss übrigens nach Schwanenberg.»

Sein Grinsen wurde breiter. «Ich weiß.»

SONNTAG, 24. AUGUST, 13:45 UHR

Es klopfte an die Tür, und Birgit schob sich ins Büro, eine Mappe unter den Arm geklemmt. Schon bei der Teambesprechung vor einer halben Stunde war Stadler aufgefallen, dass sie übermüdet aussah. Sollte er sie nach Hause schicken? Ihr den halben Tag freigeben?

Nein. Selbst wenn sie total fertig wäre, würde sie das als Beleidigung betrachten. Schließlich mussten alle Kollegen Überstunden machen. Warum sollte er also gerade ihr einen freien Tag gönnen? Er würde nichts sagen. Aber er würde sie im Auge behalten.

«Ich habe hier eine interessante Meldung, Chef.»

«Lass hören.» Er deutete auf einen Stuhl.

Birgit setzte sich und schlug die Beine übereinander. «Es geht um Kelly Novak. Ein Ehepaar hat sich bei den Kollegen in Mönchengladbach gemeldet. Die beiden waren ein paar Tage in den Niederlanden und sind gestern Abend zurückgekehrt. Sie haben Kelly am vergangenen Mittwoch bis Eindhoven mitgenommen.»

«Sicher?»

Birgit hielt die Mappe hoch. «Sie haben das Mädchen anhand von Fotos eindeutig identifiziert. Kelly stand an einer Autobahnauffahrt, keine halbe Stunde von ihrer Haustür entfernt.»

«Dann ist sie auf keinen Fall unserem Täter in die Arme gelaufen.» Stadler rieb sich das Gesicht. Auch er war müde. «Also nicht mehr unsere Baustelle.»

«Eigentlich nicht. Aber da ist noch etwas.» Birgit schlug die Mappe auf. «Das Mädchen hat gesagt, es wolle zu seiner Schwester.»

«Die ist tot.»

«Eben. Ich fürchte, Liz hat es richtig eingeschätzt. Kelly will sich umbringen.»

Stadler warf einen Blick auf den Kalender an der Wand. «Am vergangenen Mittwoch, sagst du?»

Birgit blätterte in der Mappe. «Am vierzehnten.»

«Das ist zehn Tage her. Ich glaube nicht, dass sie noch lebt.»

Birgit beugte sich vor. «Vielleicht nicht. Aber denk an den Schuppen. Sie hat mindestens einmal dort übernachtet. Liz hat gesagt, es könnte ein Hinweis darauf sein, dass ihr Entschluss nicht feststeht. Dass es ein Hilferuf sein könnte.»

«Ein Hilferuf, den seit zehn Tagen keiner hört.»

«Georg!»

Er stand auf und trat neben sie. Ihm wurde plötzlich bewusst, wie sehr er die tägliche Zusammenarbeit mit ihr vermisste. Sie ergänzten sich perfekt. Wenn er sich verrannte, pfiff sie ihn zurück; wenn sie zu emotional wurde, behielt er einen klaren Kopf. «Das ist nicht mehr unsere Angelegenheit.» Er legte ihr die Hand auf die Schulter. «Ich werde den Kollegen in Mönchengladbach nochmals klarmachen, dass Kelly in Gefahr ist. Die sollen den Niederländern Druck machen. Mehr können wir nicht tun, Birgit.»

Sie nickte.

«Mich nimmt der Fall auch mit», sagte er leise.

«Das habe ich gemerkt.» Sie schlug die Mappe zu. «Alte Wunden?»

«Lange her. Ich möchte nicht darüber reden.» Er nahm die Hand von ihrer Schulter. «Hoffen wir, dass die Suche nach den Handwerksbetrieben etwas ergibt.»

Er sah in Birgits Augen, wie sehr sie der abrupte Themenwechsel irritierte. Aber sie kannte ihn zu gut, um nachzuhaken.

«Wenn das nicht wieder eine falsche Spur ist», sagte sie.

«Wir müssen es trotzdem versuchen.»

Birgit erhob sich. «Also wird niemand von uns noch einmal mit den Eltern sprechen?»

«Ich wüsste nicht, wozu. Ist nicht unser Fall.»

Diesmal wechselte sie unvermittelt das Thema. «Mein Schlüsselbund ist weg. Da ist auch mein Büroschlüssel dran. Wenn ich ihn heute nicht finde, muss ich das melden.»

«Ach, das hatte ich ganz vergessen!» Er zog eine Schublade auf und nahm einen Schlüsselbund heraus. «Der lag gestern nach der Besprechung auf einem der Tische. Ich wollte nachher herumfragen, ob ihn jemand vermisst.»

Birgit schnappte sich den Schlüsselbund. «Gestern? Sag mal, Georg, geht es dir noch gut? Bist du vielleicht mal auf die Idee gekommen, dass jemand die Schlüssel braucht?» Wütend funkelte sie ihn an.

«Reg dich ab. Ist doch nichts passiert.»

«Ach, glaubst du?» Sie drehte sich um, marschierte aus dem Büro und knallte die Tür zu.

Perplex starrte er ihr hinterher. Einen derartigen Ausbruch hatte er noch nicht bei ihr erlebt. Im Gegenteil, die Birgit, die er kannte, hätte sich freudestrahlend bei ihm bedankt, erleichtert darüber, dass das Problem aus der Welt war. Okay, er hätte sich schon gestern umhören können, wer einen Schlüssel vermisste. Andererseits war es nicht sein Job, seinen Kollegen verlorene Gegenstände hinterherzutragen.

Stadler trat an die Karte. Kelly Novak war in dem Gebiet, in dem die drei Jugendlichen ermordet worden waren, per Anhalter unterwegs gewesen. Aber ihr Verschwinden hatte nichts mit den Morden zu tun. Fabian Hesse war mit einem verdächtigen Fremden mitgefahren, hatte vielleicht nur mit Glück überlebt. Bestimmt fuhren viele Jugendliche auf dem Land per Anhalter. Auch wenn sie wussten, dass es gefährlich war. Es gab oft einfach keine andere Möglichkeit, nachts nach Hause zu kommen. Eine Tatsache, die sich der Mörder zunutze machte.

Er ging zurück zu seinem Schreibtisch. Je mehr er darüber nachdachte, desto sicherer war er, dass der Unbekannte seine Opfer am Straßenrand aufgabelte. Das erklärte, wie er an sie herankam, wie er sie auswählte.

Aber es erklärte nicht, wieso der Mörder ausgerechnet ihm zwei Finger geschickt hatte. Einen davon, drei Tage *bevor* die erste Leiche in seinem Zuständigkeitsbereich aufgetaucht war und er den Fall übernommen hatte. Ganz so, als hätte er sicherstellen wollen, dass Stadler die Ermittlungen leitete.

So musste es sein. Nicht die Zeitungsseiten mit den Sprüchen, nicht die Folterspuren, nicht die Firmenwagen waren der Schlüssel zur Aufklärung des Falls. Er selbst war es. Es gab eine Verbindung zwischen ihm und dem Täter. Wieso war er nicht früher darauf gekommen? Die Finger sollten ihm etwas sagen. Wenn er verstand, welche Botschaft der Täter ihm geschickt hatte, wusste er, wo er ihn finden würde.

SONNTAG, 24. AUGUST, 14:11 UHR

Es nieselte. Die Tropfen fielen so spärlich, dass die Scheibenwischer unweigerlich über die fast trockene Scheibe kratzten, die Sicht aber zu schlecht wurde, wenn man sie ganz abstellte.

Liz beugte sich vor, ihre Nase klebte beinahe an der Scheibe. Gut, dass Georg Stadler sie nicht so sah. Oder David. Dabei war sie eigentlich eine routinierte Fahrerin. Aber in Stadlers Mustang und noch dazu in einer Gegend, in der sie sich überhaupt nicht auskannte, fühlte sie sich doppelt unsicher.

Da! Die Abzweigung. Liz bog auf eine einspurige Nebenstraße. Irgendwo auf diesem Stück war Fabian Hesse von dem Unbekannten mitgenommen worden. Sie wusste nicht so genau, was sie sich von diesem Ausflug erhoffte. Ein besseres Gefühl für den Täter. Für die Gegend. Für sein Revier.

Sie hielt an und stieg aus. Der Nieselregen benetzte ihr Gesicht. Von hinten näherte sich ein Auto. Ein verschmutzter Geländewagen. Das Fahrzeug wurde langsamer, dann, kurz bevor es sie erreichte, gab der Fahrer Gas und passierte sie so schnell, dass sie vor Schreck zurücktrat und gegen den Mustang prallte.

Der Geländewagen war innerhalb weniger Sekunden außer Sichtweite. Immerhin hatte sie sich die ersten Buchstaben des Kennzeichens gemerkt: MG. Und die letzte Ziffer: sieben. Sie erinnerte sich dunkel, dass ihr ein ähnliches Fahrzeug schon einmal aufgefallen war. Aber sie hatte keine Ahnung, ob es wirklich derselbe Wagen gewesen war. Vielleicht hatte der Fahrer ja nur seine Hilfe anbieten wollen und es sich plötzlich anders überlegt.

Liz schloss den Mustang ab und ging zu Fuß weiter. Hin und wieder blieb sie stehen und schaute sich um. Die Umgebung wies keine Besonderheiten auf. Bis auf die zwei klobigen, dampfenden Kühltürme in der Ferne. Ansonsten gab es nur Felder, Waldstücke und einige verstreute Siedlungen. Die Autobahn war gut zu hören.

Kurz bevor Liz umkehren wollte, klirrte es zu ihren Füßen. Vor ihr lag ein kleiner Gegenstand aus Metall, etwa zwanzig Zentimeter lang, schmal und flach. An den Enden waren hakenförmige Zacken, in der Mitte länglich geformte Löcher. Er sah aus wie ein Werkzeug. Allerdings hatte sie noch nie ein solches Werkzeug gesehen.

Liz betrachtete das Metallteil näher, ohne es zu berühren. Es glänzte. Keine Spur von Rost. Es konnte noch nicht lange hier liegen.

Fabian Hesse hatte ausgesagt, dass der Wagen, in dem er mitgefahren war, voller Werkzeug war. Unwahrscheinlich vielleicht, aber nicht völlig unmöglich, dass dieses Stück Metall aus dem Wagen gefallen war, als Fabian einstieg.

Liz nahm ein Papiertaschentuch aus ihrer Handtasche, hob das Teil auf und steckte es ein. Vielleicht ließ sich mit seiner Hilfe klären, nach was für einer Art Werkstatt sie suchten.

SONNTAG, 24. AUGUST, 17:28 UHR

Georg Stadler klemmte sich einen Stapel Akten unter jeden Arm und trat mit dem Fuß die Autotür zu. Da Liz noch unterwegs war, hatte er für den Heimweg einen Dienstwagen genommen. Er hatte versucht, sie auf dem Handy zu erreichen, aber nur eine Nachricht auf ihrer Mailbox hinterlassen können.

Vor der Wohnungstür legte er die Akten auf dem Boden ab, um die Hände frei zu haben, und schloss auf. Er hob die Ordner auf und brachte sie in die Küche. Mehr als zwei Dutzend Fälle aus den letzten zehn Jahren. Tötungsdelikte und andere Gewalttaten, die er bearbeitet hatte, bei denen der Täter unter vierzig und inzwischen wieder aus der Haft entlassen war.

Er hatte sich die Akten kommen lassen, nachdem ihm klargeworden war, dass er den Täter kennen musste. Zwar gab es noch andere Möglichkeiten: Täter, denen er nur im Zusammenhang mit kleineren Delikten begegnet war. Oder solche, die er nie erwischt hatte.

Aber fürs Erste wollte er sich auf die konzentrieren, die er wegen schwerer Straftaten hinter Gitter gebracht hatte. Gern hätte er Liz bei der Auswahl dabeigehabt. Sie konnte besser einschätzen, welche Vorstrafen am ehesten zu der Persönlichkeit des Täters passten. Vielleicht meldete sie sich ja noch.

Eine halbe Stunde später saß er frisch geduscht mit einer Flasche Alt an seinem Küchentisch und blätterte die erste Akte durch. Ein junger Mann, der bei einem Bankraub einen Kassierer angeschossen hatte. Schon bald schob er den Ordner zur Seite. Der Mann hatte ein ellenlanges Vorstrafenregister, doch alle Taten waren mit der eindeutigen Absicht verübt worden, sich zu bereichern. Ein Mistkerl, der sich nahm, was er wollte, ohne Rücksicht auf Verluste. Aber kein psychisch kranker

Mörder, der junge Menschen, die er für Versager hielt, zu Tode quälte.

Stadler nahm einen Schluck Bier und griff nach dem nächsten Ordner. Bevor er ihn aufschlug, sah er auf sein Handy. Noch immer keine Rückmeldung von Liz. Hoffentlich gab es keine neuen Hiobsbotschaften aus Großbritannien! Für einen Augenblick sah er sie wieder vor sich, die Haare wirr, die Augen verweint. Der Anblick hatte seinen Beschützerinstinkt geweckt. Und noch etwas, über das er nicht nachdenken wollte. Er legte das Handy weg. Er würde ihr nicht weiter hinterhertelefonieren. Wenn sie ihn brauchte, sollte sie sich melden.

Eine halbe Stunde später hatte Stadler erst einen Kandidaten gefunden, der eventuell in Frage kam. Dafür wuchs der Stapel der aussortierten Akten.

Müde machte er sich ein zweites Bier auf. Er suchte einen Versager. Jemanden, der seine Eltern enttäuscht, der ihren Ansprüchen nicht genügt hatte. Jemanden, der wieder und wieder gedemütigt worden war. So oft, bis er daran zerbrochen war und nun anderen das antat, was er selbst hatte durchmachen müssen.

Stadler ballte die Hände zu Fäusten und presste sie gegen die Schläfen, bis er die Schmerzen nicht mehr aushielt. Er suchte nach jemandem, dem es so ergangen war wie ihm selbst.

Nur dass es bei ihm nicht die Eltern gewesen waren, die ihm das Gefühl gegeben hatten, ein Versager zu sein.

Versager. So hatte sein Großvater ihn gern genannt, wenn er mit einer schlechten Note nach Hause gekommen war. Oder noch schlimmer: mit einem schlechten Sportresultat. Sein Großvater hatte großen Wert auf körperliche Tüchtigkeit gelegt. Sein Vater war anders gewesen. Auch er hatte mit ihm Fußball gespielt. Aber es war genau das gewesen: ein Spiel. Seinem Großvater ging es immer nur um Leistung. Sein Enkel war nur gut genug, wenn er der Beste war.

Stadler leerte die zweite Flasche Bier und öffnete sich eine dritte. Er wollte sich nicht erinnern, aber die Bilder bestürmten ihn mit solcher Macht, dass er sich ihnen nicht entziehen konnte. Die Beerdigung seiner Eltern. Ein Autounfall. Er war gerade sieben gewesen, hatte seine Großeltern bis dahin nur selten gesehen. Nun musste er von einem Tag auf den anderen in das dunkle, kalte Haus ziehen und sich dem strengen Regiment eines Mannes unterwerfen, den er kaum kannte.

Der kleine Georg, der zuvor nie geschlagen worden war, lernte, den Gürtel seines Großvaters zu fürchten. *Wer nicht hören will, muss fühlen.* Aber mehr noch als den Gürtel fürchtete er die Wäschekammer, einen Wandschrank, in dem seine Großmutter frisch gestärkte Laken, Bettwäsche und Handtücher aufbewahrte. Wenn sein Großvater beschloss, dass sein Enkel über seine Missetaten nachdenken sollte, sperrte er Georg in diese Kammer. Stundenlang. Manchmal sogar über Nacht. In der absoluten Finsternis des winzigen Gefängnisses lernte er, mit seiner Angst zu leben, und allmählich wurden die Gespenster, die Monster und die Ungeheuer, die in den Ecken hinter der Wäsche lauerten, zu seinen Kameraden.

Seine Großmutter versuchte die Strenge ihres Mannes abzumildern, so gut sie konnte. Sie reichte ihm heimlich etwas zu essen in die Kammer. Ein Schmalzbrot und eine Tasse Milch. Manchmal sogar ein Stück Schokoladenkuchen. Doch nie begehrte sie offen gegen sein Regiment auf.

Mit zehn klaute Georg seinem Großvater zum ersten Mal Geld aus der Brieftasche. Es ging ihm gar nicht darum, sich etwas davon zu kaufen. Allein der Triumph über seinen Unterdrücker zählte. Das war selbst die drakonische Strafe wert, die er sich damit einhandelte. Mit vierzehn beging er seine erste

Straftat. Mit zwei Freunden brach er in eine Wurstwarenfabrik ein. Erst aßen sie sich satt, dann zerschlugen sie Dutzende von Einmachgläsern.

Sie hatten Glück. Sie wurden nie gefasst. Auch nicht bei einigen weiteren Dummheiten. Aber es war nur eine Frage der Zeit, bis ihre Glückssträhne enden würde. Irgendwann erreichte Georg den Punkt, an dem er entscheiden musste, auf welcher Seite des Gesetzes er stehen wollte. Sein Großvater war inzwischen tot. Das machte die Entscheidung leichter. Wenn er noch gelebt hätte, wäre Stadler heute vielleicht kein Polizist, sondern würde selbst einen der Aktenordner füllen, die auf seinem Küchentisch lagen.

MONTAG, 25. AUGUST, 08:07 UHR

Liz überlegte kurz, den Anruf nicht entgegenzunehmen. Das Display ihres Handys zeigte eine unbekannte Nummer aus England an. Doch dann siegte die Neugier. Oder die Sorge. Es könnte ja etwas mit David sein. Oder mit ihrem Haus.

«Liz? Hier ist Marc Wickham.»

«Wer?»

«DCI Marc Wickham, Scotland Yard.»

«Ach ja. Hallo Marc.» Sie erinnerte sich vage an einen schlanken, ziemlich attraktiven dunkelhaarigen Mann, der als zuständiger Detective Chief Inspector die Ermittlungen im Fall Eileen Simmons geleitet hatte.

«Entschuldigen Sie bitte, dass ich Sie so früh am Morgen störe, Liz. Aber es ist wichtig.»

Liz sah auf ihre Uhr. In London war es erst kurz nach sieben. «Worum geht es denn?», fragte sie argwöhnisch.

«Ich weiß, dass Sie in Deutschland sind, Liz. Ihr Chef hat es mir erzählt. Sie sind eine gefragte Expertin. Eben aus diesem Grund möchte ich Sie um Ihre Einschätzung bitten. Inoffiziell.»

Das Wort ‹inoffiziell› ließ Liz aufhorchen. «Ich glaube, ich verstehe nicht.»

«Sie haben sicherlich gehört, dass wieder ein Mädchen verschwunden ist. Wieder in Südostlondon, nur wenige hundert Meter Luftlinie von dem Ort entfernt, an dem Eileen Simmons zum letzten Mal lebend gesehen wurde. Und nur drei Straßen von dem Haus, in dem Derek McGee wohnt.»

Liz musste sich auf das Hotelbett setzen, weil ihre Beine drohten, den Dienst zu versagen. «Ich wusste, dass wieder ein Mädchen aus dieser Gegend vermisst wird», sagte sie leise. «Aber dass es so nah an seinem Haus ...»

«Dann können Sie sich sicher vorstellen, dass uns die Aasgeier von allen Seiten belauern: Der Chief Constable, die Presse, die Öffentlichkeit, alle sitzen uns im Nacken und wollen Ergebnisse. Alle sind sicher, dass McGee wieder zugeschlagen hat.»

Liz' Magen zog sich zusammen. Sie presste ihre Hand auf den Bauch. «Und Sie? Was denken Sie?»

«Ich habe von vornherein nicht an McGee als Täter geglaubt. Und ich habe meine Meinung nicht geändert.»

Liz hätte am liebsten erleichtert aufgestöhnt. «Und was wollen Sie von mir?»

«Wir haben wieder ein Bekennerschreiben erhalten. Gleicher Stil, gleiche Aufmachung. Ich hätte gern Ihre Meinung dazu. Offiziell wurden Burntisland und sein Team damit beauftragt, ein Gutachten zu erstellen. Der Professor hat versichert, sich höchstpersönlich darum zu kümmern, weil Sie ja gerade nicht im Land sind.»

«Mein Chef ist ein sehr erfahrener und angesehener Psychologe.»

«Ich weiß. Aber Sie kennen McGee am besten.»

Liz zögerte. Das Vertrauen des Ermittlers freute sie. Doch was, wenn sie zu einer anderen Einschätzung gelangte als ihr Chef? Sie wollte Burntisland nicht in den Rücken fallen. Ihr Job stand ohnehin auf der Kippe.

Wickham schien ihr Zögern zu spüren. «Ihre Einschätzung bleibt unter uns», versprach er. «Wenn Sie sichergehen möchten, dass niemand von unserem privaten Austausch erfährt, müssen Sie nichts schriftlich fixieren. Rufen Sie mich einfach an. Ich möchte Ihnen wirklich keine Probleme bereiten.» Er stockte. «Und mir selbst auch nicht.»

Liz war sich klar darüber, wie viel sie aufs Spiel setzte, wenn sie auf Wickhams Vorschlag einging. Doch sie ignorierte die warnende Stimme in ihrem Kopf. «Okay.»

«Wunderbar. Ich scanne den Brief gleich ein und schicke Ihnen eine Mail. Das Bekennerschreiben aus dem Fall Simmons ebenfalls, wenn Sie das noch mal brauchen.»

«Danke, nicht nötig, das habe ich auf meinem Notebook gespeichert.» Liz schloss die Augen. «Ich kann aber nichts versprechen. Der Fall hier in Deutschland ist sehr kompliziert, ich bin ziemlich eingespannt.»

«Danke, Liz. Ich schicke die Mail sofort los.» Er legte auf.

Benommen starrte Liz auf ihr Telefon. Jetzt hatte sie also zwei Fälle an der Backe. Doppelte Chance, sich zu blamieren. Was wollte sie mehr?

MONTAG, 25. AUGUST, 09:11 UHR

Es war zum Verrücktwerden. Birgit betrachtete Miguel, der gerade die Resultate der Firmenüberprüfungen im Umkreis von Grevenbroich vorstellte. Die nicht vorhandenen Resultate, besser gesagt. Bisher hatten sie nicht einen Betrieb gefunden, der über einen Kastenwagen verfügte, der Fabian Hesses Beschreibung entsprach. Oder über einen vorbestraften Mitarbeiter im passenden Alter. Aber das spielte keine Rolle. Nicht in diesem Moment. Miguel hätte auch das Telefonbuch vorlesen können, Birgit hätte ihm genauso andächtig zugehört. Verflucht! Wenn sie dieses Gefühlschaos nicht unter Kontrolle bekam, würde sie ihre Versetzung beantragen müssen.

«Kurz gefasst: Bisher haben wir leider nur Betriebe ausschließen können», fasste Miguel seinen Bericht zusammen.

Die Gruppe von Ermittlern, die sich im Besprechungsraum eingefunden hatte, war nicht sehr groß. Die meisten Mitglieder der Mordkommission waren unterwegs und unterstützten die Streifenbeamten bei der Befragung. Außer Stadler, Liz, Miguel und ihr hatten sich nur Florian Schenk, die Praktikantin, die heftig auf einem Kaugummi herumkaute, und zwei Kollegen aus Neuss eingefunden.

Suderwich, einer der Neusser Polizisten, meldete sich zu Wort: «Ist diese Suche nach einem Handwerksbetrieb nicht ein ziemlicher Schuss ins Blaue? Ich finde, wir sollten unsere Kräfte für wichtigere Dinge einsetzen.»

«Und welche wären das?», fragte Stadler spitz. Er sah aus, als hätte er kaum geschlafen. Allerdings nicht aus einem angenehmen Grund, wie sonst in solchen Fällen. Hatte er etwa auch Liebeskummer? Das wäre etwas Neues. Birgit warf Liz einen verstohlenen Blick zu. Doch ihr war nichts anzumerken. Wenn der Grund für Stadlers Schlafmangel eine Frau war, dann nicht die Psychologin. Dabei hätte Birgit geschworen, dass ihr Kollege eine Schwäche für sie hatte.

Plötzlich fiel ihr auf, dass Stadler und Suderwich ihren kleinen Disput beigelegt hatten, ohne dass sie auch nur ein Wort mitbekommen hatte. Ruckartig setzte sie sich aufrecht hin. *Reiß dich am Riemen.*

«Gibt es schon Neuigkeiten aus den Niederlanden?», fragte Stadler und sah sie dabei an.

Birgit dachte sofort an Kelly Novak, doch dann wurde ihr bewusst, dass ihr Chef die Nachforschungen zu diesem Tomislav meinen musste, dem mutmaßlichen ersten Opfer. «Ich habe vorhin noch einmal mit der zuständigen niederländischen Behörde telefoniert. Der Junge heißt mit vollem Namen Tomislav Mančevski. Die Familie wurde im Jahr 2002 abgeschoben. Aber mehr konnte man mir noch nicht sagen. Ich bleibe dran.»

«Gab es weitere Anrufe von Zuschauern nach der Ausstrahlung der Fernsehsendung?», fragte der andere Neusser Kollege. «Irgendwelche zusätzlichen Hinweise?»

«Keine brauchbaren, wie es aussieht», antwortete sie. «Sonst hätte man uns benachrichtigt.»

«Die Aussage dieser Künstlerin ist also unsere einzige magere Spur in dem alten Fall», stellte Suderwich fest.

«Immerhin haben wir eine», gab Miguel zurück. «Die Kollegen aus Heinsberg ermitteln seit fünf Jahren und hatten bisher gar nichts.»

«Ist denn inzwischen erwiesen, dass der Fall zu unserer Mordserie gehört?», wollte Florian Schenk wissen.

Alle Augen richteten sich auf Liz. «Meiner Einschätzung nach gehört er dazu», erklärte sie selbstbewusst. «Die Handschrift des Täters ist zu ähnlich für einen Zufall. Ich gehe davon aus, dass der unbekannte Tote sein erstes Opfer war.»

«Und die beiden Finger, die per Post kamen? Könnten die zu einem Opfer gehören, das noch nicht gefunden wurde?», fragte Zoe kauend.

«Das ist eine Möglichkeit ...», antwortete Liz.

«... die die acht Jahre Pause zwischen diesem Mord und dem an Katharina Wagner füllen würde», ergänzte Zoe.

«Also will der Täter uns auf die Sprünge helfen?» Florian runzelte die Stirn.

«Oder uns an der Nase herumführen.» Miguel lehnte sich im Stuhl zurück. «Er könnte die Finger irgendwo besorgt und uns geschickt haben, um uns zu verwirren.»

«Das wäre eine weitere Möglichkeit.» Liz wirkte nicht überzeugt.

Sie wollte offenbar noch mehr sagen, doch Stadler fuhr dazwischen. «Nicht uns – mich! Er hat *mir* die Finger geschickt.»

«Dann müsstest du doch eigentlich verstehen, was er dir damit sagen will.» Florian verschränkte die Arme.

«Leider nicht», blaffte Stadler, sichtlich verärgert. «Ich dachte, ich würde den Täter vielleicht von früher kennen. Ich bin gestern den ganzen Abend alte Akten durchgegangen. Nichts, das auch nur annähernd passt.»

«Und die Abdrücke?», fragte Zoe. «Von dem zweiten Finger ließen sich doch noch welche nehmen, oder?»

«Ja, aber es gab keinen Treffer in der Datenbank.»

«Also auch eine Sackgasse.» Florian fuhr sich durch das strubbelige Haar. «Und was machen wir jetzt? Auf die nächste Leiche warten?»

Stadler warf ihm einen scharfen Blick zu.

«Sorry.»

«Ich hätte da noch etwas», sagte Liz. «Genau genommen habe ich zwei Sachen. Aber die eine ist vermutlich reine Hysterie.» Sie lächelte verlegen.

«Schieß los!», forderte Stadler sie auf.

«Ich war gestern dort, wo Fabian Hesse in den Wagen gestiegen ist.» Sie strich sich eine Haarsträhne hinter das Ohr. «Und da ist mir ein Geländewagen aufgefallen, weil er erst neben mir zu halten schien und dann plötzlich Gas gab. Das allein wäre noch nicht verdächtig, aber ich glaube mich zu erinnern, den Wagen schon einmal gesehen zu haben.»

«So ein total verdreckter Jeep?», wollte Stadler wissen.

«Ja, genau.»

«Scheiße, der ist mir letztens auch aufgefallen.»

«Vielleicht ein Fan von dir, Liz», sagte Suderwich grinsend.

Betretenes Schweigen senkte sich über den Raum.

«Oh, Mist. Habe ich was Falsches gesagt?»

Liz hob die Schultern. «Ich habe sehr merkwürdige Fans. Liegt an meinem Beruf.»

«Tut mir leid.»

«Konntest du das Kennzeichen erkennen?», fragte Stadler ungeduldig.

«Nur die ersten Buchstaben: MG. Und die letzte Ziffer, eine Sieben.»

Stadler machte sich eine Notiz. «Ich bin mir nicht sicher, ob das ausreicht, um den Wagen ausfindig zu machen. Und die andere Sache?»

«Ein Hinweis, der uns eventuell hilft, die Suche nach dem verdächtigen Lieferwagen zu beschleunigen.»

Liz griff nach ihrer Handtasche und stellte sie auf den Tisch. «Nachdem ich dieses Ding entdeckt habe, bin ich sofort ins Hotel gefahren, um zu recherchieren, und ich war so in die Suche vertieft, dass ich alles andere vergessen habe. Ich habe nicht einmal gemerkt, dass mein Handy-Akku leer war.» Sie warf Stadler einen entschuldigenden Blick zu.

Also doch? Stadler und Liz? Aber was war dann mit diesem

David? Birgit rieb sich die Stirn. Bestimmt sah sie überall Beziehungswirren, weil sie selbst so in ihre Gefühle verstrickt war.

«Außerdem wollte ich in Ruhe darüber nachdenken, bevor ich mich mit meiner Theorie lächerlich mache.» Liz lächelte verlegen.

«Ich bin dankbar für jede Theorie, die ein bisschen Schwung in die Ermittlungen bringt», sagte Zoe gähnend.

Birgit sah, wie Miguels Blick an dem knappen Oberteil der Praktikantin hängenblieb, und sie biss sich auf die Lippe.

«Genug um den heißen Brei geredet», fuhr Liz fort. «Ich habe einen Gegenstand am Fahrbahnrand gefunden. Ein Werkzeug. Dem Zustand nach zu urteilen, lag es noch nicht lange dort. Es sieht aus, als wäre es gerade gekauft worden.»

«Was für ein Werkzeug?» Stadler wirkte plötzlich hellwach.

«Eine Kettenlehre.»

«Eine was?» Zoe verschluckte sich fast an ihrem Kaugummi. «Mensch, du kennst Sachen, Liz.»

«Leider nicht.» Liz wedelte mit einem Computerausdruck. «Ich habe es gegoogelt. Hat eine ganze Weile gedauert. Ist nämlich keineswegs einer der ersten Treffer, wenn man Begriffe wie ‹Werkzeug› und ‹Metall› in die Suchmaschine eingibt.» Sie zog eine durchsichtige Tüte aus ihrer Handtasche, in der sich ein länglicher silberner Gegenstand befand, der von weitem wie ein gewöhnliches Besteckmesser aussah. «Es handelt sich um ein Fahrradwerkzeug», erläuterte sie. «Man benutzt es, um zu überprüfen, ob die Kette ausgewechselt werden muss.»

«Nicht gerade das Werkzeug, das jeder Freizeitradler in der Satteltasche mit sich führt», kommentierte Miguel.

«Eben. Und das ist nicht alles: Unter den Gegenständen, die bei dem unbekannten Toten gefunden wurden, befand sich ein Fahrradventil.»

«Gut. Diesen Ermittlungsansatz behalten wir im Auge. Ihr

wisst alle, was ihr zu tun habt.» Stadler schob seine Notizen zusammen und erhob sich abrupt. «Zurück an die Arbeit!» Er marschierte aus dem Raum. Seine Laune schien sich auch durch Liz' Entdeckung nicht gebessert zu haben.

Birgit packte als Letzte ihre Sachen zusammen.

Miguel wartete an der Tür. «Ich habe gehört, dass dein Schlüssel wiederaufgetaucht ist.»

«Georg hat ihn gefunden.» Sie musterte verlegen ihre Schuhspitzen.

«Und der Spanner?»

«Hat sich nicht mehr blicken lassen.»

«Gut.» Miguel berührte sie an der Schulter. «Falls du ihn noch mal siehst, falls er dir irgendwie zu nahe kommt, ruf mich an. Jederzeit.»

MONTAG, 25. AUGUST, 17:45 UHR

Toby! Toby, bei Fuß!» Verdammter Mistköter! Gerard McDougall folgte seinem Retriever fluchend ins Unterholz.

Schon nach wenigen Schritten sah er, was den Hund so aus der Fassung gebracht hatte. Ein totes Kaninchen. Der steife Körper war am Bauch aufgerissen, doch das Gewimmel unzähliger Maden ließ ihn lebendig wirken.

Gerard stieß erleichtert Luft aus. Dem Himmel sei Dank! Bei der Hysterie wegen des verschwundenen kleinen Mädchens hatte er Schlimmeres befürchtet.

Er ließ Toby ein wenig schnuppern, dann nahm er ihn an die Leine und zog ihn von dem Tierkadaver weg zurück auf den Weg.

Als sie bei der Lichtung ankamen, auf der er früher öfter mit Kathy gepicknickt hatte, fing der Hund erneut an zu kläffen und zerrte unruhig an der Leine. Was denn nun schon wieder?

«Toby! Lass den Blödsinn!»

Aber der Hund ließ sich nicht beruhigen.

Also würden sie auch dieses tote Kaninchen begutachten müssen. «Meinetwegen, alter Junge, zeig mir, was du gefunden hast.»

Resigniert ließ Gerard sich von dem Retriever zwischen den Heidebüschen hindurchführen, bis zu einer kleinen Mulde. Doch diesmal war es kein Kaninchen.

«Fuck! Oh, fuck! Fuck!» Gerard taumelte rückwärts, zog den Hund mit sich.

Noch bevor er wieder auf dem Weg war, kapitulierte sein Magen. Er erbrach sich so lange, bis nur noch Galle kam. Mit zitternden Fingern tastete er nach seinem Mobiltelefon. Das Gespräch dauerte weniger als eine Minute. Er lehnte sich an einen Baumstamm, wartete darauf, dass sein Atem sich normalisierte. Er wagte nicht, zu der Lichtung zurückzuschauen. Er wusste auch so, dass er diesen Anblick sein Leben lang nicht vergessen würde.

MONTAG, 25. AUGUST, 19:23 UHR

Herr Seltz, wo ist das?» Starck knallte ein Notebook vor ihn auf den Tisch.

Er warf nur einen kurzen Blick auf den Bildschirm. Kelly. Sie sah nicht gut aus. Er presste die Lippen zusammen.

Starck ließ sich ihm gegenüber nieder und beugte sich vor. «Herr Seltz. Ich weiß, dass ich Ihnen nichts erzähle, was Sie nicht schon wissen, aber ich möchte es trotzdem noch einmal betonen: Das hier auf dem Bildschirm ist live. Den Link haben wir auf Ihrem Computer gefunden. Das Mädchen ist nackt und gefesselt. Sie bewegt sich nicht, aber wir glauben, dass sie noch lebt. Wir müssen sie finden. Sofort.»

Kai-Uwe blickte auf. «Ich kann Ihnen nicht helfen.»

«Sie wissen, wo das Mädchen sich befindet.»

«Wie kommen Sie darauf? Ich habe das zufällig im Internet gefunden.» Ein schwacher Versuch.

«Oh nein, Herr Seltz. Ich habe mir das genau von unseren Technikfreaks erklären lassen. Sie haben ein Programm auf Ihrem Rechner, mit dem Sie den Rechner steuern, der mit dieser Kamera verbunden ist. Für mich heißt das, dass Sie auch dieses Mädchen entführt, ausgezogen, gefesselt und weiß Gott was noch mit ihr angestellt haben.»

«Das können Sie mir nicht nachweisen.»

«Wir werden den Computer lokalisieren. Aber wir wissen nicht, ob wir schnell genug sind, um die Kleine zu retten. Technische Schwierigkeiten und grenzüberschreitender Papierkram.» Starck klappte den Rechner zu. «Noch lebt das Mädchen», sagte er eindringlich. «Noch ist es kein Mord.»

Scheiße! Was, wenn der Bulle log? Das könnte eine Falle sein, um ihn zu einem Geständnis zu bewegen. Er hatte ihnen eine vollständige Liste seiner Kunden geliefert. Aller Kunden. Sie konnten ihm wirklich nicht vorwerfen, dass er nicht kooperierte. Bisher war er nur der Fotograf. Aber wenn sie sein geheimes Studio unter die Lupe nahmen, würden sie schnell herausfinden, dass Kelly nicht das erste Mädchen war, das er dort festhielt. Da half es vermutlich auch nicht mehr viel, dass die anderen Nutten gewesen waren, die sich nicht beschwert hatten. Nein. Sie durften das Studio nicht finden. Niemals. Pech für Kelly.

DIENSTAG, 26. AUGUST, 08:32 UHR

Der Anruf kam, als Liz unter der Dusche stand. Als sie Burntislands Büronummer auf dem Display erkannte, wusste sie sofort, dass etwas passiert sein musste. Zuerst dachte sie, ihr Chef hätte von ihrem geheimen Deal mit DCI Wickham erfahren und wolle sie zur Rede stellen. Sie formulierte bereits Erklärungsversuche, als Burntisland sagte: «Es gibt wieder ein totes Mädchen.»

«Oh mein Gott!», murmelte Liz. «Sie wurde gefunden?»

«Ah, Sie wissen Bescheid», schloss Burntisland. «Umso besser. Ja, die sterblichen Überreste von Keira Robertson wurden gestern in den Londoner Lesnes Abbey Woods entdeckt. Das Mädchen war genauso hergerichtet wie die Leiche von Eileen Simmons. Das weiße Nachthemd, die Blumen. Alles stimmte. Auch die Details, die die Polizei nie an die Öffentlichkeit gegeben hat. Sie wissen, was das bedeutet, Liz?» Er ließ ihr keine Zeit für eine Antwort. «Derek McGee steht erneut unter Verdacht. Die Kleine ist praktisch vor seiner Haustür ermordet worden. Und er hat kein Alibi. Die Polizei ist fest entschlossen, ihn diesmal festzunageln.»

«Ich verstehe.» Liz presste die linke Faust gegen die Stirn.

«Es ist ein Segen, dass Sie gerade in Deutschland sind», fuhr ihr Chef fort. «Bleiben Sie noch ein Weilchen. Ist besser so. Wir halten hier die Stellung.»

Liz hätte dankbar sein sollen, dass Burntisland sich vor sie stellte. Vermutlich wäre sie das sogar gewesen, wenn sie nicht gewusst hätte, dass er ihr die Sache mit dem Bekennerschreiben verschwieg. Kein Wort davon, dass die Polizei wieder ein Gutachten von ihm angefordert hatte.

Sie legte das Telefon weg und kroch unter die Bettdecke,

nackt und nass, wie sie war. Und dann wurde ihr bewusst, was Burntisland gesagt hatte. Keira Robertsons Leiche wurde gestern gefunden. Hatte Wickham etwa schon davon gewusst, als er sie anrief? Doch warum hätte er ihr das verschweigen sollen?

Sie kroch noch tiefer unter die Decke. Am Abend zuvor hatte sie sich den Brief angesehen. Die wenigen Sätze waren brutal und menschenverachtend, aber auf eine andere Art als in dem ersten Schreiben. Es war noch zu früh für ein endgültiges Urteil, aber Liz vermutete stark, dass der Brief nicht von Derek McGee stammte. Also blieben zwei Möglichkeiten: ein Wichtigtuer, der nichts mit der Sache zu tun hatte, oder der wahre Täter, der den Verdacht auf McGee lenken wollte.

Liz richtete sich im Bett auf. Sollte sie Wickham anrufen? Sicherlich wartete er nun erst recht auf ihre Einschätzung. Andererseits wollte sie sich nicht festlegen, solange sie nicht sicher war.

Das Handy klingelte erneut, bevor sie eine Entscheidung treffen konnte. Es war David. Er schlug ihr vor, die Praxis für einen Tag einer Vertretung zu überlassen und sofort nach Düsseldorf zu fliegen.

«Ich möchte nicht, dass du irgendetwas in dich hineinfrisst», sagte er.

«Keine Sorge, dafür habe ich gar nicht die Muße.» Sie bemühte sich um einen lockeren Tonfall, doch David fiel nicht darauf herein.

«Ich kenne dich, Liz. Ich weiß, dass du den Tod von Keira Robertson nicht einfach so wegsteckst. Ich würde mich gern persönlich vergewissern, dass es dir gutgeht.»

«Es geht mir gut. Wirklich. Und ich habe alle Hände voll zu tun. Ich hätte gar keine Zeit für dich. In ein paar Tagen bin ich wieder zu Hause, David. Dann sehen wir uns. Ich freue mich auf dich.»

Kaum hatte sie das Telefon wieder weggelegt, klingelte es zum dritten Mal. Doch diesmal kam der Anruf nicht aus England.

Es war Stadler. «Ich stehe in der Hotellobby. Kannst du runterkommen?»

«Ich bin noch nicht angezogen.»

«Beeil dich.» Seine Stimme klang merkwürdig. Gepresst, so als stünde er unter großem Druck.

«Ist etwas passiert?», fragte sie vorsichtig.

«Es gibt ein totes Mädchen.»

«Ich weiß.» Liz schlang die Bettdecke enger um ihre Schultern. Sie wollte nicht, dass Stadler sich in ihre Angelegenheiten einmischte. Es genügte völlig, wenn David sich Sorgen um sie machte.

«Du weißt Bescheid? Das kann nicht sein! Sie wurde erst vor einer halben Stunde gefunden. Ich selbst bin gerade erst unterrichtet worden.»

In dem Augenblick wurde ihr klar, dass Stadler nicht von Keira Robertson sprach. «Ich glaube, ich meinte ein anderes Mädchen als du.»

«Oh nein!», sagte Stadler mitfühlend. «Die Kleine, die in London verschwunden ist?»

«Sie wurde gestern Abend tot aufgefunden. Ich hab's vor ein paar Minuten erfahren.»

«Das tut mir leid.»

Liz presste die Lippen zusammen. Ein weiteres Wort, und sie würde in Tränen ausbrechen. Keinesfalls wollte sie sich schon wieder von Stadler trösten lassen. Schnell wechselte sie das Thema. «Und was ist mit dem Mädchen, von dem du gesprochen hast?»

«Erzähle ich dir im Auto. Wir werden am Tatort erwartet. Bitte mach schnell.»

DIENSTAG, 26. AUGUST, 08:52 UHR

Während Stadler den Wagen über die Kniebrücke aus der Stadt lenkte, berichtete er Liz in knappen Worten, was er wusste. Danach verfiel er in Schweigen, dachte darüber nach, ob er etwas hätte tun können, um diesen Mord zu verhindern. Er kam nicht darauf, wo ihm bei den Ermittlungen ein Fehler unterlaufen sein könnte. Er wusste nur eins: Er hatte gründlich versagt. Was für eine Ironie! Er suchte nach einem Mörder, der es auf Versager abgesehen hatte, dabei war er selbst der größte Versager von allen. Ein alternder Weiberheld, dessen Menschenkenntnis weder privat noch beruflich viel hermachte. Vielleicht war das die Botschaft hinter den Taten: Kriminalhauptkommissar Georg Stadler ist seinem Job nicht gewachsen. Er ist eine Enttäuschung. Eine Fehlbesetzung. Georg Stadler ist ein Versager.

Sie trafen zeitgleich mit Birgit, Zoe und Miguel am Fundort ein, einem kleinen, verfallenen Gebäude am Rand eines Feldwegs, wohl ein alter Stall oder Schuppen, etwa sieben Kilometer südwestlich von Erkelenz.

«Er hat sein Operationsgebiet verlassen», stellte Stadler grimmig fest und knallte die Wagentür zu. «Ist nach Süden ausgewichen.»

«Das glaube ich nicht», widersprach Liz. «Wir haben das Gebiet nicht korrekt definiert. Oder besser gesagt, zu eng eingegrenzt.»

«Ändert nichts am Ergebnis.»

«Aber es verrät uns einiges.»

«Ach ja?»

«Ich finde es sehr interessant, dass er sich in diese Richtung bewegt hat. Zurück zum Ursprung. Wenn man diesen Tatort einbezieht, befindet sich der Fundort der ersten Leiche fast genau im Zentrum seines Aktionsgebiets.»

«Schön, dass sich wenigstens einer von uns freuen kann. Ich finde nichts faszinierend daran, dass ein junger Mensch zu Tode gefoltert wurde, weil wir den Täter nicht rechtzeitig ausfindig gemacht haben.» Noch bevor er zu Ende gesprochen hatte, wurde ihm bewusst, wie unfair es war, seinen Frust an ihr auszulassen. Zumal sie sich auch noch für das tote Mädchen in England verantwortlich fühlen musste. «Entschuldige, ist mir rausgerutscht. Ich bin wütend auf mich selbst.»

«Schon okay.»

Er dachte nach. «Könnte auch bedeuten, dass wir das Gebiet falsch eingegrenzt haben, weil uns ein Opfer fehlt. Das nämlich, zu dem die zwei Finger gehören, die mir geschickt wurden. Was meinst du?»

«Könnte sein.»

Sie stießen zu den anderen, die mit einem Streifenpolizisten sprachen, der an der Absperrung wartete.

«Das Opfer ist ein junges Mädchen», erklärte der Kollege gerade. «Der Arzt schätzt sie auf fünfzehn oder sechzehn.»

Birgit stöhnte leise auf.

«Sie ist noch nicht identifiziert, aber es gibt eine Vermisstenmeldung, die passt.» Er blätterte in einem Notizblock. «Pia Hornus aus Schwanenberg. Das liegt einige Kilometer nördlich von hier. Verschwunden seit Samstagnacht. Sie war mit drei Freundinnen unterwegs. Ein Vater wollte die vier abholen. Aber sie haben sich gestritten, und Pia ist allein losgezogen. Das war so gegen elf. Danach hat sie niemand mehr gesehen.»

Sie bedankten sich bei dem Kollegen und gingen auf das Gebäude zu. Die KTU war bereits vor Ort und sicherte Spuren.

«Warum ist die Vermisstenmeldung nicht bei uns gelandet?», fragte Birgit.

«Sie muss bei uns eingegangen sein», antwortete Stadler. «Ich habe veranlasst, dass sämtliche Vermisstenmeldungen in NRW an uns weitergeleitet werden, wenn das Alter passt. Einer von uns hat gepennt und sie aussortiert. Vermutlich weil die Merkmale nicht ganz stimmten. Sie war mit Freundinnen unterwegs. Keine Einzelgängerin also.»

«Es hätte nichts geändert, wenn wir die Meldung früher auf dem Tisch gehabt hätten», sagte Miguel.

«Ich hoffe, du hast recht.» Birgit zog ihre Strickjacke enger um ihren Körper, obwohl es nicht kalt war.

Sie hatten den Schuppen fast erreicht und machten wie auf ein stummes Kommando halt.

«Er stand unter Druck.» Liz suchte mit den Augen die Umgebung ab.

Stadler folgte ihrem Blick. Felder, soweit das Auge reichte. Ein Hof ein Stück weiter den Weg hinunter, dahinter, in einer Senke, eine kleine Ortschaft. Im Osten ein gutes Dutzend Windräder. «Wie kommst du darauf?»

«Er hat sich nicht die Zeit genommen, in Ruhe auszuwählen. Weder den Tatort noch das Opfer. Bisher hat er nie in einem geschlossenen Gebäude getötet, sondern immer unter freiem Himmel. Möglich, dass er das Mädchen gar nicht in sein Versteck, sondern gleich hierhergebracht hat. Wahrscheinlich hat ihn die schiefgelaufene Entführung von Fabian Hesse gestresst. Aber das kann nicht der einzige Grund sein. Bestimmt hat er im Laufe der Zeit viele Jugendliche aufgegabelt und aus unterschiedlichen Gründen laufen lassen. Aber diesmal hat er überstürzt gehandelt. Er hat die Kontrolle verloren. Er brauchte Selbstbestätigung. Er musste dringend ein neues Opfer in seine Gewalt bekommen. Also ist er herumgefahren und hat die erstbeste Jugendliche aufgegriffen, auf die er gestoßen ist, ohne darauf zu achten, ob sie überhaupt in sein Muster passt.»

«Das verheißt wohl nichts Gutes?», fragte Zoe leise.

Liz löste ihren Blick von den Feldern und sah die Praktikantin an. «Es ist immer ein schlechtes Zeichen, wenn der Täter aufhört, sich an seine eigenen Regeln zu halten.»

«Was könnte ihn so aus dem Konzept gebracht haben?», fragte Miguel.

«Womöglich etwas ganz Alltägliches. Ärger mit dem Vermieter oder dem Chef. Ein nichtiger Anlass genügt manchmal als Trigger.» Sie zögerte. «Oder unsere Ermittlungen.»

«Du meinst, wir könnten ihm näher sein, als wir ahnen?», hakte Zoe nach. «Das wäre doch ein gutes Signal, oder?»

«Nicht für Pia Hornus», blaffte Stadler. Im gleichen Augenblick biss er sich auf die Zunge. Verdammt, was war nur mit ihm los?

Zoe senkte betroffen den Blick.

Birgit räusperte sich. «Sollen wir?»

Schweigend stiegen sie in die Schutzanzüge und liefen den markierten Pfad entlang, bis sie durch die eingefallene Mauer in den Schuppen blicken konnten.

Stadler hielt entsetzt die Luft an. Pia Hornus sah aus, als wäre sie gekreuzigt worden. Ihr nackter Körper war an eine Art Metallgestell gefesselt, das an der Wand montiert war. Vermutlich hatte es früher einmal dazu gedient, Vieh anzubinden. Die Fesseln waren um die ausgebreiteten Arme geschlungen und hielten den toten Körper aufrecht. Allerdings reichte das Mädchen ihm nur bis zur Brust, weshalb er annahm, dass sie kniete. Er ging ein Stück um das Gestell herum, um besser zu sehen.

Plötzlich gab Zoe ein würgendes Geräusch von sich, und im gleichen Augenblick begriff er: Das Mädchen kniete nicht. Ihre Unterschenkel waren weg. Der Täter hatte sie abgehackt.

Zoe stürzte zurück auf den Feldweg. Miguel folgte ihr, hielt sie fest, während sie sich erbrach. Stadler sah zu Birgit und Liz.

Birgit starrte mit zusammengepressten Lippen in Richtung Feldweg, Liz hielt die rechte Faust vor den Mund gedrückt und betrachtete die Tote eingehend. Sie war kreidebleich, wirkte aber gefasst.

Ein Kollege von der KTU näherte sich.

«Sieh nach, ob in ihrem Rachen ein Stück Zeitung steckt», forderte Stadler ihn auf.

«Sollte das nicht lieber in der Rechtsmedizin gemacht werden?», fragte der Techniker zurück.

«Ich will es sofort wissen.»

Der Mann wandte sich ab und kehrte wenig später mit einer Pinzette zurück. «Hilf mir, ihren Mund aufzuhalten, Georg.»

Stadler streifte Handschuhe über, packte die Tote an Kinn und Stirn und sperrte ihr den Mund auf. Der Kollege stocherte mit der Pinzette in ihrem Rachen herum. Ganz behutsam, um es nicht zu zerreißen, zog er ein zusammengeknülltes Stück Papier hervor, glättete es vorsichtig und schob es in einen Klarsichtbeutel, den er Stadler reichte.

Stadler sah zu Liz. «Irgendeine Vermutung?»

Sie nahm die Faust vom Mund. «Lügen haben kurze Beine», flüsterte sie, ohne zu zögern.

«Wäre auch mein Tipp gewesen.» Er betrachtete das Blatt. Einige Buchstaben waren durch die Feuchtigkeit verschmiert, doch es gab keinen Zweifel. Obwohl er genau diese Worte erwartet hatte, schockierte es ihn, sie schwarz auf weiß zu sehen. «Dieses Drecksschwein», stieß er hervor.

Birgit trat zu ihm. «Wir kriegen ihn.»

Er nickte, drückte dem Kollegen von der KTU den Beutel in die Hand. Dann trat er wieder zu der Toten. Der nackte Körper wies dort, wo er nicht mit Blut bedeckt war, Folterspuren auf, ähnlich denen von Jonathan Geissler. Hämatome, Schürfwunden und Brandmale überzogen die Brust und die Arme. Ein tiefer, seitlich angesetzter Schnitt in den Hals zeigte, woran das Mädchen vermutlich gestorben war.

Miguel kam zurück. «Zoe sitzt im Wagen.» Er zog den Reißverschluss des Schutzanzugs auf, griff in seine Hemdtasche und fischte ein Foto heraus. «Außerdem hat ein Kollege das hier organisiert. Ein Bild der Vermissten.»

Stadler warf einen Blick auf das Foto und nickte. Trotz der entstellten Gesichtszüge der Toten gab es keinen Zweifel. Es war Pia Hornus. «Würdest du mit Birgit zu den Eltern fahren? Und nehmt Zoe mit. Ich möchte mich mit Liz noch eine Weile hier umsehen.» Er ließ seinen Blick über die eingefallene Mauer schweifen. «Er ist hier. Ich spüre ihn. Es ist fast, als könnte ich ihn riechen.»

Miguel steckte das Foto wieder weg. «Die KTU hat übrigens am Wegesrand frische Reifenspuren gefunden. Irgendeine Sondergröße.»

«Sehr gut.»

Miguel wandte sich zum Gehen. «Okay, wir machen uns dann mal auf den Weg. Birgit, kommst du?»

Sie reagierte nicht, blickte nicht einmal auf. «Die Fesseln», murmelte sie tonlos. «Schaut euch an, womit sie an dieses Gestell gebunden ist.»

Stadler beugte sich vor, sodass er die Arme der Toten besser sehen konnte. Zunächst hielt er es für breite schwarze Schnüre, doch dann begriff er.

«Verfluchter Mist! Das sind Fahrradschläuche.»

DIENSTAG, 26. AUGUST, 11:24 UHR

Irgendwo tropfte es. Platsch, platsch. Das Geräusch klang hohl, schien von den Wänden widerzuhallen. Kelly leckte sich über die aufgesprungenen Lippen. Wasser! Wieder platschte es. Irgendwo ganz in der Nähe musste Wasser sein! Kelly zwang sich, die schweren Augenlider zu öffnen. Erschrocken zog sie Luft ein. Ihr Gefängnis schien gewachsen zu sein, erstreckte sich so weit, dass sie die hintere Wand nicht erkennen konnte. Riesige Gebilde füllten den Raum, die vorher nicht da gewesen waren. Verdammt, was war das?

Wieder tropfte es. Platsch, platsch. Die Tropfen klatschten so laut auf den Boden, dass Kelly sich am liebsten die Ohren zugehalten hätte. Doch dazu hatte sie nicht die Kraft. Sie starrte die merkwürdigen Gebilde an. Sie sahen aus wie Felsen. Glänzende, nasse Felsen. Alle unterschiedlich groß. Einige hingen von der Decke herunter, andere wuchsen aus dem Boden empor. Solche Gebilde hatte sie schon gesehen. Aber wo?

Kelly suchte in ihrem Kopf nach den Namen. Sta… Stala… Stalagmiten und Stalaktiten. Das hier war eine Höhle! Eine Tropfsteinhöhle! Deshalb war es so kalt! Deshalb kam niemand, um sie hier herauszuholen!

Platsch, platsch, platsch. Plötzlich setzten sich die Gebilde in Bewegung. Sie kamen auf sie zu! Entsetzt rutschte Kelly nach hinten, doch etwas Hartes hinderte sie daran, zurückzuweichen. Die Stalagmiten kamen näher und näher.

Kelly schrie. Doch kein Laut entwich ihrer Kehle. Die Gebilde waren jetzt fast bei ihr. Wieder schrie sie. Diesmal produzierten ihre Stimmbänder ein Geräusch, aber es war nicht mehr als ein heiseres Krächzen.

«Mama», wimmerte Kelly. «Mama, hilf mir.»

DIENSTAG, 26. AUGUST, 13:38 UHR

Liz beobachtete, wie Georg Stadler Anweisungen erteilte, dafür sorgte, dass jede noch so kleine Spur gewürdigt wurde, und über Funk veranlasste, dass sämtliche Fahrradgeschäfte und Zweiradwerkstätten zwischen Aachen, Köln und Düsseldorf ausfindig gemacht und unter die Lupe genommen wurden. Gerade telefonierte er mit dem Staatsanwalt. Es war, als hätte jemand einen Schalter umgelegt. Er wirkte energiegeladen und voller Unternehmungsgeist. Keine Spur mehr von Zweifeln oder Selbstvorwürfen. Doch sie wusste, dass dies nur die Hochphase vor dem nächsten, noch tieferen Absturz war, falls sich nicht endlich ein Ermittlungserfolg einstellte.

Liz blickte nach oben. Der Himmel, der am Morgen blau gewesen war, hatte sich zugezogen, doch noch regnete es nicht. Glück für die Spurensicherung. Seitdem sie am Tatort angekommen waren, hatte Liz kaum einen Gedanken an das tote Mädchen in London verschwendet. Es erschien ihr so weit weg im Vergleich zu Pia Hornus, die nur wenige Schritte entfernt in dem Schuppen bestialisch ermordet worden war. Und im Vergleich zu Georg Stadler, der jederzeit wieder von manischer Betriebsamkeit in depressiven Weltschmerz kippen konnte.

Heute Abend allerdings würde sie sich mit Keira Robertson beschäftigen, sich noch einmal das Bekennerschreiben vornehmen, damit sie DCI Wickham eine halbwegs fundierte Einschätzung geben konnte. Die Sache bereitete ihr Magenschmerzen. Warum hatte sie so leichtfertig zugesagt? So viel Verantwortung und weder die Zeit noch die Ruhe, gründlich zu arbeiten!

Wie auf Kommando klingelte ihr Telefon.

«Hallo, Liz, hier ist Marc Wickham. Es ist etwas passiert: Keira Robertsons Leiche wurde gefunden.»

Er hatte sie also gestern am Telefon nicht angelogen. «Ich habe schon davon gehört. Mein Chef hat mich informiert.»

«Haben Sie ihm ...»

«Von unserem Arrangement erzählt? Natürlich nicht. Ich möchte meinen Job behalten, wenn es geht.»

«Und? Haben Sie schon etwas für mich?»

«Ich habe mir das Schreiben angesehen, aber nur flüchtig. Ich komme erst heute Abend wieder dazu. Hier wurde auch gerade eine Tote gefunden.»

«Sod it!»

Liz sah, wie Stadler ihr mit einer Karte zuwinkte.

«Ich muss Schluss machen», sagte sie. «Ich melde mich, sobald ich etwas für Sie habe.»

Sie trat zu Stadler neben den Mustang.

«Lass uns noch einmal einen Blick auf die Tatorte werfen», sagte er und breitete die Karte auf der Kühlerhaube aus. Mit einem Filzstift markierte er vier Punkte. «Du hast richtig gelegen, was den ersten Tatort angeht. Jetzt, wo sich der Aktionsradius des Täters nach Süden ausgedehnt hat, liegt diese Stelle fast genau im Zentrum. Vielleicht wohnt er ja noch immer irgendwo in der Nähe. Zu blöd, dass uns ein Tatort fehlt. Sonst könnten wir das Gebiet noch besser eingrenzen.»

«Ich bin mir nicht so sicher, dass es noch einen Tatort gibt», sagte Liz vorsichtig.

«Kein weiteres Opfer?», fragte Stadler. «Und die Finger?»

Liz zögerte. Sie glaubte nicht, dass die beiden Finger von einem Opfer stammten, das noch nicht gefunden wurde, auch wenn es für diese Theorie gute Argumente gab. Ihre Vermutung bewegte sich in eine viel gewagtere Richtung.

Stadler sah sie an. «Spuck's aus!»

«Ich nehme an, dass sie vom Täter stammen.»

«Er hat sich selbst die Finger abgehackt?» Stadler sah sie ungläubig an.

«Ich halte es für möglich, ja.»

Stadler nickte langsam. «Okay. Mal angenommen, es ist so. Was bedeutet das? Warum verstümmelt er sich selbst?»

«Dafür kann es verschiedene Gründe geben. Wir wissen ja nicht einmal, wann er es getan hat. Theoretisch könnte die Selbstverstümmelung schon sehr lange zurückliegen. Erinnere dich, was im Bericht der Rechtsmedizin stand. Die Finger waren unter Umständen jahrelang tiefgefroren.»

«Dann hätte die Selbstverstümmelung gar nicht unmittelbar mit den Morden zu tun?»

«Schwer zu sagen. Es war womöglich eine Selbstbestrafung. Nach der ersten Tat. Oder nach irgendeinem anderen schrecklichen Versagen.»

Stadler runzelte die Stirn. «Leider kann ich mich nicht erinnern, je mit einem Verdächtigen zu tun gehabt zu haben, dem ein oder mehrere Finger fehlten. Aber ich bin mir sicher, dass ich diesen Mörder kenne. Oder dass er zumindest glaubt, dass ich ihn kennen sollte.»

«Vielleicht ist das mit den Fingern erst später passiert.»

Ein Kollege von der KTU näherte sich.

«Was gefunden?», fragte Stadler.

«Wie man's nimmt.» Der Mann zog seine Handschuhe aus, streifte die Kapuze des Schutzanzugs vom Kopf und wischte sich den Schweiß von der Stirn. «Eines Tages erstickt einer von uns in dieser Mobilsauna.»

«Aber nicht heute. Ich brauche jeden von euch.»

«Kein Herz, dieser Mann.» Der Techniker sah zu Liz. «Wie halten Sie es den ganzen Tag mit diesem Monster aus?»

«Ich kenne alle seine Schwächen», antwortete sie grinsend.

«Können wir bitte zur Sache kommen?», unterbrach Stadler das Geplänkel.

«Klar, Chef.» Der Mann zwinkerte Liz zu, bevor er sich erneut an Stadler wandte. «Wir haben wieder Urinspuren gefunden. In einer Ecke des Schuppens, etwa achtzig Zentimeter von der Toten entfernt.»

«Auf dem Boden?», fragte Liz. «Oder auch an der Wand?»

«Nur auf dem Boden. Ein ziemlich gleichmäßiger runder Fleck.»

Als der Kriminaltechniker sich entfernt hatte, fragte Stadler. «Und? Was hältst du davon?»

«Ich weiß nicht recht. Schon möglich, dass das Töten so lang gedauert hat, dass der Täter sich zwischendurch erleichtern musste. Was ist mit dem Urin von dem anderen Tatort? Wurde schon geklärt, ob er vom Opfer stammt?»

«Keine Chance. Nur verunreinigte Spuren.»

«Verstehe. Vielleicht haben wir diesmal mehr Glück. Wissen wir schon, woran Pia gestorben ist?»

«Sie ist vermutlich verblutet.»

«Wie Jonathan Geissler also.» Liz sah nachdenklich in Richtung des Schuppens. «Ich denke, der Täter hat sich mindestens eine halbe Stunde hier aufgehalten. Er hat Pia festgebunden, ihr die Zeitung in den Mund gesteckt, ihr die Unterschenkel abgetrennt, ihr mit dem Hammer auf den Hinterkopf geschlagen und ihr dann die Kehle aufgeschlitzt. Danach hat er gewartet, bis sie sicher tot war. So betrachtet, wäre es möglich, dass er zwischendurch seine Blase leeren musste. Aber irgendetwas daran stört mich. Ein Urinfleck auf dem Boden spricht nicht für einen Mann, der in die Ecke pinkelt, weil kein Klo in der Nähe ist. In dem Fall wäre auch die Wand vollgespritzt.»

«Also das Opfer, das sich aus Angst einnässt?»

«Sieht so aus.»

«Vielleicht macht der Täter etwas mit ihnen, kurz bevor er sie fesselt, das sie dazu veranlasst, ihre Blase zu entleeren.»

«Ja, das wäre möglich.» Liz hatte noch eine andere Idee, doch die wollte sie vorerst für sich behalten. Erschöpft lehnte sie sich mit dem Rücken gegen das Auto und schloss die Augen. Allmählich machte sich der doppelte Schock des Tages bemerkbar, ihre Kräfte ließen nach.

«Ich glaube, wir sollten aufbrechen», hörte sie Stadlers Stimme dicht neben ihrem Ohr. «Wenn du möchtest, setze ich dich im Hotel ab, damit du dich etwas ausruhen kannst.»

Sie öffnete die Augen. Er stand vor ihr, faltete die Karte zusammen.

«Ausruhen kann ich mich, wenn wir den Kerl gefasst haben», sagte sie.

Er trat näher, strich ihr mit der Hand eine Haarsträhne aus dem Gesicht. Die Berührung war flüchtig und doch so intim, dass sie Liz auf der Haut prickelte. «Meinetwegen. Dann also aufs Präsidium.» Er zog einen Schlüssel aus der Hosentasche und öffnete mit der Fernbedienung den Wagen. «Aber ich behalte dich im Auge. Wenn ich das Gefühl habe, dass du eine Pause brauchst, liefere ich dich höchstpersönlich im Hotel ab.»

DIENSTAG, 26. AUGUST, 21:43 UHR

Birgit starrte durch das Wagenfenster hoch zur zweiten Etage. Vor einer halben Stunde hatte sie noch mit Miguel über den Spanner gescherzt. Oder besser gesagt, sie hatte versucht, witzig zu sein, es leicht zu nehmen, um das Bild aus dem Kopf zu bekommen, wie er Zoe die Haare aus dem Gesicht hielt, während sie sich am Straßenrand übergab.

Sie hatte versucht, sich einzureden, dass es reine Freundlichkeit war. Was würde sie von ihm denken, wenn er die Arme einfach sich selbst überlassen hätte? Aber es hatte nicht funktioniert. Nicht zusammen mit dem anerkennenden Blick, mit dem er Zoes knapp bekleideten Körper bei der Teambesprechung taxiert hatte.

Also hatte sie sich bemüht, lässig zu sein, es sportlich zu nehmen. Der weitere Mord und die damit verbundene Arbeit hatten ihr dabei geholfen. Bis vorhin, als sie sich auf den Heimweg gemacht hatten, kaputt und todmüde.

«Erhol dich gut», hatte Miguel zu ihr gesagt.

«Vielleicht leistet mein spezieller Freund mir ja Gesellschaft», hatte sie bemüht salopp geantwortet.

Doch er war völlig ernst geblieben. «Hoffentlich nicht.»

Und nun stand der Kerl völlig ungeniert dort oben am Fenster und starrte durch sein Fernglas.

Sie stieg aus und schloss den Wagen ab. Was sollte sie tun? Überall klingeln, bis der Richtige aufmachte, und ihn zur Rede stellen? Die Kollegen rufen? Oder Miguel?

Auf keinen Fall. Sie hatte nicht vor, sich weiter lächerlich zu machen.

Sie sah erneut nach oben, doch der Mann war verschwunden. Dafür ging mit einem Mal im Treppenhaus das Licht an.

Kurz darauf wurde die Haustür aufgerissen, und er kam über die Straße auf sie zu.

Abwartend blieb sie stehen, die Hand instinktiv an der Dienstwaffe.

«Hallo!», sagte der Mann. Von nahem sah er älter aus, als sie ihn geschätzt hätte, über fünfzig vermutlich, mit leichtem Bauchansatz.

Sie nickte zur Antwort.

«Sie sind doch Polizistin, oder?»

«Ja, wieso?» Langsam löste Birgit die Hand von der Waffe. Unwahrscheinlich, dass sie sie brauchen würde.

«Haben Sie mal gesehen, was hier los ist?» Er machte eine Handbewegung, die die gesamte Siedlung einschloss.

«Ich weiß nicht, was Sie meinen, Herr ...»

«Rossneck. Detlev Rossneck.» Er streckte die Hand aus, doch sie nickte nur.

«Ich versuche, hier nach dem Rechten zu sehen, aber es ist ein hoffnungsloser Kampf. Ich habe schon mit Ihren Kollegen gesprochen. Und mit dem Ordnungsamt natürlich auch. Aber glauben Sie, diese Schnarchnasen kümmern sich um irgendwas? Ist denen wohl zu weit draußen hier. Die spazieren lieber über die Kö.»

«Wovon sprechen Sie, Herr Rossneck?» Ihre Beklemmung hatte sich in Wut verwandelt. Vor allem auf sich selbst. Wie hatte sie diesen Wurm nur für gefährlich halten können? Was für eine Polizistin war sie eigentlich?

«Ich spreche von Falschparkern.»

«Falschparkern?» Birgit fielen fast die Augen aus dem Kopf. Dieser Clown hockte abends am Fenster, um Falschparker ins Visier zu nehmen?

«Diese Parkbuchten sind ausschließlich für die Mieter dieser Siedlung. Und immer wieder parken hier Fremde.»

«Fremde?» Birgit fehlten die Worte. Das Viertel war eine abgeschiedene Siedlung, rundherum von Feldern umgeben, hinter denen sich im Westen der Aaper Wald erhob. Erst dahinter begann die eigentliche Stadt. Hier mochte es einiges geben, aber bestimmt keine wild parkenden Fremden am späten Abend.

«Ja, irgendwelche Leute, die am Püttkamp oder am Mergelsberg wohnen.»

Das waren die beiden zentralen Straßen, die durch die Siedlung führten. Es ging also noch nicht einmal um Fremde, sondern um seine Nachbarn.

Birgit holte tief Luft, bevor sie antwortete. «Es tut mir leid, Herr Rossneck, aber da kann ich Ihnen nicht helfen. Ich arbeite im Kriminalkommissariat für Kapitalverbrechen. Solange Sie also keinen Mord zu melden haben oder zumindest einen Totschlag, bin ich nicht zuständig.»

Sie wandte sich ab und marschierte auf ihre Haustür zu. In ihrer Wohnung angekommen, musste sie plötzlich lachen. Sie ließ sich auf das Sofa fallen und lachte, bis ihr die Tränen kamen und aus dem Lachen ein Weinen wurde. Als sie sich endlich beruhigt hatte, zog sie die Wolldecke, die immer über der Armlehne lag, über ihren Körper, rollte sich zusammen und schlief augenblicklich ein.

DIENSTAG, 26. AUGUST, 23:14 UHR

Stadler setzte Liz vor ihrem Hotel ab. Da es ihr vor ihrem einsamen Hotelzimmer graute, hatte sie erst eingewilligt, sich dorthin bringen zu lassen, als ihr die Augen vor Müdigkeit zufielen. Bestimmt hätte sie auch auf Stadlers Sofa schlafen können, wenn sie ihn darum gebeten hätte, aber das unbestimmte Gefühl, dass das ein Fehler sein könnte, hielt sie davon ab, diesen Gedanken auszusprechen.

Den Rest des Tages hatte sie damit verbracht, die Tabelle zu ergänzen, die sie erstellt hatte, um die drei Morde miteinander zu vergleichen. Zuerst hatte sie die Daten der jüngsten Tat eingetragen, und danach hatte sie die Details, die bei allen Taten übereinstimmten, auf spezielle Weise markiert. Jetzt war sie völlig ausgelaugt.

Stadler hielt an, ohne den Motor abzustellen. «Versuch, sofort zu schlafen, okay? Kein Grübeln, keine Täterprofile. Die müssen bis morgen warten.»

Täterprofile. Plural. Er wusste genau, dass sie in Gedanken auch bei dem Mörder in England war.

«Ich gebe mir Mühe», versprach sie und fischte ihre Handtasche aus dem Fußraum. «Und was ist mit dir?»

«Ich kippe noch zwei oder drei Bier, dann habe ich auch die nötige Bettschwere.»

Sie sah ihn an. «Es war sehr beeindruckend, dich heute am Tatort zu erleben. Wie du zwei Dutzend Dinge gleichzeitig geregelt hast. Du hast echt was drauf.»

Er zog eine Braue hoch. «Ach ja?»

«Kannst du nicht mit Komplimenten umgehen?»

Sein Gesicht blieb ernst, doch in seinen Augen erkannte sie den Anflug eines Lächelns. «Kommt darauf an.»

«Worauf?»

«Ob ich einen Hintergedanken vermute.»

«Ich hatte keinen Hintergedanken.»

«Okay, ich glaube dir. Weil du es bist, Liz.» Er beugte sich vor und küsste sie auf die Wange. «So, ab ins Bett mit dir!»

«Gute Nacht, Boss.»

«Gute Nacht.»

Sie stieg aus und betrat das Hotel, ohne sich noch einmal umzudrehen. Als sie mit schnellen Schritten auf den Aufzug zulief, rief die junge Frau an der Rezeption ihr etwas zu.

«Ihr Mann wartet oben auf Sie, Frau Montario.»

Liz blieb abrupt stehen. Erinnerungen, Bilder von einem Fremden, der ihr in der Dunkelheit auflauerte, durchfluteten sie mit solcher Gewalt, dass sie wankte und sich an der Wand abstützen musste, um nicht zu fallen. Sie blickte zurück zu der gläsernen Eingangstür, doch Stadlers Mustang war bereits verschwunden.

«Mein Mann?», flüsterte sie beklommen.

«Ja, so hat er sich vorgestellt.» Die junge Frau wirkte plötzlich unsicher. «Er hat mir seinen Reisepass gezeigt. David irgendwas, stand darin, den Nachnamen habe ich vergessen. Aber ich dachte, da Sie doch auch aus England sind, würde es seine Richtigkeit haben.»

«David?», fragte Liz ungläubig.

«Ja. Ein großer, blonder, sehr sympathischer Herr. Ist er gar nicht Ihr Mann? Soll ich die Polizei rufen?»

«Nein. Alles in Ordnung. Ich hatte ihn nur nicht erwartet.»

Die junge Frau lächelte verlegen. «Er wollte Sie wohl überraschen.»

«Das ist ihm gelungen.»

Als Liz ihr Zimmer betrat, brannte nur die Nachttischleuchte und tauchte den Raum in warmes Dämmerlicht. David stand mit dem Rücken zum Fenster und sah sie an. Seine blauen Augen funkelten, in seinem Blick lag etwas Forschendes.

Liz schloss die Zimmertür. Auf dem Weg nach oben hatte sie nicht gewusst, ob sie sich freuen oder wütend sein sollte. Doch nun, als sie ihn sah, gab es keinen Zweifel mehr.

«David!» Sie warf sich in seine Arme. «Ich freue mich so, dass du gekommen bist.»

Er hielt sie fest. Eine Weile standen sie so da. Dann trat er zurück, fasste sie bei den Schultern und musterte sie. «Du siehst blass aus. Wenig Schlaf?»

«Der Fall ist verzwickt. Der Mörder hat sehr viele Hinweise am Tatort hinterlassen, und trotzdem fühlt es sich so an, als wären wir ihm noch keinen Schritt nähergekommen.» Sie senkte den Blick. «Und dann noch die Sache mit der kleinen Keira.»

«Du hast also bis jetzt gearbeitet?»

«Ja. Heute Morgen wurde ein weiteres Opfer gefunden. Ich habe das Täterprofil überarbeitet.» Sie sah zu ihm hoch, wieder fiel ihr auf, wie merkwürdig er sie ansah. War etwas passiert? Etwas Schlimmeres als die Entdeckung von Keiras Leiche? War er deshalb hier? «Was ist los, David?»

«Dieser Kommissar, für den du arbeitest, fährt einen ziemlich coolen Wagen. War doch der Kommissar, der dich hergebracht hat, oder?»

Das war es also! Liz schloss die Augen, ihre Freude, David zu sehen, war schlagartig verflogen. Wenn er hier aufgetaucht war, um ihr eine Szene zu machen, konnte er direkt wieder verschwinden. Ein eifersüchtiger Liebhaber fehlte ihr gerade noch.

«David, ich bin todmüde», sagte sie. «Lass uns ins Bett gehen, ja?»

«Ich habe gesehen, wie ihr euch geküsst habt.»

Liz machte sich von ihm los und begann, sich auszuziehen. «Wenn du es gesehen hast, dann weißt du ja auch, dass er mich auf die Wange geküsst hat. Georg Stadler ist ein Freund. Er ist so etwas wie ein großer Bruder für mich.»

«Wirklich?»

«Er ist mehr als zehn Jahre älter und außerdem ein Frauenheld. Auf solche Männer stehe ich nicht.»

«Aber er sieht verdammt gut aus.» David deutete auf eine Tageszeitung, die auf dem Nachttisch lag und die eine Großaufnahme von Stadler bei einer Pressekonferenz zeigte.

«Ach, David.» Sie knöpfte ihre Bluse auf.

Er trat zu ihr. «Ich könnte dir dabei helfen», sagte er leise und öffnete den letzten Knopf. «Und dabei.» Er küsste sie hinter das Ohr, zog gleichzeitig den Reißverschluss ihres Rocks auf und schob ihn ihre Beine hinunter.

«Ich bin wirklich müde», protestierte sie. Doch ihr Widerstand bröckelte.

«Ach ja?» Er hob sie hoch und trug sie zum Bett. «Das wollen wir doch mal sehen.»

«David, ich habe noch meine Stiefel an!»

«Hast du es etwa noch nie mit Stiefeln gemacht? Dann wird es aber Zeit.»

«Du bist verrückt.»

«Ja, nach dir.»

MITTWOCH, 27. AUGUST, 05:37 UHR

Die Sonne war noch nicht aufgegangen, als Stadler auf die Straße trat. Er hatte kurz, aber tief geschlafen und wirr geträumt. Sein Großvater hatte ihn durch die Straßen einer unbekannten, bedrohlich düsteren Stadt gejagt und ihm Lebensweisheiten hinterhergerufen.

Wer nicht kommt zur rechten Zeit, der muss nehmen, was übrig bleibt. Ohne Fleiß kein Preis. Was Hänschen nicht lernt, lernt Hans nimmermehr.

Stadler hatte sich die Ohren zugehalten. Vergeblich. Die Worte waren geradezu in ihn hineingekrochen, wie Würmer, die ihn von innen her auffressen wollten.

Irgendwann war er schweißgebadet aufgewacht. Die Uhr auf seinem Nachttisch hatte vier Uhr fünfundvierzig angezeigt. Da sein Wecker eine Viertelstunde später ohnehin geklingelt hätte, war er aufgestanden, hatte geduscht und sich einen extra starken Espresso zubereitet.

Er stieg in den Wagen und fuhr los. Zehn Minuten später betrat er das fast stille Präsidium. Nur aus der Wache waren verhaltene Geräusche zu hören. In seinem Büro fuhr er als Erstes den Rechner hoch und ging seine Mails durch.

Unter den Nachrichten war das Ergebnis eines Schnelltests: Der Urin aus dem Schuppen stammte nicht von einer Frau. Und eine Liste mit Geländewagen, die ein Kennzeichen hatten, das mit MG begann und mit der Ziffer Sieben endete. Die Liste war nicht sehr lang. Er rief in der Kriminaltechnik an, aber dort ging noch keiner ans Telefon. Stadler seufzte, dann machte er sich daran, die Halter abzutelefonieren. Die meisten riss er aus dem Schlaf, aber das war ihm egal.

Eine Stunde später waren acht Besitzer eines Geländewagens übrig, die er nicht erreicht hatte. Fast alle anderen hatte er aus den unterschiedlichsten Gründen aussortiert. Familienväter, alleinstehende Geschäftsfrauen, Rentnerehepaare.

Von denen, die er erreicht hatte, hatte er zwei rot unterstrichen. Der eine war ein junger Malergeselle, der auffällig nervös auf seine Anfrage reagiert hatte, der andere der Vater eines 19-jährigen Sohnes mit Führerschein. Laut freimütiger Auskunft des Vaters nutzte der Sohn den Geländewagen häufig.

Stadler versuchte es erneut in der KTU. Diesmal hob Jon Kugeler nach dem ersten Klingeln ab.

«Auch schon da?», fragte der Kriminaltechniker aufgeräumt.

«Wer sagt, dass ich überhaupt zu Hause war?», brummte Stadler zurück.

«Das nenne ich Einsatz, Georg. Willst du etwas Bestimmtes wissen?»

«Die Reifenspuren an dem Tatort von gestern. Habt ihr schon was dazu?»

«Ja, Moment mal.» Stadler hörte Papier rascheln, dann wieder Jons Stimme. «Also, wenn das der Wagen des Täters war, könnt ihr eure Theorie mit dem Kastenwagen vergessen. Der Radstand passt nicht. Und dieser spezielle Reifentyp zusammen mit dem Radstand findet sich nur bei einigen wenigen Modellen.»

«Welchen?»

Jon las die Namen vor. Es waren mehrere Geländewagen darunter, aber nur einer davon stand auf Stadlers Liste: Ein Jeep Wrangler. So einen Wagen fuhr der Vater des 19-jährigen Jungen, mit dem er gerade telefoniert hatte.

«Danke, Jon. Mail mir doch bitte die Liste.» Stadler legte auf.

Er dachte kurz nach, dann rief er den Wagenhalter erneut an. Bei seinem ersten Anruf hatte er erzählt, dass die Polizei im

Zusammenhang mit einem Verkehrsunfall nach Zeugen suche. Er blieb bei dieser Version. «Entschuldigen Sie bitte, dass ich Sie noch einmal störe, Herr Jahnke. Sie haben doch gesagt, dass Ihr Sohn häufig Ihren Jeep fährt. Ist er daheim? Könnte ich mit ihm sprechen?»

«Nein, das geht nicht. Er ist schon aus dem Haus. Auf dem Weg zur Schule.»

«Ich brauche die Adresse der Schule.»

«Der Junge ist doch nicht in Schwierigkeiten, oder?»

«Wie ich schon sagte: Ein Wagen, der Ihrer gewesen sein könnte, wurde in der Nähe eines Unfallortes gesehen. Es kann sein, dass Ihr Sohn eine wichtige Beobachtung gemacht hat.»

«Wenn Sie das sagen.» Der Mann diktierte ihm eine Anschrift in Mönchengladbach.

«Ist Magnus heute mit dem Jeep in die Schule gefahren?»

«Keine Ahnung. Moment!» Stadler hörte Schritte. «Er steht nicht in der Einfahrt. Sieht so aus.»

«Sie selbst benutzen das Auto nicht regelmäßig?»

«Nein, der Jeep ist das Spielzeug meiner Frau. Aber die ist in Urlaub. Ich nehme normalerweise den Cayman.»

Stadler legte auf. Ein verwöhntes, reiches Bürschchen also. Kein alter Bekannter. Der Name Magnus Jahnke sagte ihm zumindest nichts.

Stadler streifte seine Lederjacke über und verließ das Büro. Erst auf der Treppe fiel ihm auf, dass etwas nicht stimmen konnte. Magnus Jahnke war neunzehn. Wenn er wirklich der Täter war, wäre er beim ersten Mord erst neun Jahre alt gewesen.

MITTWOCH, 27. AUGUST, 07:52 UHR

In dem kleineren der beiden Obduktionssäle drängten sich zwei Rechtsmediziner, der Präparator, der Staatsanwalt sowie Birgit und Miguel um den Tisch.

Gerade hatten die beiden Ärzte mit der äußeren Leichenschau begonnen. Ein Aufnahmegerät, das unter Liebhabern von Unterhaltungselektronik aus den Achtzigern vermutlich Sammlerwert besaß, zeichnete jedes Wort auf. Pia war nackt, es gab keine Kleidungsstücke, die hätten beschrieben werden können. Also begannen sie gleich mit Haarfarbe und Haarlänge sowie mit der kleinen Schnittwunde neben dem Scheitel. Danach arbeiteten sie sich allmählich den Körper hinab. Der leitende Obduzent benannte die zahlreichen Hämatome, Schürfwunden und Brandmale, während sein Kollege ihre Breite und Länge vermaß.

Birgit gähnte verhalten. Sie hatte das Gefühl, dass die Zeit sich endlos in die Länge zog. Schon vor Jahren hatte sie sich angewöhnt, die Toten, die sie an Tatorten oder in der Rechtsmedizin zu Gesicht bekam, nicht als die lebensfrohen Menschen zu sehen, die sie noch kurz zuvor gewesen waren, sondern als einen Fall, den es schnellstmöglich zu klären galt. So war der Anblick leichter zu ertragen. Vor allem, wenn die Obduktion länger dauerte. Und danach sah es aus.

Dabei hasste sie es, tatenlos zuzusehen. Heute fiel es ihr besonders schwer. Nicht nur wegen des außergewöhnlichen Falls, sondern auch, weil sie sich davon ablenken wollte, wie miserabel es ihr ging. Sie hatte schlecht geschlafen, fühlte sich ausgelaugt. Und hässlich. Heute Morgen hatte sie weder Zeit noch Lust gehabt, sich hübsch zurechtzumachen, hatte die Haare hochgesteckt, damit sie nicht zu ungepflegt aussahen, und war in einen Jeansrock und ihren Wohlfühl-Schlabberpulli geschlüpft.

Miguel warf ihr einen verständnisvollen Blick zu. «Ich bin auch total kaputt», raunte er ihr zu.

Endlich war die äußere Leichenschau beendet. Sie brachte keine neuen Erkenntnisse, nur eine Bestätigung dessen, was sie schon wussten. Der Staatsanwalt verdrückte sich, als einer der Ärzte das Skalpell ansetzte. Doch Birgit und Miguel hielten bis zum Schluss durch.

Schließlich standen sie auf der Treppe vor dem Gebäude und unterhielten sich mit Schreiner, dem Rechtmediziner, der die Obduktion geleitet hatte.

«Können Sie schon irgendetwas über die Reihenfolge sagen, in der ihr die Verletzungen beigebracht wurden?», fragte Miguel.

«Sie wurde zuerst geschlagen, vermutlich mit verschiedenen länglichen Gegenständen», antwortete der Arzt. «Mit einem Stock oder Baseballschläger, möglicherweise auch mit einem Gürtel. Ich schätze, dass sie dabei gefesselt war. Sie hat Spuren von den Schlägen an den Unterarmen, jedoch nicht an den Oberarmen und Handgelenken, wo die Fesseln saßen.»

«Und der Finger?», wollte Birgit wissen. Auch Pia Hornus hatte der Täter einen Finger abgetrennt, den linken Zeigefinger.

«Schwer zu sagen. Doch da der Schnitt sehr sauber ist, nehme ich an, dass sie sich nicht gewehrt hat. Also war sie entweder irgendwo festgebunden oder bewusstlos. Allerdings gibt es in diesem Fall keine Hinweise darauf, dass der Heilungsprozess schon eingesetzt hatte. Wir sprechen also von einer perimortalen Verletzung.» Der Arzt zog an seiner Zigarette. «Gleiches gilt für die Unterschenkel.»

«Könnte er sie sediert haben?», fragte Birgit hoffnungsvoll.

«Möglich. Aber das wissen wir erst, wenn die Ergebnisse aus der Toxikologie vorliegen.»

«Und die Todesursache ist Verbluten?»

«So wie es sich im Augenblick darstellt, gehe ich davon aus. Durch die unsachgemäße Amputation der unteren Gliedmaßen wäre sie ohnehin verblutet, der Schnitt in die Halsschlagader hat diesen Vorgang beschleunigt.»

«Wann starb sie?», wollte Miguel wissen.

«Irgendwann im Laufe des Sonntags.» Schreiner schnippte die Kippe auf den Boden. «Am späten Vormittag vermutlich. Viel genauer kann ich es leider nicht eingrenzen.»

«Also hat er nur wenige Stunden gewartet, bis er sie umbrachte.» Birgit erinnerte sich an das, was Liz am Tatort gesagt hatte. «Er stand tatsächlich unter Druck.»

«Die Rückschlüsse überlasse ich Ihnen», sagte Schreiner.

«Sonst etwas, das wir wissen sollten, bevor der offizielle Bericht vorliegt?» Miguel trat von einem Fuß auf den anderen.

«Sie war schwanger. Aber in einem ganz frühen Stadium, zweite oder dritte Woche, so früh also, dass sie es womöglich selbst noch nicht wusste.»

MITTWOCH, 27. AUGUST, 09:26 UHR

Das Licht blendete so sehr, dass es in den Augen wehtat. Kelly wollte die Hände vors Gesicht schlagen, hatte aber nicht einmal die Kraft, die Arme zu heben. Sie versuchte zu schreien, doch ihre Lippen klebten aneinander.

Oh Gott, die Stalagmiten! Jetzt hatten diese grässlichen Gebilde sie erreicht und würden sie zerquetschen. Plattwalzen. Verschlingen.

«Kelly!», rief eine Stimme.

Diese Monster konnten sprechen! Kelly schloss die Augen, versuchte in die Traumwelt zurückzugleiten, aus der das Licht sie gerissen hatte. Sie wollte nichts mehr spüren, sie wollte einfach nicht mehr da sein.

«Kelly? Hören Sie mich?»

Die Stimme klang freundlich. Besorgt.

Noch bevor Kelly die Augen wieder öffnen konnte, um einen zweiten Blick zu riskieren, hörte sie weitere Stimmen. Doch sie verstand die Worte nicht. Sie klangen fremd. Und irgendwie verzerrt.

Ein Teil von ihr war davon überzeugt, dass das die Ausdrucksweise der menschenfressenden Stalagmiten sein musste. Aber ein anderer Teil bemerkte, dass sie diese Sprache schon einmal gehört hatte.

Wieder sagte jemand etwas zu ihr. «Kelly? Halten Sie durch, gleich ist Hilfe da.»

Jemand machte sich an ihren gefesselten Handgelenken zu schaffen. Er sprach dabei mit ihr, doch wieder verstand sie kein einziges Wort.

Dann plötzlich begriff sie. Das war Niederländisch! Sie öffnete die Augen. Das Licht blendete sie jetzt nicht mehr so stark, und sie erkannte einen Mann in Uniform, der vor ihr kniete und sie mitfühlend ansah.

Kelly wollte lachen und weinen vor Erleichterung, doch nur ein heiseres Gurgeln entwich ihrer Kehle.

«Schscht», sagte der Polizist. «Strengen Sie sich nicht an. Sie sind unterkühlt und ausgetrocknet. Sie werden jetzt ins Krankenhaus gebracht.»

In dem Moment machte es an ihren Handgelenken klick, und ihre Hände waren frei. Eine Gestalt, die Kelly nicht richtig erkennen konnte, reichte dem Polizisten eine Decke. Er wickelte sie ein und hob sie hoch. Noch bevor sie den schrecklichen Ort verließen, sank sie zurück in ihre Traumwelt. Doch diesmal war es ein gutes Gefühl.

MITTWOCH, 27. AUGUST: 09:53 UHR

«Ach, David, ich wünschte, ich könnte mit dir heimfliegen.» Liz lehnte sich zurück und nippte an ihrem Kaffee.

Sie hatten Frühstück aufs Zimmer bestellt und es sich gutgehen lassen. Wie in einer Zeitblase, in der die Realität ihnen nichts anhaben konnte.

«Dann mach es doch.» David stopfte sich einen Streifen gebratenen Speck in den Mund.

Die Blase platzte. «Ich habe hier einen Job zu erledigen. Es geht darum, einen Mörder zu ergreifen, der nicht aufhören wird zu töten.»

«Entschuldige.» David schluckte den Speck herunter. «Das war egoistisch von mir. Ich hätte dich gern wieder in meiner Nähe.»

«Dann bleib!», sagte Liz, obwohl sie wusste, dass es unmöglich war. «Sieh dir die Stadt an, bis ich heute Abend wiederkomme.»

«Auch ich habe einen Job. Allein für heute eine Vertretung zu finden war schwer genug.» David seufzte. «Beeil dich einfach mit der Mörderjagd.»

Liz verdrehte die Augen. «Ich versuche mein Bestes. Aber ich kann nichts versprechen. Das Täterprofil darf kein Schnellschuss werden, zu viel hängt davon ab, dass ich meine Arbeit gewissenhaft mache.» Sie fuhr sich durch das Haar. «Erst recht jetzt, wo ich nicht nur diesen Fall an der Backe habe.» Kaum waren die Worte heraus, biss sie sich auf die Lippe. Shit! Sie hatte doch versprochen, mit niemandem darüber zu reden!

David, der gerade Kaffee nachschenken wollte, setzte die Kanne ab und sah sie verblüfft an. «Welchen denn noch?»

Liz zögerte. «Das bleibt unter uns.»

«Klingt geheimnisvoll.»

«Versprich es.»

«Ich schwöre, über das, was du mir nun erzählst, zu schweigen.» Er hob die Finger zum Schwur.

«DCI Marc Wickham von Scotland Yard hat mich inoffiziell um meine Einschätzung gebeten. Bei der Polizei ist ein weiteres Bekennerschreiben eingegangen. Offiziell hat mein Chef den Auftrag bekommen.»

«Du sollst ein Konkurrenzgutachten zu deinem Chef erstellen?», fragte David ungläubig. «Und darauf hast du dich eingelassen?»

«Das Gutachten ist für Wickham persönlich. Und er bekommt es nur mündlich. Aber ich habe trotzdem ein mieses Gefühl dabei.»

«Hätte ich auch an deiner Stelle.» David nahm ihre Hände in seine. Nachdenklich starrte er auf die Reste des Frühstücks. «Das gefällt mir nicht. Wenn dein Chef das rauskriegt, hast du vermutlich richtig Ärger am Hals.»

«Mir graut's vor allem davor, dass meine Einschätzung von seiner abweichen könnte.»

«Traust du diesem Wickham?»

«Ich kenne ihn kaum», gab sie zu.

«Ich beneide dich nicht.» David ließ ihre Hände los und sah auf die Uhr. «Ich muss allmählich los.»

«Die Ratte verlässt das sinkende Schiff.»

«Ich bin schon immer sehr pragmatisch gewesen.» David zwinkerte ihr zu.

Liz schlug mit dem Kissen nach ihm. «Dazu musst du erst einmal hier wegkommen!»

Lachend fielen sie übereinander her, und für die nächsten Minuten waren alle dunklen Gedanken vergessen.

MITTWOCH, 27. AUGUST, 09:57 UHR

Stadler parkte den Mustang in einer Seitenstraße und schlenderte auf das Schulgebäude zu. Wenn Magnus Jahnke wirklich derjenige war, der Liz und ihm mehrmals gefolgt war, sollte er nicht durch den Anblick des auffälligen Wagens vorgewarnt werden. Eigentlich hatte Stadler schon vor zwei Stunden hier sein wollen, doch im Foyer des Präsidiums war er auf seinen Chef getroffen, der ihn gleich wieder mit in den zweiten Stock geschleift hatte, um sich von ihm über die neuesten Entwicklungen unterrichten zu lassen. Ihm saßen nicht nur Staatsanwaltschaft und Presse im Nacken, sogar der Innenminister hatte sich eingeschaltet, wollte wissen, ob es endlich Fortschritte gebe. Denn seit dem Tod von Pia Hornus ließ sich nicht mehr verheimlichen, dass sie nach einem Serientäter suchten. Als Stadler endlich aufbrechen konnte, hatten vor dem Präsidium einige Reporter auf der Lauer gelegen, aber denen war er geschickt ausgewichen.

Auf dem Parkplatz der Schule hielt Stadler nach dem Jeep Ausschau, doch er entdeckte ihn nicht. Es würde ihn nicht wundern, wenn der Sohnemann gar nicht in der Schule war. Nein, andersherum: Es würde ihn sehr wundern, wenn Magnus Jahnke irgendwas mit den Morden zu tun hatte und trotzdem brav im Unterricht saß.

Nach einem kurzen Gespräch mit der Schulsekretärin wusste Stadler, in welchem Klassenraum Magnus sich aufhalten musste. Gerade als er den Korridor entlangging, klingelte es, und alle Türen flogen auf. Dutzende Schüler strömten aus den Klassenzimmern.

«Magnus?», brüllte Stadler über den Lärm hinweg. «Magnus Jahnke?»

Zu seinem Erstaunen blieb ein schlaksiger Junge vor ihm stehen. «Was gibt es?»

«Sind Sie Magnus Jahnke?»

«Wer will das wissen?» Der Junge machte nicht den Eindruck, als würde er Stadler wiedererkennen. Aber das musste nichts heißen.

«Der Weihnachtsmann. Kommen Sie mit!»

«Hey, ich hab jetzt Mathe!»

«Streber.» Stadler schob ihn sanft in eine Nische. «Ich habe nur ein paar Fragen. Bezüglich des Geländewagens Ihres Vaters.»

«Fuck!»

«Was denn? Ich habe doch noch gar nichts gefragt.»

Der Junge sah plötzlich nervös aus. «Sind Sie Bulle oder was?»

«Kriminalhauptkommissar Stadler, Kripo Düsseldorf.» Stadler hielt ihm seinen Ausweis vor die Nase.

«Wusste ich's doch! Er hat irgendeine Scheiße damit gebaut, oder? Ich wusste, dass das nur Ärger gibt. Fuck!»

«Wer hat Scheiße gebaut?»

Der Junge sah Stadler nicht an. «Ich habe den Wagen verliehen. An einen alten Kumpel, der dringend ein Auto brauchte. Er wohnt gleich bei uns um die Ecke, ich kenne ihn schon ewig. Er ist ein paar Jahre älter als ich, und er hat mir früher mal geholfen, als ich Stress hatte. Ich hatte gleich ein komisches Gefühl, wollte ihm den Wagen eigentlich nicht geben, weil er schon im Knast gesessen hat und so. Aber ich konnte ihn doch nicht hängenlassen.»

Stadler schätzte, dass ungefähr die Hälfte von Jahnkes Geschichte der Wahrheit entsprach. «Sehe ich so aus, als wäre ich blöd?», fragte er. «Ich glaube Ihnen, dass Sie den Wagen verliehen haben. Aber als Grund müssen Sie sich etwas Besseres einfallen lassen.»

«Aber es ist die Wahrheit!»

Stadler musterte ihn schweigend.

«Scheiße, Mann, was wollen Sie von mir?»

«Das wissen Sie ganz genau.» Stadler überlegte kurz, dann fasste er Magnus Jahnke bei den Schultern und sagte: «Hören Sie, Jahnke, ich bin Leiter einer Mordkommission. Ich interessiere mich nicht für Ihre kleinen Sünden.»

«Ich fahre manchmal nach Holland», gab der Junge zögernd zu. «Stoff kaufen, für mich und ein paar Kumpel.» Er sah Stadler herausfordernd an. «Aber ich bin kein Dealer, klar?»

«Und?»

«Der Typ, dem ich den Wagen geliehen habe. Ich kenne ihn wirklich von früher.»

«Und er weiß von Ihren kleinen Ausflügen, nehme ich an?»

«Er hat gedroht, es meinem Vater zu stecken.»

«Verstehe. Wie lange hat er den Jeep schon?»

«Er holt ihn sich immer mal wieder.» Magnus schien im Kopf nachzurechnen. «Diesmal hat er ihn, weiß nicht genau, seit einer Woche ungefähr.»

Stadler ließ die Arme sinken. «Und wie heißt dieser Kumpel?»

MITTWOCH, 27. AUGUST, 10:36 UHR

Liz war noch ganz berauscht, als das Taxi vor dem Präsidium hielt. Sie hatte sich vor dem Hotel von David verabschiedet, der die Maschine um halb zwölf nach Manchester nehmen wollte. Sie war aufgekratzt. Fühlte sich leicht vor Glück.

Zur Feier des Tages trug sie ihr Lieblingskleid, dazu die Stiefel, die David sie am Abend zuvor nicht hatte ausziehen lassen, und eine Jeansjacke, die sie schon seit ihrer Studienzeit besaß. Sie gab dem Taxifahrer reichlich Trinkgeld und stieg aus, fest davon überzeugt, dass sie heute nichts erschüttern konnte, egal, welche Hiobsbotschaft sie im Präsidium erwarten mochte.

Marc Wickham rief an, bevor sie das Gebäude betrat.

«Sind Sie gestern noch dazu gekommen, sich das Schreiben anzusehen?», fragte er ohne Einleitung.

Nein, war sie nicht. «Eine detaillierte Analyse der Sprache erfordert Zeit.»

«Ich habe keine Zeit.»

Liz schnappte vor Empörung nach Luft. «Marc, Sie haben mich in eine unmögliche Situation gebracht, und nun verlangen Sie auch noch ein Wunder von mir!»

«Wenigstens eine erste Einschätzung», beschwor er sie. «Ich brauche eine Grundlage, auf der ich weiterarbeiten kann. Lassen Sie mich nicht hängen, Liz!»

Sie seufzte. Dieser Mistkerl wusste genau, wie er sie weichkochen konnte. «Das Schreiben enthält viele mit Gewalt aufgeladene Formulierungen und Phantasien», sagte sie. «Aber mein erster Eindruck ist, dass sie nicht authentisch sind. Außerdem fehlt jede sexualisierte Gewalt. Der Brief von Derek McGee war, anders als dieser, angefüllt mit sexuellen Erniedrigungsphantasien. Das ist meine vorläufige Einschätzung, unter dem Vorbehalt, dass ich die Wortwahl noch nicht gründlich untersucht habe und dass ich keine Muttersprachlerin bin.»

«Also stammt das Schreiben nicht von McGee?», hakte er nach.

«Ich glaube nicht, dass er sich derart verstellen kann. Mal abgesehen davon, dass ich davon ausgehe, dass er nicht daran interessiert ist, schon wieder die Aufmerksamkeit auf sich zu lenken. Ich vermute, der Brief stammt von einem Wichtigtuer oder ...»

«Oder vom wahren Täter, der den Verdacht auf McGee lenken will. Das deckt sich genau mit meiner Vermutung.»

«Hat mein Chef sich schon geäußert?»

«Nein, er hat uns auf nächste Woche vertröstet.»

Das hätte sie auch tun sollen. «Sehr vernünftig von ihm.»

«Ich freue mich, dass Sie meine Vermutung bestätigt haben», sagte Wickham, ohne auf ihren Kommentar einzugehen. «Wir haben Hinweise an der Briefmarke entdeckt, die auf dem Umschlag klebte. Schriftzeichen, die sich durchgedrückt haben, eine Kombination aus Buchstaben und Zahlen, wie sie für die Nationale Versicherungsnummer verwendet werden. Offensichtlich lag das Heft mit den Briefmarken unter dem Blatt, auf dem jemand die Nummer notiert hat. Sie könnte uns zum Absender führen. Leider ist sie nicht vollständig. Aber wir arbeiten daran. Ich bin sicher: Wenn wir den Briefschreiber gefunden haben, haben wir auch den Mörder.»

«Dann viel Erfolg!» Liz stopfte das Telefon zurück in die Handtasche.

Als sie das Gebäude betrat, wurde sie von einer seltsamen Aufregung erfasst. Irgendetwas war passiert. Sie spürte es, als wäre die Luft mit Elektrizität aufgeladen. Schnell rannte sie die Stufen hoch in den zweiten Stock und stürmte in Stadlers

Büro. Er saß hinter seinem Schreibtisch, Birgit und Miguel davor.

«Es ist Lian Kendrick!», erklärte Birgit, noch bevor Liz ‹Guten Morgen› sagen konnte.

«Wie bitte?» Gab es etwa ein weiteres Opfer? Hatte der Mörder so schnell wieder getötet?

«Ungefähr so muss ich auch geguckt haben, als Georg es mir eben erzählt hat», sagte Birgit. Ihre Mundwinkel zuckten, doch ihr war offenbar nicht nach Lachen zumute.

Und da begriff sie. «Lian Kendrick ist unser Mörder?»

«Genau.» Stadler erklärte ihr, wie er über den Geländewagen auf Magnus Jahnke gestoßen war. «Und dieser Kumpel, dem Magnus den Wagen seines Vaters geliehen hat, ist Lian Kendrick», beendete er seinen kurzen Bericht. «Es passt alles zusammen. Lian Kendrick kennt mich von früher. Und er verfolgt mich, oder besser gesagt, mein Auto seit Beginn der Ermittlungen. Er muss der Täter sein. Die Fahndung läuft. Es ist nur eine Frage der Zeit, bis er uns ins Netz geht.»

Fassungslos ließ Liz sich auf einem Stuhl nieder. Verdammt! Hätte sie das erkennen müssen? «Ich begreife das nicht», murmelte sie. «Lian Kendrick passt nicht in das Täterprofil. Nicht nach dem, was ich über ihn weiß.»

«Dann hast du dich halt getäuscht», antwortete Stadler aufgeräumt. Er wirkte sehr zufrieden mit sich selbst. «Das macht doch nichts. Wir alle machen Fehler. Hauptsache, wir wissen, wer der Täter ist. Und das ist unser gemeinsamer Erfolg. Wenn du dir nicht das Teilkennzeichen notiert hättest, wären wir noch längst nicht so weit. Mich hat der Kerl auch verfolgt, aber ich habe nicht schnell genug geschaltet.»

«Dafür wäre aber keine Profilerin nötig gewesen.» Sie machte Anstalten aufzustehen. «Na, dann werde ich ja nicht mehr gebraucht. Wenn ich mich beeile, kann ich mit David zurückfliegen.» Tatsächlich wäre sie am liebsten davongerannt. Doch sie schluckte ihren Stolz hinunter, unterdrückte den Fluchtimpuls und blieb sitzen.

«Dein Freund war hier?», fragte Birgit überrascht. «Warum hast du ihn uns nicht vorgestellt? Ich hätte ihn gern kennengelernt.»

«Er war nur für ein paar Stunden in Düsseldorf», antwortete Liz benommen.

«Und für das bisschen Zeit hattet ihr bessere Verwendung als eine Vorstellungsrunde im Präsidium.» Birgit lächelte. «Verstehe ich gut.»

Liz bemerkte den sehnsüchtigen Blick in ihren Augen, und ihr fiel auf, dass sie fast nichts über Birgits Privatleben wusste. Sie sah zu Stadler, aus dessen Gesichtsausdruck sie nicht schlau wurde.

Er fixierte sie mit zusammengekniffenen Augen. «Du bleibst schön hier, Liz. Ich möchte, dass du dabei bist, wenn wir Kendrick vernehmen.»

«Wie du meinst.» Liz lehnte sich im Stuhl zurück. Sie fühlte sich wie vor den Kopf gestoßen. Wenn sie als Psychologin keine völlige Niete war, gab es nur eine Erklärung: Lian Kendrick war nicht einfach nur der verlassene Junge, der seine Eltern viel zu früh verloren hatte. Da musste es noch etwas anderes geben, etwas Gravierendes, von dem sie nichts wussten. «Ich muss mit den Pflegeeltern sprechen», sagte sie. «In seiner Kindheit muss irgendetwas vorgefallen sein. Wenn du Kendrick in der Vernehmung knacken willst, musst du wissen, was ihn zu seinen Taten getrieben hat. Und dazu müssen wir herausfinden, was damals schiefgelaufen ist.»

«Könnte es sein, dass die Pflegeeltern ihn misshandelt haben?», fragte Birgit. «Dass er aus der heilen Welt mit seinem Vater gerissen wurde, um beim Pflegevater die Hölle zu erleben?»

Liz warf Stadler einen raschen Blick zu. Er war blass geworden, doch er wirkte gefasst. «Wäre möglich», sagte sie schnell. «Aber den umgekehrten Fall halte ich für wahrscheinlicher.»

«So oder so sollten wir nachfragen, ob beim Jugendamt etwas vorliegt.» Birgit zückte einen Block und machte sich eine Notiz. «Das erledige ich sofort.»

«Und ich schaue mir die Pflegeeltern mal an», ergänzte Liz. «Ist das okay?» Sie blickte fragend zu Stadler.

Er zögerte. «Sie dürfen keinesfalls erfahren, dass Lian als Mörder gesucht wird. Sie könnten ihn warnen oder ihm zur Flucht verhelfen. Wir werden die Wahrheit von Lian selbst hören. Ich denke, er brennt darauf, mir seine Geschichte zu erzählen.»

«Seine Version der Geschichte», korrigierte Liz. «Aber nicht unbedingt die Wahrheit.» Sie hatte eine Ahnung, warum er nicht wollte, dass mehr als nötig in Lians Vergangenheit herumgestochert wurde. Es hatte mit seiner eigenen Vergangenheit zu tun, aber vor allem mit seinem eigenen Versagen, als er dem Jungen zum ersten Mal begegnet war. Bestimmt brodelte tief in seinem Inneren die Frage, ob er die Morde hätte verhindern können, wenn er damals erkannt hätte, wie schwer gestört Lian Kendrick war.

Miguel trommelte mit den Fingern auf den Schreibtisch. «Dann können wir die Fahrradspur vergessen, oder? Das Ventil, die Kettenlehre und am letzten Tatort die Schläuche. Diese Hinweise auf Fahrräder an den Tatorten waren wohl Zufall. Und was für Werkzeug der Typ, der Fabian Hesse aufgegabelt hat, in seinem Wagen hatte, wissen wir nach wie vor nicht. Der kann genauso gut Elektriker oder Dachdecker gewesen sein. Jedenfalls war es nicht Lian Kendrick.»

«Vermutlich nicht», bestätigte Stadler. «Ich habe die Teams, die die Werkstätten abklappern sollten, bereits zurückgepfiffen.»

«Warum das denn?» Irgendeine Rolle spielten die Fahrradteile, da war sich Liz sicher. «Was ist mit dem Versteck? Lian Kendrick muss seine Opfer irgendwo festgehalten haben.»

«Und du glaubst, dafür hat er sich eine Fahrradwerkstatt eingerichtet?»

«Vielleicht hat er die Räumlichkeiten einer ehemaligen Werkstatt angemietet. Oder er verfügt über eine Garage, in der alte Fahrräder stehen. Wäre doch möglich.»

«Möglich, ja», räumte Stadler ein. «Aber wir können nicht alle Garagen, ehemaligen Werkstätten und Lagerräume in einem Gebiet von mehr als fünfhundert Quadratkilometern absuchen. Das würde Wochen dauern.»

Miguel ging zur Tür. «Birgit, leistest du mir Gesellschaft beim Berichteschreiben?»

«Ich könnte mir nichts Schöneres vorstellen.» Sie erhob sich ebenfalls.

Liz sah den beiden nachdenklich hinterher. «Gibt es eigentlich einen Mann in Birgits Leben?», fragte sie, nachdem die Tür zugefallen war.

«Was?» Stadler, der sich bereits seinem Computer zugewandt hatte, blickte auf.

«Birgit. Mir ist eben aufgefallen, dass ich fast nichts über sie weiß.»

«Hm.» Stadler zuckte mit den Schultern. «Ich glaube, sie lebt für ihre Arbeit. Deshalb ist sie ja so eine tolle Ermittlerin.»

«Sie ist aber auch eine Frau.»

Stadler konzentrierte sich wieder auf den Bildschirm und begann zu tippen. «Mir hat sie nie was von einem Mann erzählt.»

Hätte ich an ihrer Stelle auch nicht, dachte Liz.

Der Drucker spuckte ein Blatt aus.

«Die Adresse von Lians Pflegeeltern», verkündete Stadler, ohne den Blick vom Bildschirm zu lösen. «Du hättest ja doch keine Ruhe gegeben.»

«Danke. Sie werden nichts erfahren, was sie nicht erfahren sollen.»

«Ich verlasse mich auf dich.»

MITTWOCH, 27. AUGUST, 11:27 UHR

Derek McGee betrachtete den kleinen silbernen Gegenstand auf seiner Handfläche. Er wog nur wenige Gramm, dennoch fühlte er sich schwerer an als ein Ziegelstein, schien den gesamten Arm nach unten zu ziehen.

Ein simpler Nagel, ein harmloses Stück Metall, und doch ausreichend, um extrem viel Schaden anzurichten, wenn man ihn richtig einsetzte.

Der Schließer hatte ihm den Nagel zugesteckt, bevor er die Zellentür verriegelt hatte. Eine verstohlene Bewegung. Eine unmissverständliche Aufforderung. Nein, eine Drohung. McGee schloss seine Finger um den Nagel und presste die Faust gegen seine Brust. Die Monate im Gefängnis, als er auf den Simmons-Prozess gewartet hatte, waren die Hölle auf Erden gewesen. Und dennoch angeblich nur ein Vorgeschmack darauf, was einen Kinderficker wie ihn im richtigen Knast erwartete.

McGee strich mit der noch immer geschlossenen Faust über seinen Unterkiefer, wo die Schmerzen, die der schlecht verheilte Bruch ihm bei jeder Mahlzeit bereitete, eine ständige Mahnung waren. An die andere schwärende Wunde weiter unten an seinem Körper wollte er lieber gar nicht denken.

Der Nagel bohrte sich in das zarte Fleisch seiner Handfläche, doch er drückte noch fester zu. Er war ein Schwein, ein Stück Dreck, und er hatte es nicht besser verdient. Seit er sich erinnern konnte, war Gewalt das Einzige, was ihm das Gefühl gab, am Leben zu sein. Sich zu spüren.

Zum ersten Mal hatte er diese heiße Erregung verspürt, als die Katze von Mrs. Bates überfahren worden war. Damals war er vierzehn, und er stand direkt neben der Unfallstelle. Mrs. Bates schrie und weinte, die Nachbarn, die sich nach und nach auf der Straße versammelten, versuchten, die alte Frau zu trösten. Nur er verharrte reglos auf dem Bürgersteig, die Augen auf den zerfetzten Kadaver geheftet, und rieb verstohlen sein erregtes Glied.

Seither hatte er versucht, seine Lust mit Filmen und Spielen zu befriedigen. Statt Katzen waren es dabei meistens Frauen, die abgeschlachtet oder zerstückelt wurden, je mehr Blut floss, desto besser.

Derek McGee ließ sich auf dem Bett nieder und öffnete vorsichtig die Hand. Der Nagel hatte einen tiefen Abdruck hinterlassen. Dort, wo die Spitze sich ins Fleisch gebohrt hatte, klebte ein Tropfen Blut. Er war ein schlechter Mensch. Abschaum.

McGee stocherte in der Wunde herum, ohne den Schmerz zu beachten, bis genug Blut floss. Dann benetzte er seine Fingerspitze und malte einen Buchstaben an die nackte Wand. Noch einen. Und noch einen. Er brauchte viel Blut für die zwei Wörter. Verdammt viel.

Aber er schaffte es. Nicht ohne Stolz betrachtete er die Wand. Danach nahm er erneut den Nagel zur Hand.

MITTWOCH, 27. AUGUST, 12:41 UHR

Das Haus war klein und strahlte Sauberkeit und Ordnung aus. Weiße Gardinen hingen in allen Fenstern und ließen das Rot der Klinker strahlen. Im Vorgarten leuchteten Astern und andere Spätsommerblumen in allen Farben.

Liz lief den Gartenweg entlang und drückte die Klingel. Ein schwerer Gong hallte durch das Haus.

Kurz darauf wurde die Tür aufgerissen, und eine Frau sah sie überrascht an. «Oh, ich dachte, Sie wären der Paketbote.» Sie war schlank, einige Zentimeter größer als Liz und machte den Eindruck, als würde sie das, was sie sich vorgenommen hatte, auch durchziehen. Was auch immer es sein mochte.

«Mein Name ist Dr. Elisabeth Montario», stellte Liz sich vor. «Ich arbeite mit Kriminalhauptkommissar Stadler zusammen.»

Susanne Ronsdorff sah sie erschrocken an. «Ist etwas mit Lian?»

«Soweit ich weiß, geht es ihm gut», sagte Liz rasch. «Aber wenn es Ihnen recht ist, würde ich mich gern kurz mit Ihnen unterhalten.»

«Worum geht es denn?»

«Könnten wir das vielleicht drinnen besprechen?»

«Meinetwegen.» Die Frau trat zur Seite und ließ Liz herein.

Der Eindruck, den das Haus von außen gemacht hatte, bestätigte sich im Inneren. Die Einrichtung bewegte sich auf dem schmalen Grat zwischen Geborgenheit und Spießertum. Gediegene Holzmöbel, Bilder von Berglandschaften, frische Blumen auf dem Tisch.

«Schön haben Sie es hier», sagte Liz.

Susanne Ronsdorff ging nicht auf ihre Bemerkung ein. «Dort entlang, bitte.»

Wenig später saßen sie in der Küche, Liz hatte ein Glas Wasser vor sich stehen. Ein Kaffee wäre ihr lieber gewesen, sie war müde von der kurzen Nacht, doch der war ihr nicht angeboten worden.

«Also, worum geht es?», fragte Susanne Ronsdorff.

«Ich würde Ihnen gern einige Fragen zu Ihrem Pflegesohn stellen.»

«Wieso das? Er ist wieder da. Alles ist in Ordnung. Warum beschäftigt sich die Polizei noch mit Lian?»

«Nun, er hat mit seinem Verhalten ja quasi dazu eingeladen.»

«Und?»

«Ich würde gern von Ihnen erfahren, was Sie über Lians Kindheit wissen. Über die Zeit, als er bei seinem Vater lebte.»

«Darüber weiß ich nichts», erwiderte die Frau schroff.

«Wirklich nicht? Er hat doch bestimmt davon erzählt.»

«Ich weiß, wer Sie sind», sagte Susanne Ronsdorff unvermittelt. «Sie sind die Schwester von diesem Serienkiller.»

Liz schluckte, ihr Mund war plötzlich ganz trocken.

«Muss schlimm für Sie gewesen sein. Sie waren ja noch ein kleines Mädchen.»

Liz unterdrückte den Impuls, das Thema abzublocken. Vielleicht war das der Deal. *Du erzählst mir etwas über dich, dann erzähle ich dir etwas über mich.* «Es war grauenvoll», gab sie zu. «Ich habe ihn bewundert. Ich konnte nicht begreifen, dass er so etwas Schlimmes getan haben sollte.»

«Glauben Sie, dass es Menschen gibt, die von Natur aus böse sind?»

«Nein», antwortete Liz entschieden. «Es gibt immer Gründe. Keine Entschuldigung, nein! Für das, was mein Bruder getan hat, gibt es keine Entschuldigung. Aber eine Erklärung gibt es immer.»

Die Frau nickte langsam. «Lian war so scheu und verletzlich, als er zu uns kam», erzählte sie. «Er hat sich ständig irgendwo versteckt. Er wollte sich nicht in unserer Gegenwart ausziehen, hat sich im Bad eingeschlossen. Erst dachte ich, so sind Jungen in dem Alter halt. Ich hatte ja keine Ahnung. Aber dann musste er eines Tages zum Arzt, weil er eine Grippe hatte. Er hat geschrien und um sich geschlagen, als der Arzt ihn abhören wollte.» Susanne Ronsdorff stockte. «Er hat mich angefleht, ihn nach Hause zu bringen. Das habe ich getan, und dort hat er mir dann seinen Oberkörper gezeigt.» Sie biss auf ihre Faust. Tränen schimmerten in ihren Augen.

Liz wartete stumm. Sie wollte die Frau nicht bedrängen.

Es dauerte eine Weile, bis Susanne Ronsdorff weitersprach. «So viele Narben und Brandmale. So etwas hatte ich in meinem Leben noch nicht gesehen. Ich habe ihm versprochen, niemandem etwas davon zu erzählen. Und daran habe ich mich gehalten.»

«Ist Ihnen nie der Gedanke gekommen, dass Lian professionelle Hilfe brauchen könnte?»

«Was meinen Sie?»

«Eine Therapie, zum Beispiel.»

«Der Junge war doch nicht verrückt! Alles, was er brauchte, war die Liebe einer Mutter. Und die hat er bekommen.»

Liz verkniff sich, der Frau zu erklären, dass Liebe manchmal nicht genügte. Sie würde es noch früh genug erfahren.

MITTWOCH, 27. AUGUST, 14:22 UHR

Birgit gähnte und lehnte sich im Stuhl zurück.

«Kaffee?», fragte Miguel.

«Sehr gern.» Sie gähnte erneut.

Er stand auf. «Komm, wir schleichen uns raus und trinken auf der Lorettostraße einen richtigen Kaffee.» Er grinste verschwörerisch.

Sie hatte sich fest vorgenommen, nur noch den Kollegen in ihm zu sehen. Sich zu freuen, dass sie einen so angenehmen Partner hatte. Aber wenn er sie so ansah wie jetzt, schmolzen all ihre guten Vorsätze dahin wie Eis in der Julisonne. Schnell sicherte sie die Daten auf ihrem Computer und erhob sich mit wackligen Beinen. Gerade als sie nach ihrer Handtasche griff, klingelte ihr Telefon.

Sie warf Miguel einen entschuldigenden Blick zu.

«Birgit Clarenberg?», fragte eine ihr unbekannte Stimme.

«Ja. Mit wem spreche ich?»

«Huber vom KK 12. Ich habe hier eine Notiz, dass Sie sich für die vermisst gemeldete Kelly Novak interessieren.»

«Stimmt.» Birgit hielt den Atem an.

«Die Kollegen in den Niederlanden haben das Mädchen gefunden. Völlig dehydriert und ohne Bewusstsein, aber ansonsten unversehrt.»

«Oh, das ist wunderbar. Wo war sie denn?»

Miguel trat neugierig näher.

«Kelly», flüsterte Birgit ihm zu.

«Sie wurde in einem Lagerhaus in Amsterdam gefangen gehalten», antwortete der Kollege am Telefon.

«Sie wurde gefangen gehalten? Wie das denn?»

«Sie wurde entführt.»

«Das verstehe ich nicht. Sie war doch suizidgefährdet.»

«Ich habe jetzt keine Zeit für Details. Nur so viel: Wir haben einen Mann unter dem Verdacht festgenommen, pornographische Fotos mit Minderjährigen zu machen. Dabei haben wir festgestellt, dass das lediglich das harmlosere seiner Hobbys war. Er kann froh sein, dass wir den Aufenthaltsort des Mädchens auch ohne seine Hilfe rechtzeitig lokalisieren konnten, sonst wäre er zusätzlich wegen Mordes dran.»

Er hatte aufgelegt, bevor Birgit sich bei ihm bedanken konnte. Unterwegs erzählte sie Miguel, was sie erfahren hatte. Das Café war fast leer. Birgit bestellte einen Milchkaffee, Miguel einen doppelten Espresso.

«Ich frage mich, ob Kelly sich wirklich umbringen wollte», sagte Birgit nachdenklich.

«Dann hätte der Entführer ihr, ohne es zu wollen, das Leben gerettet.» Miguel schüttelte den Kopf. «Schon verrückt.»

Der Kaffee kam.

«Apropos Perverser», sagte Miguel, während er Zucker in seinen Espresso schüttete. «Was macht dein Spanner?»

«Oh Gott!» Birgit bedeckte ihr Gesicht mit den Händen. «Erinnere mich nicht daran!»

«Was denn?»

«Das ist mir peinlich.»

Er sagte nichts, nippte an seinem Kaffee, doch er ließ sie nicht aus den Augen.

«Der Typ ist kein Spanner, sondern ein Denunziant. Er schreibt Falschparker auf.»

Miguel lachte auf.

«Das ist mir so unangenehm.» Birgit zeichnete mit ihrem Löffel Muster in den Milchschaum.

Er wurde ernst. «Ach, Quatsch! Es ist höchstens schade. So kann ich gar nicht zu deiner Rettung eilen.»

«Ich hätte mich gern von dir retten lassen.»

Er schmunzelte. «Vielleicht ein andermal, ja? Bei unserem Job ergibt sich bestimmt eine Gelegenheit.»

MITTWOCH, 27. AUGUST, 14:51 UHR

Liz vergewisserte sich mit einem Blick auf die Karte, dass sie sich nicht irrte. Tatsächlich, hier musste sie abbiegen. Die Straße war nicht befestigt, nur ein matschiger Feldweg mit einer Grasnarbe in der Mitte der Fahrspur.

Weit und breit kein Haus. Konnte es sein, dass das Gebäude, das sie suchte, gar nicht mehr existierte? War es niedergebrannt? Oder abgerissen worden?

Möglich, immerhin war die Information, die Susanne Ronsdorff ihr gegeben hatte, zwölf Jahre alt.

Liz kämpfte mit der Schaltung, bis es ihr gelang, den Gang einzulegen und Gas zu geben.

Birgit hatte sie gewarnt. «Das ist ein uralter Fiesta, kein Vergleich mit Stadlers Mustang. Er braucht sanfte Gewalt, sonst spurt er nicht.»

Trotzdem war es Liz lieber gewesen, sich Birgits Wagen zu leihen, als Stadler um den Mustang zu bitten. Sie wollte nicht das Risiko eingehen, wieder von Lian Kendrick verfolgt zu werden. Vor allem nicht, während sie sein Elternhaus inspizierte. Allein die Vorstellung jagte ihr einen Schauder über den Rücken.

Liz folgte dem Feldweg um eine Biegung. Tatsächlich, etwa zweihundert Meter von ihr entfernt stand ein Haus in einer Senke, umgeben von einer niedrigen Mauer. Als sie näher kam, erkannte sie, dass ein langgezogenes Nebengebäude an das Haus grenzte. Links davon stand ein niedriger Holzschuppen. Liz fragte sich, wer hier leben mochte. Wer auch immer es war, er wusste vermutlich nichts von der Geschichte des Hauses. Nichts von der schrecklichen Kindheit des Jungen, der zum Mörder geworden war.

Liz hielt auf dem Feldweg und stieg aus. Das Haus war offenbar bewohnt. In den Fenstern hingen Gardinen, in einem Topf neben der Eingangstür blühte eine Geranie. Langsam schlenderte Liz auf den Hof zu.

Als sie das Hoftor erreichte, drehte sie sich um und blickte dorthin, wo der erste Tatort liegen musste, der Feldweg, an dessen Rand der unbekannte Tote gefunden wurde. Aber die Stelle war von hier aus nicht zu sehen.

Liz wandte sich zurück zum Hof. Frische Reifenspuren und ein leerer Stellplatz neben dem Haus verrieten ihr, dass die Bewohner vermutlich weggefahren waren. Eine gute Gelegenheit, sich etwas umzusehen. Sie trat durch das offenstehende Tor.

«Hallo?», rief sie. «Jemand zu Hause?»

Keine Antwort.

Behutsam setzte sie einen Fuß vor den anderen, jederzeit darauf gefasst, von einem Fremden angebrüllt oder von einem Hund angesprungen zu werden. Doch nichts dergleichen geschah.

Auf dem Hof ließ sie ihren Blick schweifen. Sie wusste selbst nicht genau, wonach sie suchte. Irgendwie hatte sie wohl angenommen, es zu erkennen, wenn sie es vor sich sah.

Leider kam ihr keine Erkenntnis. Dies hier war ein einfacher, aber gepflegter ehemaliger Bauernhof, wie es sie zu Dutzenden in der Gegend gab. Dass hier ein Mörder aufgewachsen war, war den Mauern nicht anzusehen. Was hatte sie auch erwartet? Einen Marterpfahl neben dem Schuppen?

Liz warf einen Blick durch das Fenster neben der Haustür. Im Halbdunkel sah sie eine gewöhnliche, etwas in die Jahre gekommene Einbauküche, eine Eckbank und einen Tisch. Auf der Spüle standen einige Teller und Tassen.

Achselzuckend wandte Liz sich ab, schlenderte den Anbau

entlang. Er hatte keine Fenster. Die Tür war verschlossen. Auch der Schuppen war abgeschlossen. Das einzige Fenster war völlig verdreckt, sodass ihr ein Blick ins Innere verwehrt war. Links und rechts der Tür steckten kurze Holzstäbe in der Erde, deren Funktion sich Liz nicht erschloss.

Enttäuscht kehrte sie zum Hoftor zurück. Immerhin hatte sie nun eine Vorstellung davon, wie abgeschieden Lian Kendrick aufgewachsen war. Wie verlassen er sich gefühlt haben musste, ganz allein mit dem brutalen Vater. Sie hatte das Tor schon fast erreicht, als sie vor sich auf dem Boden etwas blinken sah. Instinktiv bückte sie sich. Und runzelte verwirrt die Stirn.

MITTWOCH, 27. AUGUST, 23:26 UHR

So, mir reicht es auch. Ich bin todmüde.» Miguel gähnte. «Kommst du mit oder bleibst du noch?»

Sie saßen in einer Kneipe in der Nähe des Präsidiums. Zuerst hatte ihnen ein Großteil der Moko Marterpfahl Gesellschaft geleistet, aber inzwischen waren nur noch Stadler und Miguel übrig.

«Ich genehmige mir ein letztes Alt, dann verdrücke ich mich ebenfalls.» Stadler sah auf seine Uhr. Halb zwölf. Noch nichts von der Fahndung. Lian Kendrick lief irgendwo da draußen frei herum. Seit Liz ihm von ihrem Gespräch mit Susanne Ronsdorff berichtet hatte, war er endgültig davon überzeugt, dass der junge Mann eine tickende Zeitbombe war.

«Wir kriegen ihn», sagte Miguel, als hätte er Stadlers Gedanken erraten. «Und wenn es so weit ist, solltest du ausgeschlafen sein.»

«Danke für den Rat.» Stadler winkte der Bedienung mit dem leeren Glas.

Sie nickte. «Kommt sofort!», rief sie durch den fast leeren Schankraum.

Miguel erhob sich. «Ich hatte gehofft, wir könnten uns ein Taxi teilen.» Er wohnte ebenfalls in Derendorf.

Stadler grinste. «Dir ist kein Trick zu billig, was? Fallen die Frauen eigentlich auf so etwas rein?»

Miguel griff nach seiner Jacke. «Die billigen Tricks sind nur für dich. Wenn es um etwas Wichtiges geht, strenge ich mich mehr an.» Er berührte Stadlers Schultern. «Bis morgen, Chef.»

Miguel verschwand, die Bedienung brachte das frische Alt.

Stadler nahm einen Schluck. Egal, wie ernst Miguel es gemeint hatte, er sollte wirklich bald nach Hause fahren. Auch wenn er nicht würde schlafen können. Warum bloß ging ihm dieser Junge so an die Nieren? Bildete er sich ein, er hätte die Morde an den Jugendlichen verhindern können, wenn er sich damals mehr um Lian bemüht hätte? Wenn er später noch einmal nachgehakt hätte, was aus dem Jungen geworden war? Oder war es das Gefühl, dass er selbst Lian Kendrick sein könnte, wenn irgendwann in seinem Leben eine Weiche anders gestellt worden wäre? Sah er sich selbst in dem Jungen?

Stadler drehte das Glas in seinen Händen. Diese Grübeleien brachten nichts. Sie änderten nichts an den Tatsachen, führten höchstens dazu, dass sein Urteilsvermögen litt, dass er seine Professionalität verlor.

Er leerte das Glas in einem Zug, bezahlte und verließ die Kneipe. Während er vor der Tür auf das Taxi wartete, das die Bedienung für ihn bestellt hatte, kam ihm ein Gedanke, der all seine Vorsätze, nicht länger zu grübeln, schlagartig über den Haufen warf: Wenn Lian Kendrick für alle Morde verantwortlich war, die sie gerade untersuchten, dann hatte er auch den unbekannten Jungen getötet, dessen sterbliche Überreste bei Erkelenz gefunden worden waren. Dann hatte er diesen Mord schon begangen, als er Stadler zum ersten Mal begegnete.

MITTWOCH, 27. AUGUST, 23:35 UHR

Als Liz das Hotelzimmer aufschloss, hoffte sie wider jede Vernunft, David könnte wie am Abend zuvor am Fenster stehen und sie erwarten. Doch das Zimmer war leer und dunkel.

Seufzend schaltete sie das Licht ein. Nicht einmal ein zerwühltes Bett erinnerte noch an den Überraschungsbesuch und die wunderbare Nacht, die sie miteinander verbracht hatten. Das Zimmermädchen hatte alles wiederhergerichtet.

Liz warf die Handtasche auf das Bett. Immerhin eins hatte Davids Kurzbesuch ihr klargemacht: Er war nicht nur ein Ausstattungsstück ihrer neuen Heimat in England, sondern ein wichtiger Teil ihres Lebens. Auch hier in Düsseldorf hatte es sich gut angefühlt, mit ihm zusammen zu sein, ihre Probleme mit ihm zu besprechen, mit ihm herumzualbern.

Dass er aus Sorge um ihr Wohlergehen extra für eine Nacht hergekommen war, hatte ihr gezeigt, dass er nicht alles so leicht nahm, wie es ihr manchmal vorkam. Er machte sich nicht so viele Gedanken wie sie, doch er konnte auch ernsthaft sein, wenn es darauf ankam.

Und sein unerwarteter Ausbruch von Eifersucht wegen eines harmlosen Abschiedskusses hatte ihr geschmeichelt.

Liz fuhr ihr Notebook hoch. Sie war furchtbar müde, aber sie wollte ihr Versprechen gegenüber Marc Wickham einhalten und sich noch einmal die unterschiedlichen Bekennerschreiben ansehen. Schließlich sollte er nicht ausbaden müssen, dass sie bis elf Uhr mit den Mitgliedern der Mordkommission in der Kneipe gesessen hatte.

Sie bestellte beim Zimmerservice eine Flasche Weißwein und legte los. Zwei Stunden später war die Flasche leer und der neue Tag längst angebrochen. Doch dafür war sie nun sicher, dass ihre erste Einschätzung stimmte. Die Briefe waren definitiv nicht von derselben Person verfasst worden. Wenn Derek McGee für das erste Schreiben verantwortlich war, dann stammte der neue Brief eindeutig nicht von ihm. Auch wenn sich jemand bemüht hatte, Inhalt und Ton nachzuahmen, gab es auffällige Abweichungen. Vor allem das Fehlen jeglicher sexualisierter Gewaltphantasien verwies eindeutig auf eine andere Person. Hinzu kam eine sprachliche Wendung, die auf höhere Bildung verwies und die Derek McGee vermutlich nicht benutzen würde.

Angesichts der Uhrzeit beschränkte Liz sich darauf, Wickham eine kurze SMS zu schicken. Wenn er Fragen zu ihrer Analyse hatte, konnte er sie ja im Laufe des Tages anrufen.

Liz reckte sich müde. Sie versuchte, nicht daran zu denken, welche Konsequenzen es haben könnte, wenn ihr Chef aus strategischen Gründen ein Gutachten erstellte, das stark von ihrem abwich. Dass er die Merkmale anders interpretierte, konnte sie sich nicht vorstellen. Aber sie traute ihm zu, dass er aus politischen Erwägungen heraus unverbindlicher formulierte.

Liz öffnete das Fenster, um sich etwas frische Luft ins Gesicht wehen zu lassen. Sie sollte dringend ins Bett gehen, doch es gab noch eine Sache, die sie klären wollte. Sie schloss das Fenster und kramte den kleinen silbernen Gegenstand aus ihrer Handtasche, den sie auf dem ehemaligen Hof der Kendricks gefunden hatte.

DONNERSTAG, 28. AUGUST, 05:47 UHR

Es war noch dunkel, als Stadlers Handy klingelte. Schlaftrunken tastete er danach. «Ja?»

«Entschuldige die frühe Störung, Georg. Aber ich habe hier eine Notiz, dass du sofort benachrichtigt werden willst, egal, wie spät es ist.»

Schlagartig war er hellwach. «Lian Kendrick?»

«Sitzt im Vernehmungszimmer.»

«Bin in fünfzehn Minuten da.»

Während er durch die nächtlichen Straßen raste, rief Stadler erst Birgit und dann Liz an. Als er das Präsidium betrat, war am Horizont der erste Streifen graues Licht zu erkennen.

Stadler setzte Kaffee auf und wartete ungeduldig. Von den Kollegen wusste er, dass der junge Mann es abgelehnt hatte, einen Anwalt hinzuzuziehen. Eine Streife hatte den Jeep auf einem Waldparkplatz im Kreis Neuss entdeckt. Lian Kendrick leistete keinerlei Widerstand, als er festgenommen wurde.

Liz und Birgit trafen kurz hintereinander ein.

«Liz, ich möchte, dass du im Hintergrund bleibst. Beobachte ihn. Aber halte dich aus der Befragung raus.»

«Rechnest du mit einem schnellen Geständnis?», fragte Birgit.

«Ich rechne mit allem», antwortete er. «Genau aus dem Grund möchte ich Liz in der Hinterhand haben.»

Zu dritt betraten sie das Vernehmungszimmer. Der junge Mann war unrasiert, das kurze Haar stand wirr vom Kopf ab, doch davon abgesehen machte er keinen ungepflegten Eindruck. Als er aufblickte, erkannte Stadler die großen braunen Augen des Jungen wieder, den er vor so vielen Jahren schon einmal vernommen hatte.

Er gab dem Streifenbeamten, der im Zimmer gewartet hatte, ein Zeichen, dass er sich zurückziehen konnte. «Herr Kendrick? Mein Name ist Georg Stadler. Das sind Birgit Clarenberg und Elisabeth Montario.»

«Ich weiß, wer Sie sind.» Sein Blick wanderte von Stadler zu Liz und blieb dann an Birgit hängen.

«Meine Kollegen sagen, dass Sie es abgelehnt haben, einen Anwalt hinzuzuziehen. Stimmt das?»

«Ich brauche keinen Anwalt», murmelte Lian Kendrick.

«Gut, wie Sie meinen.» Stadler setzte sich, Birgit nahm neben ihm Platz.

Liz trat auf den jungen Mann zu. «Einen interessanten Anhänger haben Sie da. Darf ich mal sehen?»

«Nein, Finger weg!» Kendrick schob die Kette, die er um den Hals trug, unter sein T-Shirt und starrte Liz erbost an.

Na toll, war das ein Versuch gewesen, das Vertrauen des Jungen zu gewinnen? Stadler warf ihr einen warnenden Blick zu. *Halt dich im Hintergrund!*

Liz zog sich wortlos zurück und blieb bei der Tür stehen.

Stadler schaltete das Aufzeichnungsgerät ein und nannte das Datum, die Uhrzeit und die Namen der anwesenden Personen. Er nickte seiner Kollegin zu.

«Haben Sie eine Ahnung, warum Sie aufgegriffen wurden?», fragte Birgit.

«Wahrscheinlich darf man nachts nicht im Wald parken.»

«Wenn Sie das glauben, warum haben Sie dann dort gestanden?», hakte Stadler nach.

«Ich war müde. Musste mich ausruhen.»

«Aber Sie haben doch ein Bett, oder?»

«Klar.»

«Das Auto, in dem Sie geschlafen haben, gehört nicht Ihnen.»

«Ich hab's nicht geklaut. Ein Freund hat es mir geliehen. Ehrlich.»

«Das wissen wir.»

«Es geht nicht um das Auto, Lian», sagte Stadler, der genug von dem Vorgeplänkel hatte. «Ich darf Sie doch Lian nennen?»

Lian Kendrick zuckte mit den Schultern. «Meinetwegen.»

«Sagt Ihnen der Name Katharina Wagner etwas?»

Er schüttelte den Kopf. «Nie gehört.»

«Jonathan Geissler?»

«Auch nicht.»

«Und Pia Hornus?»

«Wer sind diese Leute?» Er klang mit einem Mal ungeduldig, so als wüsste er tatsächlich nicht, was für eine Bedeutung die Fragen hatten.

«Haben Sie Pia Hornus letzte Woche in Ihrem Wagen mitgenommen? Oder besser gesagt, in dem Wagen, den Magnus Jahnke Ihnen geliehen hat?»

«Und wenn?», fragte er zurück. «Ist das verboten?»

Stadler ließ sich nicht beirren. «Haben Sie das Mädchen mitgenommen?»

«Kann sein. Ich weiß es nicht. Ich nehme öfter Anhalter mit. Aber ich frage sie nicht nach ihrem Namen.» Er zögerte kurz, dann fügte er hinzu: «Ich frage sie gar nichts, aber die meisten quatschen von ganz allein los, erzählen diesen ganzen Mist aus ihrem Leben, den man gar nicht hören will.»

Stadler warf Birgit einen kurzen Blick zu. In ihren Augen sah er, dass sie das Gleiche dachte. Eine interessante Aussage, bei der man nachhaken könnte. Aber er beschloss, eine härtere Gangart einzuschlagen. Er öffnete einen der Aktenordner auf dem Tisch und nahm ein Foto aus der Klarsichthülle.

«Das ist Pia Hornus», sagte er.

Lian beugte sich vor und studierte das Bild. «Könnte das

Mädchen sein, das ich letzten Samstag mitgenommen habe. Sicher bin ich aber nicht. Was ist mit ihr?»

Stadler legte ein zweites Fotos daneben, das zeigte, wie Pia aussah, als sie gefunden wurde.

«Damit habe ich nichts zu tun!» Er sah ehrlich entsetzt aus. Die großen braunen Augen fixierten Stadler. «So etwas würde ich nicht machen! Als ich sie aus dem Wagen gelassen habe, ging es ihr gut!»

«Wo haben Sie Pia denn abgesetzt?», bohrte Birgit nach.

«Ich weiß nicht genau.» Er senkte den Kopf, biss sich auf die Lippe.

«Na, dann ungefähr.»

«Keine Ahnung. Sie hat nach ein paar Minuten plötzlich Panik gekriegt, wollte unbedingt, dass ich sie wieder rauslasse. Und genau das habe ich getan.»

«Sie hat Panik gekriegt? Warum das denn?» Stadler beugte sich vor.

«Was weiß ich? Sie hat was davon gefaselt, dass sie nicht per Anhalter fahren darf. Dass sie Ärger kriegt und so.»

«Und dann haben Sie einfach so am Straßenrand gehalten und sie rausgelassen.»

«Klar.»

«War ein anderes Auto in der Nähe, als Sie gehalten haben, um Pia aussteigen zu lassen?», fragte Liz von hinten.

Stadler fluchte stumm. Sie sollte doch die Klappe halten. Birgit und er waren ein eingespieltes Team, was Vernehmungen anging, sie spielten sich gegenseitig die Bälle zu. Warum konnte Liz nicht ein einziges Mal das tun, was von ihr verlangt wurde?

Lian Kendrick drehte sich zu Liz um. «Nein, da war kein Wagen weit und breit.» Er wandte sich ab, stockte. «Oder doch, warten Sie – als ich wieder losfuhr, kam mir ein Auto entgegen.»

«Was für ein Auto?», fragte Birgit.

«Im Dunkeln habe ich nicht viel mehr als die Scheinwerfer gesehen. Aber mir ist aufgefallen, dass der Wagen langsamer wurde, als er an der Stelle ankam, wo das Mädchen ausgestiegen ist. Deshalb habe ich in den Rückspiegel geguckt.»

«Und?» Stadler spielte nervös mit seinem Kugelschreiber. Das Gespräch nahm eine völlig andere Wendung, als er erwartet hatte.

«War irgendein Lieferwagen oder so.»

«Haben Sie gesehen, ob Pia eingestiegen ist?»

Lian schüttelte den Kopf. Dann hob er den Blick und sah Stadler an. «Glauben Sie etwa, dass das ihr Mörder war?» Er fuhr sich mit den Fingern durch das strubbelige Haar. «Scheiße, Mann! Wenn ich sie nicht rausgelassen hätte, wäre sie jetzt noch am Leben. Stimmt es?» Wieder fuhr er sich durch das Haar. «Ich könnte ’ne Kippe gebrauchen. Darf man hier rauchen?»

«Ausnahmsweise.» Stadler erhob sich und öffnete das Fenster. Er hörte, wie Lian Kendrick sich eine Zigarette anzündete und heftig inhalierte. Seine Gedanken rasten. War es möglich, dass der junge Mann wirklich nur ein unbeteiligter Zeuge war? Gab es solche Zufälle? Aber warum hatte Kendrick Liz und ihn mit dem Jeep verfolgt?

DONNERSTAG, 28. AUGUST, 07:24 UHR

Liz schlürfte heißen Kaffee. Stadler setzte sich zu ihr. Birgit lehnte an der Fensterbank und betrachtete die beiden. Obwohl die Nacht viel zu kurz gewesen war, fühlte sie sich hellwach.

«Was haltet ihr von Lian Kendricks Geschichte?», fragte Stadler.

Liz schwieg, presste den Becher an ihre Wange. Sie wirkte abwesend, so als hätte sie die Frage gar nicht gehört.

«Er wäre nicht der erste begnadete Lügner, der mir in diesem Job begegnet ist», sagte Birgit. «Ich finde, wir sollten die Untersuchungsergebnisse abwarten und ihn damit konfrontieren.»

«Falls wir etwas finden, womit wir ihn konfrontieren können», verkündete Stadler düster. «Dass Pia Hornus in dem Jeep gesessen hat, hat er zugegeben. Das beweist nichts.»

«Wenn sich zusätzlich Spuren von Jonathan Geissler in dem Wagen finden würden, wäre das ein Anfang», sagte Birgit. «Oder noch besser, Spuren von Lian Kendrick an Geisslers Leiche. Was ist überhaupt mit der Fremd-DNA an den Toten? Hast du veranlasst, dass sie mit Kendricks DNA abgeglichen wird?»

«Natürlich! Aber das wird uns nicht weiterbringen.» Stadler schüttelte den Kopf. «Bei den älteren Opfern wurde keine Fremd-DNA sichergestellt, bei Jonathan Geissler war sie so verunreinigt, dass sie für einen Abgleich nicht mehr zu gebrauchen ist. Und wenn die Kollegen im Labor an Pia Hornus' Leiche DNA-Spuren von Lian Kendrick nachweisen, nützt uns das vor Gericht auch nichts. Schließlich war sie kurz vor ihrem Tod in seinem Wagen.» Stadler ballte die Faust. «Wir brauchen sein Versteck! Den Ort, an dem er seine Opfer gefangen hält.

Ich denke, es ist Zeit für die zweite Runde. Wir sollten die Daumenschrauben anziehen, ihn mit weiteren Fotos der Opfer und den Obduktionsergebnissen konfrontieren.»

«Ich glaube nicht, dass das sinnvoll wäre», wandte Liz ein.

«Ach, und warum nicht?»

«Ich glaube, dass er etwas vor uns verbirgt», erklärte sie.

«So weit war ich auch schon.»

«Georg, dein Sarkasmus bringt uns nicht weiter», fuhr Birgit ihn an. «Lass Liz erklären, was sie meint.»

«Halt dich da raus, Birgit!», fuhr Stadler sie an. «Du hast mir gar nichts zu sagen!»

Birgit öffnete den Mund, ohne zu wissen, was sie erwidern sollte. Fassungslos starrte sie ihren ehemaligen Partner an. Doch der hatte sich bereits abgewandt und fixierte Liz herausfordernd.

Liz stellte ihren Kaffeebecher ab und warf Birgit einen mitfühlenden Blick zu. «Ich glaube, dass Lian Kendrick uns etwas vorspielt, um von einer bestimmten Sache abzulenken. Etwas, worauf wir keinesfalls kommen sollen. Einerseits. Aber andererseits möchte er uns gern mit der Nase darauf stoßen. Er möchte, dass wir etwas herausfinden, aber er möchte keinesfalls derjenige sein, der es uns verrät. Es ist eine Art Hilferuf.»

«Aber könnte es dabei nicht um ihn selbst gehen?», fragte Birgit. Sie war noch immer sauer auf Stadler, aber es half, ihn zu ignorieren und sich auf Liz zu konzentrieren. «Könnte es nicht sein, dass er gern überführt werden möchte, weil er selbst unter seinen Taten leidet? Solche Täter gibt es schließlich.»

«Könnte sein. Ich habe allerdings einen anderen Verdacht.»

«Da bin ich aber neugierig.» Stadler verschränkte die Arme.

«Ich auch. Auf eure Reaktion.»

Birgit horchte auf. Liz schien Widerspruch zu erwarten.

Liz sah Stadler an. «Wir sind uns einig, dass Lian Kendrick

dir einerseits Hinweise geschickt und dich andererseits beschattet hat. Richtig?»

«Richtig», antwortete Stadler. «Aber nur unter der Voraussetzung, dass wirklich er der Absender der Päckchen ist und dass wirklich er am Steuer des Jeeps saß. Das ist bisher nicht bewiesen.»

«Akzeptiert.» Liz stand auf, nahm einen Stift und trat an das Whiteboard. Sie machte Notizen, während sie sprach. «Wir haben noch keinen Tatort für die Folter, nur für die Tötungen. Dafür haben wir außer dem Jeep einen auffälligen Kastenwagen und Hinweise auf eine Fahrradwerkstatt im Umfeld der Taten.» Sie schrieb die Worte *zweites Auto* und *Werkstatt* an das Board. «Wir haben einen Verdächtigen, der die Polizei indirekt um Hilfe gebeten hat.» *Hilfeschrei.* «Wir haben Urinspuren an zwei Tatorten, die, zumindest in einen Fall, eindeutig nicht vom Opfer stammen.» *Urin.* Liz holte Luft. «Das alles sind Hinweise auf ein Täterduo.»

«Ach du Scheiße», murmelte Birgit.

«Du meinst, Lian Kendrick hat einen Komplizen?», fragte Stadler skeptisch.

«Nein. Ich glaube, dass Lian der Komplize ist. Der Haupttäter ist jemand, den er glaubt schützen zu müssen. Doch gleichzeitig will er, dass die Morde endlich aufhören.»

«Der Kastenwagen gehört demnach dem Haupttäter», sagte Stadler nachdenklich. «Und dessen Werkstatt könnte das Versteck sein, wo die Opfer festgehalten werden.»

«Und die Urinspuren ...» Birgit sah Liz fragend an.

«... sind von Lian, der entsetzt und tatenlos zusehen muss, wie der Haupttäter die Opfer zu Tode quält. Der sich dabei im wahrsten Sinne des Wortes vor Angst in die Hose macht. Der furchtbar unter der Situation leidet, aber nicht weiß, wie er sie ändern kann.»

«Aber wer könnte dieser Täter sein?» Stadler erhob sich ebenfalls, starrte aus dem Fenster.

«Jemand, der Lian nahesteht», sagte Liz.

«Der Stiefvater?», schlug Birgit vor.

Liz schüttelte den Kopf. «Zu alt.»

«Jemand, mit dem Lian im Knast gesessen hat?»

«Möglich.» Liz' Blick war auf die Liste auf dem Whiteboard gerichtet. «Hat Lian Kendrick Geschwister?»

«Keine Ahnung», sagte Stadler. «Du hast doch mit der Pflegemutter gesprochen. Was hat die dazu gesagt?»

«Nichts. Ich habe sie allerdings nicht danach gefragt.»

Birgit ließ die Vorstellung sacken. «Dann hätten wir es mit einem mordenden Geschwisterpaar zu tun», sagte sie. «Das würde passen, die beiden hätten ja das gleiche Trauma. Es würde bedeuten –»

«Keine voreiligen Schlüsse!», unterbrach Stadler. «Bevor wir weiter spekulieren, rufe ich die Pflegeeltern an. Birgit, bitte versuch du es beim Jugendamt.» Er stockte. «Hast du nicht gestern mit denen gesprochen? Wegen möglicher Misshandlungen in Lians Kindheit?»

«Davon habe ich dir auch erzählt», antwortete sie verärgert. «Das Amt in Mönchengladbach hat nur die Pflegeeltern vermittelt und betreut. Und in Erkelenz lag gar nichts vor.»

«Dann ist der Vater nie angezeigt worden», schloss Liz. «Weder vom Kinderarzt noch von Lehrern oder anderen Personen. Obwohl die eigentlich gemerkt haben müssten, was los war.»

«Vielleicht war der Junge nie krank, dann war er auch nicht beim Arzt», warf Stadler ein. «Und Lehrer merken doch sowieso nichts.»

Liz schüttelte den Kopf. «Wenn Susanne Ronsdorff die Wahrheit gesagt hat, was die Schwere der Misshandlungen angeht, muss es Menschen geben, die es zumindest geahnt haben.

Mal ganz abgesehen davon, dass der Junge die Verletzungen zum Beispiel im Sportunterricht schlecht verbergen konnte, muss er unter den psychischen Folgen gelitten haben, Angstzustände, Konzentrationsschwäche, verzögerte Entwicklung. Da *wollte* niemand hingucken.»

«Leider kein Einzelfall.» Birgit ertappte sich dabei, Mitgefühl für den jungen Mann zu entwickeln, der im Vernehmungszimmer auf sie wartete.

«Ich habe übrigens noch etwas, das meine Hypothese stützt.» Liz griff in ihre Handtasche, zog ein silbernes Kettchen mit einem Anhänger hervor und legte es auf den Tisch. «Ich habe mir gestern den Hof angeschaut, auf dem Lian aufgewachsen ist. Ich dachte, es würde mir helfen, ihn zu verstehen. Einen blutigen Marterpfahl habe ich zwar nicht gefunden. Aber das hier lag im Matsch vor dem Haus.»

«Warum hast du das mitgehen lassen?», fragte Stadler ärgerlich. «Ein Handyfoto hätte doch gereicht. Wenn es irgendeine Bedeutung hat, können wir es vor Gericht nicht verwenden.»

«Ich gebe zu, es war ein völlig irrationaler Impuls. Tut mir leid. Immerhin habe ich etwas entdeckt: Auf dem Anhänger ist ein Bildnis des heiligen Stylian. Das ist der Schutzpatron der Kinder.»

«Der heilige Stylian? Von dem habe ich noch nie gehört.» Birgit beugte sich über die Kette, und dann begriff sie. «Lian trägt den gleichen Anhänger.»

DONNERSTAG, 28. AUGUST, 08:04 UHR

Perfekt! Absolut perfekt. Er hatte den Ausdruck jetzt dreimal durchgelesen, und er war mit seinem Werk mehr als zufrieden. Er fand, dass er genau wie bei seinem ersten Brief den Ton des Schreibens, das in der Zeitung abgedruckt worden war, gut getroffen und dennoch einen eigenen Touch hinzugefügt hatte, der sich nahtlos in das Gesamtbild einfügte.

Es hatte sich widerlich angefühlt, all diese abscheulichen Vokabeln zu verwenden, diese brutale Unterschichtensprache, aber das Ergebnis konnte sich sehen lassen. Kein Mensch würde anzweifeln, dass dieser Brief ebenfalls von Derek McGee stammte, auch diese deutsche Psychotante nicht, die vor Gericht für so viel Wirbel gesorgt hatte.

Er faltete das Schreiben und schob es in den Umschlag. Am liebsten würde er es nicht per Post schicken, sondern persönlich abgeben, aber das war natürlich völlig undenkbar. Es gab keine Möglichkeit, den ganzen Überwachungskameras zu entgehen. Selbst mit Mütze und angeklebtem Bart wäre das Risiko zu groß. Sehr bedauerlich.

Er stopfte den Umschlag in die hintere Hosentasche, zog eine leichte Jeansjacke an und trat vor das Haus. Nachdem er die Tür hinter sich zugezogen hatte, schob er die Hände in die Jackentasche. Er wollte vermeiden, dass irgendwer sich später erinnerte, dass er bei diesem Wetter mit Handschuhen spazieren gegangen war. Solche Details konnten einem zum Verhängnis werden.

Fünf Minuten später warf er den Brief in den Kasten. Jetzt hieß es abwarten.

Er zog die Handschuhe aus und kaufte auf dem Rückweg im Minimarkt zwei Tageszeitungen.

Keira Robertson bestimmte noch immer die Schlagzeilen, zentrales Thema war jedoch die Entlassung Derek McGees und seine Verbringung an einen unbekannten Ort. Die Tatsache, dass McGee geschützt wurde, während seine Opfer ihm nun wieder schutzlos ausgeliefert waren, ließ die Emotionen hochkochen.

Besonders interessant war, dass McGee überhaupt nicht an einen sicheren Ort gebracht worden war. Gestern Abend hatte er es sich nicht nehmen lassen, diese Behauptung zu überprüfen, und war an dem Haus in der Hadlow Road vorbeigegangen. Zweimal im Abstand von einer Stunde, um ganz sicher zu gehen. Beide Male hatte im hinteren Teil des Hauses Licht gebrannt, und er hatte die Umrisse einer Person gesehen, die hin und her ging.

Derek McGee würde nicht mehr lange in seinem Haus herumspazieren. Sobald morgen der Brief bei Scotland Yard eintraf, würde er erneut festgenommen werden. So viel stand fest.

DONNERSTAG, 28. AUGUST, 08:12 UHR

Georg Stadler sah Birgit an, die gerade den Hörer auflegte. Liz war mit Miguel losgezogen, um für alle etwas zum Frühstück zu holen. «Und?»

«Noch nichts.» Sie schüttelte verärgert den Kopf. «Das ist zum Verrücktwerden. «Sie rufen zurück, sobald sie etwas haben. Aber ich fürchte, da kommt nichts mehr.»

«Das darf doch nicht wahr sein! Ich dachte, die Praxis hätte alles von dem alten Kinderarzt übernommen! Hast du beim Jugendamt noch mal nachgehakt?»

«Die haben offenbar wirklich nichts vorliegen, bis auf die Vormundschaftssache nach dem Tod von Lians Vater.» Sie seufzte. «Noch nichts vom Meldeamt?»

«Keine Reaktion auf meine Anfrage.» Er blickte auf die Uhr. «Vielleicht fangen die erst um neun an. Ich versuche es noch mal bei Susanne und Gerd Ronsdorff. Zu blöd, dass wir von den beiden keine Mobilnummer haben.» Er tippte die Mönchengladbacher Festnetznummer ins Telefon. Wieder klingelte es endlos. Gerade als er auflegen wollte, wurde abgehoben.

«Ronsdorff.» Die Frau klang atemlos.

«Georg Stadler hier. Ich habe eine kurze Frage, was Lian angeht.»

«Ja?» Selbst in diesem einen kurzen Wort lag Misstrauen.

«Es geht um seine Familie.»

«Dazu kann ich nichts sagen. Alles, was ich weiß, habe ich dieser Psychologin erzählt.»

Stadler rieb sich die Stirn. Er hätte die Stiefeltern gründlicher befragen sollen, als sie Lian vermisst melden wollten. Zu dem Zeitpunkt waren sie aus Sorge um ihren Sohn ziemlich gesprächig gewesen. «Ich habe nur eine einzige Frage: Hat Lian Geschwister?»

«Warum wollen Sie das wissen? Er ist doch wieder da.»

Stadler verkniff sich zu antworten, dass Lian sogar hier bei ihm war, im Vernehmungszimmer des KK 11. Vermutlich würde die Frau keine einzige Frage mehr beantworten, sondern auf der Stelle herbeieilen, um ihrem Schützling beizustehen. Wie gut, dass Lian vierundzwanzig war und Stadler ihr nichts sagen musste.

«Bitte beantworten Sie meine Frage.»

«Er hat gelogen, als er sich nach seinem Verschwinden hier auf dem Präsidium gemeldet hat. Ist das so schlimm?»

Stadler schwieg überrascht.

Susanne Ronsdorff interpretierte das offenbar als Aufforderung, weiterzusprechen. «Wir haben ihm jeden Kontakt zu seinem Bruder untersagt. Jorek übt einen schlechten Einfluss auf Lian aus. Ein grässlicher Kerl. Eigentlich hätten sich die Behörden damals um den Burschen kümmern müssen, aber er war halt schon volljährig. Irgendwie habe ich immer geahnt, dass Lian heimlich Kontakt gehalten hat. Jorek war es wohl auch, der ihn auf die schiefe Bahn gebracht hat. Aber wir konnten Lian ja nicht einsperren.»

Stadler bemühte sich, gelassen zu klingen. «Und als Lian kürzlich verschwunden war …»

«Da war er bei Jorek. Er hat es nicht gesagt, aber wir haben es ihm angemerkt.»

«Wie alt ist Jorek?»

«Um die dreißig. Er ist sechs oder sieben Jahre älter als Lian.»

Ein großer Bruder also. Das passte. «Haben Sie eine Ahnung, wo Jorek Kendrick wohnt?»

«Nein, dafür haben wir uns nie interessiert. Die Jungen haben den Hof geerbt, auf dem sie aufgewachsen sind. Der Vater hat dort irgendeine Werkstatt betrieben. Ich könnte mir vorstellen, dass Jorek noch immer dort wohnt.»

Die Kette mit dem Anhänger, die Liz auf dem Hof gefunden hatte! Sie musste Jorek Kendrick gehören. Verdammt, sie war dem Mörder so nahe gekommen, ohne es zu ahnen. «Lian hat eine Kette mit einem Anhänger, der den heiligen Stylian zeigt. Besitzt er die schon lange?»

«Die hatte er um, als er zu uns kam. Er zieht sie nie aus. Ich glaube, sie ist ein Geschenk seiner Mutter.»

«Verstehe.»

«Kriegt Lian jetzt Ärger?», fragte Susanne Ronsdorff.

«Weil er über seinen Aufenthaltsort gelogen hat? Nein, Frau Ronsdorff. Das ist kein Verbrechen.» Er legte auf.

«Und?» Birgit sah ihn erwartungsvoll an.

«Wir haben ihn! Sein Name ist Jorek Kendrick, und er wohnt vermutlich noch auf dem elterlichen Hof.»

Birgit nickte. «Das dachte ich mir.»

«Wir brauchen sofort ein SEK. Ich leite das in die Wege. Und dann machen wir uns auf den Weg nach Erkelenz.»

DONNERSTAG, 28. AUGUST, 08:32 UHR

«Mist, mein Handy!» Liz versuchte, in ihrer Handtasche zu kramen, ohne die Brötchentüte fallen zu lassen.

«Gib her.» Miguel nahm ihr das Essen ab.

Sie hatten gerade das Foyer erreicht.

Liz meldete sich, ohne vorher aufs Display zu schauen.

«Hi, Liz. DCI Wickham hier. Ich habe schlechte Nachrichten. Sitzen Sie?»

«Nein. Sollte ich?»

Miguel war neben ihr stehengeblieben und sah sie fragend an. «Moment», sagte Liz ins Telefon. Dann zu Miguel: «Geh schon mal hoch, ich komme nach.» Sie sah ihm hinterher, wie er mit der Brötchentüte, einem Tablett Kuchen und einer Flasche Orangensaft unter dem Arm im Paternoster verschwand. «Okay, Marc, hier bin ich wieder.»

«Derek McGee hat sich gestern in seiner Zelle das Leben genommen.»

«Was? Das gibt es doch nicht! Wie konnte das passieren?»

«Er hat es irgendwie geschafft, einen Nagel hineinzuschmuggeln. Es wird eine Untersuchung geben, aber ich fürchte, dabei wird nichts herauskommen. Zu viele Leute sind froh, dass er tot ist. Und außerdem schwärzt hier niemand gern einen Kollegen an.»

«Heißt das, Sie glauben, ein Polizist hat ihm geholfen, den Nagel in die Zelle zu schmuggeln?»

«Ein Polizist oder jemand vom Gefängnispersonal.»

«Wieso war McGee überhaupt in Haft? Gab es einen konkreten Verdacht gegen ihn?»

«Eigentlich nicht», sagte Wickham zögernd. «Wir haben ihn natürlich befragt, nachdem das Mädchen verschwunden war. Und bei der Gelegenheit hat er sich in Widersprüche verwickelt. Nach einigem Hin und Her hat er eingeräumt, dass er Angst habe, und darum gebeten, dass wir ihn in Schutzhaft nehmen.»

«Er war also freiwillig im Gefängnis?»

«Im Prinzip ja.»

«Und jetzt ist er tot.»

«Schlimmer», sagte Wickham. «Er hat eine Art Geständnis hinterlassen.»

«Das kann nicht sein!»

«Das dachte ich auch.» Seine Stimme klang plötzlich bitter. «Es besteht nur aus zwei Wörtern. Er hat sie mit Blut an die Zellenwand geschrieben.»

«Welche Wörter?»

«I'm sorry.»

Liz schwieg betroffen.

«Ich weiß, dass er damit alles Mögliche gemeint haben kann», sagte Wickham. «Aber Sie können sich vermutlich vorstellen, was mein Chef und die meisten meiner Kollegen denken.»

«Der Täter hat sich selbst gerichtet. Fall abgeschlossen.»

«Genau.»

«Und was glauben Sie?»

«Ich halte ihn noch immer für unschuldig. Oder, besser gesagt, nicht verantwortlich für den Tod von Eileen Simmons und Keira Robertson.»

«Und nun?»

«Ich habe es geschafft, meinen Chef davon zu überzeugen, dass der Fall absolut wasserdicht sein muss, bevor wir ihn endgültig abschließen und vor die Presse treten. Und deshalb habe ich ihm etwas ganz Spezielles vorgeschlagen. Wenn Sie sich nicht irren, Liz, könnte das den wahren Täter aus der Deckung locken.»

Liz wurde es mulmig zumute. «Was haben Sie vor?»

«Wir haben die Todesnachricht zurückgehalten und stattdessen verbreitet, dass McGee freigelassen wurde, weil nichts gegen ihn vorliegt. Meine Hoffnung ist, dass das eine Reaktion beim wahren Mörder auslöst. Dass er einen zweiten Brief schreibt und auf den Umschlag eine Briefmarke klebt, auf die sich der Rest der Versicherungsnummer durchgedrückt hat. Dann hätten wir ihn. Was denken Sie, Liz? Wird der Kerl ein weiteres Bekennerschreiben verfassen, wenn er hört, dass McGee auf freiem Fuß ist?»

«Das wäre gut möglich, aber –»

In dem Augenblick waren schnelle Schritte auf der Treppe zu hören, Stadler tauchte auf, Birgit und Miguel im Schlepptau. Sie schienen es eilig zu haben.

«Keine Zeit zum Frühstücken», rief Miguel ihr zu. «Wir stürmen den Hof.»

«Ich muss los, sorry», sagte Liz ins Telefon und beendete das Gespräch. Neugierig hastete sie hinter den Ermittlern her. Am Wagen holte sie die drei ein. «Er hat einen Bruder, ist es das?», fragte sie.

«Volltreffer», antwortete Stadler und betätigte die Entriegelung. «Er heißt Jorek Kendrick und ist sieben Jahre älter als Lian. Und er wohnt noch immer in dem Haus, in dem die beiden aufgewachsen sind.»

«Oh Shit!» Liz wurde schwindelig bei dem Gedanken, wie sie seelenruhig auf dem Gelände herumspaziert war.

«Und rate mal, was Jorek und Lian Kendrick zusammen mit dem Anwesen von ihrem Vater geerbt haben?» Stadler wartete nicht auf eine Antwort. «Eine Fahrradwerkstatt.»

DONNERSTAG, 28. AUGUST, 08:43 UHR

Kelly traute ihren Augen nicht, als sie ihre Mutter sah. Sie hatte tatsächlich geweint! Etwa ihretwegen? Oder war ein wichtiger Kunde vom Kauf einer teuren Limousine abgesprungen?

Sie presste die Lippen zusammen und legte die Hände auf die Bettdecke. Solange diese Frau von der Polizei dabei war, würde sie sich zurückhalten.

«Kelly!» Ihre Mutter zögerte kurz, dann trat sie ans Bett, beugte sich hinunter und drückte Kelly an sich.

Kelly versteifte sich nur kurz. Sie war zu erschöpft. Kaum hatte ihre Mutter sie in den Arm genommen, begann sie hemmungslos zu schluchzen.

«Wir wären gestern Abend schon gekommen», hörte sie ihren Vater sagen. «Aber der Arzt meinte am Telefon, dass sie dir ein Beruhigungsmittel gegeben hätten und du ohnehin erst heute Morgen aufwachen würdest.»

Kellys Mutter löste sich aus der Umarmung. «Wir haben gerade noch einmal mit ihm gesprochen. Er sagt, dass wir dich mitnehmen können.»

«Das ist doch eine wunderbare Nachricht!» Die Polizistin, deren Namen Kelly sich nicht gemerkt hatte, lächelte in die Runde. Sie war jung und blond und sprach fast akzentfrei Deutsch. «Lassen Sie sich von Ihren Eltern verwöhnen!» Sie zwinkerte Kelly zu, verabschiedete sich und verließ das Krankenzimmer.

Die Polizistin hatte gut reden. Vermutlich brannten ihre Eltern darauf, so bald wie möglich wieder in ihrem heißgeliebten Autohaus zu verschwinden. Wie sie es diesen einen Tag ohne schafften, war ein Rätsel.

Kellys Mutter griff nach ihrer Hand. «Mein armes Mädchen. Was ist nur in dich gefahren?»

Kelly starrte aus dem Fenster. Was sollte sie auch darauf antworten?

Ihre Mutter räusperte sich. «Hast du Hunger? Ich habe Kuchen mitgebracht. Krankenhausessen ist ja immer furchtbar.»

«Klingt lecker», murmelte Kelly ohne Begeisterung. «Aber ich darf noch nicht viel essen, hat der Arzt gesagt.»

«Natürlich. Vielleicht hast du unterwegs Appetit darauf.»

«Wir haben dir frische Sachen mitgebracht.» Ihr Vater stellte eine Sporttasche auf den Tisch neben ihrem Bett. «Weil du doch – weil dieser Mann ...»

«Danke», flüsterte sie. «Brechen wir sofort auf?»

«Der Arzt hat gesagt, dass er dich noch einmal untersuchen will», antwortete ihre Mutter. «Er kommt, sobald er Zeit hat.»

Kelly nickte.

Ihre Mutter senkte den Blick. «Sie haben gesagt, du wolltest – du wolltest zu Ariane.»

Kelly knetete ihre Finger.

«Es ist das Schlimmste auf der Welt, ein Kind zu verlieren», sagte ihre Mutter leise. «Das Allerschlimmste.»

«Aber ich bin noch da!», stieß Kelly hervor.

«Ich weiß», antwortete ihre Mutter. «Es tut mir so leid.» Ihre Augen wurden feucht. «Ach, Kelly, ich hätte es nicht ertragen, dich auch noch zu verlieren.» Sie schluchzte, presste die Hände vor das Gesicht.

Kelly berührte vorsichtig ihre Schulter.

«Versprich mir, dass du das nie wieder tust, Kelly. Du bist doch alles, was mir geblieben ist.»

Kelly nahm ihre Mutter in den Arm. «Ich verspreche es», flüsterte sie.

Nach einer Weile machte ihre Mutter sich los. Sie zog ein

Taschentuch aus ihrer Handtasche und tupfte sich damit das Gesicht trocken.

Kelly sah zu ihrem Vater auf, der verlegen seine Schuhspitzen musterte.

«Ich habe dir etwas mitgebracht», sagte ihre Mutter. Sie griff nach der Tasche und zog ein Album hervor. «Fotos von Ariane und dir.»

«Von uns zusammen?» Überrascht blickte Kelly sie an. «Hast du nicht immer gesagt, es gäbe keine gemeinsamen Bilder von Ariane und mir, weil ich erst zwei war, als sie starb?»

Ihre Mutter strich mit den Fingern über den Einband. «Es gibt sogar ein ganzes Album voll. Ich hatte nur nie die Kraft, es mir anzusehen.» Sie schluckte. «Es tut noch immer so weh.» Sie lächelte Kelly an. Ihr Make-up war verschmiert. «Aber nun – nun, denke ich, ist es Zeit.»

Kelly rückte näher an ihre Mutter heran.

Diese schlug die erste Seite auf. «Du wirst sehen, was für ein wunderhübsches Baby du warst, Kelly», sagte sie. «Und wie sehr Ariane dich vergöttert hat. Habe ich dir je erzählt, dass sie deinen Namen aussuchen durfte?»

DONNERSTAG, 28. AUGUST, 09:05 UHR

Sie warteten auf einem Pendlerparkplatz an der Autobahnausfahrt auf das SEK. Als die Kollegen eintrafen, erkannte Liz an Stadlers zusammengepressten Lippen, wie angespannt er war. Bei der Erstürmung des Hofs konnte viel schiefgehen. Zumal das Areal nicht im Vorfeld in Augenschein genommen werden konnte, ohne Gefahr zu laufen, von Jorek Kendrick entdeckt zu werden. Der Hof lag einsam zwischen den Feldern, weit und breit war kein anderes Gebäude, das Deckung geboten hätte.

Stadler kehrte von seiner kurzen Besprechung mit dem Einsatzleiter zurück und stieg wieder ein. «Das SEK bekommt zehn Minuten Vorsprung.» Er faltete eine Karte auseinander und hielt sie so, dass Liz, Birgit und Miguel sie sehen konnten. «Die Männer werden die Wagen hier stehen lassen.» Er deutete auf eine kleine grüne Fläche, die auf Baumbewuchs und somit Sichtschutz verwies. «Und dann werden sie versuchen, sich möglichst unauffällig von drei Seiten zu nähern. Die drei Männer, die sich von der Straßenseite her auf das Haus zubewegen, werden sich wie harmlose Spaziergänger geben. Die anderen müssen durch die Felder robben.»

«Ist das nicht ziemlich viel Aufwand für einen einzelnen Mann?», fragte Liz. Sie sah den Wagen hinterher, die gerade den Parkplatz verließen.

«Wir müssen auf alles gefasst sein. Jorek Kendrick hat vermutlich mindestens vier junge Menschen gefoltert und umgebracht. Ich kann nicht einschätzen, wie verzweifelt oder durchgeknallt er ist. Lieber betreibe ich zu viel Aufwand als zu wenig.»

«Verstehe.» Liz kam ein Gedanke. «Was wissen wir eigentlich über den Tod des Vaters?»

«Wie bitte?» Birgit, die auf dem Beifahrersitz saß, drehte sich zu ihr um. «Willst du etwa andeuten, Kendrick könnte ...»

Liz hob die Hände. «War nur eine Frage.»

«Die vorerst warten muss», sagte Stadler und startete den Motor. «Aber merk sie dir für später.»

Kurz bevor sie das Waldstück erreichten, in dem die Wagen des SEK parkten, meldete sich der Einsatzleiter per Funk. Sie hatten den Hof gesichert. Obwohl ein weißer Kastenwagen neben dem Haus parkte, hatten sie niemanden angetroffen. Keine Spur von Jorek Kendrick.

«Verflucht!» Stadler knallte die Faust aufs Lenkrad und gab Gas.

Wenige Minuten später hielten sie vor dem Grundstück. Liz stieg aus und schaute sich um. Der Hof sah genauso aus wie bei ihrem ersten Besuch. Nur dass gestern der Wagen nicht dort gestanden hatte.

Nach und nach kamen die Männer des SEK aus dem Haupthaus und den Nebengebäuden. Einer trat aus dem etwas abseits stehenden Schuppen und winkte. «Stadler, das musst du dir ansehen!»

Sie liefen los. Um keine Spuren zu zerstören, traten sie nicht über die Schwelle, doch was sie von dort sahen, genügte. In dem Schuppen wurde offenbar Holz gehackt und gelagert. Zudem befand sich auf einer Seite eine Werkbank, über der allerlei Werkzeug hing. Auf der Arbeitsplatte lagen ein Hammer und mehrere eiserne Zangen, daneben stapelten sich vergilbte Zeitungen. In einem Hauklotz auf dem Boden steckte ein Beil, die Schneide und die Fläche des Klotzes waren mit einer dunklen Flüssigkeit beschmiert. An der Wand gegenüber der Werkbank befand sich eine Art hölzerne Pritsche. Auch sie wies Flecken auf. Liz schauderte. Als Letztes fiel ihr Blick auf den Stützbalken in der Mitte des Schuppens. Etwa in Kopfhöhe klebten einige

Haare an dem Holz, auf dem Boden davor lag ein Stück Fahrradschlauch.

Fast genauso grauenvoll wie der Anblick dieses Raums war der Geruch, den das Holz aus allen Poren verströmte. Säuerlich. Faulig. Liz schnappte nach Luft. Dies war der Ort, an dem die Opfer festgehalten und gefoltert worden waren. Vermutlich hatten sie viele Stunden an den Stützbalken gefesselt verbringen und dabei furchtbare Qualen über sich ergehen lassen müssen. Liz war sicher, dass auch Lian und Jorek Kendrick hier einst hatten leiden müssen.

Der Einsatzleiter näherte sich von hinten. «In dem Kastenwagen ist Fahrradwerkzeug. Ein riesiges Sortiment. Die dazugehörige Werkstatt befindet sich in dem Anbau neben dem Haupthaus.»

Stadler trat von der Schwelle zurück und drehte sich zu ihm um. «Irgendein Hinweis darauf, wo die Zielperson stecken könnte?»

«Nichts.»

Sie gingen in Richtung Haupthaus.

«Wir ziehen uns dann zurück», sagte der Einsatzleiter.

«Okay. Danke.»

«Und jetzt?», fragte Birgit.

«Wir brauchen die Kriminaltechnik hier. Die müssen jeden Stein umdrehen.» Stadler nickte Miguel zu, der zur Seite trat, um mit den Kollegen zu telefonieren.

«Aber damit verscheuchen wir Jorek Kendrick endgültig», protestierte Birgit. «Noch hätten wir die Chance, ihn hier abzufangen, wenn er zurückkommt. Aber wenn die KTU erst einmal hier ist, wird er das Aufgebot schon von weitem sehen und untertauchen.»

Stadler sah sie an. «Stimmt. Das Risiko müssen wir eben eingehen.»

«Wir könnten uns im Haus verstecken und auf ihn warten.»

«Was, wenn er längst Bescheid weiß? Wir sind hier auf dem Land.»

«Es wäre einen Versuch wert.»

Liz schaltete sich ein. «Wir haben noch immer Lian. Er kann uns zu seinem Bruder führen.»

«Warum sollte er das tun?», fragte Birgit.

«Um ihm zu helfen. Vergiss nicht, dass er von Anfang an versucht hat, uns auf die richtige Spur zu bringen. Er möchte es beenden.»

«Und wenn nicht?»

«Dann bleibt noch immer die Möglichkeit, ihn laufen zu lassen und ihm zu folgen.»

«Wollen wir hoffen, dass das nicht nötig sein wird», unterbrach Stadler.

Miguel kam zurück. «Alles erledigt», sagte er. «KTU ist unterwegs. Fahndung ist raus.»

«Gut.» Stadler ließ seinen Blick über die Hofgebäude schweifen. «Dann wollen wir uns mal mit Lian unterhalten. Vielleicht hat er ja angesichts dieser neuen Entwicklung Lust auszupacken.»

FREITAG, 29. AUGUST, 10:14 UHR

«Bist du dir sicher, dass du das riskieren willst?» Birgit sah Stadler eindringlich an.

Ärgerlich winkte er ab. Er brauchte ihre Ermahnung nicht, um zu wissen, welches Risiko er in Kauf nahm. «Wir haben das ausdiskutiert. Meine Entscheidung steht fest. Wir lassen Lian laufen. Er wird uns zu seinem Bruder führen.»

Stadler drehte sich weg, um ihr Gesicht nicht zu sehen. Das würde ihn nur ins Wanken bringen. Die Meinung seiner Kollegin war ihm wichtig, und es fiel ihm schwer, sich schon wieder über sie hinwegzusetzen.

Er war davon ausgegangen, dass entweder Lian angesichts der neuen Lage plaudern oder die Techniker eine heiße Spur zu seinem Bruder finden würden. Bisher war beides nicht geschehen. Also hatte er auf Liz gehört, die davon überzeugt war, dass Lian schnurstracks zu seinem Bruder eilen würde, wenn er erst einmal auf freiem Fuß war.

«Hauptsache, wir verlieren ihn nicht», sagte Birgit hinter ihm.

«Du könntest ruhig ein bisschen Vertrauen in deine Kollegen haben. Die wissen, was sie tun.»

«Ach, Georg, fang bitte nicht so an!»

Er fuhr herum. «Ich will nicht weiter darüber reden, verstanden?»

«Das ist offensichtlich.» Sie verschränkte die Arme.

In dem Augenblick sprang die Tür auf, Miguel trat ein. «Alles ist vorbereitet. Sobald du grünes Licht gibst, kann die Operation starten.»

«Na, dann viel Spaß!» Birgit stürmte aus dem Raum.

Miguel starrte ihr irritiert hinterher. «Was ist los?»

«Sie hält nichts davon, Lian Kendrick laufen zu lassen.»

Miguel zuckte mit den Schultern. «No risk, no fun.»

«Ist das deine Meinung?», fragte Stadler überrascht.

«Ich finde es sehr riskant, ja. Wenn wir Pech haben, sind am Ende beide Brüder verschwunden. Aber ich hätte genauso entschieden wie du.»

Stadler nickte. «Weißt du, wo Liz steckt?»

«Sie sitzt in deinem Büro. Ich glaube, sie wollte sich die Kopien der Zeitungsseiten noch einmal ansehen, die im Rachen der Toten gefunden wurden. Sie glaubt, dass wir irgendetwas übersehen haben.»

«Aha.» Stadler rieb sich den Nasenrücken. «Meinst du, ich könnte sie bitten, mal nach Birgit zu sehen?»

Miguel kniff die Augen zusammen. «Ehrlich gesagt, finde ich, das solltet ihr beide unter euch klären. Ihr wart doch mal das Dreamteam des KK 11. Da musstet ihr euch doch wohl des Öfteren zusammenraufen, wenn ihr nicht der gleichen Meinung wart, oder?»

«Dreamteam, ja?» Stadler lachte, aber es klang sogar in seinen eigenen Ohren künstlich. «Wie kommst du eigentlich mit ihr zurecht?»

«Gut. Warum fragst du?»

Stadler wusste es selbst nicht. War er eifersüchtig? Er vermisste Birgit als Partnerin. Ihm kam ein sonderbarer Gedanke: Hätte er mehr auf ihren Rat gehört, wenn sie noch ein Team wären? Er riss sich zusammen, solche Fragen führten zu nichts. «Reine Neugier.»

Miguel grinste. «Willst du sie wiederhaben?»

«Würdest du sie hergeben?»

«Sehr ungern. Sehr, sehr ungern sogar.»

Stadler sah ihn erstaunt an, doch Miguel wandte sich rasch ab und ging zur Tür. «Soll ich den Kollegen sagen, dass sie

Lian Kendrick freilassen können?», fragte er, die Klinke in der Hand.

«Ja, lassen wir die Operation anlaufen.»

FREITAG, 29. AUGUST, 10:32 UHR

Liz stockte. Las den Artikel noch einmal Wort für Wort. Die Überschrift lautete: «Tragisches Ende einer Klassenfahrt». Darunter wurde in zwei kurzen Absätzen berichtet, wie die Schülerin Ariane N. bei dem Versuch, ihrem Klassenkameraden Jorek K. das Leben zu retten, selbst ertrank. Das Unglück war im Juni 1998 in den Niederlanden geschehen, Ariane war vierzehn gewesen, Jorek fünfzehn.

Jetzt wusste Liz, weshalb Jorek Kendrick gerade diese Zeitungsseite in den Rachen seines Opfers geschoben hatte. Fühlte er sich schuldig? Hatte sein Vater ihm die Verantwortung für Arianes Tod gegeben? Ihn dafür bestraft? Alles denkbar.

Hektisch griff Liz nach der zweiten Kopie. Sie las alle Berichte mehrmals, nichts passte. Bis sie schließlich über eine kleine Meldung stolperte. «Sommerfest abgesagt. Das Sommerfest im ‹Autohaus am Ring› in Mönchengladbach ist abgesagt worden. Ein neuer Termin steht noch nicht fest.»

Kelly Novaks Eltern besaßen ein Autohaus! Das Fest war bestimmt wegen Arianes Tod abgesagt worden. Auch dieser Artikel bezog sich also auf den Unfall in den Niederlanden. Die fehlende Verbindung!

Leider fehlte die Zeitungsseite aus Pia Hornus' Mund. Aber Liz war sicher, dass auch dort etwas stand, das mit dem Unglück zu tun hatte. Sie sprang auf. Sie musste sofort mit Stadler sprechen. Arianes Tod war das Ereignis, das die Familie Kendrick endgültig in den Abgrund gestürzt hatte. Der Unfall musste Lians älteren Bruder schwer traumatisiert haben.

Vielleicht war das eine Möglichkeit, Lian zum Reden zu bringen. Sie mussten ihn fragen, was er über den Badeunfall wusste.

FREITAG, 29. AUGUST, 10:45 UHR

«Ich habe etwas gefunden, womit wir Lian Kendrick vielleicht knacken können!»

Stadler fuhr überrascht herum, als Liz unangekündigt in Birgits und Miguels Büro stürmte. Er hatte sich gerade bei seiner Kollegin entschuldigt, und sie hatte eingeräumt, etwas überzogen reagiert zu haben.

«Oh, störe ich?», stammelte Liz. «Ich kann gern später wiederkommen.»

«Schon in Ordnung», sagte Birgit. «Wir waren gerade fertig. Oder?» Sie sah ihn an.

«Stimmt.» Er lehnte sich zurück. «Und? Was hast du gefunden?»

«Kelly Novaks ältere Schwester Ariane kam ums Leben, als sie Jorek Kendrick vor dem Ertrinken rettete. Auf beiden Zeitungsseiten gibt es einen Verweis auf dieses Ereignis. Bei Katharina Wagner war es der Bericht über den Unfall, bei Jonathan Geissler eine kurze Notiz darüber, dass das Sommerfest im Autohaus von Kellys Eltern ausfällt. Und ich wette, dass auf der dritten Zeitungsseite auch etwas steht, das mit dem Unglück zu tun hat.»

«Shit!» Birgit war blass geworden. «Wir sind die Seiten so gründlich durchgegangen. Ich erinnere mich an den Bericht über den Badeunfall! Wieso ist uns das nicht aufgefallen?»

«Wir konnten es nicht bemerken, weil wir zu dem Zeitpunkt noch nichts von Kellys Schwester wussten», sagte Liz. «Es war mein Fehler: Mir hätte das klarwerden müssen, als ich später mit ihren Eltern sprach, aber da hatte ich den Artikel längst vergessen.»

«Trotzdem blöd», beharrte Birgit. «Wenn wir uns zu dem

Badeunfall die vollständigen Hintergrundinfos besorgt hätten, wären wir über den Namen Kendrick gestolpert. Das hätte nicht passieren dürfen.»

«Jedenfalls können wir Lian nun damit konfrontieren», sagte Liz.

«Nicht mehr», widersprach Stadler. «Er ist vor einer halben Stunde entlassen worden.»

«Was?» Liz starrte ihn an.

«War doch auch dein Vorschlag. Mit ein bisschen Glück führt er uns zu seinem Bruder.»

Liz senkte den Blick.

Stadler hatte den Eindruck, dass es etwas gab, das sie ihm verschwieg. «Keine Sorge, er geht uns nicht durch die Lappen.»

«Aber …»

Sein Handy klingelte. «Ja?»

«Du wirst es nicht glauben, Georg, der Junge ist schnurstracks auf den Hof gefahren.»

«Und?»

«Jemand ist dort bei ihm. Wir können auf die Entfernung nicht erkennen, wer es ist, aber wir wollen keinesfalls näher herangehen, solange es noch hell ist.»

«Mann oder Frau?»

«Wie gesagt, nicht zu erkennen. Der Statur nach eher ein Mann.»

«Ich verstehe das nicht.» Stadler fuhr sich durch das Haar. «Der Hof ist doch die ganze Zeit observiert worden.»

Er hörte im Hintergrund Gemurmel, bevor der Kollege vom MEK sich wieder zu Wort meldete. «Die Person war anscheinend die ganze Zeit dort.»

«Das gibt es doch nicht!» Stadler ließ die Faust auf den Schreibtisch knallen. «Die KTU hat das gesamte Gelände auf links gedreht. Das war niemand!»

«Klär das mit den Kollegen, Stadler. Ich kann nichts dazu sagen.»

«Schon gut. Ich mache mich auf den Weg. Ich will sofort wissen, wenn sich etwas tut.» Er legte auf.

Liz und Birgit musterten ihn wortlos.

«Lian ist zum Hof gefahren. Jemand ist bei ihm. Jemand, der angeblich die ganze Zeit dort war.»

«Unmöglich», murmelte Birgit.

«Jemand vom MEK muss gepennt haben», grollte Stadler. Es fiel ihm schwer, nicht auszurasten. Er griff nach seiner Lederjacke. Heute Morgen war es empfindlich kalt gewesen, und er hatte sie im letzten Augenblick mitgenommen. «Auf geht's.»

«Du nimmst an, dass es sich bei der zweiten Person um Jorek handelt?», fragte Birgit mit nervtötender Ruhe.

«Du etwa nicht?» Er war schon bei der Tür. Er stieß sie auf und prallte beinahe mit Miguel zusammen.

«Alles in Ordnung?», fragte der Kollege überrascht.

«Komm mit!» Stadler hatte keine Lust auf Erklärungen. Er drehte sich zu Liz und Birgit um. «Und ihr beide auch.»

Als sie an dem Feldweg ankamen, wussten die Kollegen vom MEK noch immer nicht mehr. Stadler stieg aus und ließ sich vom Einsatzleiter den Kartenausschnitt zeigen, den sie vom Katasteramt erhalten hatten.

Der Mann deutete auf einige Punkte rund um das Anwesen. «Da, da und da stehen unsere Leute. Niemand betritt oder verlässt den Hof, ohne dass wir es mitkriegen.»

Stadler runzelte die Stirn. «Was ist das hier?» Er zeigte mit dem Finger auf ein Rechteck aus gestrichelten Linien hinter dem Wohnhaus, das aussah wie ein weiteres Gebäude.

«Da stand wohl irgendwann mal eine Scheune, aber die gibt es nicht mehr.»

«Verstehe.» Stadler gab die Karte zurück.

«Was nun?» Miguel beugte sich aus dem Seitenfenster.

«Wir fahren hin», entschied Stadler.

«Sollten wir nicht wenigstens ein SEK hinzuziehen?», fragte Birgit.

«Das wird nicht nötig sein.» Er sah, wie Birgit und Miguel einen Blick tauschten. Das bestärkte seinen Entschluss. Noch war er der Leiter der Mordkommission.

«Georg, hast du dir das gut überlegt?», hakte Birgit nach.

Er seufzte ungeduldig. «Ich möchte das ohne großes Getöse klären. Es ist unwahrscheinlich, dass Jorek Kendrick über eine Schusswaffe verfügt. Und Lian ...»

«Du hast Angst, dass dem Jungen etwas passieren könnte», sagte Liz. Es war keine Frage, sondern eine Feststellung.

«Unsinn!», blaffte Stadler. «Ich möchte nur jegliche Gefahr einer Eskalation vermeiden.»

«Schon okay.» Birgit wandte sich ab.

«Wir fahren so nah an das Haus heran, wie es geht», sagte Stadler. «Liz, du bleibst im Wagen. Egal, was geschieht. Du steigst erst aus, wenn ich es sage. Verstanden?»

Liz nickte wortlos.

Stadler bat den Einsatzleiter, seine Leute zu informieren, die rund um das Haus Position bezogen hatten. Insgesamt waren es nur sechs. Zu wenige, falls etwas schiefging. Es durfte eben nichts schiefgehen.

Er stieg ein und startete den Motor. Drei Minuten später hielten sie vor der Mauer, die den Hof umgab. Sie hatten die Fenster des Wohnhauses von dieser Stelle aus nicht im Blick, was bedeutete, dass auch der Wagen vom Haus aus nicht auszumachen war. Allerdings hatten die beiden Brüder ihn vermutlich auf dem Feldweg heranrollen sehen.

Schweigend stiegen sie aus. Stadler signalisierte, dass Birgit um das Haus herumgehen und die Rückseite sichern sollte.

Er bewegte sich mit Miguel auf die Tür zu, die Waffen gezogen und entsichert.

Als sie unmittelbar vor dem Haus standen, klopfte er an. «Lian Kendrick? Ich bin es, Georg Stadler. Kann ich reinkommen?»

Sekundenlang blieb es still.

Gerade als Stadler erneut klopfen wollte, wurde die Tür aufgerissen, und ein junger Mann trat heraus. Er versetzte Stadler einen Stoß und rannte auf das Hoftor zu.

Stadler stürzte zu Boden und schlug mit dem Kopf auf. Wie durch eine Wand aus Wolken hörte er Miguel rufen.

«Halt, stehenbleiben! Polizei!»

«Nicht schießen!», murmelte er benommen.

Er hörte Miguel hinter dem Mann herlaufen und ein zweites Mal rufen. Als er sich gerade aufrappeln wollte, versetzt ihm jemand einen Tritt, der ihn erneut zu Boden gehen ließ. Der Angreifer trat über ihn hinweg und rannte ebenfalls davon. Stadler hörte Schreie und etwas, das sich wie eine Fahrradklingel anhörte, dann wurde ihm schwarz vor Augen.

Als er wieder zu sich kam, beugte sich Birgit über ihn. «Ich habe den Notarzt verständigt», sagte sie. «Bleib besser liegen, bis er eintrifft.»

«Unsinn!» Stadler setzte sich auf. «Mir fehlt nichts.»

«Sicher?»

«Habt ihr ihn?»

«Miguel hat ihn erwischt. Die beiden sitzen mit Liz im Wagen. Kollegen sind unterwegs, um ihn abzuholen. Und die Fahndung ist auch eingeleitet.»

«Fahndung? Ich dachte, ihr hättet ihn erwischt?»

«Jorek Kendrick, ja. Aber Lian ist über den Feldweg davon. Gerade als er aus dem Haus lief, kam ein Gruppe Radfahrer von der anderen Seite. Lian hat eine Frau vom Fahrrad gestoßen und ist damit getürmt. Die Kollegen vom MEK waren zu weit weg, um ihn aufzuhalten, und schießen konnten sie bei dieser unübersichtlichen Lage auch nicht. Miguel hat sich auf Jorek konzentriert, und bis ich hinter dem Haus gemerkt habe, was los ist, war Lian über alle Berge.»

«Verfluchter Mist!» Stadler rieb sich den brummenden Schädel. «Das hätte nicht passieren dürfen!»

Er sah, wie Birgit die Lippen zusammenpresste und eine Erwiderung herunterschluckte.

«Sag's ruhig!», forderte er sie auf.

«Du solltest dich im Krankenhaus untersuchen lassen.»

Das war bestimmt nicht, was sie hatte sagen wollen, aber er ließ es durchgehen. «Quatsch! Mir fehlt nichts.» Er erhob sich, biss die Zähne zusammen, um nicht laut aufzuschreien vor Schmerz. Geschah ihm recht. Er hatte sich wie ein Anfänger angestellt. Was war nur in ihn gefahren? Was machte dieser Fall mit ihm?

«Immerhin haben wir den Haupttäter», sagte Birgit. «Es wird keine weiteren Morde geben. Das ist erst einmal das Wichtigste. Lian Kendrick erwischen wir früher oder später. So dilettantisch, wie der sich bisher angestellt hat, ist das nur eine Frage der Zeit.»

«Hat Jorek irgendwas gesagt?»

«Kein Wort. Trotzdem bin ich sicher, dass wir den Richtigen haben. Du wirst begreifen, wenn du ihn siehst.»

«Wieso?»

«Jorek Kendrick fehlen zwei Finger an der linken Hand.»

FREITAG, 29. AUGUST, 12:32 UHR

Irgendetwas lag in der Luft. Ein Flirren, eine seltsame Unruhe, obwohl alles still war.

Er presste seine Stirn an die Scheibe und blickte nach draußen. Das war es! Die Stille! Wo waren die Autos, wo die Fußgänger? Die Straße wirkte wie ausgestorben. Viel zu ruhig für diese Tageszeit. Verdammt, was hatte das zu bedeuten?

Beunruhigt trat er vom Fenster weg. Hatte er Grund, sich Sorgen zu machen? Sollte er das Radio einschalten? Vielleicht wäre es eine gute Idee, eine Runde spazieren zu gehen und nachzusehen, was geschehen war. Möglicherweise hatte sich unten an der Hauptstraße ein Unfall ereignet. Hatte er nicht vorhin eine Sirene gehört? Ja, so musste es sein.

Gerade als er nach seiner Jacke greifen wollte, klingelte es an der Tür. Nervös strich er sich die Haare aus der Stirn. Bloß die Ruhe bewahren! Bestimmt ein Nachbar. Oder der Paketdienst. Aber er hatte nichts bestellt.

Er öffnete die Tür einen Spalt. «Ja?»

«Herr Danson? Russell Danson?»

«Und wer sind Sie?»

«Marc Wickham. Scotland Yard.»

Er knallte die Tür zu, doch sie prallte zurück. Zwei Männer stürmten ins Haus, packten ihn und drehten ihm die Arme auf den Rücken.

Hinter ihnen schlenderte Marc Wickham durch die Tür.

«Hey, was soll der Blödsinn? Was wollen Sie von mir?»

«Russell Danson, ich nehme Sie fest unter dem Verdacht, Eileen Simmons und Keira Robertson ermordet zu haben. Sie haben das Recht, die Aussage zu verweigern. Aber Sie sollten nichts verschweigen, was Sie später vor Gericht zu Ihrer Verteidigung vorbringen möchten. Alles, was Sie sagen, kann als Beweismittel herangezogen werden.»

«So ein Unsinn, ich habe den Mädchen nichts getan!» Er wehrte sich nicht, als die Polizisten ihm Handschellen anlegten, doch er sah Marc Wickham herausfordernd an.

«Ihre nationale Versicherungsnummer lautet BG 67 45 29 C. Ist das korrekt?» Wickham ließ seinen Blick durch die winzige Diele schweifen, interessiert nahm er die Garderobe, den Spiegel und den Schuhschrank in Augenschein. «Schon verrückt, meine eigene Versicherungsnummer kenne ich nicht auswendig, aber Ihre werde ich vermutlich mein Leben lang nicht vergessen.» Er drehte sich zu Danson um. «Sie hätten den zweiten Brief nicht schreiben sollen.»

FREITAG, 29. AUGUST, 13:27 UHR

Wieder waren sie zu dritt, als sie den Verdächtigen vernahmen. Nur dass es diesmal der andere Bruder war, der mit hängenden Schultern an dem Tisch saß, die eine Hand locker neben dem Kaffeebecher platziert, die andere, die mit den fehlenden Fingern, verschämt auf dem Schoß verborgen. Stadler hatte Liz eingebläut, sich herauszuhalten, doch er war darauf gefasst, dass sie auch diesmal nicht den Mund hielt.

Sie stand an die Fensterbank gelehnt. Ihre Hände steckten in den ausladenden Taschen ihres Rocks, ihr Gesichtsausdruck war schwer zu deuten. Stadler wusste, dass irgendetwas sie beschäftigte. Er hoffte, dass es nicht mit seinem Fall, sondern mit der Sache in England zu tun hatte. Vorhin hatte er in den Nachrichten gehört, dass der Verdächtige sich das Leben genommen hatte.

Stadler blickte zu Birgit, die neben ihm saß. Auch sie hatte schon besser ausgesehen. Doch bei ihr nahm er an, dass sie aus dem gleichen Grund missgestimmt war wie er selbst: Weil Lian Kendrick ihnen durch die Lappen gegangen war.

Stadler wandte sich Jorek Kendrick zu, schaltete das Aufnahmegerät an und sprach die üblichen Daten darauf. Sie hatten abgesprochen, behutsam vorzugehen. Der Verdächtige wirkte verschreckt, also wollten sie ihn erst mit einigen unverfänglichen Fragen in Sicherheit wiegen. Das war Birgits Spezialität.

«Herr Kendrick», begann sie. «Sie betreiben eine Fahrradwerkstatt auf dem Hof, den Sie von Ihrem Vater geerbt haben. Ist das richtig?»

«Na ja. Keine richtige Werkstatt», antwortete er. «Wenn einer mich fragt, bringe ich sein Rad wieder in Ordnung. Und er gibt mir was dafür.»

«Aber dann ist es doch eine Werkstatt, oder?»

Jorek Kendrick senkte den Blick. Er hatte deutlich längere Haare als sein Bruder, und sie fielen ihm ins Gesicht, sodass man seine Augen nicht sehen konnte.

«Sie meinen, dass es keine offizielle Werkstatt ist», half Stadler ihm auf die Sprünge. «Keine eingetragene Firma.»

Der Verdächtige schwieg noch immer.

«Wir sind nicht vom Finanzamt», sagte Birgit. «Es ist uns egal, ob Sie für das, was Sie verdienen, Steuern zahlen.»

Jorek Kendrick blickte auf. Er sah erleichtert aus. Nickte.

Stadler fragte sich, ob ihm wirklich nicht klar war, dass er größere Probleme hatte als ein paar nicht versteuerte Einnahmen. Sie wussten, dass er offiziell von Sozialhilfe lebte. Er galt als nicht auf dem Arbeitsmarkt vermittelbar. Deshalb war seine Fahrradwerkstatt auch auf keiner Liste aufgetaucht. Für die Behörden existierte sie gar nicht.

«Sie haben ein Auto, einen Kastenwagen, stimmt das?», fragte Birgit nun.

«Manche Leute rufen mich an, wenn sie unterwegs einen Platten haben», sagte Jorek Kendrick.

«Verstehe.» Birgit zögerte. «Hilft Ihr Bruder Ihnen manchmal bei der Arbeit?»

«Nein!» Jorek Kendrick sah erschrocken aus.

«Aber er hält sich doch des Öfteren auf dem Hof auf.»

Jorek schüttelte den Kopf. «Lian versteht nichts von Rädern. Er kann nicht mal einen Platten flicken.» Er hob die verstümmelte Hand aus seinem Schoß, verschränkte die Finger ineinander.

«Sie haben eine verletzte Hand», sagte Stadler, der merkte, dass Jorek ungern über seinen Bruder sprach. «Wie ist das passiert? Ein Unfall?»

«Lian kann das nicht», murmelte Jorek Kendrick. «Er kann

das nicht. Er war das nicht. Nein! Nein, er hat das nicht getan. Nicht Lian.»

«Herr Kendrick!» Stadler beugte sich vor, unterdrückte mühsam den Impuls, die Hände festzuhalten, die der junge Mann ohne Unterlass knetete.

«Nicht Lian.»

Liz trat an den Tisch. «Lian war es nicht, das wissen wir», sagte sie mit warmer Stimme. «Keine Sorge, Sie haben gut auf Lian aufgepasst. Es ist alles in Ordnung.»

«Es ist alles in Ordnung, ja.» Für einen Augenblick lagen die Hände still. Liz' Worte schienen den Mann zu beruhigen.

«Was hat Lian nicht getan?», fragte Stadler.

Sofort setzten sich die unermüdlichen Finger wieder in Bewegung. «Nicht Lian. Er ist noch so klein. Papa, nicht Lian! Nicht mit dem Schlauch, Papa! Nicht mit dem Schlauch!» Jorek Kendrick schlug die Hände vor das Gesicht und begann, hemmungslos zu schluchzen. Seine Schultern, sein ganzer Körper bebte und zuckte.

«Verflucht!», stieß Stadler hervor. «Was hat er denn?»

«Wir haben irgendwas in ihm ausgelöst, nehme ich an», sagte Birgit.

Jorek Kendrick heulte wie ein Baby.

«Befragung unterbrochen um dreizehn Uhr dreiundvierzig.» Stadler schaltete den Recorder aus und erhob sich. «Wir machen eine Pause, bis er sich beruhigt hat.» Er sah Liz an. «Sollten wir einen Arzt hinzuziehen?»

«Ich glaube, das wäre besser.»

«Und einen Anwalt», ergänzte Birgit.

«Er wollte keinen.»

«Bist du sicher, dass er das selbst beurteilen kann?», fragte Birgit. «Wir dürfen uns keinen Fehler erlauben.»

«Du hast recht.» Stadler seufzte. «Also, er bekommt einen

Pflichtverteidiger. Der soll entscheiden, ob er zusätzlich einen Arzt braucht. Wo steckt eigentlich Miguel?»

«Der wollte doch die Fahndung nach Lian koordinieren.»

«Stimmt. Sag ihm Bescheid, er soll in mein Büro kommen.»

«Kriegsrat?», fragte Birgit mit einen schwachen Lächeln.

Stadler nickte müde. «Kriegsrat.»

FREITAG, 29. AUGUST, 14:47 UHR

Liz starrte auf ihre Finger. Der Anblick von Joreks verkrüppelter Hand ließ sie nicht los. Ebenso wenig wie seine Worte. *Nicht Lian! Er war das nicht! Nicht Lian!*

Was hatte Jorek Kendrick damit gemeint? Irgendwelche Vergehen aus der Kindheit? Die Morde? Beides?

So oder so hatte sie Mist gebaut, und sie musste es Stadler beichten. Sie hatte sich geirrt. Sie hatten den falschen Mann in Gewahrsam.

Liz blickte auf, als Birgit und Miguel gleichzeitig ins Büro kamen. Miguel trug eine Kanne, Birgit vier Tassen. Sie stellten alles auf dem Schreibtisch ab. Birgit schenkte ein.

Stadler beendete ein Telefongespräch mit dem Staatsanwalt. «Ein Alt wäre mir lieber», sagte er mit Blick auf den dampfenden Kaffee.

«Das musst du dir erst verdienen», erwiderte Birgit trocken.

«Sehr witzig.» Er griff nach seiner Tasse und blies hinein. «Übrigens wissen wir jetzt, wie Jorek Kendrick es geschafft hat, ungesehen auf den Hof zu gelangen: Er war überhaupt nicht weg.»

«Wie ist das möglich?» Liz setzte die Tasse wieder ab, aus der sie gerade hatte trinken wollen.

«Hinter dem Haus hat vor langer Zeit ein weiteres Gebäude gestanden. Es existiert nicht mehr, aber der Keller ist noch da. Samt einer Luke, die als Zugang dient, gut versteckt unter einem Haufen altem Schrott.»

«Das ist ja unglaublich!» Liz stellte sich vor, wie Jorek Kendrick stundenlang im Dunkeln ausgeharrt hatte, bis die Luft wieder rein war.

Birgit sprach ihre Gedanken aus. «Er hat die ganze Zeit da

unten gehockt, während die Polizei sein Zuhause auf den Kopf gestellt hat?»

«Das ist die einzige Erklärung.»

«Verrückt.»

«Aber es passt», sagte Liz. «Vielleicht gab es dieses Versteck schon, als er ein kleiner Junge war, vielleicht hat er sich dort vor dem Vater in Sicherheit gebracht. Dann wäre es einfach ein Reflex gewesen, sich dort zu verkriechen.»

«Mehr als ein Reflex», murmelte Miguel. «Er hatte einen guten Grund, der Polizei aus dem Weg zu gehen. Oder nicht?»

«Womit wir beim Thema wären.» Stadler sah in die Runde. «Was haltet ihr von Jorek Kendrick?»

«Auf mich macht er einen total eingeschüchterten Eindruck.» Birgit nahm sich ebenfalls eine Tasse und setzte sich.

«Ich habe das Gefühl, dass er die Taten verdrängt», sagte Miguel. «Er spricht von der Vergangenheit, von seinem Vater, davon, dass er seinen Bruder vor seinem Vater beschützen muss. Aber zur Gegenwart schweigt er. Vielleicht begeht er die Taten in einer Art Wahn und weiß wirklich später nichts davon.»

«Die Opfer werden tagelang gefoltert», hielt Stadler dagegen. «Wie lange soll dieser Wahn denn dauern?» Er wartete nicht auf eine Antwort. «Wenn ihr mich fragt, ist er total durchtrieben. Er spielt uns was vor.»

«Haben wir das nicht auch schon von seinem Bruder gesagt?» Birgit sah fragend zu Liz.

Liz nahm einen Schluck Kaffee, um eine halbe Minute Bedenkzeit herauszuschlagen, bevor sie antwortete. «Ich fürchte, Lian hat noch besser gespielt, als ich geahnt habe. Ich habe mich von ihm täuschen lassen.»

«Wie meinst du das?», fragte Stadler. Liz sah in seinem Gesicht, dass er die Antwort bereits kannte und die Folgen kalkulierte.

«Ich glaube nicht, dass Jorek Kendrick uns etwas vorspielt. Er ist so, wie er ist. Er könnte uns gar nicht in diesem Ausmaß täuschen. Dazu ist er nicht intelligent genug. Er hat einen IQ von unter achtzig. Er ist schlicht überfordert mit der Situation, und die Angst lässt ihn in kindliche Muster zurückfallen.»

«Willst du damit sagen, dass er nicht unser Täter ist?» Miguel stellte seine Tasse auf dem Tisch ab.

«Ich bin sicher, dass er die Morde nicht begangen hat.»

«Was ist mit deiner Theorie vom Täterduo?»

«Davon bin ich nach wie vor überzeugt.»

«Oh nein», seufzte Birgit. «Lian hat uns den verstörten kleinen Bruder nur vorgespielt.»

«Korrekt.» Liz presste die Lippen zusammen. «Erinnert ihr euch an die Aussage von Fabian Hesse? Fabian ist in dem Kastenwagen mitgefahren, und der Fahrer hat ständig davon gesprochen, wie gefährlich es ist, per Anhalter zu fahren. Es war ihm ernst. Er wollte Fabian vor Lian schützen!»

«Du meinst, Jorek fährt nachts in der Gegend herum und gabelt junge Leute auf, damit sein kleiner Bruder sie nicht findet?», fragte Birgit.

«Genau das glaube ich.» Liz senkte den Kopf. «Zu dumm, dass Jorek erst jetzt aufgegriffen wurde. Wenn ich von Anfang an mit beiden Brüdern hätte sprechen können, wäre ich vermutlich sofort darauf gekommen.»

Zu Liz' Erleichterung ignorierte Stadler den impliziten Vorwurf in ihren Worten und sah zu Miguel. «Noch keine Spur von Lian?»

Miguel schüttelte den Kopf. «Wie vom Erdboden verschluckt.»

FREITAG, 29. AUGUST, 21:34 UHR

Birgit musste in einer Seitenstraße parken, weil vor ihrem Haus nichts frei war. Das war seit Jahren nicht vorgekommen. Hatte Detlev Rossneck doch recht, und ihr Viertel wurde von Falschparkern überflutet?

Der Gedanke an den Spinner entlockte ihr beinahe ein Lächeln. Davon abgesehen war ihr jedoch nicht nach Lachen zumute. Und sie war nicht die Einzige, die das Präsidium in gedrückter Stimmung verlassen hatte.

Nachdem er endlich aufgekreuzt war, hatte der Pflichtverteidiger nach einem kurzen Gespräch mit seinem Mandanten beschlossen, einen Psychiater hinzuzuziehen, der Jorek Kendrick kurzerhand eine Beruhigungsspritze verpasst hatte. Also konnten sie den jungen Mann erst am nächsten Morgen wieder vernehmen. Dabei war er der Einzige, der wissen könnte, wo Lian sich versteckt hielt! Der kleine Bruder, der nun als der Haupttäter galt. Birgit war sich nicht sicher, was sie von dieser neuen Wendung halten sollte. Lian hatte auf sie den Eindruck eines überforderten Jugendlichen gemacht, nicht den eines durchtriebenen Gewaltverbrechers. Leider würde es noch dauern, bis die DNA der beiden Verdächtigen mit den Urinspuren vom letzten Tatort abgeglichen war. Das Ergebnis wäre ein guter Hinweis darauf, ob sie den richtigen Bruder als Haupttäter identifiziert hatten.

Birgit stieg aus und schlug die Wagentür zu. Mit ihrem Urteilsvermögen war es in letzter Zeit nicht weit her. Hatte sie nicht auch einen harmlosen Spießer für einen Stalker gehalten?

Das Licht im Treppenhaus funktionierte schon wieder nicht. Sie schaltete das Display ihres Handys an, um die Treppenstufen zu sehen, und stieg langsam hinauf. Ein Geräusch ließ sie kurz innehalten und lauschen. Ihre Hand wanderte zu ihrer Waffe, doch da war nichts. Sie hatte die P 99 in ihrem Schließfach im Präsidium gelassen.

Sei nicht albern, Birgit. In diesem Haus wohnen über dreißig Personen. Es ist voller Geräusche. Wenn etwas verdächtig wäre, dann absolute Stille.

Sie erreichte den Korridor vor ihrer Wohnung und beschleunigte ihre Schritte. Kurz vor der Tür stolperte sie und fiel der Länge nach auf den Boden. Durch ihr Knie und ihre linke Hüfte schoss ein stechender Schmerz. Verdammt! Auch das noch!

Sie wollte sich wieder aufrappeln, ärgerlich über sich selbst, doch in dem Augenblick war plötzlich jemand über ihr, presste sie zurück auf den Boden.

Sie spürte etwas Kaltes an ihrem Hals. Und etwas Dünnes an ihren Füßen. Eine Schnur hatte sie zu Fall gebracht.

«Keine Bewegung», raunte es dicht neben ihrem Ohr.

Sie hatte gerade noch Zeit, die Stimme zu erkennen und lautlos aufzustöhnen, bevor etwas in ihrem Kopf explodierte.

SAMSTAG, 30. AUGUST, 07:49 UHR

Liz wollte sich gerade ein Taxi rufen, als Stadler sich meldete. «Ich hole dich ab», sagte er.

«Prima, ich bin gerade fertig. Ich warte vor dem Hotel.» Es passte ihr gut, ein paar Minuten allein mit ihm zu sein, denn sie wollte ihn um etwas bitten.

Sie glaubte, dass sie einen Zugang zu Jorek Kendrick finden könnte, wenn sie die Chance hätte, unter vier Augen mit ihm zu sprechen.

Kaum saß sie im Wagen, sprach sie das Thema an.

Stadler reagierte erwartungsgemäß. «Das kann ich nicht zulassen. Außerdem verstößt es gegen die Vorschriften.»

«Es soll doch keine Vernehmung sein, nur ein Gespräch.»

«Und wenn er etwas erzählt, kann ich es nicht verwenden. Das geht nicht, Liz.»

Sie dachte nach. «Dann soll Miguel dabei sein.»

«Warum Miguel?» Jetzt klang er wirklich wütend. Er scherte aus und überholte einen Kleinlaster, der in zweiter Reihe parkte.

Liz krallte sich an den Türgriff. «Bitte! Nur ein Versuch.»

«Du glaubst, Miguel mischt sich nicht ein und lässt dich schalten und walten, wie es dir gefällt? Ist es das?»

Liz musste sich beherrschen, um ihn nicht als kindisch zu beschimpfen. «Denk darüber nach», sagte sie schlicht.

Er schwieg, bis sie auf den Parkplatz vor dem Präsidium bogen. Als er den Motor abgestellt hatte, sagte er: «Du kriegst eine Stunde. Und der Anwalt muss auch dabei sein.»

«Danke.»

Zwanzig Minuten später saßen sie Jorek Kendrick gegenüber. Der Pflichtverteidiger hatte neben seinem Mandanten Platz genommen und sortierte seine Unterlagen.

Jorek wirkte noch ramponierter als am Vorabend. Sein langes Haar war strähnig, sein T-Shirt schmuddelig. Der Bartschatten ließ das Gesicht ungewaschen aussehen.

Miguel erledigte die Formalitäten, dann überließ er Liz die Gesprächsführung.

«Ich hoffe, Sie haben gut geschlafen, Herr Kendrick», begann sie.

Der junge Mann reagierte mit einem winzigen Zucken seiner Gesichtsmuskeln.

«Nicht gerade gemütlich, die Zellen hier», sagte sie mitfühlend.

«Kalt.»

«Das ist schlimm. Hoffentlich können Sie bald wieder nach Hause.»

Seine Augen leuchteten auf. «Kann ich nach Hause?»

«Das habe leider nicht ich zu entscheiden.»

Er senkte den Blick.

«Ich würde gern mit Ihnen darüber sprechen, wie Sie Lian vor Ihrem Vater geschützt haben.»

Jorek Kendrick zuckte zusammen, doch er nickte.

«Ihr Vater war sehr streng, stimmt das?»

Wieder nickte er.

«Sie müssen etwas sagen, Herr Kendrick.» Liz deutete auf das Aufnahmegerät.

«Er war streng, ja», sagte Jorek.

«Er hat Sie geschlagen?»

Er nickte, besann sich und sagte: «Ja. Mit dem Gürtel.»

«Auch mit einem Fahrradschlauch?»

«Manchmal.»

«Hat er Sie hin und wieder festgebunden? An den Balken im Holzschuppen?»

Jorek Kendrick wimmerte kaum hörbar. «Ja», flüsterte er.

«Festgebunden und geschlagen. Und mit Zigaretten.» Er zeigte seinen nackten Arm, der gesprenkelt war mit kleinen, verblassten Narben.

«Und die Zeitung?», fragte Liz behutsam weiter.

«In den Mund. Damit wir nicht schreien.»

Liz schluckte hart. Sie spürte, wie Miguel neben ihr immer ruhiger geworden war. Er schien die Luft anzuhalten. Auch der Anwalt rührte sich nicht.

«Und Sie haben versucht, Ihren Bruder zu schützen, so gut es ging. Ist es nicht so?»

«Ja.»

Liz nahm ihren Mut zusammen. «Manchmal haben Sie die Schuld für Dinge auf sich genommen, die er getan hat.»

«Ja.» Kaum mehr als ein Flüstern.

«Und dann haben Sie die Strafe dafür bekommen.»

«Ja.»

«Tun Sie das heute auch noch manchmal? Die Strafe für ihn auf sich nehmen?»

Jorek Kendrick schwieg.

Liz warf Miguel einen Blick zu. Er schüttelte den Kopf. *Nicht insistieren, sonst verlieren wir ihn.* Er hatte recht.

Also in der Vergangenheit bleiben.

«Sie haben zwei Finger verloren», sagte Liz. Aufmerksam beobachtete sie seine Reaktion, doch er blieb ruhig. Also weiter vortasten. «Möchten Sie erzählen, wie das passiert ist?»

«Böse Finger», sagte er.

«Böse Finger?», fragte Liz. «Haben Sie etwas Böses mit diesen Fingern gemacht?»

Er nickte, sah zu dem Aufnahmegerät. «Ja.»

«Und zur Strafe hat Ihr Vater –»

«Nein!»

Liz biss sich auf die Lippe. Sie war ganz dicht am Kern, an

dem Ereignis, das alles andere ausgelöst hatte. Aber sie musste sich vorsichtig bewegen. Das Gelände war vermint. «Möchten Sie über das Böse sprechen, Herr Kendrick?»

Er senkte den Blick.

Liz beschloss, einen weiteren Sprung ins kalte Wasser zu wagen. «Es hat mit Ariane zu tun. Mit dem, was Ariane passiert ist.»

Der Anwalt schnappte nach Luft. Den Namen kannte er nicht. Niemand hatte ihm von dem Badeunfall erzählt. Offiziell hatte er ja auch nichts mit den Morden zu tun.

Miguel gab ihm ein Zeichen, dass er es ihm später erklären würde. Der Mann kniff die Augen argwöhnisch zusammen, hielt aber den Mund.

Jorek starrte auf seine Finger.

«Sie waren allein mit Ariane an dem See. Ich glaube, es war ihre Idee. Sie wollte mit Ihnen dorthin.»

Er nickte kaum sichtbar. «Sie hat gesagt, sie wollte mir was zeigen. Sie ist durch den Wald. Keiner war da. Nur Jorek und Ariane.»

Liz registrierte, dass er von ‹ich› zu ‹Jorek› gewechselt hatte. Vermutlich konnte er nur in der dritten Person über das reden, was geschehen war. Indem er das schreckliche Ereignis von sich selbst abspaltete. «Und dann? Was hat sie Jorek gezeigt?»

«Nackt.»

«Sie hat sich ausgezogen?»

«Ganz nackt. Und Jorek auch.»

«Hat sie Jorek angefasst?»

«Sex.»

Liz holte tief Luft. «Jorek und Ariane hatten Sex am Seeufer.»

Er nickte.

«Und die Finger?»

«Böse Finger!» Er fuhr sich nervös durch das Haar.

«Was haben die bösen Finger gemacht?»

«Sie waren in ihr drin. So.» Er deutete mit den Fingern der rechten Hand an, was die der linken gemacht hatten. Rieb sie über die Tischplatte und verdrehte dabei die Augen und stöhnte. «Sie wollte es. Ariane. Sie hat gesagt: Mehr! Mehr! Und dann hat sie geschrien und …» Er vergrub das Gesicht in den Händen. «Böse Finger», flüsterte er.

SAMSTAG, 30. AUGUST, 08:24 UHR

Birgit bewegte ihre steifen Finger. Alle noch dran, immerhin. Sie seufzte und schluckte die Angst hinunter. Wie hatte sie sich nur so überrumpeln lassen können?

Langsam öffnete sie die Augen. Doch wie schon bei den vorherigen Malen sah sie fast nichts, nur schwarze Schatten in einem völlig dunklen, völlig stillen Raum. Sie konnte nicht einmal ausmachen, wie groß dieser Raum war. Manchmal hatte sie das Gefühl, dass es sich um eine riesige Halle handelte, doch im nächsten Augenblick war sie sicher, dass die gegenüberliegende Wand nur wenige Zentimeter vor ihr aufragte.

War es so dunkel, weil sie in einem fensterlosen Keller saß? Oder war es Nacht? Egal, ob Tag oder Nacht, die Kälte war ihr inzwischen in alle Glieder gekrochen, und sie schaffte es kaum noch, das Zittern zu unterdrücken.

Immerhin hatte ihr Entführer sie nicht ausgezogen. Sie saß völlig bekleidet auf dem Boden, die Handgelenke an ein Rohr gefesselt. Mit einem Fahrradschlauch, das konnte sie fühlen. Doch sie hätte dieses Detail nicht gebraucht, um zu wissen, wer sie hier eingesperrt hatte.

Was wollte Lian Kendrick von ihr? Ein Exempel statuieren, der Polizei demonstrieren, dass auch sie verwundbar war?

Das war ihm gelungen.

Birgit zwinkerte die Tränen weg, die ihr in den Augen brannten. Noch war nichts verloren, sie durfte nicht aufgeben. *Konzentrier dich, denk nach!*

Lian musste sie bereits länger im Visier haben. Als kürzlich schon einmal das Licht im Treppenhaus ausgefallen war und sie Geräusche aus dem Kellergeschoss gehört hatte, musste er das gewesen sein. Und sie war so blöd gewesen, alle merkwürdigen

Vorkommnisse Detlev Rossneck zuzuschreiben. Wie dämlich! Warum sollte ein Denunziant, der Nachbarn wegen Falschparkens anschwärzte, das Treppenhauslicht manipulieren?

Lian Kendrick verfolgte offensichtlich einen längerfristigen Plan, zu dem auch die Päckchen mit den abgehackten Fingern gehörten. Er hatte die Polizei von Anfang an einbezogen. Nein, nicht von Anfang an. Nicht, wenn der Mord bei Erkelenz seine erste Tat war. Es sei denn seine erste Verhaftung, also sein erster Kontakt zu Stadler, und diese erste Gewalttat lägen dicht beieinander. Vielleicht hatte Lian damals schon angefangen, sich irgendwie auf Stadler zu fixieren. Womöglich war Stadler eine Art Vaterersatz.

Birgit wünschte sich, sie könnte diese Idee mit Liz diskutieren. Sie wünschte, sie wäre auf dem Präsidium und nicht in diesem dunklen Loch mit unsichtbaren Wänden. Sie sehnte sich nach all den Dingen, die sie sonst frustrierten: nach ihrem unbequemen Bürostuhl, dem wässrigen Kaffee aus der Kantine, Stadlers Launen. Sogar nach Miguels anerkennenden Blicken auf Zoes schlanke Figur mit den knappen T-Shirts und den unverschämt langen Beinen.

SAMSTAG, 30. AUGUST, 09:23 UHR

Ihr habt also gemütlich mit Jorek Kendrick geplaudert», sagte Stadler und versuchte, sich nicht anmerken zu lassen, wie sehr es ihn ärgerte, dass er nicht bei dem Gespräch dabei gewesen war.

«Er hat uns von den Misshandlungen durch seinen Vater erzählt», berichtete Miguel. «Und davon, wie er für seinen kleinen Bruder die Strafe auf sich genommen hat.»

«Er hat ihn also früher schon gedeckt?»

«Wenn du es so nennen willst.» Miguel blickte sich suchend um. «Wo ist eigentlich Birgit? Sie möchte das bestimmt auch hören. Vor allem die andere Sache.»

«Keine Ahnung, wo sie steckt. Ich habe sie heute noch nicht gesehen.» Stadler sah auf die Uhr. «Komisch. Gleich halb zehn.»

«Ich ruf sie an.» Miguel zog sein Handy aus der Tasche und drückte eine Kurzwahltaste. Nach einer Weile steckte er es zurück. «Sie meldet sich nicht.»

«Vielleicht steckt sie im Stau. Wir versuchen es gleich noch mal. Jetzt will ich wissen, was für eine andere Sache ihr erfahren habt.»

Miguel setzte sich und nickte Liz zu. «Erzähl du.»

«Wir haben so nebenbei noch einen alten Fall geklärt», sagte sie.

«Den Mord bei Erkelenz?»

«Nein.» Liz blieb stehen, obwohl Stadler auf einen Stuhl deutete. «Den Badeunfall in den Niederlanden.»

Stadler nervte es, dass er zu ihr aufzublicken musste. «Was für ein Badeunfall?»

«Kelly Novaks ältere Schwester ist im Sommer 1998 in einem See ertrunken.»

«Ach ja.» Die Geschichte hatte er völlig vergessen. «Aber ich dachte, das sei geklärt. Sie hat versucht, Jorek das Leben zu retten, und ist dabei umgekommen.»

«Das haben alle gedacht, ja», sagte Liz. «Aber außer Jorek gab es dafür keine Zeugen.»

Stadler lehnte sich im Stuhl zurück und verschränkte die Arme hinter dem Kopf. «Ich höre.»

«Offenbar war Ariane Novak nicht ganz so eine Mustertochter, wie ihre Eltern sich einbilden», begann Liz. «Sie hat Jorek bewusst zu der einsamen Stelle an dem See gelockt und ihn dort verführt.»

«Wie bitte? Und das glaubst du ihm?»

«Ich glaube ihm», fuhr Miguel dazwischen, bevor Liz antworten konnte. «Wegen der Art, wie er davon erzählt hat. Er wollte sich gar nicht rechtfertigen, ganz im Gegenteil, er fühlt sich schuldig.»

«Okay. Weiter.»

«Die beiden haben am Seeufer miteinander geschlafen. Jorek war völlig überrumpelt, er wusste gar nicht, wie ihm geschah. Für Ariane war es wohl nicht das erste Mal, zumindest schien sie genau zu wissen, was sie wollte. Dazu gehörte auch, sich von Jorek mit der Hand befriedigen zu lassen, besser gesagt, mit zwei Fingern.»

Stadler brauchte eine Sekunde, bevor er eine Ahnung bekam, worauf die Geschichte hinauslief. «Ich fasse es nicht», murmelte er.

«Jorek hatte ein schlechtes Gewissen», fuhr Liz fort. «Er wusste, dass er etwas Verbotenes getan hatte, aber er wusste nicht, wie er damit umgehen sollte. Nach dem Sex ging Ariane baden, sie wollte, dass er mitkam, aber er weigerte sich, weil er nicht schwimmen konnte. Kurz darauf muss sie einen Krampf bekommen haben. Vielleicht hatte sie auch Alkohol getrunken oder andere Drogen zu sich genommen. Jedenfalls fing sie an zu strampeln und zu schreien. Jorek geriet in Panik. Er watete ins Wasser, Ariane hatte sich nicht sehr weit vom Ufer entfernt. Doch als er sie erreichte, bewegte sie sich schon nicht mehr. Er zog sie aus dem Wasser. Er war fest davon überzeugt, dass er irgendwie die Schuld trug, dass ihr Tod etwas mit dem zu tun hatte, was sie getan hatten. Er hatte Angst, ins Gefängnis zu kommen, Angst, seinen kleinen Bruder allein beim Vater zurückzulassen. Also hat er Ariane gepackt, sie sich über die Schulter geworfen und in den Wald getragen. Am Waldrand neben der Landstraße war eine Baustelle. Niemand war in der Nähe. Er warf Ariane in die Grube und bedeckte sie mit Erde. Danach lief er zurück zu der Badestelle und schlug Alarm. Offenbar sollte die Grube ohnehin zugeschüttet werden, denn die Leiche wurde nie gefunden.»

Stadler dachte einen Augenblick nach. «Und die Finger?»

«Hat er sich selbst mit dem Beil abgeschlagen, als er wieder zu Hause war. Zur Strafe.»

«Fuck!» Stadler fuhr sich mit den Händen über das Gesicht.

«Lian dachte, sein Vater hätte es getan, weil er dazukam, als der Vater Jorek beschimpfte und einen Nichtsnutz nannte. Jorek hat später versucht, ihm zu erklären, was wirklich passiert ist, doch Lian hat ihm nicht geglaubt. Dass Lian die Finger all die Jahre im Eisfach aufbewahrt hat, hat er erst viel später erfahren. Der Junge hatte gehofft, dass sein großer Bruder irgendwann später, wenn der Vater nichts davon mitbekam, ins Krankenhaus fahren und die Finger wieder annähen lassen könnte.»

«Wir müssen die niederländische Polizei informieren», sagte Miguel. «Jorek hat aufgezeichnet, wo ungefähr er das tote Mädchen abgelegt hat. Ich fürchte, die Zeichnung ist nicht sehr hilfreich, aber es muss ja herauszufinden sein, wo in der Nähe des Sees zum fraglichen Zeitpunkt eine Baustelle war.»

«Was für eine verkorkste Geschichte», murmelte Stadler. Er erhob sich. «Klärst du das mit den Kollegen aus den Niederlanden? Fax ihnen die Zeichnung. Und sie sollen sofort Bescheid geben, wenn sie das Mädchen gefunden haben. Ich will, dass einer von uns es der Familie Novak sagt.» Er sah auf die Uhr. Inzwischen war es fast zehn. «Ich versuche noch einmal, Birgit zu erreichen. Sieht ihr gar nicht ähnlich, sich nicht zu melden.»

SAMSTAG, 30. AUGUST, 16:37 UHR

Der Wind tat unendlich gut. Liz schlenderte die Promenade am Rheinufer entlang und ließ sich durchpusten. Es war kühl geworden, der Sommer ging zu Ende. Liz fragte sich, wie ihr Garten im Herbst aussehen mochte, ertappte sich bei dem Wunsch, möglichst schnell heimzukommen. Selbst wenn ihr ein Spießrutenlaufen bevorstand, falls sie sich im Fall Derek McGee getäuscht hatte.

Vielleicht sollte sie sich einen anderen Job suchen, vielleicht wurde sie als Profilerin vollkommen überschätzt. Sie hatte innerhalb weniger Wochen zwei wichtige Mordfälle vermasselt. Erst hatte sie in England dazu beigetragen, dass ein Kindermörder die Gelegenheit bekam, ein weiteres Mädchen zu töten, und dann hatte sie hier den wahren Täter nicht erkannt, sodass auch dieser wieder frei herumlief.

Liz vermutete, dass Lian Kendrick nicht einfach nur auf der Flucht war. Dass er davonkam, war ihm gar nicht so wichtig. Schließlich hatte er Stadler Beweismittel geschickt und sich ohne zwingenden Grund in dessen Nähe begeben. Streng genommen hatten sie ihn nur durch seine eigenen Hinweise ausfindig gemacht.

Was also wollte er? Was würde ein Mensch wie Lian Kendrick in einer solchen Situation tun? Wie würde er damit umgehen, dass sein Bruder in Haft war? Empfand Lian gegenüber Jorek einen ebenso großen Beschützerinstinkt, wie es umgekehrt der Fall war? Würde Lian etwas unternehmen, um Jorek zu helfen? Oder hatte er von vornherein darauf spekuliert, dass sein Bruder für seine Taten büßen würde, so wie er es früher immer getan hatte?

Liz setzte sich auf die Mauer am Rheinufer und starrte hinunter aufs Wasser. Die Fragen drehten sich in ihrem Kopf. Irgendwo in diesem Knäuel musste es ein Ende geben, an dem sie zupacken und den Knoten entwirren konnte, aber sie bekam es nicht zu fassen.

Sie zuckte zusammen, als ihr Handy piepste. Mit einem bangen Gefühl im Bauch zog sie es aus der Tasche. Eine SMS von Marc Wickham.

Wahrer Täter gefasst. Danke und Glückwunsch! Marc.

Liz musste dreimal lesen, bevor sie begriff. Sie hatte sich nicht getäuscht! Sie hatte Derek McGee und den Täter richtig eingeschätzt und mit ihrem Urteil, dass es sich nicht um ein und dieselbe Person handeln konnte, recht behalten!

Schwungvoll sprang Liz von der Mauer. Sie setzte sich in Bewegung, zurück in Richtung Polizeipräsidium. Schluss mit dem Selbstmitleid. Sie war eine gute Profilerin, und sie wurde gebraucht.

Kurz vor der Kniebrücke blieb sie stehen. Ein Anruf von Stadler.

«Liz, wo steckst du?»

«Ich habe einen kleinen Spaziergang gemacht, aber ich bin schon auf dem Rückweg.»

«Hat Birgit sich bei dir gemeldet?» Seine Stimme klang besorgt.

«Habt ihr etwa noch immer nichts von ihr gehört?» Liz blickte zu der Stahlseilkonstruktion der Brücke hinauf.

«Leider nicht. Miguel ist unterwegs zu ihrer Wohnung.»

«Es gibt bestimmt eine ganz harmlose Erklärung», sagte Liz, obwohl ihre Gedanken in eine ganz andere Richtung schossen. «Sag mir Bescheid, sobald du von Miguel hörst. Ich bin in zehn Minuten wieder im Präsidium.»

SAMSTAG, 30. AUGUST, 17:23 UHR

Georg Stadler fuhr herum, als die Bürotür aufgerissen wurde. Aber es war nur Liz.

«Noch nichts?», fragte sie.

Er schüttelte müde den Kopf.

«Und sonst? Was macht die Fahndung nach Lian?»

«Auch nichts.» Er griff nach einem der unzähligen Schnellhefter auf seinem Schreibtisch. «Das Ergebnis der DNA-Analyse ist da. Bei den beiden Fingern, die ich geschickt bekommen habe, handelt es sich tatsächlich um Jorek Kendricks linken Zeige- und Mittelfinger.»

«Die seit über fünfzehn Jahren in der Gefriertruhe lagen», ergänzte Liz. «Wahnsinn. Also hat Lian dir tatsächlich die Finger seines Bruders geschickt.»

«Oder Jorek selbst.»

«Keinesfalls», widersprach Liz. «Das hätte er nicht hinbekommen. Ganz abgesehen davon, dass er dich überhaupt nicht kennt. Nein, die Finger sind Teil von Lians Plan.»

«Bleibt die Frage, wie genau dieser Plan aussieht, ob es ein verklausulierter Hilferuf war oder ob er Jorek anschwärzen wollte.»

«Er wollte vor allem zu dir Kontakt aufnehmen. Und zwar auf eine Art, die sicherstellt, dass er deine volle Aufmerksamkeit hat.»

«Warum?»

«Darüber können wir nur spekulieren.»

In dem Augenblick ging erneut die Tür auf. Miguel winkte ihnen. «Kommt mit runter!»

«Was ist los? Was ist mit Birgit?» Stadler setzte sich in Bewegung.

«Sie ist nicht zu Hause.» Miguel trat zurück auf den Korridor.

Liz und Stadler folgten.

Stadler schloss ab. «Sicher?»

«Ich war in der Wohnung. Die Nachbarin hat einen Schlüssel. Sieht alles normal aus.»

«Ihr Auto?»

«Steht nicht vor der Tür.» Miguel zögerte.

«Ja? Sag schon!»

«Ich könnte mir vorstellen, dass sie in einem Funkloch steckt.»

Stadler begann, etwas zu ahnen. «In einem bestimmten Funkloch, meinst du?»

Miguel wand sich sichtlich. «Das Schicksal dieser beiden Mädchen, Ariane und Kelly Novak, hat sie ziemlich stark beschäftigt.»

«Willst du damit sagen, sie ist in die Niederlande gefahren, um bei der Ausgrabung von Arianes Leiche dabei zu sein, ohne irgendwem Bescheid zu sagen? Aber wie soll sie davon erfahren haben? Sie war heute noch gar nicht hier.»

«Und wenn doch? Sie könnte es bei ihrer Ankunft gehört haben und sofort aufgebrochen sein. Bevor du es ihr untersagst.»

«Und das hältst du für möglich?»

«Sagen wir so: Ich wünsche mir, dass es so ist. Ich wäre lieber sauer auf sie, als mir Sorgen machen zu müssen.»

Stadler stutzte kurz. Miguel sprach selten über das, was er fühlte. Manchmal war Stadler nicht sicher, ob der Spanier überhaupt etwas fühlte. Dann klopfte er Miguel auf die Schulter. «Geht mir genauso. Also, was wolltest du mir zeigen?»

Zu dritt liefen sie die Treppe hinunter, durch das Foyer auf den Parkplatz. Schon von weitem sah Stadler, dass etwas unter seinem Scheibenwischer klemmte. Sein Herz krampfte sich zusammen. Er rannte schneller.

«Hier!» Miguel reichte ihm ein Paar Einmalhandschuhe.

Stadler streifte sie über. Es dauerte länger als gewöhnlich, weil es ihm schwerfiel, die Finger ruhig zu halten. Er griff nach dem Scheibenwischer, zog einen weißen Zettel hervor. Einmal gefaltet, kein Umschlag.

Nur wenige Worte, mit einem dicken schwarzen Stift in Großbuchstaben auf das Papier gemalt:

TAUSCHE BIRGIT GEGEN JOREK.

SAMSTAG, 30. AUGUST, 18:22 UHR

Birgit spitzte die Ohren, ohne die Augen zu öffnen. Sie versuchte, sich auf die Geräusche zu konzentrieren. Jemand war ganz in der Nähe. Eine Tüte raschelte, etwas klickte. Sie bildete sich sogar ein, die Person schwer atmen zu hören.

Schließlich nahm Birgit ihren Mut zusammen und blickte in die Richtung, aus der die Laute kamen. Tatsächlich, etwa zwei Meter von ihr entfernt hockte Lian Kendrick auf dem Boden und fummelte an etwas Glänzendem herum. Er hatte eine Taschenlampe so hingestellt, dass sie nach oben leuchtete. Der Lichtkegel an der Decke schien unfassbar weit weg. Ein riesiger Raum also, eine Halle oder ein Lagerhaus.

Birgit schluckte die Beklemmung herunter und konzentrierte sich wieder auf Lian. Er machte eine Bewegung, und nun erkannte sie, dass er eine Pistole in der Hand hielt. Ihr stockte der Atem. Wollte er sie erschießen?

Nein. Bisher war keins seiner Opfer so einfach davongekommen. So viel Glück durfte sie nicht erwarten.

Lian griff nach der Taschenlampe. Er hatte noch nicht ein einziges Mal zu ihr hinübergeschaut. Entweder war er davon überzeugt, dass sie tief und fest schlief, oder es war ihm gleichgültig, ob sie ihn beobachtete. Vielleicht wollte er sogar, dass sie ihm zusah. Was auch immer seine Absicht war, sie würde ihn nicht daran hindern können.

Er richtete die Taschenlampe auf die Pistole. Eine Heckler & Koch P8. Bundeswehrwaffe. Einfach zu beschaffen. Das Magazin lag auf dem Boden. Birgit kniff die Augen zusammen, um besser zu sehen. Und hielt die Luft an.

SAMSTAG, 30. AUGUST, 20:17 UHR

Fangschaltung steht?», fragte Stadler.

«Verdammt, ja. Du hast schon dreimal gefragt!»

Liz sah von Miguel zu Stadler. Die Spannung zwischen beiden war mit Händen zu greifen. Stadler war ein Nervenbündel, und Miguel unterdrückte mühsam die Wut, die sichtlich in ihm brodelte. Ein Funke, und die beiden würden explodieren.

«Was ist mit der Handyortung?»

«Noch nichts.» Miguel knallte einen Ordner auf den Tisch. «Und ihr Auto wurde ebenfalls noch nicht gefunden. Die Kriminaltechnik ist in der Wohnung. Jürgen hat versprochen, sich sofort zu melden, wenn er etwas findet.»

«Zeitverschwendung», blaffte Stadler. «Birgit wurde nicht aus ihrer Wohnung entführt. Dieser Bastard hat sie unterwegs abgefangen. Deshalb steht auch der Wagen nicht vor dem Haus.»

«Wieso Birgit?», fragte Miguel.

«Weil Lian davon überzeugt ist, dass er damit Stadlers maximale Aufmerksamkeit bekommt», sagte Liz.

«Wie meinst du das?»

«Ich denke, er weiß, dass Birgit und Georg jahrelang ein Team waren. Wenn er es nicht längst herausgefunden hatte, hat er es spätestens bei seiner Vernehmung gemerkt. Außerdem ist sie eine Frau und damit per se verwundbar.»

«Und das aus deinem Mund, Liz.» Stadler verzog das Gesicht.

«Ich versuche, mich in Lian Kendricks Vorstellungswelt zu versetzen. Er will dich treffen. Also nimmt er eine Frau aus deinem Umfeld. Du hast keine Ehefrau, keine Freundin. Also bleibt nur eine Kollegin, die dir nahesteht. Da ist Birgit eindeutig die erste Wahl.»

Stadler rieb sich die Schläfen. «Verflucht! Er hätte uns nicht entwischen dürfen!»

«Das sehe ich genauso.» Miguel verschränkte die Arme und fixierte Stadler.

«Was willst du damit sagen? Dass es meine Schuld ist?»

«Wer wollte denn ohne SEK den Hof stürmen?»

«Von stürmen kann ja wohl keine Rede sein! Wir waren zu dritt, um zwei unbewaffnete junge Männer festzunehmen. Und die Kollegen von MEK haben die Umgebung gesichert.»

«Fest steht, dass Birgit ein SEK hinzuziehen wollte und du nicht auf sie gehört hast. Und jetzt ist sie in der Gewalt dieses Wahnsinnigen!»

Stadler trat auf Miguel zu und tippte ihm auf die Brust. «Du warst dabei, und du hast nicht widersprochen!»

«Fass mich nicht an!» Miguel schob Stadler weg.

Stadler ballte die Fäuste und hielt sie Miguel vor das Gesicht. «Hast du etwa Angst, eins in die Fresse zu kriegen?»

«Blödsinn! Ich habe keine Angst vor dir!» Wieder stieß Miguel Stadler von sich weg, diesmal deutlich heftiger.

Stadler taumelte, starrte Miguel wütend an und sprang auf ihn zu. «Spinnst du? Was soll das?» Er hob die Hand, doch Miguel war schneller. Blitzschnell verpasste er Stadler einen Faustschlag gegen das Kinn.

Bevor Stadler zurückschlagen konnte, drängte Liz sich zwischen die beiden. «Hört auf, verdammt! Glaubt ihr, dass es Birgit irgendwie hilft, wenn ihr euch in die Wolle kriegt? Benehmt euch gefälligst wie erwachsene Männer!»

Miguel drehte sich weg.

Stadler ließ sich auf den Stuhl sinken und rieb sich das Kinn. «Und was würde ihr helfen?», fragte er bitter.

«Jorek», antwortete Liz.

«Jorek?» Miguel fuhr herum. «Wie das?»

«Ich glaube, dass wir ihn dazu überreden könnten, das Richtige zu tun. Mit seinem Bruder in Kontakt zu treten und mit ihm zu reden. Wir müssen ihm nur klarmachen, dass es so für Lian nur schlimmer wird.»

«Aber wie sollte Jorek mit Lian Verbindung aufnehmen?»

«Keine Ahnung. Aber ich könnte mir vorstellen, dass es noch mehr geheime Orte wie dieses Kellerloch gibt. Die beiden haben in all den Jahren in Verbindung gestanden, ohne dass Lians Pflegeeltern es bemerkt haben und ohne dass Lians Gefängnisaufenthalte daran etwas ändern konnten.»

«Ein guter Gedanke.» Stadler begann, im Zimmer auf und ab zu gehen. «Allerdings fürchte ich, dass wir das erst mit seinem Anwalt klären müssen.» Er sah auf die Uhr. «Gleich halb neun. Fahrt nach Hause und ruht euch aus. Ich halte hier die Stellung.»

«Glaubst du, ich kann jetzt schlafen?», fuhr Miguel ihn an.

«Komm!» Liz bewegte sich auf die Tür zu. «Ich finde, das ist eine gute Idee. Birgit droht vorerst keine Gefahr. Schließlich will Lian sie gegen seinen Bruder eintauschen. Also wird er ihr nichts antun.»

«Bist du sicher?» Miguel starrte sie herausfordernd an.

Es kostete sie ihre ganze Kraft, seinem forschenden Blick standzuhalten. «Ja, ich bin sicher.» *Oh Gott, Liz, hoffentlich bereust du diese Worte nicht!* «Lian wird sich melden. Er wird die Bedingungen für die Übergabe festlegen, und wenn wir die kennen, können wir einen Plan schmieden. Einen Plan, der Jorek einbezieht. Wenn es so weit ist, sollten wir ausgeschlafen sein.»

«Und was ist mit dir, Georg?», frage Miguel in etwas versöhnlicherem Ton.

«Ich mache es mir hier im Büro gemütlich. Ich muss da sein, wenn Lian Kontakt aufnimmt. Ich bezweifle, dass er mit irgendwem außer mir sprechen will.»

Miguel nickte und bewegte sich auf ihn zu. «Was macht das Kinn?»

Stadler fuhr sich mit der Hand über die Stelle, wo Miguels Faust ihn getroffen hatte. «Nichts gebrochen», sagte er. «So leicht kriegst du mich nicht kaputt.» Er klopfte Miguel auf die Schulter. «Und jetzt hau ab!»

Miguel ging zur Tür. «Wenn sich irgendwas ergibt, egal was, erwarte ich deinen Anruf. So oder so bin ich morgen früh spätestens um sechs wieder hier.»

Stadler nickte. «Könntest du Liz im Hotel absetzen?»

«Klar.»

Als sie am Auto standen, sagte Miguel: «Ich habe die ganze Zeit das Gefühl, etwas Wichtiges zu übersehen.»

Liz warf ihre Handtasche in den Fußraum vor den Beifahrersitz. «Lass es los. Wenn es wichtig ist, wird es dir rechtzeitig einfallen.»

Miguel zog die Wagentür auf. «Ich hoffe für Birgit, dass du so gut bist, wie alle glauben, Liz.»

Das hoffe ich auch, dachte sie.

SONNTAG, 31. AUGUST, 05:42 UHR

Ein penetrantes Brummen riss Stadler aus seinem Albtraum. Er schreckte hoch. Draußen dämmerte es. Er musste doch ein paar Stunden geschlafen haben.

Wieder brummte es. Das Handy!

Stadler drückte auf ‹Annehmen› und presste das Gerät ans Ohr. «Ja?»

«Morgen, Kollege. Wir haben den Wagen.»

«Welchen Wagen?» Stadler rieb sich mit Daumen und Zeigefinger der linken Hand müde die Augen.

«Den Fiesta von Kollegin Clarenberg.»

Stadler schreckte hoch. «Wo?»

«Direkt gegenüber vom Präsidium. Willst du vorbeikommen und ihn dir ansehen?»

«Allerdings. Ist die KTU schon informiert?»

«Klar.»

Stadler drückte das Gespräch weg und eilte aus dem Büro. Dieser dreiste Mistkerl! Er hatte den Wagen in aller Ruhe vor dem Präsidium abgestellt, während Stadler nur wenige Meter entfernt auf ein Lebenszeichen von Birgit wartete!

Er machte einen Abstecher auf die Herrentoilette, wusch sich notdürftig und rannte die Treppe hinunter. Er sah sofort, wo Birgits Wagen stand. Die Kollegen von der Streife hatten die Umgebung mit Flatterband abgesperrt. Trotz der frühen Stunde reckten ein paar Schaulustige, ein älterer Herr mit Hund, eine junge Frau und zwei Jugendliche, neugierig die Hälse.

Als Stadler näher kam, schnappte er Gesprächsfetzen auf.

«Ist der Wagen geklaut?», fragte einer der Jugendlichen. Die beiden kamen bestimmt aus der Altstadt und waren noch gar nicht im Bett gewesen.

«Quatsch», widersprach der andere. «Dann würden die Bullen doch nicht absperren. Da liegt bestimmt 'ne Leiche drin.»

Die Bemerkung ließ Stadler zusammenzucken. Was, wenn wirklich …

«Nun macht mal, dass ihr weiterkommt!», rief einer der Streifenbeamten den Jugendlichen zu. «Hier gibt es nichts zu sehen.»

Die beiden trollten sich murrend. Auch die Frau ging weiter, nur der Hundebesitzer zögerte noch. Erst als der Polizist ihn streng musterte, gab auch er sich geschlagen.

«Habt ihr schon reingesehen?», fragte Stadler mit belegter Stimme.

«Wir wollten nichts anfassen, bevor die Kriminaltechnik grünes Licht gegeben hat.»

Stadler zögerte. Heute war Sonntag. Außerdem war es noch nicht einmal sechs Uhr. Bis die Techniker vor Ort wären, würde wertvolle Zeit vergehen. Er musste sicherstellen, dass kein Hinweis im Wagen versteckt war. Oder etwas Schlimmeres.

Das Eintreffen dreier Kollegen von der Kriminalwache, einer Frau und zwei Männern, ausgestattet mit Schutzanzügen und Tatortkoffer, enthob ihn einer Entscheidung. «Es könnte eine Nachricht am oder im Wagen sein», sagte er. «Falls ja, ist sie dringend.»

Schweigend öffneten die Kollegen die Türen und die Kofferraumklappe. Als einer der Männer hinter der Klappe hervortrat und den Kopf schüttelte, hätte Stadler vor Erleichterung beinahe laut aufgestöhnt.

In dem Augenblick vibrierte das Telefon in seiner Hosentasche. Er sah aufs Display. Birgits Nummer.

«Birgit? Bist du das?» Stadler registrierte die erstaunten Blicke der Kollegen, aber er versuchte, sie zu ignorieren.

«Birgit kann leider nicht telefonieren. Aber ich soll schön grüßen.»

«Du Dreckschwein!»

«Aber, aber, wer wird denn gleich die Beherrschung verlieren?»

Wenn Stadler nicht gewusst hätte, dass es Lian Kendrick war, hätte er es nie erraten. Weder die Stimme noch die Art zu sprechen hatten irgendwelche Ähnlichkeit mit dem störrischen jungen Mann, den er vor wenigen Tagen vernommen hatte. Stadler trat außer Hörweite. «Wenn du Birgit auch nur ein Haar krümmst, wirst du es für den Rest deines Lebens bereuen.» Er wusste, dass er gerade alles falsch machte, was man bei der Verhandlung mit einem Entführer falsch machen konnte, aber er schaffte es nicht, sich zu beherrschen. Er biss sich auf die Lippe, um nicht noch mehr Schaden anzurichten.

«Ich nehme an, du hast mein kleines Geschenk erhalten, Stadler?», fragte Lian.

«Wenn Sie den Wagen meinen, dann ja, den haben wir gefunden.» Keine weiteren Ausbrüche. Er würde sich beherrschen. Das war er Birgit schuldig.

«Haltet euch nicht damit auf, er ist sauber.»

Stadler erstarrte. War es möglich, dass Lian Kendrick in der Nähe war und sie beobachtete? Wie sonst hätte er wissen können, dass sie den Wagen gerade eben entdeckt hatten? Unauffällig sah er sich um. Die Häuserfront gegenüber dem Präsidium, die parkenden Autos entlang der Straße und auf dem Parkplatz unter der Brückenauffahrt, dahinter der Glaspalast der NRW-Bank, das Innenministerium und weitere Regierungs- und Bürogebäude. Ja, selbst von der Kniebrücke aus könnte man mit einem Fernglas bis hierher sehen. Zu viele Möglichkeiten. «Wie lauten Ihre Forderungen?»

«Jetzt verstehen wir uns. Ich möchte, dass ihr euch bereithaltet, mir meinen Bruder zu übergeben.»

«Wo?»

Ein hässliches Lachen. «Das erfährst du noch rechtzeitig, Stadler. Ich melde mich wieder.»

«Halt! Ich will mit Birgit sprechen! Ich muss wissen, ob sie noch lebt.»

Einen Augenblick herrschte Stille am anderen Ende der Leitung. Verdammt, warum zögerte er? Was hatte er mit Birgit gemacht?

«Also gut. Sie kriegt zehn Sekunden, um dir zu sagen, dass es ihr gutgeht.»

Wieder wurde es still. Lian schien die Hand über den Hörer gelegt zu haben. Ein Klappern, dann Atemgeräusche.

«Birgit? Birgit, bist du das?»

«Georg! Hörst du mich? Denk an Mau–»

«Birgit?»

«Das muss genügen.» Die Verbindung wurde unterbrochen.

Frustriert ließ Stadler den Arm sinken. Er hatte Birgits Stimme erkannt. Aber wie konnte er sicher sein, dass Lian sie nicht schon vor Stunden aufgezeichnet hatte?

SONNTAG, 31. AUGUST, 10:43 UHR

Liz beobachtete, wie Stadlers Lippen immer schmaler wurden, während er zuhörte. Die Moko Marterpfahl hatte sich zu einer außerordentlichen Sitzung getroffen. Jürgen Tremmler, einer der Kriminaltechniker, erklärte gerade, dass sie in Birgits Wagen nichts gefunden hatten, das bei der Suche nach der verschwundenen Kollegin hilfreich sein könnte.

«Wir haben das volle Programm in Rekordzeit durchgezogen. Aber da war absolut nichts. Natürlich sind noch nicht alle Laboranalysen abgeschlossen. Sicher ist immerhin, dass kein Blut im Wagen war.»

«Leider haben wir keine Möglichkeit, den Tachostand vor Birgits Entführung zu erfahren, sonst wüssten wir wenigstens, wie viele Kilometer der Verdächtige mit dem Wagen zurückgelegt hat», sagte Florian Schenk.

«Das würde uns nicht viel nützen», widersprach Stadler. «Er könnte zum Spaß in der Gegend herumgefahren sein. Oder mehrere Male zu seinem Versteck und wieder zurück.»

«War ja nur eine Idee. Wenn ich die Klappe halten soll, sag es einfach.»

Liz blickte rasch zu Stadler. Doch glücklicherweise schien er Florians Bemerkung gar nicht gehört zu haben. Bei allen lagen die Nerven blank. Eine Kleinigkeit, und es würde wieder Streit geben, so wie gestern zwischen Stadler und Miguel.

«Sonst noch was?», fragte Stadler den Kriminaltechniker.

«Wir haben einen iPod in der Beifahrertür gefunden. Es ist aber nur Musik drauf, viel Rock, ein bisschen was Lateinamerikanisches.»

«Ist meiner», bekannte Miguel. Er wirkte verlegen. «Ich habe mich schon gefragt, wo ich ihn vergessen habe.»

«Dann wäre das ja geklärt», sagte Stadler. «Danke, Jürgen.»

Tremmler sammelte seine Unterlagen zusammen und verließ den Raum.

Stadler sah zu Miguel. «Was ist mit dem Handy?»

«Da gibt es nichts Neues. Birgits Mobiltelefon hat sich heute Morgen um fünf Uhr neunundfünfzig in eine Funkzelle unmittelbar neben dem Präsidium eingewählt und wurde nach dem Gespräch mit dir direkt wieder ausgeschaltet. Ortung über GPS nicht möglich.»

«Also hat er tatsächlich zugesehen, wie ihr Birgits Auto gefunden habt.» Liz spielte mit den Ärmeln ihrer Strickjacke, die auf ihrem Schoß lag, und versuchte zu begreifen, was in Lian Kendrick vorging. Der Serientäter, der Jugendliche aus dem Zwang heraus tötete, seine eigene traumatische Kindheit wieder und wieder zu durchleben, schien so wenig gemein zu haben mit dem abgebrühten Spieler, der sich eine Art Wettstreit mit Georg Stadler lieferte. Oder waren beide Verhaltensweisen Ausdruck derselben Persönlichkeitsstörung? War die Aufarbeitung der Vergangenheit irgendwie mit Stadler verknüpft? Eine Idee kam ihr, doch Stadler unterbrach ihren Gedankenfluss.

«Ja, er hat uns zugesehen, und das bedeutet wohl, dass ich vorhin gar nicht mit Birgit gesprochen habe. Er hatte sie bestimmt nicht bei sich auf seinem Beobachtungsposten. Das wäre viel zu riskant gewesen.»

«Du glaubst, er hat dir eine Aufzeichnung vorgespielt?», fragte Liz.

«Das nehme ich an. Ich hatte gleich das Gefühl, dass Birgit einfach irgendwas gesagt und gar nicht auf mich reagiert hat.»

Zoe setzte sich auf. «Das bedeutet: Wir wissen nicht einmal, ob sie noch lebt!»

«Natürlich lebt sie noch!», fuhr Miguel sie an.

Stadler sah Zoe mit zusammengekniffenen Augen an. Liz erwartete eine Zurechtweisung, doch stattdessen wandte er sich den Kollegen aus Mönchengladbach zu. «Was machen die Befragungen in Lian Kendricks Umfeld?»

«Wir haben die Pflegeeltern aufgesucht. Die waren verständlicherweise schockiert.»

«Ihr habt ihnen erzählt, dass Lian eine Polizistin entführt hat?», fragte Miguel.

«Natürlich nicht. Aber wir mussten ja andeuten, dass die Polizei ihn sucht. Und den beiden war sofort klar, dass es nicht um eine harmlose Zeugenaussage geht. Jedenfalls konnten sie uns nicht weiterhelfen. Von zwei alten Freunden haben wir zwar einige Orte genannt bekommen, an denen Kendrick sich angeblich öfter aufhält, eine Gaststätte, mit dessen Wirt er befreundet ist, und ein leerstehendes Haus, aber keine Spur von dem Gesuchten.»

«Was ist mit ehemaligen Mithäftlingen?», fragte Miguel.

«Die, die wir schon befragt haben, weil sie inzwischen entlassen wurden, haben angeblich keinerlei Kontakt zu Lian. Wir haben nachher einen Termin in der JVA. Dort sprechen wir mit einem Häftling, der angeblich eng mit Kendrick befreundet war.»

«Das dauert alles zu lang», sagte Stadler.

Miguel warf den Kugelschreiber auf den Tisch, mit dem er die ganze Zeit herumgespielt hatte. «Wir sollten uns noch einmal auf dem Hof umsehen. Vielleicht gibt es ja in den privaten Unterlagen der Familie einen Hinweis auf einen Unterschlupf. Eine angemietete Garage oder so.»

«Halte ich für unwahrscheinlich», antwortete Stadler. «Aber meinetwegen fahr hin. Nimm Zoe mit.»

Liz sah, wie Miguel der Praktikantin einen kurzen Blick zuwarf und dann stumm nickte. Als die beiden den Raum verlassen hatten, fiel ihr wieder ein, bei welchem Gedanken Stadler sie unterbrochen hatte.

SONNTAG, 31. AUGUST, 13:13 UHR

Birgit schreckte hoch. Vor ihr stand eine dunkle Gestalt und murmelte etwas Unverständliches. Sie trug eine Maske, die Birgit aus irgendeinem Horrorfilm zu kennen glaubte. Sie wollte schreien, doch sie schaffte es nicht einmal, den Mund zu öffnen.

Hektisch sah sie sich um. Sie war noch immer in dem merkwürdigen Gefängnis, die Arme an das Kupferrohr gefesselt. Doch die Wände hatten sich verändert. Sie waren jetzt ganz nah, und sie schienen sich zu bewegen. Sie kamen auf sie zu!

Entsetzt blickte Birgit zurück zu der Gestalt. Sie stand noch immer reglos da. Jetzt sprach sie erneut. Doch wieder verstand Birgit kein Wort. Die Stimme klang dumpf durch die Maske.

«Was wollen Sie von mir?», wisperte Birgit.

Plötzlich verstand sie, was die Gestalt sagte. «Ich will deine Finger.»

«Nein!» Birgit zerrte an ihren Fesseln.

«Zu spät. Ich habe sie schon.»

Plötzlich löste sich der Fahrradschlauch, Birgit zog die Arme hinter dem Rücken hervor und blickte auf ihre Hände. Oh nein! Auf ihrem Schoß lagen zwei blutige, fingerlose Stümpfe.

Sie schrie. Und wachte auf.

Erleichtert stellte sie fest, dass sie allein in ihrem Gefängnis war. Die Kälte war allgegenwärtig, genau wie die Stille und die Dunkelheit.

Sie bewegte die Finger. Alle noch da. Ein Geräusch. Sie war doch nicht allein! Jemand war ganz in der Nähe. Hilfe oder Gefahr? Sie horchte. Schritte näherten sich.

Eine Tür quietschte. Jetzt waren die Schritte ganz nah. Licht flammte auf.

Und dann sah sie ihn. Lian Kendrick stand wenige Meter von ihr entfernt, in der einen Hand hielt er eine Taschenlampe, in der anderen etwas Blinkendes. Birgit kniff die Augen zusammen und erkannte entsetzt die Klinge eines Beils.

SONNTAG, 31. AUGUST, 20:57 UHR

Zoe und Miguel waren unverrichteter Dinge von dem Hof zurückgekehrt. Obwohl es angebracht wäre, ein paar Stunden zu schlafen, saßen Stadler, Miguel und Liz in Stadlers engem Büro und warteten darauf, dass Lian Kendrick sich wieder meldete.

Liz bemühte sich, nicht an das zu denken, was Kendrick seinen bisherigen Opfern angetan hatte. Doch es gelang ihr nicht, die Vorstellung von Birgit, nackt, misshandelt und zu Tode gefoltert, aus ihren Gedanken zu verbannen.

Stadler sah zum wiederholten Mal auf die Uhr. «Verdammt! Warum ruft er nicht an?»

Miguel hatte das Kinn auf die Hände gestützt. «Bitte erzähl noch mal, was Birgit am Telefon gesagt hat.»

«Das habe ich doch schon dreimal wiederholt! Es ging so schnell. Ich bin mir nicht sicher, ob ich überhaupt etwas richtig verstanden habe. Aber es hat sich angehört wie ‹Denk an Mau›.»

«Wer oder was könnte ‹Mau› sein?», überlegte Liz laut.

«Ich weiß es nicht. Bestimmt habe ich mich verhört.»

«Aber du hast eine Vermutung», beharrte Liz. «Das sehe ich doch.»

«Ich bin mir nicht sicher. Nicht sicher genug jedenfalls, um es als Entscheidungsgrundlage zu nehmen.»

«Verrätst du es uns trotzdem?»

«Wenn es das ist, was ich glaube, dann wollte sie mich darauf hinweisen, was Lian vorhat. Aber das kann ich mir nicht vorstellen.»

«Nun erzähl schon endlich!» Miguel stand am Fenster, trat unruhig von einem Fuß auf den anderen. «Lass dir nicht jedes Wort einzeln aus der Nase ziehen!»

Stadler rieb sich müde die Augen. «Vor einigen Jahren hatten wir eine Geiselnahme. Eigentlich war es eher ein Familiendrama. Ein Vater hat seine von ihm getrennt lebende Familie festgehalten. Er wollte einen Fluchtwagen für sich und die Kinder, dann würde er die Exfrau und ihren neuen Partner laufenlassen. Als er mit den Kindern vor die Haustür trat, fuchtelte er plötzlich mit der Waffe herum, richtete sie auf seinen kleinen Sohn und brüllte: ‹Ich bringe euch alle um!› Die Kollegen eröffneten augenblicklich das Feuer, um die Kinder zu retten. Der Vater war auf der Stelle tot. Nachher stellte sich heraus, dass die Waffe nicht geladen war.»

Miguel nickte. «Ich erinnere mich an den Fall. Hat für ziemlichen Wirbel gesorgt.» Er stockte. «Der Mann hieß Oliver Maurer!»

«Genau.»

Liz kaute auf ihrer Lippe. Zeit, Stadler ihre Vermutung zu präsentieren. Er würde nicht begeistert sein, auch wenn er sicherlich längst selbst zu einem ähnlichen Schluss gekommen war. «Du bist Lian Kendrick zum ersten Mal im Oktober 2002 begegnet. So entnehme ich es der Akte. Ist das richtig?»

«Ich weiß das Jahr nicht mehr auswendig. Aber wenn es in der Akte steht, wird es wohl stimmen. Worauf willst du hinaus?»

«Lians Vater starb im Mai desselben Jahres. Lian war also zwölf Jahre alt und wenige Wochen zuvor Vollwaise geworden.»

Miguel fischte die Akte vom Tisch und glich die Daten ab. «Stimmt.»

«Die niederländischen Behörden behaupten zwar, dass Tomislav Mančevski mit seiner Familie ausgereist sei, doch mal angenommen, das stimmt nicht, mal angenommen, unsere Zeugin hat sich nicht geirrt, und Tomislav ist untergetaucht, bevor er abgeschoben werden konnte, dann wäre das ebenfalls im Mai 2002 gewesen.»

«Dann hätte der zwölfjährige Lian einen fünfzehnjährigen Jugendlichen umgebracht, kurz nachdem sein Vater starb?», fragte Miguel ungläubig.

«Der Tod des Vaters könnte die Initialzündung gewesen sein», erklärte Liz. «Ich nehme an, Lian hatte nicht von Beginn an vor, Tomislav zu töten. Ich könnte mir vorstellen, dass der ältere Junge auf dem Hof Unterschlupf gesucht hat. Er war ja auf der Flucht. Die beiden Brüder haben ihn bei sich aufgenommen, und dann ist Lian irgendwie darauf gekommen, den fremden Jungen zu quälen.»

«Einfach so?»

«Wir müssen noch einmal mit Jorek sprechen. Er weiß bestimmt von Tomislav.»

«Offiziell gibt es keinen vermissten Tomislav Mančevski», wandte Stadler halbherzig ein. «Außerdem sehe ich nicht, wie uns das bei der Suche nach Birgit helfen soll. Die Aufklärung der Morde ist im Augenblick nachrangig. Wir haben etwas Dringenderes zu erledigen.»

«Ich bin noch nicht fertig», sagte Liz. «Bitte hör mir zu.»

«Dann komm endlich zur Sache!»

Liz holte tief Luft, bevor sie fortfuhr. «Ich gehe davon aus, dass du Lian Kendrick nicht nur, wenige Wochen nachdem er seinen Vater verloren hatte, kennengelernt hast, sondern auch, wenige Wochen nachdem er seinen ersten Mord begangen hat. Er befand sich in einer emotionalen Ausnahmesituation. Er war orientierungslos und über sich selbst schockiert. Und dann kommt da dieser große, starke, mächtige Polizist und setzt sich für ihn ein, glaubt daran, dass ihm zu helfen ist. Ich nehme an, dass Lian Kendrick seither auf dich fixiert ist. Du bist der gute Vater, den er nie hatte. Der Ersatzvater, der den ungezogenen

Sohn strafen soll. Alles, was Lian tut, ist eine Aufforderung, ihn endlich zur Rechenschaft zu ziehen, ihn daran zu hindern, sich wieder einmal hinter seinem großen Bruder zu verstecken. Ich könnte mir sogar vorstellen, dass er die anderen Straftaten letztlich nur begangen hat, um dich wiederzutreffen. Zumindest unbewusst. Allerdings warst du, als er das nächste Mal aufgegriffen wurde, schon in Düsseldorf.»

«Das halte ich für ziemlich weit hergeholt», brummte Stadler, doch Liz sah ihm an, wie tief ihn das, was sie gesagt hatte, berührte. Er schob die Berichte auf seinem Tisch zusammen, machte einen ordentlichen Stapel, strich mit den Fingern die Ränder glatt und zog dann eine Mappe aus der Mitte, sodass alle Papiere erneut durcheinanderrutschten.

«Ich begreife noch nicht, wie genau das mit dem zusammenhängen soll, was Birgit am Telefon angedeutet hat», sagte Miguel.

«Ich glaube, Lian will von seinem Ersatzvater Georg Stadler gerichtet werden, und zwar so, dass es kein Zurück mehr gibt. Er verlangt für sich selbst die Todesstrafe. Und es soll spektakulär sein, so, dass Georg es nie vergessen wird. Weil er zugleich Richter und Henker sein soll.»

Stadler warf die Akte zurück auf den Stapel. «Wenn du recht hast, wird er verlangen, dass ich allein an den Übergabeort komme. Nur so kann er sichergehen, dass ich derjenige bin, der ihn erschießt.» Er nahm ihre Ausführungen auffällig gelassen auf. Der Gedanke war ihm wohl auch schon gekommen.

«Wenn wir nur endlich wüssten, wie er sich die Übergabe vorstellt!» Miguel trat noch immer auf der Stelle. «Ich halte diese Warterei nicht mehr aus.»

«Mich würde interessieren, warum er uns so lange hinhält.» Stadler blickte auf das Display seines Handys und legte es wieder weg.

Liz fixierte die Fotos der Opfer an der Pinnwand. «Ich nehme an, er hat etwas ganz Besonderes für sein großes Finale geplant.»

SONNTAG, 31. AUGUST, 21:34 UHR

Der Pflichtverteidiger sah sichtlich genervt aus. Vermutlich hätte er lieber zu Hause vor dem *Tatort* gesessen, als so spät noch aufs Präsidium zu kommen, um seinem Mandanten beizustehen.

Auch Jorek Kendrick war anscheinend nicht nach Plaudern zumute. Er hockte mit gesenktem Kopf auf der Stuhlkante. Am Nachmittag hatten Stadler und Miguel schon einmal mit ihm gesprochen, um ihn nach möglichen Verstecken seines Bruders zu fragen. Ohne Ergebnis.

Stadler bemühte sich um einen freundlichen Tonfall. «Es tut uns leid, dass wir Sie so spät noch mal aus der Zelle haben holen lassen, aber es ist wirklich wichtig.»

«Ich weiß nicht, wo Lian ist», sagte Jorek. «Er ist viel unterwegs. Mal hier, mal da.»

Stadler konsultierte den Zettel mit seinen Notizen, die Zeitabläufe, die sie vorhin mit Liz durchgegangen waren. Sie stand abseits, lehnte scheinbar unbeteiligt an der Fensterbank. Stadler hatte gesehen, wie Jorek auf ihren Anblick reagiert hatte. Auch jetzt sah er immer wieder kurz in ihre Richtung. Ihre Anwesenheit schien ihn zu beruhigen. Also winkte er sie an den Tisch.

Nachdem sie sich neben ihn gesetzt hatte, stellte er behutsam die erste Frage. «Wir haben einen Vermisstenfall, bei dem Sie uns vielleicht helfen können.»

Jorek reagierte nicht.

«Es geht um einen Jungen namens Tomislav Mančevski.»

Jorek schien noch mehr in sich zusammenzusinken. Er warf erst Liz und dann seinem Anwalt einen verängstigten Blick zu. Der Anwalt nickte ihm aufmunternd zu. Stadler hatte ihn auf dem Flur kurz eingeweiht und ihm versichert, dass Jorek als Zeuge, nicht als Mittäter galt.

«Ich glaube, dass Sie und Ihr Bruder diesem Tomislav vor vielen Jahren auf dem Hof Unterschlupf gewährt haben. Im Mai 2002. Kurz nachdem Ihr Vater gestorben war. Stimmt das?»

Jorek nickte kaum sichtbar.

«Sie müssen etwas sagen, Herr Kendrick.»

«Ja. Er hat im Schuppen geschlafen.»

«Hat er mehrere Nächte im Schuppen verbracht?»

«Ja.»

«Was ist dann passiert?»

Jorek zögerte, er sah zu Liz, sie lächelte ihn an.

«Ich weiß nicht genau», sagte er schließlich. «Ich war nicht da. Ich musste mich um Sachen kümmern. Ich war über Nacht weg. Als ich wiederkam, war der Junge fort. Lian hat gesagt, dass er nach Hause gefahren ist.» Jorek blickte auf seinen Schoß, auf seine Hände. «Aber da war Blut.»

«In dem Schuppen?»

«Und an dem Beil.» Jorek Kendricks Stimme war kaum zu verstehen.

«Haben Sie Ihren Bruder gefragt, wo das Blut an dem Beil herkam?»

Er schüttelte den Kopf. «Ich habe alles abgewaschen.»

«Und Sie wollten nicht wissen, was geschehen ist?»

Jorek schüttelte noch heftiger den Kopf.

«Und als Jahre später die Leiche an dem Feldweg gefunden wurde, was dachten Sie da?»

«Tomislav.» Jorek fuhr sich mit den Händen durch das Gesicht. «Der arme Junge.»

«Haben Sie Ihren Bruder zur Rede gestellt?»

Jorek schaute Stadler verständnislos an.

«Haben Sie mit Lian über Tomislav gesprochen?»

«Aber er war doch nicht da!»

«Sie meinen, er wohnte bei den Pflegeeltern. Hat er Sie denn nicht regelmäßig besucht?»

Wieder Kopfschütteln. «Nein, nein. Nicht besucht.»

Stadler ballte die Fäuste und löste sie wieder. *Geduld*, sagte er sich, *hab Geduld.* «Lian hat Sie also in der Zeit nicht besucht? Sie haben ihn nicht gesehen?»

Jorek knetete die Finger in seinem Schoß. «Er war doch im Gefängnis.»

Stadler begriff. Natürlich! Das hätte er auch der Akte entnehmen können! Als die Leiche bei Erkelenz gefunden wurde, saß Lian Kendrick wegen schweren Raubes eine Jugendstrafe ab. Immerhin wussten sie jetzt, dass Liz richtig lag mit ihrer Theorie: Lian Kendrick hatte im Alter von zwölf Jahren, kurz nach dem Tod seines Vaters, einen drei Jahre älteren Jugendlichen zu Tode gefoltert. Und er, Stadler, hatte diesen Jungen wenige Wochen nach der Tat im Zusammenhang mit einer anderen Ermittlung kennengelernt, und er hatte ihm nicht das Geringste angemerkt. Im Gegenteil, er hatte dafür gesorgt, dass Lian mit Milde behandelt wurde. Was für eine kolossale Fehleinschätzung!

Er beendete die Befragung, dankte dem Anwalt und ließ Jorek wieder abholen.

«Kaffee?», fragte er Liz, als sie allein waren. «Oder willst du ins Hotel fahren und ein wenig schlafen?»

«Du glaubst doch nicht, dass ich auch nur eine Sekunde schlafen würde. Lian kann jederzeit anrufen.»

Wie aufs Stichwort signalisierte Stadlers Handy den Eingang einer SMS. Er zog das Gerät hervor und las.

«Es geht los», sagte er. «Wir haben einen Übergabeort.» Er sah auf die Uhr. «Und noch neun Stunden Zeit, ihn zu präparieren.»

SONNTAG, 31. AUGUST, 22:16 UHR

Mike Tossler schloss die Hose und blickte auf die Uhr. Verflucht! Eine Viertelstunde drüber. Hektisch rappelte er sich auf.

Die Nutte, Olga, hockte halbnackt auf der Bettkante und zog sich die Lippen nach. «Spät dran?», fragte sie.

«Geht dich 'nen Scheißdreck an», fauchte er.

Sie zuckte nur mit den Schultern.

Hektisch stieß er die Tür des Wohnmobils auf und sprang nach draußen. Zum Glück war es von der Fährstraße, wo die Nutte ihre Dienste anbot, bis zu dem Objekt, das er bewachen sollte, nur ein paar Minuten mit dem Wagen. Er setzte sich ans Steuer, gab Gas und raste durch die leeren Straßen.

Kalle, sein Kollege, wartete schon ungeduldig. «Ey, Mann, was war los?»

«Stau.»

«Um die Zeit?»

«Unfall. Alles okay?»

«Klar. Ich habe ein paar Abkürzungen gemacht und deine Stationen mit abgestempelt.»

Mike klopfte dem Älteren auf die Schulter. «Ich schulde dir was.»

Der Rest der Nacht verlief ereignislos. Bis auf eine Kleinigkeit. Bei seiner ersten Runde entdeckte Mike ein offenes Vorhängeschloss. Es hing so an einem Tor, dass man nicht auf den ersten Blick erkennen konnte, dass es gar nicht eingerastet war. Er zögerte, hielt nach verdächtigem Licht oder Geräuschen Ausschau. Nichts. Eigentlich wäre ein Kontrollgang durchs Gebäude fällig, alles absuchen, nach Eindringlingen Ausschau halten, gegebenenfalls die Polizei verständigen. Aber das würde bedeuten, dass das Protokoll seiner Rundgänge genau unter die Lupe genommen würde. Dass er gefragt werden würde, ob das Schloss bei Schichtbeginn um zweiundzwanzig Uhr noch zu war. Doch bei Schichtbeginn hatte er noch die fette Olga gevögelt. Das würde ihn den Job kosten.

Und wozu der Aufwand? Wer sich heute Nacht freiwillig hier hineinbegab, war entweder strohdumm oder lebensmüde. Er blickte sich um. Keine Spur von Kalle. Klar, der war ja auch auf der anderen Seite des Gebäudes. Auch sonst weit und breit keine Menschenseele. Unauffällig drückte er das Schloss zu. Fall erledigt.

MONTAG, 1. SEPTEMBER, 06:28 UHR

Georg Stadler zwang sich, nicht schon wieder auf die Uhr zu blicken. Wenn er gewusst hätte, wie sie funktioniert, hätte er an der überdimensionalen Beleuchtung des Rheinturms die Uhrzeit ablesen können, doch damit, wie die Folge von Lichtern interpretiert werden musste, hatte er sich nie beschäftigt.

Trotz der kugelsicheren Weste fröstelte er, zog die Lederjacke enger um die Schultern. Es war schon hell, doch dunkle, schwere Wolken hielten das Tageslicht fern. Ein scharfer Wind ging, der hier oben auf der Brücke unangenehm kalt war.

Sie hatten die halbe Nacht mit der Moko und einem SEK beraten, wie sie diesen komplizierten Übergabeort sichern sollten. Die riesigen Ausläufer der Kniebrücke streckten sich wie lange Arme in die Innenstadt, und das nur etwa hundertfünfzig Meter vom Präsidium entfernt. Die Brücke war ein alltäglicher Anblick für die Polizisten. Der Täter hatte als Übergabeort quasi ihren Vorgarten gewählt.

Aber das machte die Sache nicht leichter. Die Anweisung in Lian Kendricks SMS war knapp und klar gewesen:

Kniebrücke. Morgen. 6:30. Du allein.

Kein Wort davon, dass er Jorek mitbringen sollte. Die Nachricht war wieder von Birgits Handy gekommen, das sich diesmal über einen Funkmast im Norden der Stadt ins Netz gewählt hatte. Drei Streifen, die sofort dorthin aufgebrochen waren, hatten nichts Ungewöhnliches entdeckt. Lian hatte wahrscheinlich einfach nur kurz am Straßenrand geparkt, um die Nachricht zu verschicken.

In den Gebäuden an beiden Enden der Brücke hatten sich Scharfschützen postiert. In verschiedenen Zivilfahrzeugen warteten die Männer des SEK sowie eine mobile Einsatztruppe der Schutzpolizei auf Befehle. In einem der Wagen saßen zwei Polizisten mit Jorek Kendrick. Die übrigen Beamten sicherten die Fluchtwege, immerhin gab es insgesamt fünf Brückenabfahrten. Von einem weiteren Wagen aus, der auf der Oberkasseler Rheinseite geparkt war, behielten Liz und Miguel das Geschehen im Auge.

Sie hatten die Brücke nicht gesperrt, eine Entscheidung, mit der sie besonders lang gerungen hatten und die Stadler mit seinem Chef und dem Innenministerium abgesprochen hatte. Sobald Lian mit seiner Geisel auftauchte, sollten alle Brückenauffahrten sofort dicht gemacht werden. So zumindest die Theorie. Noch floss ohnehin nicht viel Verkehr, doch er schwoll stetig an, bald würden Tausende von Pendlern über die Brücke in die Stadt strömen.

Stadler sah nun doch auf sein Handy. Sechs Uhr einunddreißig. Keine Nachricht. Keine Spur von Lian Kendrick. Nervös trat er von einem Fuß auf den anderen. Hatten sie die Nachricht falsch verstanden, und er wartete *unter* der Brücke am Rheinufer?

Quatsch! Es war erst eine Minute nach der Zeit! Er würde kommen. Stadler blickte in alle Richtungen, hielt Ausschau nach Fußgängern. Doch da war niemand. Vor einigen Minuten war ein Radfahrer vorbeigekommen, doch seitdem war kein Mensch mehr aufgetaucht.

Unwillkürlich dachte Stadler daran, dass diese Brücke eigentlich einer seiner Lieblingsorte in Düsseldorf war. Egal was heute passierte, der Blick auf die Skyline von Hafen und Altstadt würde von nun an für ihn beschmutzt sein.

Aber das war ihm gleichgültig. Wenn sie nur Birgit retten konnten. Wenn sie überlebte, wäre es das allemal wert.

Der Stecker in seinem Ohr knackte. «Noch nichts?»

Er antwortete in das Mikro, das an seiner Jacke befestigt war. «Niemand zu sehen. Alles unauffällig.»

Wieder näherte sich ein Radfahrer von der Oberkasseler Seite, ein junger Mann, soweit Stadler erkennen konnte. Er spannte alle Muskeln an.

Als der Mann näher kam, erkannte Stadler, dass es nicht Lian war. «Radfahrer aus Richtung Oberkassel», raunte er. «Ist aber nicht die Zielperson. Ich wiederhole: nicht die Zielperson.»

Der Mann stoppte vor ihm. «Sind Sie Georg Stadler?»

«Was wollen Sie?» Stadler blickte verstohlen in alle Richtungen. Der Radfahrer konnte auch ein Ablenkungsmanöver sein. Er verfluchte die Schutzweste unter der Jacke, sie engte ihn ein, gab ihm das Gefühl, unbeweglich zu sein.

«Ich soll Ihnen das hier geben.» Er reichte Stadler einen wattierten Umschlag.

«Von wem haben Sie das?»

«Von einem Mann. Er hat mir einen Hunderter dafür gegeben. Ist was nicht in Ordnung?»

«Alles prima. Fahren Sie weiter. Am Ende der Brücke stehen Polizisten, die Ihnen einige Fragen stellen werden.»

Der Radfahrer verzog das Gesicht. «Aber ich muss zur Arbeit.»

«Es wird nicht lange dauern.»

Als der junge Mann außer Hörweite war, gab Stadler über Funk Anweisung, ihn festzuhalten und seine Personalien aufzunehmen.

Beunruhigt betrachtete er den braunen Umschlag. Auch ohne ihn zu öffnen, wusste er, dass mehr als ein Blatt Papier darin sein musste. Er hatte keine Schutzhandschuhe dabei, aber das spielte jetzt keine Rolle. Hastig riss er den Umschlag auf. Darin war ein in Zeitung eingewickelter Gegenstand.

Ihm verschlug es den Atem, als hätte ihm jemand in den

Magen geboxt. Mit zitternden Fingern wickelte er das Zeitungspapier auseinander.

Oh nein! Tränen schossen ihm in die Augen, zugleich übermannte ihn eine grenzenlose Wut. Auf seiner Hand lag der schlanke Finger einer Frau.

MONTAG, 1. SEPTEMBER, 06:42 UHR

Liz erstarrte, als sie hörte, was Stadler über Funk mitteilte. Neben ihr stöhnte Miguel laut auf. Er ballte die Fäuste, presste die Stirn auf das Lenkrad. Liz spürte, dass es ihn seine ganze Kraft kostete, nicht aus dem Wagen zu springen und auf die Brücke zu stürmen. Allein die Tatsache, dass er damit Birgit in Gefahr brachte, hielt ihn zurück.

Liz blickte durch die Windschutzscheibe. Trotz der schlechten Lichtverhältnisse konnte sie Stadler von dem Parkplatz am Kaiser-Friedrich-Ring aus gut sehen. Er stand genau in der Mitte der Brücke, auf der der Altstadt zugewandten Seite. Mit einer Hand hielt er das Geländer umfasst, in der anderen den Umschlag, in den er den Finger zurückgesteckt hatte.

«Könnte er einen Finger aus dem Leichenschauhaus entwendet haben, um uns zu schockieren?», fragte Miguel, ohne den Kopf zu heben.

Liz zögerte. Sie nahm an, dass es Birgits Finger war. Lian Kendrick wollte sichergehen, dass Stadler ihn hasste. Nur so war gewährleistet, dass er im entscheidenden Augenblick die Waffe nicht nur zog, sondern auch abdrückte.

«Du brauchst mich nicht zu schonen. Ich kann damit umgehen.» Miguel hatte den Kopf gehoben und sah sie an.

«Ich glaube, dass es Birgits Finger ist», sagte sie leise.

Er nickte, wandte sich schweigend ab. In der gleichen Sekunde erstarrte er. «Da!»

Liz kniff die Augen zusammen. Tatsächlich, eine schmale Gestalt lief mit langen Schritten die Rampe zur Brücke hoch. Die Person musste von der Düsseldorfer Straße her gekommen sein. Sie trug eine dunkle, enge Hose und einen Kapuzenpullover.

«Fußgänger nähert sich von der Oberkasseler Seite», kam es durch das Funkgerät.

«Schon gesehen», lautete Stadlers Antwort.

«Das ist er.» Liz flüsterte, obwohl Lian sie nicht hören konnte. «Er kommt allein.»

«Natürlich», entgegnete Miguel bitter. «Wir wussten doch, dass es ihm nie darum ging, seinen Bruder freizupressen.»

MONTAG, 1. SEPTEMBER, 06:43 UHR

Georg Stadler verstaute den Umschlag mit Birgits Finger in der rechten Tasche seiner Lederjacke und versuchte ihn zu vergessen. Seine ganze Aufmerksamkeit galt der Gestalt, die sich mit schnellen Schritten näherte. Seine letzte Hoffnung, dass es Lian Kendrick doch um einen Austausch der Geiseln ging, zerfiel mit jeder Sekunde mehr. Die Person blieb etwa fünf Meter von ihm entfernt stehen und hob den Kopf.

«Zielperson ist auf der Brücke», raunte er ins Mikrophon.

«Du kannst ruhig lauter sprechen», rief Lian und zog die Kapuze vom Kopf. «Ich weiß, dass deine Kollegen überall hier auf der Lauer liegen. Ich bin nicht blöd.»

«Ich habe nie angenommen, dass Sie blöd sind. Wo ist meine Kollegin?»

«Sie hat dir eine Nachricht zukommen lassen. Hast du sie nicht erhalten?»

Stadler runzelte die Stirn, dann begriff er, tastete unwillkürlich nach seiner Jackentasche. «Ich will wissen, wie es ihr geht und wo sie ist. Ich will sofort mit ihr sprechen. Das war der Deal.»

«Ach ja? War es das? Du kannst mit ihr sprechen. Wenn du sie rechtzeitig findest.» Lian Kendrick zog eine Hand aus der Tasche seines Kapuzenpullis.

Zeitgleich zog Stadler seine Waffe und richtete sie auf ihn.

Doch Lian sah lediglich auf seine Armbanduhr. Er grinste. «Nervös? Das solltest du auch sein.» Sein Gesicht wurde ernst. «Eine Zeitlang habe ich gedacht, du könntest mich retten, Georg Stadler. Der nette Bulle, der den verlorenen Jungen zurück ins Leben holt. Aber ich habe mich getäuscht, du bist genauso ein mieser Wichser wie alle anderen. Schlimmer als die anderen, denn du hast mir erst Hoffnung gemacht und dich dann einfach verdrückt. Jetzt ist es zu spät. Für mich jedenfalls. Und wohl auch für deine Kollegin. Sie hat nur noch dreizehn Minuten. Dumm gelaufen.»

Mit einer geschmeidigen Bewegung zog Lian die andere Hand aus der Tasche. Der Lauf einer Pistole blinkte im bleigrauen Morgenlicht. Lian senkte den Arm, sodass die Mündung der Waffe auf den Boden zeigte.

«Nicht schießen!», brüllte Stadler in sein Mikro. Er hielt seine Walther P99 auf Lian gerichtet. Der Junge durfte nicht sterben, sonst hatten sie keine Chance, Birgit rechtzeitig zu finden. Außerdem war er nun sicher, dass er die verstümmelte Botschaft seiner Kollegin richtig verstanden hatte. Alles passte: Lian wollte sich von ihm töten lassen. Aber diese Genugtuung würde Stadler ihm nicht bereiten.

Lian starrte ihn an. Begreifen zeichnete sich in seinem Blick ab. Ruckartig zog er die Waffe hoch und richtete sie auf Stadler.

Im gleichen Augenblick zuckte sein Körper, er ließ die Waffe fallen und presste die Hände auf den rechten Oberschenkel. Blut sickerte zwischen seinen Fingern hindurch und tropfte auf den Boden. Ein schmerzverzerrtes Grinsen breitete sich auf seinem Gesicht aus.

Verflucht! Einer der Scharfschützen hatte geschossen!

«Ich hatte doch gesagt: Nicht schießen!», brüllte Stadler wütend.

Lian wankte auf das Geländer zu. Im gleichen Augenblick erkannte Stadler, was er vorhatte. Er machte einen Satz nach vorn, doch zu spät. Bevor er Lian zu packen bekam, stürzte der Junge sich über das Geländer und verschwand in der Tiefe.

MONTAG, 1. SEPTEMBER, 06:48 UHR

Scheiße!», stieß Miguel zwischen den Zähnen hervor und startete den Motor.

Liz krallte sich am Sitz fest, als er mit quietschenden Reifen aus der Parklücke scherte, Gas gab und auf der Gegenspur die Rampe hochschoss. Die Fahrbahn war leer, da die Polizisten sofort alle Zufahrten abgesperrt hatten, nachdem Stadler Lian Kendricks Identität bestätigt hatte. Doch nun strömten von allen Seiten Polizeifahrzeuge auf die Brücke.

Miguel machte eine Vollbremsung neben Stadler, der gerade per Funk die Suche nach Lian koordinierte.

«Was hat er gesagt?», brüllte Miguel, kaum dass er ausgestiegen war. «Hat er verraten, wo Birgit ist?»

Stadler zog den Umschlag aus der Tasche und betrachtete ihn. «Bevor er sprang, sagte er, wir hätten noch dreizehn Minuten, um sie zu retten. Aber das könnte ein Bluff gewesen sein.»

«Das war kein Bluff», sagte Liz.

Stadler blickte auf die Uhr. «Dann haben wir jetzt noch neun Minuten. Aber was soll das bedeuten?»

«Das bedeutet, dass sie irgendwo ist, wo um Punkt sieben etwas passiert.» Miguel umfasste das Geländer und blickte nach unten.

«Scheiße!», fluchte Stadler. «Ich hätte früher begreifen müssen, was er vorhat! Ich hätte ihn festhalten müssen.»

«Wir finden ihn niemals rechtzeitig.» Miguel drehte sich zu Stadler um. «Falls er überhaupt noch lebt.»

Er blickte an Stadler vorbei auf die futuristischen Gebäude des Hafenviertels. «Wie viele Minuten noch?»

«Sieben.»

«Wir müssen darauf kommen, was er gemeint hat», sagte

Liz. «Ich bin mir sicher, dass er uns eine echte Chance gegeben hat.»

Stadler warf ihr einen schwer zu entschlüsselnden Blick zu. Einer der Streifenbeamten sprach ihn an, die Brückensperrung führte bereits zu Verkehrsproblemen, doch er winkte ihn fort. «Nicht jetzt!»

«Puta de mierda!», stieß Miguel hervor. Er riss Stadler den Umschlag aus der Hand. «Die Sprengung im Hafen! Montag, erster September, sieben Uhr morgens! Ruf die Leitstelle an. Sie muss sofort gestoppt werden!»

MONTAG, 1. SEPTEMBER, 06:55 UHR

Stadler presste den Knopf seines Mikros, während er auf einen der Streifenwagen zurannte. «Hier KHK Stadler für Leitstelle. Bitte kommen!»

Er sprang in das verlassene Fahrzeug, nahm kaum wahr, wie Liz auf der Beifahrerseite einstieg.

«Hier Leitstelle. Was gibt es?»

«Die Sprengung im Hafen muss sofort gestoppt werden! Eine Kollegin ist in dem Gebäude. Ich wiederhole: Sofort die Sprengung im Hafen stoppen!»

Er zündete und gab Gas. Die Polizisten, die auf der Brücke standen, sprangen kopfschüttelnd zur Seite. Er nahm die Abfahrt in Richtung Zentrum und bog am Fuß der Brücke verbotenerweise rechts ab in den Gegenverkehr, der aus dem Rheinufertunnel strömte. Zwei ineinander verkeilte Pkws auf der rechten Spur, deren Fahrer gerade ausstiegen, verrieten ihm, dass Miguel zwei Minuten zuvor dieselbe Abkürzung genommen hatte. Das Hupen und Quietschen von Bremsen übertönte beinahe den Lärm des Martinshorns. Stadler ignorierte beides und bog in die Durchfahrt zum Jürgensplatz. Ohne auf rote Ampeln oder sonstige Hindernisse zu achten, raste er über den Fürstenwall und die Hammer Straße auf das Hafengelände.

«Warum meldet sich die Leitstelle nicht mehr?», rief Liz über den Lärm hinweg, die Hände gegen das Handschuhfach gedrückt. «Ist das ein gutes oder ein schlechtes Zeichen?»

«Ein gutes, hoffe ich.» Stadler lenkte den Wagen mit quietschenden Reifen um eine Kurve, jederzeit darauf gefasst, den Knall der Explosion zu hören.

Sie erreichten den abgesperrten Bereich, an dem Dutzende von Schaulustigen mit Kameras warteten. Nur zögernd machten sie dem Einsatzfahrzeug Platz. Stadler musste anhalten. Er sah Miguels Wagen am Straßenrand stehen.

Stadler griff nach dem Funkgerät des Streifenwagens. «Hier noch mal KHK Stadler für Leitstelle. Ist die Sprengung gestoppt?»

In dem Augenblick ertönte ein Rumpeln.

Entsetzt ließ Stadler das Funkgerät fallen und schlug die Hände vor das Gesicht.

MONTAG, 1. SEPTEMBER, 07:04 UHR

Die Straßenbahn!» Liz schüttelte Stadler. Offenbar hatte er das laute Rattern der vorbeifahrenden Bahn für eine Explosion gehalten. «Das war nur die Straßenbahn.»

«Hier Leitstelle für KHK Stadler. Bitte kommen!», plärrte es aus dem Funkgerät.

«Scheiße.» Stadler ließ die Hände sinken. Sie zitterten. Sein Gesicht war schneeweiß.

Liz schielte nach draußen. Von ihrem Standort aus war nur eine kleine Ecke des Gebäudes zu erkennen, das gesprengt werden sollte. Noch stand es. «Es ist fünf nach sieben», sagte sie nach einem Blick auf ihre Uhr. «Ich glaube, wir haben es geschafft.»

Stadler nickte und griff nach dem Funkgerät. Er sah um zehn Jahre gealtert aus. «Hier Stadler für Leitstelle. Was ist mit der Sprengung?»

Von hinten näherte sich ein weiteres Fahrzeug mit Sirenengeheul. Liz drehte sich um. Ein Krankenwagen raste auf die Absperrung zu, bremste im letzten Augenblick ab. Für Birgit? Was hatte Lian Kendrick ihr noch angetan? Die Schaulustigen bildeten eine Gasse, und der Krankenwagen passierte sie im Schritttempo.

Liz wandte sich vom Seitenfenster ab und blickte zu Stadler. «Und?»

«Geschafft.» Er lächelte schwach, auf seiner blassen Stirn stand kalter Schweiß. «Hier wird heute nichts gesprengt.» Sein Blick wurde hart. «Miguel braucht Unterstützung.» Er stieß die Wagentür auf. «Du bleibst sitzen!» Ohne ein weiteres Wort sprang er hinaus und bahnte sich einen Weg durch die Menge.

Liz tat es ihm nach. «Hey, warte! Ich will mit!»

An der Absperrung drehte Stadler sich um. «Du sollst im Wagen bleiben! Habe ich mich nicht klar ausgedrückt?» Er sah nicht mehr blass und verzweifelt aus, sondern fest entschlossen.

«Aber –?»

«Kein ‹Aber›! Die Sprengung ist gestoppt. Aber das heißt nicht, dass es vorbei ist.»

Liz erstarrte.

«Ich will keine Zivilisten in dem Gebäude haben, solange es nicht gesichert ist. Ich weiß nicht, was uns da drin erwartet. Es könnte eine Falle sein.»

MONTAG, 1. SEPTEMBER, 14:53 UHR

Birgit öffnete die Augen und schloss sie sofort wieder. Das konnte nicht sein! Als sie eben kurz aufgewacht war, hatte Stadler an ihrem Bett gesessen. Er hatte mit ihr gesprochen, aber sie hatte kaum etwas begriffen, war sofort wieder erschöpft eingenickt.

Nun saß eine andere Person an ihrem Bett. Wenn sie sich nicht getäuscht hatte. Vorsichtig öffnete sie erneut die Augen. Er war noch da. Lächelte sie an.

«Willkommen zurück», sagte Miguel.

Sie lächelte ebenfalls, wusste nicht, was sie sagen sollte. Sie erinnerte sich undeutlich, wie er plötzlich in ihr Gefängnis gestürmt war, eine Horde Bauarbeiter im Schlepptau. Er hatte sie losgebunden, ihr seine Jacke umgelegt. Dann war ihr schwarz vor Augen geworden.

Ihr Finger! Sie hatte noch nicht gewagt, zu ihrer Hand hinunterzublicken. Sie spürte einen dumpfen, pochenden Schmerz. Doch noch gab sie sich der Illusion hin, dass es nur ein Albtraum gewesen war. Dass Lian Kendrick ihn nicht mit einem Beil abgehackt hatte. Die Erinnerung an den Schmerz ließ sie zusammenzucken.

«Alles in Ordnung?», fragte Miguel. «Soll ich eine Schwester rufen?»

«Nicht nötig.» Birgit nahm ihren Mut zusammen und sah auf ihre Hand. Ein dicker Verband verbarg die Wunde.

«Er ist wieder dran», sagte Miguel.

Ungläubig schaute sie zu ihm auf.

«Ich habe dich samt Finger hier abgeliefert, und sie haben ihn wieder angenäht. Der Chirurg sagt, dass du ihn bald wieder ganz normal benutzen kannst.»

Birgit schloss dankbar die Augen. Hässlich, aber kein Krüppel. Immerhin.

«Was ist mit Lian Kendrick?», fragte sie nach einer Weile.

«Liegt ebenfalls im Krankenhaus. Gut bewacht. Er ist von einem Scharfschützen angeschossen worden und hat sich von der Kniebrücke gestürzt. Hat viel Blut verloren und eine schwere Gehirnerschütterung, aber er wird vermutlich durchkommen. Sobald er vernehmungsfähig ist, knöpft Georg sich ihn vor. Er hat schon die Messer gewetzt.»

«Das kann ich mir vorstellen.»

Wieder schwieg sie verlegen.

«Ich war eben mit Zoe in deiner Wohnung», sagte Miguel. «Ich dachte, als Frau weiß sie besser, was du so brauchst. Du willst ja sicherlich nicht die alten Klamotten wieder anziehen, wenn du entlassen wirst.» Er deutete auf ein paar Wäschestücke, die auf einem leeren Krankenbett lagen.

«Danke.»

«Ich war mir nicht sicher, was diese Bluse angeht. Ich habe sie noch nie an dir gesehen. Deshalb habe ich den grünen Pullover dazu gepackt. Ich glaube, den ziehst du gern an.»

Ihr Lieblingspullover! Birgit schossen die Tränen in die Augen. Miguel kannte ihren Lieblingspullover! Das war mehr, als sie verkraften konnte. «Ich möchte dich nicht aufhalten», murmelte sie mit erstickter Stimme. «Sicherlich gibt es im Präsidium jede Menge zu tun.»

«Berichte schreiben.» Miguel schnitt eine Grimasse. «Bitte schick mich nicht fort! Ich hasse es, Berichte zu schreiben.» Er sah sie in gespielter Verzweiflung an.

Birgit grinste. «Du könntest uns einen Kaffee holen und mir erzählen, was ich sonst noch verpasst habe.»

DONNERSTAG, 4. SEPTEMBER, 11:30 UHR

Es war wie in einem französischen Spielfilm. Surreal und beklemmend. Eine Beerdigung mit schwarzen Limousinen, versteinerten Gesichtern und strömendem Regen.

Liz rückte dichter an Georg, der den Schirm über sie hielt. Sie standen etwas abseits und sahen zu, wie die sterblichen Überreste von Ariane Novak ihrer letzten, endgültigen Ruhestätte übergeben wurden. Sie hatten den Eltern nicht erzählt, was sie von Jorek Kendrick erfahren hatten. Nicht den Teil zumindest, der Ariane zu einer Nymphomanin machte, die einen geistig zurückgebliebenen Klassenkameraden sexuell missbrauchte. Zum einen gab es keine Zeugen, die seine Version bestätigten, zum anderen keinen Anlass. Warum den trauernden Angehörigen zusätzlichen Kummer bereiten?

Die einzige Person, die von der Wahrheit profitieren könnte, wäre Kelly. Zu wissen, dass ihre große Schwester keine Heilige war, würde ihr vermutlich helfen, sich selbst positiver zu sehen.

Liz warf Stadler einen kurzen Blick zu. Sie hatte mit ihm darüber gesprochen, und er hatte ihr zumindest nicht untersagt, mit Kelly zu reden. Sie hatte das Mädchen sofort erkannt. Zwischen all den elegant gekleideten Trauergästen stach sie mit ihrer zerschlissenen Jeans mit Nietengürtel und der blauen Strähne in den zerzausten Haaren heraus wie eine Krähe in einer Schwanenkolonie.

Sie wirkte ähnlich deplatziert in der Welt, in der sie lebte, wie Jorek Kendrick, der Mann, mit dessen Schicksal ihr eigenes auf so tragische Art verwoben war. Mit Arianes Unfalltod hatte alles begonnen. Die Folgen hatten Joreks Bruder Lian endgültig über den Abgrund gestoßen und ihn letztlich zum Mörder gemacht.

Immerhin bekam Kelly noch eine Chance. Und Jorek vielleicht auch. Ariane Novaks Tod wurde in den Niederlanden untersucht, wo die sterblichen Überreste auch obduziert worden waren. Jorek war in eine geschlossene Anstalt eingewiesen worden und würde dort bleiben, bis die Untersuchung von Arianes Tod abgeschlossen war. Und bis festgestellt war, ob er eine Mitverantwortung an den Morden seines Bruders trug. Ein psychologisches Gutachten würde klären müssen, ob er überhaupt schuldfähig war.

Liz gähnte verhalten. Die vergangenen zwei Tage waren chaotisch gewesen. Während die Mitglieder der Moko unzählige Berichte geschrieben und Spuren ausgewertet hatten, hatte sie ihr offizielles Gutachten fertigstellen müssen. Immerhin klärten sich allmählich die letzten Fragen. So hatten sie endlich die Familie von Tomislav Mančevski ausfindig gemacht und einen genetischen Abgleich mit der unbekannten Leiche angeordnet. Bis sie das Ergebnis hatten, würde es noch dauern, doch da Tomislav sich nicht bei seinen Angehörigen aufhielt und diese auch keine Auskunft über seinen Aufenthaltsort geben konnten, hatte Liz keine Zweifel mehr.

Birgit war inzwischen aus dem Krankenhaus entlassen worden. Heute Morgen war sie sogar schon wieder im Büro aufgetaucht. Doch Stadler hatte sie sofort nach Hause geschickt. Angesichts von Entführung, Gefangenschaft und abgehacktem Finger hatte sie erstaunlich gut ausgesehen. Gerade so, als hätte die Todesnähe ihr bewusst gemacht, wie schön das Leben war.

Endlich hatten die letzten Trauergäste Abschied genommen und machten sich auf den Weg zu ihren Fahrzeugen. Kelly blieb zurück. Das war die Gelegenheit.

Liz setzte sich in Bewegung.

«Halt!», rief Stadler.

Liz fuhr herum und öffnete den Mund.

«Nimm den Schirm.»

«Danke.» Mit schnellen Schritten lief sie zu dem Mädchen, das nun ganz allein am Grab stand. «Hallo Kelly.»

Kelly blickte auf. «Kennen wir uns?»

«Ich bin Liz. Ich arbeite für die Polizei. Ich habe mit deinen Eltern gesprochen, als sie dich vermisst gemeldet haben.»

Kelly nickte nur.

«Wollen wir ein paar Schritte gehen? Du könntest mit unter meinen Schirm.»

Kelly blickte sich um. «Ich muss zum Auto. Meine Eltern warten sicher schon. Es gibt Kaffee und Kuchen.» Sie verzog das Gesicht.

«Ich bringe dich hin.»

«Okay.»

Sie schlenderten los.

«Wie läuft es zu Hause mit deinen Eltern?», fragte Liz vorsichtig.

«Besser.»

«Das freut mich.»

«Trotzdem würden sie sofort tauschen, wenn sie könnten. Ich meine, wenn sie einen Wunsch frei hätten, läge ich in dem Grab.»

«Das glaube ich nicht.»

«Ariane war die Traumtochter, die alle Eltern sich wünschen. Das werde ich nie sein.»

«Ariane war keine Traumtochter. Und ich glaube, irgendwo tief drinnen wissen deine Eltern das.»

Kelly blieb stehen und sah Liz an. «Wie kommen Sie darauf?»

«Kannst du ein Geheimnis bewahren? Über deine Schwester?»

Kelly nickte.

«An dem Nachmittag am See hat Ariane den Jungen verführt. Sie hatte Sex mit ihm, und dann ist sie im See baden gegangen. Er ist nicht mitgekommen, weil er nicht schwimmen konnte. Sie bekam Probleme, vielleicht einen Krampf. Er hat versucht ihr zu helfen, aber er kam zu spät. Er hat sie vergraben, weil er sich schuldig fühlte, weil er glaubte, ihr Tod hätte irgendetwas mit dem Sex zu tun.»

«Ist das wahr?»

«Wir haben nur seine Aussage. Aber ich glaube ihm.»

«Danke, dass Sie mir das erzählt haben.» Kelly blickte zurück auf das Grab. «Haben Sie eine Schwester?»

Liz schüttelte den Kopf. «Ich hatte einen Bruder», sagte sie mit belegter Stimme. «Aber er ist tot.»

«Vermissen Sie ihn?»

Liz senkte den Blick. «Manchmal», flüsterte sie.

SAMSTAG, 6. SEPTEMBER, 09:14 UHR

Als sie Köln hinter sich ließen, kam die Sonne hinter den Wolken hervor. Stadler betrachtete das als gutes Omen. Er spürte, dass Liz neben ihm im Wagen allmählich unruhig wurde.

«Alles okay?», fragte er.

«Als du gesagt hast, dass du einen kleinen Ausflug mit mir machen willst, wusste ich nicht, dass das ein Euphemismus für eine Weltreise war. Wohin fahren wir? Ich habe ein Flugticket nach Manchester für heute Abend. Ich will auf keinen Fall meinen Flug verpassen.»

«Wirst du nicht. Wir sind rechtzeitig zurück.»

«Von wo?»

«Ich möchte dir etwas zeigen.» Er wollte ihr nicht mehr sagen, denn er wusste selbst nicht so genau, was er sich von diesem Ausflug erhoffte.

Liz schüttelte den Kopf, fischte ein zerfleddertes Buch aus ihrer Handtasche und begann zu lesen. Bei Siegburg ließ sie die Arme sinken und lehnte den Kopf gegen das Seitenfenster. Kurz darauf war sie eingeschlafen.

Liz wachte erst auf, als Stadler von der A 73 abfuhr. «Wo sind wir?», fragte sie verschlafen.

«In Nürnberg.»

«Was?» Sie war schlagartig hellwach.

«Wir sind gleich da.» Er steuerte den Wagen auf den Parkplatz an der Johannisstraße.

Liz sah sich um. Sie schien zu begreifen. Kommentarlos stopfte sie ihr Buch in die Handtasche und stieg aus.

Als Stadler durch den Torbogen auf das Friedhofsgelände trat, flirrte sein Magen. Es war, als hätte er den erwachsenen

Mann abgestreift und wäre wieder der kleine Junge, der gerade seine Eltern verloren hatte. Auch hier war es sonnig, goldgelbe Lichtpfeile warfen Schattenspiele durch das Laub der alten Bäume auf den Weg. Doch ein kühler Wind blies und ließ Stadler frösteln. Er unterdrückte den Impuls, nach Liz' Hand zu greifen, aus Angst, sie könnte die Geste missverstehen.

Es dauerte eine Weile, bis er das Grab gefunden hatte. Zum letzten Mal war er zur Beerdigung seiner Großmutter hier gewesen. Es sah gepflegt aus, eine Cousine, zu der er kaum Kontakt hatte, kümmerte sich darum. Der schlichte Stein verkündete den Namen seines Großvaters in verwitterten Buchstaben. Der Name seiner Großmutter war deutlicher zu lesen, sie war viele Jahre nach ihrem Mann gestorben.

«Ich glaube, auf seine Art hat er versucht, das Richtige zu tun», sagte Stadler mit Blick auf die kaum noch lesbare Schrift.

«Aber es war nicht richtig.» Liz stand ganz dicht neben ihm. Er spürte die Wärme ihres Körpers.

«Nein, es war nicht richtig.»

«Kannst du ihm verzeihen?»

Stadler überlegte. Noch vor wenigen Wochen wäre seine Antwort ein deutliches ‹Nein› gewesen. «Noch nicht», antwortete er. «Aber eines Tages vielleicht.»

Wenig später kehrten sie um. Sie gingen an der Stelle vorbei, wo seine Eltern beerdigt worden waren. Das Grab existierte nicht mehr, war vor über zehn Jahren eingeebnet worden.

Auf der Rückfahrt hielten sie an einer Raststätte bei Würzburg. «Ich weiß inzwischen, wie Lian und Jorek Kendricks Vater ums Leben kam», sagte Stadler unvermittelt.

Liz beugte sich neugierig vor. «Und wie?»

«Er ist mit zwei Komma sechs Promille Alkohol im Blut die Treppe in seinem Haus hinuntergestürzt.»

«Ein Unfall?»

«Zu dem Ergebnis kamen jedenfalls damals die Kollegen. Lian war ebenfalls im Haus, Jorek nachweislich nicht. Es gab keinen Grund, den zwölfjährigen Sohn zu verdächtigen, den Vater gestoßen zu haben. Von den Misshandlungen wusste ja keiner was. Und da der Mann stockbesoffen war, wurde der Fall schnell zu den Akten gelegt.» Stadler sah Liz an. «Was denkst du?»

Sie hob die Schultern. «Ich weiß es nicht. Er könnte es getan haben. Es würde passen.»

«Vielleicht gesteht er ja?»

«Selbst wenn, heißt das gar nichts.» Liz nahm einen Schluck von ihrem Kaffee. «Lian Kendrick ist extrem manipulativ. Er weiß, wie er Menschen beeinflussen kann, wie er sie Dinge glauben machen kann. Es könnte sein, dass er gesteht, seinen Vater die Treppe hinuntergestoßen zu haben, weil er sich irgendetwas davon verspricht. Oder weil er es genießt, alle an der Nase herumzuführen. Oder aber, weil es tatsächlich die Wahrheit ist.»

«Wir werden es also nie mit Sicherheit wissen», sagte Stadler.

«Was wissen wir schon mit Sicherheit?»

«Zum Beispiel, dass du heute Abend nach Manchester fliegen wirst.»

Liz sah demonstrativ auf die Uhr. «Ach, wirklich?»

«Wetten?» Stadler erhob sich und grinste. «Komm, ich zeige dir, was in meiner alten Kiste drinsteckt!»